Best Time

白马时光

白日提灯
（全二册）
上
黎青燃 著
四川文艺出版社

目录

这个极为英俊且贵气的少年
迎着朝日晨光而来，
如同一把劈开黑暗的利刃。

契约既成，
从此之后，
他和她便是
命理相连之人。

我听说
十指连心。
那我是不是
握住了
你的心脏？

第一章 破妄新主

北风萧瑟，冬日肃杀，凉州城里死一般地寂静。

或许应该把“一般”去掉。

此刻的凉州城内伏尸遍地，血流成河，腥味冲天，一座城如同一座巨大的坟，连呼吸声都过于刺耳。

从远方飞来一只乌鸦，它停在屋檐之上，沙哑的低鸣声撕破了黑夜的寂静。然后第二只、第三只、第四只……它们成群结队、铺天盖地飞来，落在这座城池的街头巷尾，踩在堆满大街小巷的尸体上。

也不知道是第几只乌鸦落下的时候，一双浅杏色的布鞋踩在了凉州城主街的地上，顷刻间就被血染得斑驳。

布鞋的主人乃一个穿月白色衣裙的姑娘，看起来十七八岁的年纪，在这惨淡鲜红的背景里，仿佛血池中开出的一朵白莲。

她手里拎着个玉坠，食指勾着玉坠绳不停地转着，玉坠发出莹莹蓝光。

“看来是屠城了啊……”这姑娘的语气相当平淡。

寻常姑娘看见这样血腥可怕的场景，怕是要吓晕过去，可惜贺思慕不是寻常姑娘。

她是一个幽。人死之后，执迷不悟，夙愿未了不可往生，游荡于世，同类相食百年，而生幽。幽吸人魂火以存。

夜色漆黑，伸手不见五指，满城的尸体一具压着一具。贺思慕的行动丝毫不受阻碍，她在那些尸体间灵活地走动，总能一脚踩在最合适的缝隙里。不巧刚走出去六步，她的脚就被人抱住了。

“救……救……”

贺思慕低头看去，见是一个肚子上被砍了一刀、皮肉翻飞的男人抱住她的脚。他被血污得看不清五官，眼神已经涣散，但颤颤巍巍地指向一边。

“救救……我儿子……救救……沉英……”

贺思慕看了一眼他指的方向，那里有个七八岁的小孩儿，被好几具尸体压在下面，只露出一张苍白的小脸。他依稀还在出气儿，但双眼紧闭，大约是晕死过去了。

她转回目光，看向这个蓬头垢面、奄奄一息的男人，道：“你儿子的状况比你好多了，快要死的是你。”

“救救……”那男人好像听不见贺思慕的话似的，只管执拗地哀求。

于是贺思慕蹲下来，手搭在膝盖上，平视着这个命不久矣的男人：“你把你的命给我，我就救你儿子，你可愿意？你要想好，被幽吸取魂火后，转世后多灾多难，不知轮回多少世方能恢复。”

男人似乎迷茫地思索了一会儿，才明白她话里的意思，惊恐地睁大了浑浊的眼睛，手也有点儿哆嗦。

“不愿意？”贺思慕偏过头问道。

男人哆嗦了一会儿，眼里积攒起泪水，他轻声说：“……愿……愿意……”

贺思慕眯起眼睛，有些怜悯地笑道：“好。”

然后她干脆利落地拽起男人的头发，迫使他仰起头。一点儿火光从男人的天灵盖中升起，飞入贺思慕的额头里，她手里的玉坠光芒大盛继而暗淡。

抱着她右脚的手垂落在血泊中，另一团光亮从男人的身体里升起，慢慢升入漆黑的夜空。

人原本有三团魂火，分别位于双肩和头顶，往生之时合为一体，如明灯升空，流星逆行，这便是幽才能看见的死亡。

像贺思慕这样的高等幽，所需要的便是人头顶这团魂火。

少了一团魂火，男人往生的光芒便比旁人暗淡许多。为了一世的父子亲情要受几世的罪，岂非得不偿失？但是凡人偏偏爱做这赔本的买卖。

贺思慕干脆地松开手，男人沉重的身体咚的一声砸在地上。伴随着这沉重的闷响，曙光初现，伸手不见五指的黑暗被冲淡。要日出了，乌鸦也此起彼伏地躁动起来。

她拍拍手，踏过地上横七竖八的尸体，沿着男人一路爬过来留下的血迹，走向男人儿子所在的地方。

说实话，以贺思慕的力量，直接取走那男人的魂火他也无力反抗。不过做幽做到她这个地步，总有些自己的规矩，贺思慕对于自己的交易对象抱有很高的敬意，向来等价交换言出必践。

待她在那堆躯干前站定，便伸出手去提压在那孩子身上的尸体。岂料这尸身伤在脖颈，她提起尸身脑袋时，头颅直接与躯干分离，血肉模糊的躯干再次砸回孩子身上。

孩子被砸得小脸又苍白了几分。贺思慕颇为无奈，抬着胳膊皱着眉，与头颅主人大眼瞪小眼。

“大梁的军队来了！”从遥远的城门上传来一声呼喊，那是个略显苍老的声音。那人仿佛拼尽了全身力气喊出这么一句话，声音颤抖而逼近撕裂。

从远处传来嘈杂的人声与马蹄声，强烈如风暴的活人气息驱散死气，四周有带着欣喜的哭声传来，城中的幸存者们从躲避处零零星星地跑出来，悲恸的人群聚集在长街之上。

长街尽头的城门徐徐打开，天光破晓，晨光初现，无数马蹄与军靴踏进鲜血遍染的街中，浩浩荡荡看不到尽头。

贺思慕转眼望去，一眼便看见了队伍最前面的那个男人。

他看起来十分年轻，尚且是个少年，骑着一匹高大的白马，身披银色铠甲，迎着逐渐清晰的晨光。这个男人身材修长而结实，有着高挺的眉骨和鼻梁，一双清澈的、微微上挑的杏眼格外明亮。

这个极为英俊且贵气的少年迎着朝日晨光而来，如同一把劈开黑暗的利刃。

这是贺思慕第一次看见段胥，天光破晓，万物苏醒，正是良辰，却并无美景——毕竟她站在尸横遍野处，在痛哭悲怆的百姓间，身上还沾了不少血。

少年扫视了一圈城中的惨况，眉头微微皱起，抬眼沿着长街一直望到很远的地方去。

浑身是血的贺思慕和幸存的百姓们别无二致，并未引起少年的注意。她放下手里的东西，探究地看向少年。

准确地说，贺思慕是在端详他腰间的那柄漆黑纤长、两边与腰部雕银的剑。

幽的视力很好，她一眼就能把这把剑的细节看个分明。贺思慕感觉这把剑好生眼熟啊，她在哪里见过来着？

她在漫长的回忆里搜寻了好一阵，才恍然大悟。这不是三百多年前，她姨父尚在人世时所铸的破妄灵剑吗？

破妄是仅次于不周剑的灵剑，主仁慈，仙门将它奉为至宝。这少年看起来就是个平淡无奇的小将军，也不像是修仙、修道的人，居然会有破妄剑？

“将军大人！您终于来救我们了！”贺思慕右手边奔出个痛哭哀号的男人，撞得她原地旋身一个踉跄。眼看着那个男人跑到街边跪地叩拜，贺思慕用眼角的余光瞄了一下周围或悲恸或惊喜的百姓，发觉自己杵在这里似乎有些不合时宜。

她是不是好歹也哭一嗓子？她略一思忖，狠狠咬了一下自己的舌头，被她依附的这具身体眼中立刻涌出泪水来。

她眼含热泪，露出个如见救星的笑容，提着裙子扒开挡在身前叩拜的男人，径直跑到少年马前喊道：“将军大人，胡契人撤退之前屠了城，城中死伤无数，您是来救我们的吗？”

少年勒马，他身后的士兵纷纷驻足。他环顾四周的百姓，面上是一派与年龄不符的平静，他清晰地说：“我乃大梁踏白军统领段胥，贼人已退往关河以北，今日凉州重归大梁。”顿了顿，他又说，“但凡我在这里，胡契人再不可踏入凉州半步。”

幸存的百姓爆发出悲喜交加的哭声，贺思慕跟着呼喊了两声，做出悲恸至极的样子，伸手去扯少年的衣袖。

少年身边的亲兵顷刻就要拔刀，贺思慕一个哆嗦红了眼睛，少年便摆摆手示意他们不必。然后他从怀里拿出个帕子，弯腰递给贺思慕：“擦擦血吧。”

他的手指修长洁白，以至于青色的筋络十分明显，看得出这曾是一双尊贵的手，但是如今已有多处紫青伤痕，饱经风霜。

贺思慕含着泪，拿帕子的时候顺便摸了一把他的手，低头的瞬间眼神就带了笑意。果然要找个美貌娇弱的姑娘来依附，娇滴滴地一哭便叫人心软，不仅不赶开还给帕子。

她刚刚摸了这少年的脉，他果然是个没有丝毫灵力修为的普通人。奇怪，破妄剑竟然会乖乖地供这样的人驱使？他是破妄剑的主人吗？

思索间，贺思慕突然感觉眼前的画面开始飘忽不定，她心说不好，依附的这具身体怕是要晕倒。她急忙指着旁边尸体堆里的小孩儿高喊一句："帮我救下那孩子！"然后就看见自己的身体一歪，软软地倒在小将军的马前。

……依附于娇滴滴小姑娘的坏处，便是这身子过于娇贵，一晚上不睡便撑不住要晕了。

贺思慕从那副身体里脱出，飘在半空中抱着胳膊叹息。

众人自然看不见贺思慕，那小将军低头看了一眼倒在自己马前的可怜姑娘，对旁边的一位副将说道："把她带下去照顾吧。"

然后他淡淡说道："传令下去，今日在城中整顿军务，除城中布防所需，其余人等在城中营救幸存百姓。若有伺机偷盗抢夺者，军法处置！"

副将领命，贺思慕便看着那副身体被几个士兵扶起来，送走了。贺思慕悠然地跟在那些士兵后面，边走边从怀里拿出一颗明珠，唤道："风夷。"

那明珠约有鸽子蛋大小，晶莹剔透，莹莹发亮，上面隐约刻着许多细小的符文。不多时明珠内便传来一个男子的声音，他似乎刚刚睡醒，还在懒散地打哈欠。

"稀客啊，老祖宗！这天都没大亮呢，您有什么事儿找我啊？"

贺思慕不理会他的抱怨，径直说："帮我查一个人，朝廷的人。"

"您老什么时候对朝廷感兴趣了，谁啊？"

"拿着破妄剑的人。"

明珠那头的男人沉默了一瞬，有些诧异地问道："破妄剑重现于世了？剑主叫什么名字？"

"叫……"贺思慕眯起眼睛，回头看了一眼那逐渐远去的少年将军。

这真是个好问题。他叫……叫什么来着？

见到他的那一刻，他在她眼里就只有明晃晃三个大字——"破妄剑"，至于他的名字……她没注意。大概是在世上待的时间太久了，很多事情她都懒得去记了。

明珠那头的男人似乎猜到贺思慕没注意人家的姓名，哈哈大笑起来，他似乎在洗漱，明珠里还传来哗啦啦的水声。

"且不说他叫什么名字，你查了他想做什么呢，把破妄剑抢过来？"

"我要破妄剑做什么？我又不修仙。"

那白袍少年的背影在阳光下熠熠生辉，贺思慕想了一会儿，说道："大概是最近太无聊了，数十年里难得休沐一次，寻点儿有趣的事儿做做。国师大人最近要是不忙，便陪我玩玩呗。”

“哎哟，老祖宗，您可折杀我了。您打听到名字，我一准儿给您查。”

明珠亮了亮，再次暗淡下去。明珠那头的禾枷风夷，便是她那三百多年前去世的姨父的第二十代孙，擅长诅咒之术的荧惑灾星。如今他隐瞒身份，已经在朝廷里混到了国师的地位。

掐指算来，她虽算得上风夷的祖宗，却是拐了十八个弯极远房的祖宗，关系还能这么好，多半是托了她打风夷小时候就开始不停叨扰他的福。

贺思慕把明珠揣回怀中，抬头看向天空，太阳已经完全升起，阳光明媚，天气晴朗，以至于地上的血泊都映照出璀璨的光芒。

她在所有悲伤、愤怒、痛哭、来来往往寻找亲人、收敛尸体的百姓间走过，背着手步履从容、怡然自得，仿佛是人世间的不速之客。

人世遭难，可天公作美，晴空万里。

万物的悲喜并不相通，干旱多日，此刻被鲜血灌溉的野草，大约也觉得今天是个好日子。

天下大势分分合合，沧海桑田。如今这天下三十六州以关河为界，南北对峙。南边是中原正统汉人王朝梁国，北边是游牧民族胡契人建立的丹支国。

可惜关河以北十七州，曾是汉人的中原腹地、无数文人骚客赋诗赞颂的河山。几十年前易主，如今十七州已经是胡契人的地盘。

虽然梁国的士兵战力与来自草原的胡契人相去甚远，可隔着一道关河天堑，胡契人又不善水战，多年来两边还算相安无事。谁料天有不测风云，今年遭逢百年难遇的寒冬，一年四季波涛汹涌的关河流经凉州、宇州的河段均冰封起来。

这可乐坏了胡契人，他们挥师南下，踏过平地一般的关河，不过十天就占领了凉州府城和下辖的十余县，再十天又侵吞了大半个宇州，直指南都而来。

人间这种动荡，四百多岁的幽——贺思慕早就来来回回看了不知多少，太平盛世也好，乱世杀伐也罢，对贺思慕来说其实没太大区别。而她对这些战事了如指掌，是因为她的一个嗜好。

她是个颇为挑剔的幽，唯爱寻濒死之人，且不吸取病死之辈的魂火。于是她的选择范围十分狭窄，她想要的唯有战场上最常见。所以哪里打了仗，对她而言便如宴席开场，她定欣然奔往。

原本她手头上有点儿事情，胡契人大败梁军连下两州时她没赶上。事情处理得差不多时，风光无限的胡契人却在凉州吃了大亏，被大梁军队奇袭击败，甚至来不及与宇州的丹支军队会合，就直接被打回了关河以北。

大约是不甘心就这么把吃进去的肉吐出来，胡契人从凉州撤退时屠了凉州府城，半数百姓死于屠刀之下，便是之前贺思慕遇见的那一幕。

贺思慕托着下巴转着手里的玉坠，等着榻上那个小家伙醒过来。

凉州太守被胡契人所杀，他的府邸空置，那小将军便暂时住在太守府中。她的凡人身体晕倒后也被安顿在太守府的一处院子里，晕了一个白天刚刚才恢复过来。

小将军倒是个细心的人，真的按照她晕倒前的嘱托把尸体堆里的小家伙救了，跟她安顿在同一个院子里。只是这孩子也没受什么大伤，却睡了许久就是不见醒。

外面传来两声敲门声，贺思慕的“请进”还没说出口，门便被大力地打开了，可见门外是个没耐心的主儿。

一个身着明光铠甲的女武将走进来，她以紫巾束着高马尾，眉眼凌厉英气，颇像男子。她的右手端着个食盒，不咸不淡地看了一眼坐在桌边的贺思慕，便把食盒放在桌上，说话的语气平淡。

“醒了？大夫来看过你，你和你弟弟是疲劳过度并无大碍，待你弟弟醒过来你们便离府吧。”

离府？还没打听到小将军的事，她这休沐刚刚休出一点儿趣味，怎能就这么丧失？

贺思慕牵住女武将的手，露出少女倾慕的神情，娇声道：“姐姐英姿飒爽，虽为女子却能在军中为将，我好生羡慕，敢问姐姐姓名？”

女武将低头看着贺思慕，上挑的凤目含着锐利的眼神，只道：“孟晚。”她没有反问贺思慕的名字，灯火摇曳间神情冷淡，明显是想尽早结束对话。

然而贺思慕没有给她机会，拉着孟晚袖子的手攥得死死的，面不改色道：“幸会，民女名叫贺小小。如今我和弟弟身体虚弱，想在府中多休息些时日，可否请姐姐禀告将军大人，通融一下？对了，不知今日救我的将军大人，姓甚名谁啊？”

孟晚眯起眼睛，她的眼神原本就凌厉，此刻更像是带着刀刃。她慢慢低下头直视着贺思慕的眼睛，仿佛要扒开她这层皮看到她的真身似的。贺思慕避也不避，眼带笑意。

“你不对劲。”孟晚说道。

“哦？哪里不对劲？”

“哪里都不对劲。凉州屠城，你弟弟昏迷不醒，你怎么一点儿也不害怕？”

贺思慕偏过头，从容道：“孟姐姐怎么知道我不害怕？我害怕起来就这样。再说凉州屠城那般的地狱，我和弟弟都活下来了，如今将军大人犹如天神降临，我们不应该更安心？”

孟晚反手攥住贺思慕的手腕，声音沉下去：“我的直觉从来没出过错，你不是什么好人。你为什么要接近我们将军？你是不是……”

贺思慕眸光闪烁，眼神含笑看着孟晚。

“你是不是……裴国公的人？”

……啥？什么国公？

贺思慕迷惑一瞬，然后扑哧一声笑了出来：“姐姐，你在说什么？这是什么劳什子的国公，我听都没听过。”虽说从开始她就没有一句真话，但是这句话却是千真万确的。人间再位高权重的官宦贵族，与她有什么关系？

位高权重者的魂火和贩夫走卒的并无区别，她可不像后幽殿主晏柯那般，专挑手握权柄的官员下手。

孟晚显然不相信她的话，她松开了贺思慕的手腕，狠厉道：“我不管你打的什么主意，趁早放弃！我们公子是何等出身，何等才华？不过是天性赤诚无所防备，才叫你们这些小人陷害，险些被毁了前途！现在不是在朝堂，而是在战场，我便是豁出命也不会让你伤我们公子一根汗毛！”

孟晚这一番话义正词严、慷慨激昂，倒让贺思慕无言以对，只觉劈头盖脸被扣了好大一口黑锅。

孟晚的话让她回忆起递给她帕子的那双手，那双白皙修长、指甲修剪整齐然而伤痕累累的手。看起来应该是拿笔的、不该是上战场的手。

孟晚喊那小将军“公子”，想来那小将军还不是将军的时候，他们就已经认识了。

“听你这么一说，将军大人还挺惨的？”

“你少装……”

孟晚还未说完，只听见一声清亮的腹鸣音响起。她们二人转头看去，便见旁边床榻上的小家伙不知何时醒了过来，正专注地看着她们二人之间的那个饭盒。

睡了一天一夜的薛沉英是被饭菜的香味熏醒的。

贺思慕看着面前正狼吞虎咽吃着晚饭的小孩儿，安慰道：“慢点儿吃，没人跟你抢，你说你八岁，叫……”

“薛……沉英……”小孩儿嘴里含着饭，含混不清地说道。

“啊，那我就叫你沉英好了。”

“好……姐姐，你是谁啊？我爹去哪儿了啊？”

贺思慕想了想，不忍心打断他进食的好兴致，便道：“我叫贺小小，你爹嘛，你先吃完饭我再告诉你。”

沉英点点头，小脸又埋进了饭碗里。贺思慕托着下巴，心想这小子倒是毫无戒心，和饭最亲。

孟晚军务繁忙，之前撂下狠话便走了，留了几个人看着院子。沉英只关心饭，孟晚前脚刚走，他便刺溜下地跑到桌前，问贺思慕他可不可以吃这些东西。

于是现在他正埋首狼吞虎咽，贺思慕托着下巴看着他发光的眼睛，漫不经心道：“香吗？好吃吗？”

“香！好吃！”沉英嘴里鼓鼓囊囊的，他忙里偷闲看了眼随便扒拉饭菜的贺思慕，道，“姐姐……你不喜欢吗？”

“啊……谈不上喜欢，也谈不上不喜欢……”贺思慕有一搭没一搭，完成任务似的夹着碗里的饭菜。横竖幽没味觉，是吃不出来味道的。这么一看，做幽倒是十分凄凉。

沉英终于填饱了肚子，他放下碗打了个大大的饱嗝，一双大眼睛眨巴着看向贺思慕。

“谢谢小小姐，我吃饱了，我爹在哪里呀？”

贺思慕上下打量他。这孩子穿的粗布衣服，上面还打了许多拙劣的补丁，家境定然十分贫寒，而且这补丁的针脚粗糙，说不定是他父亲给他缝的。照这样看，他母亲很可能已经不在人世了。

这孩子虽然瘦弱，幸而长相还算周正，圆圆的一张小脸上有一双圆圆的眼睛，有几分憨憨的可爱。

“除了你父亲，在这世上你还有什么亲人吗？母亲、姑姑、伯伯、祖父母、外祖父母之类？”贺思慕问道。

沉英老老实实地摇头，耷拉下脑袋，说道：“家里的亲人大多都没了，就我和父亲相依为命。”

贺思慕揉揉额角，这孩子看起来魂火挺齐全，怎么这倒霉的运气都赶上缺魂火的了。

“那你还记得，你晕倒前发生什么了吗？”

沉英愣了下，他似乎抗拒回想那些场景，脸上血色尽褪。他拉住贺思慕的手说道：“坏人……坏人在不停地杀人……我爹……我爹他被……捅了肚子……他流了好多血……”

可算是想起来了。贺思慕任他拉着她的手摇晃，平淡而认真地说道：“你爹已经死了，明日我带你去给他下葬。”

听到“死了”这两个字，沉英的眼睛顷刻睁大，然后撇了撇嘴，眼泪吧嗒吧嗒地往下掉，慌乱又委屈。

“真的吗？姐姐，你想想办法……我爹还能活过来吗？我爹以前被镰刀割伤过，腿上有个好大的口子，他流了好多血……但是后来郎中来了，他就不流血了，还能下地干活儿呢。早先我娘还在的时候，就说受点儿小伤没关系的，小磕小绊人人都有……”

这孩子越慌话越多，边说边哭，边哭边说，好像嘴不受自己控制似的，话一串串往外蹦。从爹说到娘再说到爷爷、奶奶、外公、外婆，仿佛搜肠刮肚，非得找到一点儿能证明他父亲被一刀捅穿肚子还能不死的方法。

贺思慕静静地看着他，不说话也不动，只是看着他哭得上气不接下气，语无伦次，声音越来越小。最后沉英停下话头，深深地吸了一口气，哑着嗓子说道：“我爹说人死不能复生，是真的吗？”

这次贺思慕终于说话了，她点点头说道：“是真的。”沉英的眼睛颤了颤，倒也不哭了，只是一派茫然。

“那姐姐你是谁呢？”

“你父亲对我有一饭之恩，既然你并无亲眷，那么我会照顾你一阵，然后把你托付给一个好人家的。”

沉英蔫蔫地摇摇头又点点头，他没来由地小声说：“我爹说我总是哭鼻子，一点儿也不像个男子汉。”

贺思慕摸摸他的头，道：“我爹娘死的时候，我可是闹了个天翻地覆，若是能哭定然比你哭得还凶。你比我那时候已经争气多了。”

事实证明孟晚孟校尉言出必行。贺思慕和沉英早上起来吃过一顿饭后，大夫过来看过他们无碍了，他们便被客客气气地请出了太守府。据说此处乃军机重地，闲人勿入。

沉英拉着贺思慕的衣角，惴惴不安道：“小小姐，我们以后还有饭吃吗？”

这孩子三句不离饭，看来以前是真饿狠了。

贺思慕摸摸他的脑袋，笑道：“自然有饭吃，而且会比你之前吃得好多啦。”

她牵着沉英的手，先去找他爹爹的尸体。那小将军下令把城中收敛的尸体搬到几处荒废的大宅院中，请各家去认领，三日之内无人认领的便一起安葬了。

贺思慕见那宅院里尸体一具挨着一具，多得让人眼花，便暗暗使了道符咒，跟着那咒术指引径直找到了沉英他爹的尸体。

沉英一见他爹的尸体便又哭了，他抹着眼泪说：“爹爹受了这么多伤，我都认不出来这是爹爹了……姐姐，你怎么远远地，一眼就看到了……”

“我是大人嘛，大人的视力比你的好。”贺思慕面不改色道。

沉英趴在他爹身上哭了一阵，笨拙但是认真地把他爹的衣服收拾好，拿湿布把他爹的脸和四肢擦干净。他发现了尸体肚子上的刀伤和脖子上的掐痕，撇了撇嘴，又大哭起来：“爹爹的尸体都坏了！”

贺思慕站在旁边，心想这小孩儿哪里来的这么多眼泪？她摸摸沉英的头，和善地说道：“哭完就把你爹拉走埋了吧。”

他们跟看守的官兵登记后，便将沉英他爹的尸体拉出去，在城后坟地里挖了个坑埋了。城后的坟地荒草丛生，长着些歪歪斜斜、不大精神的树。然而此时这里颇为热闹，许多百姓都在此埋葬亲人，哭泣声此起彼伏。因为死去的人太多，地方竟有些不够用。

贺思慕寻了块木头板子，坐在沉英他爹的小土堆前帮沉英写碑文。

沉英大字不识一个，只能说出他爹的名字，贺思慕就凭着字音给沉英凑字。

待贺思慕手里的木板插在土堆上时，仿佛盖棺论定，沉英感觉他爹真的再也没法儿揭开这木板重新回到他面前了，情绪完全低落下去，话也不说了，只是一边落泪一边往坟上撒纸钱。

“你哭他干什么？该是他哭你才对，他已经了却此生再世为人了，而你这小家伙还要在这边关乱世孑然一身地活下去。怎么看都是你比较惨。”贺思慕感叹。

这啰嗦的小孩儿没了言语，只是抹眼泪。贺思慕叹息一声蹲在他旁边，随手拿起一沓纸钱撒向天空。从她手里撒出去的纸钱仿佛着了魔似的，在空中转转悠悠飘了一会儿后，苍白纤薄的纸片在阳光下闪了闪，突然呼啦啦变成了无数白色的蝴蝶，扇着翅膀上下纷飞。

沉英这没怎么见过世面的小孩儿一下就看傻了，不远处埋葬亲友的百姓们也啧啧称奇。

贺思慕怂恿他：“你也撒一把。”

沉英有些迟疑地拿起一把纸钱，往空中一撒，那些纸钱飞到半空中也突然化作蝴蝶呼啦啦地飞起来，如同雪花飘舞。

沉英吓了一跳，腾的一下站起来，难以置信地看着自己的手：“我……这是……”

“看什么看，这不过是戏法罢了。”贺思慕哈哈大笑起来。

沉英愣了愣，惊喜道：“原来小小姐姐是变戏法的呀！”

“也算是吧。”

贺思慕打了个响指，那些蝴蝶便乘着北风翩翩而去，沉英张大了嘴巴转过头看向蝴蝶远去的方向。贺思慕也偏头望去，看见蝴蝶飞去的尽头，阳光斜照间站着个身姿挺拔如苍松的少年。

他戴着帷帽，帽下黑纱过肩，身着银灰色的箭袖圆领袍，袖口与正心皆绣有墨色的日月星云，头发被银质发冠束得整齐，帷帽外垂下两道浅白色发带。

这是贺思慕眼里的景象，说实话她不知道他穿的究竟是什么颜色的衣服，说不定是赤、橙、黄、绿、青、蓝、紫，可她眼里只有黑、深灰、浅灰、白。

幽的世界便长这个样子，没有颜色一说。

蝴蝶自少年的头侧翩翩飞走，他微微侧身躲避，发带划出一道潇洒的弧度。少年看向贺思慕，爽朗地笑了，道：“好神奇的戏法。”

贺思慕站起身来，目光在他腰间的破妄剑上停留一瞬，然后移到帷帽黑纱上，看到他隐约的脸庞。她正想着如何再次接近这小将军，谁知他倒自己送上门来了。

她盈盈笑起来，行礼拜谢，这身体原本就是个甜美可爱的姑娘，笑起来更是天真撩人。

“昨日将军大人的救命之恩，我们姐弟无以为报，在此拜谢。”

“我本是护卫大梁的将军，拯救百姓是天职，姑娘何须拜谢？”他在唇边竖起食指，道，“姑娘别喊我‘将军大人’，惊动其他百姓就不好了。”

他戴着帷帽，未着官服、未带随从，看起来并不想让人认出来。贺思慕转了转眼珠，说道：“您是微服私访来了？”

他并未否认，随后看向远处看管坟地的几个士兵。

因为死者众多，为避免坟地不够引起争端，一些士兵被派驻此地维持秩序。原本规矩是先到者先得，有些人想要块好地，便塞钱给士兵，将原来已经挖好了坑准备下葬的人家赶走，葬自己的亲人。士兵倒也熟练，来者不拒。

本就都是遭受了不幸的家庭，到这步田地还要相互倾轧。

贺思慕转头看向少年，少年的神情看不分明。

“不过姑娘真是好眼力，昨日匆匆一面，今日我还戴着帷帽，你一眼就认出我来了？”他转过头，对贺思慕说道。

贺思慕大大方方地说：“那是自然，您威名赫赫、飒爽英姿，小女子早就倾慕不已。”

小将军闻言抱起胳膊，手抵着下巴，像是觉得这话滑稽。他悠然地说：“是吗？威名赫赫？那我叫什么名字？”

“……”

这不正是她预备问他的问题吗？

小将军倒也不深究，低头笑起来，说道：“姑娘不必奉承，我若真有赫赫威名，应该使凉州城免于被屠才是。我叫段胥，封狼居胥的胥，字舜息。”

段胥，段舜息。

这小将军年纪轻轻便身居高位，本该心高气傲、目无下尘，现下却意外地没什么架子。

贺思慕笑道：“民女名叫贺小小，这是我的干弟弟，叫作薛沉英。”

“小小姑娘。”段胥重复了一遍，他走近两步刚想和这姐弟二人说些什么，贺思慕眼角的余光突然瞄到旁边楼阁高处站着的人，大喊一声：“小心！”

几乎在她张口的同时，段胥迅速侧身，破妄剑出鞘在他手心转了一圈，银光闪烁间将从高楼上射来的箭矢打落，不过一瞬剑便再次入鞘。

“有胡契贼人！”

守卫的士兵大喊，高楼上那个黑色身影一闪就不见了，许多士兵去追那人。段胥却不着急，笑盈盈地将剑放回腰间：“看来认出我的不只贺姑娘，还有别人。”

他回过头，看到刚刚出声提醒他的贺姑娘正拽着他的衣服，而她弟弟拽着这姑娘的衣服，两个人一起猫在他背后瑟瑟发抖。只见贺小小眼含泪水，楚楚动人道：“这可真的太吓人了。”

“……已经无事了，多谢姑娘相救。”段胥安抚道。

贺思慕攥着他的衣角，道：“虽然我也很想像将军这般，说不必言谢。但我和弟弟已无家人，昨日被赶出太守府，已无枝可依，怕要流离失所、饥餐露宿了。而且马上就要下雪了，我们连今晚的住处都没找到呢。”

沉英攥着贺思慕的衣角，意识到这是今天有没有饭吃的关键节点，配合着拼命点头。

这小将军一看便是读了一肚子四书五经的正派人，大约不会拒绝这样楚楚可怜的小姑娘和她孤苦伶仃的干弟弟。果然，段胥看看贺思慕再看看沉英，说道：“好，滴水之恩当涌泉相报，我自然会帮姑娘和令弟安排住处的。”顿了顿，他看向天空，似乎有些疑惑，“贺姑娘刚刚说一会儿要下雪吗？”

“今年天气古怪，关河都能冻上，晴天飘雪也不奇怪。现在看着阳光很好，但马上就要变天了。”贺思慕得了段胥的承诺，心满意足地放开他的衣角，指指自己的眼睛，“我这双眼睛向来毒得很。”

得来全不费功夫，若不是段胥在场，她定然要为那刺客鼓掌，并且她也确实投桃报李了。

实际上刚刚段胥仿佛背后长眼，在她提醒之前就已经闪身躲避，原本这箭是射不到他的。不过贺思慕用术法让那箭在空中偏了点儿方向，仍旧直奔段胥而来，这才逼出了他的破妄剑。

贺思慕牵着沉英的手，愉悦地同段胥一起回城。

破妄剑乃双剑，乌木镶银，刻有银雕咒文，平时两边剑柄互为剑鞘，合二为一后看起来如同一柄剑。双手武器原本就比单手的难掌握，方才段胥却用得十分熟练，斩断来箭的甚至是左手剑，可见他的武功不俗。

破妄剑出鞘的时候，她看得分明，那剑寒光四射锋利无比。它平日里是不开锋的钝剑，唯有认主之后才会开刃。

贺思慕不动声色地将段胥上下打量了一遍。他并无灵力修为，却能驾驭破妄剑，看来这小将军的命格极强悍，且很得破妄剑喜欢。

奇怪呀，这小将军凭什么得破妄剑青眼相加呢？

原本还明亮晴朗的天空风云变色，突然阴沉下来，继而有大雪纷纷落下，落在人影寥寥的街上，给凉州府城更添几分凄凉。

贺思慕抻袖遮住沉英的头顶，说道："你刚昏迷了一天一夜，要是着凉了我可照顾不了你。"

她话音刚落，只觉得头上一重，继而被黑纱挡住了视线，是段胥将帷帽戴在了她头上。她转过头去，见段胥扶着帽檐，隔着黑纱和纷纷落雪，他笑道："贺姑娘也昏迷了一天，当心着凉。"

他的眼睛圆润而明亮，仿佛含着一层光，笑起来露出洁白整齐的牙齿，透出一派天然的少年意气。

贺思慕扶着帷帽，浅笑道："多谢将军。"

段胥松开帽檐，转过身迎着风雪往前走。他脊背挺拔，步履轻快，仿佛这世间没有什么事值得烦恼。

果然是山间明月，晴日白雪，世上少年。

段胥说自己并无赫赫威名，显然太过谦虚。

"段舜息啊？这个名字朝中谁人不知谁人不晓？"

贺思慕手里的明珠发出光亮，月光皎洁，她正披着斗篷坐在太守府的屋顶上，一手托腮一手托珠子，听着里面传来的声音。

"段家三代翰林，皇亲国戚。段舜息的外祖母是大长公主、先皇亲姐，父亲段成章因病罢官前官至礼部尚书。他家是有名的文臣世家。他去年高中榜眼入朝为官，更是前途无量。"

贺思慕靠在屋脊上，抬头望着明月问道："那裴国公又是谁？"

"哟，老祖宗您还知道裴国公啊。如今朝臣分两派争得你死我活，一派以杜相为首，另一派是裴国公。段舜息的父亲是杜相的心腹，他自然也是杜党一员。而今圣上喜欢任用年轻人，杜相年事已高，段舜息背景深厚又得杜相喜爱，被当作未来宰执培养。

“可惜他有个死敌——与他同年及第的状元，如今的谏议大夫方先野。方先野出身寒门，本是裴国公的门客，高中状元后自然归于裴国公麾下。这小子既聪明又心思缜密，处处压段舜息一头。

“先前中秋宴会，皇上心血来潮，请宴中才俊对论兵法，这回段舜息大胜方先野，被皇上大加赞赏。结果裴国公这边立刻上表，说段舜息既有将才，便该多多锻炼。皇上一时高兴，便封了段舜息翊卫郎将一职。

“段舜息本是门下省给事中，妥妥当当的宰执之路横生枝节，虽升官却升成了个武职。他文臣出身，在军中没有一点儿根基，去翊卫难免出错。方先野找准机会，一纸弹劾把他送出京城，到踏白军中做中郎将。谁知他刚到踏白军便遇上胡契入侵，踏白军的将军战死，他便临危受命成了踏白军的将军。”

贺思慕揉揉太阳穴，手里颠着那明珠，说道：“我懂了，他该是你们那里无人不知无人不晓、赫赫有名的倒霉鬼。”

从名门望族、宰执候选人一路落到这个朝不保夕的边关将军之位，怨不得孟晚像个一点就着的炮仗，嚷嚷着要保护段舜息。

贺思慕看着不远处段胥的房间。夜已深了，他的房间仍燃着昏黄灯火，他的身影投在窗户上，挺拔如松。

“不过我看这小将军却是全无烦恼的样子，成天笑盈盈的，对自己的处境并无抱怨。”贺思慕托着下巴，漫不经心地说道，“他是真的豁达淡然，想顺其自然吗？红尘俗世里，十年寒窗考取功名，是不是人人都想做宰相？”

“若是有机会，怕是皇上也想做呢，哈哈哈哈。段舜息是有名的明朗性子，见人三分笑，只是他心里是怎么想的，又有谁知道呢？他出身显赫、才华横溢，难道就不想一人之下万人之上吗？”

“啊……真是无趣。”

天下熙熙皆为利往，天下攘攘皆为利来。这小将军不过是个最普通的凡人，此生困在这名利场里，来来回回。

曾经沧海难为水，她姨父可谓她见过的这世间最光风霁月、温柔强悍之人。破妄剑有过这样的主人，怎么还能将就这样的俗人呢？

与此同时，在房间里看军报的段胥打了个喷嚏，军官闻声立刻看向段胥，道："今日雪大，将军可是受了风寒？"

段胥摇摇头，放下军报后出神地看了一会儿灯火，然后抬眼看向军官。

"庆生，今日行刺我的人抓到了吗？"

夏庆生面露羞愧之色，抱剑道："还未。那贼人武功高强逃脱极快，我们跟丢了。将军大人，您以后出行还是带上卫兵，不然太过危险了。"

段胥不喜欢带随从，这在南都是出了名的。像他这种身家的公子，出门带四五个小厮奴仆都已经是低调了，他却向来独行。

据他说，他从前遭遇过劫匪，身边贴身照顾数年的仆人奋力助他逃生，尽数死于匪徒刀下。他心中念旧，不愿再配新仆。此番论调在南都传开，让段胥多了个重感情的好名声。

"武功高强……他在角楼上挑的位置十分隐蔽，这么远的距离能瞄准我，确实是个高手。"段胥于是直接略过了庆生的劝告，轻声说道。

"即便是你在我身边，也未必能发觉刺客。"

段胥轻轻一笑，更何况是个不会武功的"普通"姑娘呢？

月上中天，薛沉英做了噩梦，醒来发觉小小姐姐不在房间。他试探着喊了几声都没有回应，便端着烛台又去院子里寻了一遍，还是没有寻到。

他站在原地愣了半天，噩梦中的情景似又浮现。沉英逐渐慌了神，端着烛台推开门跑到街上，一路喊着"小小姐姐！"。

小小姐姐去哪里了？小小姐姐是不是嫌他吃饭吃得多，丢下他，自己走了？

沉英的眼眶里逐渐充满泪水，眼前的街道一片朦胧。他想起母亲和父亲，还有其他逝去的亲人，他们都是在他某一天一觉醒来之后消失不见，再也没回来的，这仿佛是某种不祥的预兆。

他睁开眼时看不到的人，可能这辈子就再也看不到了。

外面下了一天的雪，地上结了一层冰，沉英边哭边走，不小心摔了一跤。烛台掉在地上，灯火扑哧一声熄灭了，冒出幽幽的青烟。就在灯火熄灭的同时，一个温柔的女声响起来，隐隐约约有些模糊。

"孩子，你怎么啦？怎么在哭啊？"

沉英抬起头，在萧条寒冷、万籁俱寂的街上，离他十步之遥站着一个身着绿袄的少妇。

好不容易停住的雪花又开始飘飞，她站在暗处，沉英只能看见她精致玲珑的身形，她耳边垂着碧玉的翡翠耳坠，手里抱着个绘有黑白婴戏纹的大罐子。

沉英踉跄着从地上爬起来，环顾一周见四下无其他人，便有些局促地站在原地。

“我在找人。”他小声说道。

那妇人往前走了一步，脚步踩在雪里，无声无息。

“你在找谁啊？”

近了这一步，沉英便能看清她殷红的唇，唇角带着笑意。沉英犹豫了一下，还是回答了她：“我找……贺小小姐姐，你认识吗？”

“贺小小？这个人我最熟了，我知道她在哪里，娘亲带你去找她。”妇人又向沉英走近一步。

沉英不自觉地后退了一步，他像只野生的小兽，本能地察觉到危险。他迷惑而小心地说：“我娘亲早就去世了，而且她不长你这样，你为什么要自称娘亲？”

那妇人沉默了，嘴角的笑意慢慢地淡下去。四下安静得可怕，唯有寒风吹过时，街中的旌旗招牌发出猎猎声响。

那妇人又往前迈步，这次她完全走进了亮处。沉英这才发现，她的眼睛是全黑的，没有眼白。而她怀里抱着的那个罐子上血迹斑斑，扶着罐子的纤纤玉手染着新鲜血液，沿着罐身一路流下，一滴一滴落在雪地里。四周安静得仿佛能听见这些血珠砸在雪地里的声音。

她仿佛没有觉得有任何不妥，眨着漆黑的眼睛，温柔地笑起来，循循善诱道：“现在不是，马上就是了。来啊，快到娘亲这里来。”

沉英瞠目结舌地看着这个妇人，吓得全身哆嗦。基于最本能的恐惧，他想要转身拔腿就跑，但是腿也本能地软得不听使唤。薛沉英只能徒劳地喊着：“你……你别过来！我要……我要找小小姐姐！她会……她会变戏法！”

变戏法对于驱邪来说显然毫无用处，但沉英已经不知道还有什么本事更吓人了。

妇人笑着走近沉英，这时不知从何处传来一声突兀的高叫，惊飞了屋檐上的乌鸦。

“孟校尉，就是她！这人邪门得不行！违反宵禁，还伤了我们好几个弟兄！”

巡街的一班士兵从旁边的街上横插而来，五六个人隔在沉英与妇人之间，带头的正是孟晚。

她回头看看沉英，心道这不是那个贺小小的弟弟吗？然后再转过头去抽出刀对着面前这个怪异的女人。那个女人已经停止了前进的步伐，面露不快之色。

孟晚看着她漆黑的眼眸，她从没遇见过这等怪事，握刀的手紧了紧："这女人是不是中邪了？"

"不想死的就让开！把那孩子给我！"这女人面露狰狞，发出近乎野兽一样的嘶吼。她的指甲迅速变长，张开嘴露出尖利的獠牙。

孟晚的手抖了抖，她的心里也没底，在那女人扑过来的时候硬着头皮举刀相向，大喊道："老徐、老王，你们快带这孩子走！"

电光石火间，这女人突然睁大了眼睛、张大了嘴巴，漆黑的眼睛里满是不可置信，戾气尽数化为巨大的恐惧。下一刻她双腿一软，结实地跪倒在地上，獠牙、利甲消失得干干净净，匍匐着瑟瑟发抖，抖得仿佛一只待宰的羔羊。

孟晚还维持着举刀的姿势，愣愣地看着脚下跪倒的女人，不能理解她怎么突然态度大变。

"饶……饶了我……"她恐惧到话也说不清了，只顾着不停地大力磕头，在地上砸出咚咚的声响，好像不知道疼似的。

"你到底是……"孟晚警惕地看着她，话还没说完就见一阵青烟飘过，那女人消失得无影无踪。

四下安静，仿佛刚刚的一切只是幻觉。

"娘哎，这娘们儿果然邪门！"孟晚身后的士兵愣了一下后惊呼出声。

"瞧这胡契人造的孽，屠城这样的大凶之祸，铁定会招不干净的东西来！"那些士兵议论纷纷。

孟晚心有余悸地回头，正想询问沉英的情况，却看见一个身影在长街的尽头。

那个人影披着藕粉色的绒毛斗篷，戴着一顶帷帽，帷帽下黑纱过肩，随风飘动，看不清眉目。来人不动声色地站在纷纷落雪中，仿佛周遭的黑暗是沉郁的气场所致。全身上下，唯一鲜活的，便是腰间明灭的蓝色光芒。

这是……段胥的帷帽？

孟晚愣了愣，在她还没出声质询的时候，那个人影突然先发制人石破天惊地悲鸣起来，仿佛土偶活了似的，一边哭号一边提着裙子跑到沉英的面前，蹲下来抚摸着沉英的小脸。

“沉英啊！你可吓死我了！你没事儿吧？姐姐现在孤苦伶仃，只能和你相依为命了，你可不能出啥事啊！

沉英被她所感染，扑在她怀里哭道：“呜呜呜，小小姐姐，我是出来找你的！结果遇到了奇怪的女人，她好可怕！”

风吹起帷帽下的黑纱，孟晚看着这相拥而泣的姐弟俩，才确认这姑娘是贺小小。

“那怪物刚刚还如此嚣张，怎么突然消失了？”巡夜队伍里的老徐疑惑道。

不等孟晚分析，贺思慕就哭道：“一定是孟校尉英明神武，那邪祟被您的气场所震慑，不敢造次，只好逃走！”

孟晚疑惑地看看自己手里的刀，再看看那邪祟消失的方向，不确定地问道：“是这样？”

士兵们仿佛醍醐灌顶，纷纷附和起来。

“这丫头说得没错，同为女人，您是保家卫国的女将，她却是害人的祟物，但凡要点儿脸面都该羞惭！”

贺思慕站起身来，牵着沉英的手抹眼泪：“多谢孟校尉救了我们姐弟。”

孟晚把刀插回刀鞘，皱眉道：“你这姐姐怎么做的，大半夜的让弟弟一个人上街，不知道宵禁吗？”

贺思慕楚楚可怜地绞手指。

孟晚看着眼前这个弱不禁风的小姑娘，看着她黑白分明的眼睛，心想自己方才或许太紧张了才会看错。那时贺小小站在长街尽头，风吹起黑纱时，她好像在一瞬间看见了一双漆黑的眼眸，和那邪祟别无二致。大概是她的错觉吧。

第二章 风角占候

鉴于沉英和贺小小都是一副受惊过度的样子，孟晚嘱咐老徐把此事上禀将军，便要送沉英和贺小小回家。

贺思慕掩着面擦去眼泪，抬起胳膊指着不远处的一座院落："校尉大人不必送了，我们就住在那里。"

孟晚惊讶地睁大眼睛，看看那院落再看看她，道："你住在太守府隔壁，这不是安排给……"说着说着，她意识到什么，"难道说今日救了将军大人的那个女子就是你？"

贺思慕捂着心口点点头："在下不才，正是我。"

孟晚的眼中登时燃起大火，怜悯也没有了，担心也没有了。

她上前两步攥着贺思慕的手腕："你果然居心不良，这般处心积虑地接近将军，你想做什么？给你的主子通风报信？陷害我们将军？"

贺思慕哈哈笑了两声，好像听见了全天下最好笑的笑话似的，低声重复道："主子？"顿了顿，她说，"校尉放心，我不认识那个什么国公。若是要害将军，刺客行刺之时我就该缠住将军，让他乖乖受死不是吗？"

孟晚目露精光："那你就是别有所图！"

这，倒是真的。

贺思慕看看孟晚握着自己手腕的手，心想这十几岁的小姑娘真是难缠，索性道："我确实另有所图。实不相瞒，自从将军如天人下凡，救凉州百姓于水火之时，我便对将军一见钟情，故而想要亲近将军。"

沉英小小地哇了一声，眼睛一亮，被吓得惨白的小脸都恢复了几分红晕。

显然他年纪轻轻，就已经知道了八卦的乐趣。

“你！将军出身名门，唯有南都的贵女能配，你一介乡野丫头也敢妄想……”孟晚气愤之余，面露不屑。

贺思慕突然靠近孟晚，望着她的眼睛道：“那你是南都贵女吗？”

孟晚被她一噎，脸色发红：“我算不上……”

“那便是了，你不是南都贵女，我也不是；你嫁不了段胥，我也是；可你喜欢段胥，我也是。我们这般志同道合，难道不是天赐的缘分，注定了要相互扶持，你说对不对？”

贺思慕微笑着拍拍孟晚的肩膀，这个小姑娘被她奇异的理论噎得说不出话来。贺思慕便悠然转身，牵着一直不敢插嘴的薛沉英往家走。

她忽而想起什么，转过头对孟晚说：“孟校尉，今日多谢相救。不过以后手中若是没有符咒，你见了这些东西还是跑为上计。”

她微笑着偏过头，夜色深沉，落雪飞舞，帷帽下的黑纱隐约透出她的面容，像是一盏黑纱灯。

“毕竟最英勇的羊也不该和狼搏命，对吧？”

长夜又重归平静，凡人眼里的平静。

城郊坟地里忽而闪过蓝色火光，火光中隐隐约约出现一个女子的身影，待火光退却，她的流云纹翘头布帛鞋便踩在了湿软的土地上。

她穿着件锈红色曲裾三重衣，衣上绣着流云纹与忍冬纹，衣服大约是百年前流行的款式。她腰间系着一枚莹莹的白玉坠，雕刻为精细的六角宫灯形状，发出蓝色的光芒。

那小小的玉坠若显现原形，便是令人闻风丧胆的九幽灯。

女子脸色苍白，并无生气，有着细长的柳叶眉，凤目，眼角有一颗小痣。所谓冰肌玉骨、明艳动人，不外如是。

即便是在一派死气沉沉里，她也透出死寂般的美丽。

贺思慕很好地继承了父母的美貌，她的真身亦可为实体。只可惜这副身体便是显露在人前，一看也知道她并非常人。

她转着腰间的玉坠，抬起漆黑的眼眸，懒懒地一笑：“滚出来。”

一个绿衣的女人便随着一股青烟出现在她面前，重重地跪在地上，抖若筛糠。

“王……王上饶命……”

“名字？”

“邵……邵音音……”

贺思慕伸手举在半空，腰间的玉坠光芒闪烁间，便有一本书页卷边的厚重古书落在她手里。

她漫不经心地打开古书，一边翻页一边说：“邵音音，庚子年三月初七死在岱州木里镇的邵音音。”

“是的……奴家……”

贺思慕不等她说完，便唤道：“关淮。”

她说这两个字的语调与平时不同，仿佛声音之中蕴含了不可见的力量，如同拉满释放的弓弦激荡起空气。

话音刚落，便又有一阵青烟吹起，一个老者从青烟中落下。

只见这老者身材佝偻，满面皱纹，他的须发皆白，且长可及地，以人间样貌来看至少百岁。

他被叫来前似乎正在梳发，头发束了一半，另一半乱乱地垂在地上，不仅滑稽，还挡视线。

“王上！关淮在此！”他慌慌张张地弯腰行礼，声音因为过于高亢而走音，活像个破锣。

“遐幽殿主，我长得可像是这棵树？”

贺思慕的声音从他身后传来，关淮一撩头发，才发现自己拜的正是一棵黑黢黢的槐树，那槐树张牙舞爪地仿佛也在嘲笑他。

关淮连忙转过身来，还险些被自己的头发绊了一跤。

“王上，恕老臣老眼昏花……”

“遐幽殿主的头发已经长到误事的地步，不如剪了去吧？”

关淮立刻抱住自己的头发，口中止不住地道：“使不得，使不得，王上也知道，咱幽这头发剪掉可不会再长了。”

幽冥之主下有左、右丞，二十四幽臣，每位幽臣分管一个幽殿，关淮便是遐幽殿主。

贺思慕看了他一会儿，靠着墓碑敲着书，淡淡道：“三十二金壁法中，第五道第三条是什么？”

关淮宛如私塾里被先生抽中检查功课的弟子，颤颤巍巍地僵硬了半天，然后醒悟道："是……啊，是不得杀害十岁以下孩童！"

贺思慕啪的一声把书合上，指向匍匐在地上的邵音音："你殿中的幽，当着我的面要杀死一个八岁孩童。看来法度在遐幽殿主这里，形同虚设啊。"

关淮看了一眼在地上抖着的邵音音，赔笑道："这小丫头才成幽没多久，不太懂事……"

"不太懂事？邵音音，把你那黑白罐子拿出来，让遐幽殿主看看你有多不懂事。"贺思慕低下头笑盈盈地望向邵音音。

邵音音浑身僵硬，几乎要矮到尘土里去，可怜巴巴地摇头，小声说："我没有什么罐子……"

贺思慕微微眯眼，一字一句道："我说，拿出来。"

她腰间的玉坠陡然发出刺目的火光，而邵音音惨叫一声，颤抖着拿出一个肚大口小、描着婴戏纹的罐子。

一看到这个罐子，关淮的脸色就变了，他立刻高喊道："方昌！方昌！"

又一股青烟袭来，里面走出个高挑瘦削的白衣书生，脸色煞白地跪地向贺思慕与关淮行礼。

"见过王上，殿主。"

关淮指着方昌，怒火朝天道："我本是信任你，闭关之时才将遐幽殿的一干事务交由你处理。你怎能如此玩忽职守，连殿中的幽私囤魂火都没有发现？"

这一番义愤填膺的指责倒是把自己撇了个干净，分明是知道自己兜不住了，拉来一个替罪羊。方才他还老眼昏花，现在眼力却突然变好，一下子就看出这罐子是什么了。

"你们这是冰糖葫芦一个串一个啊。"贺思慕笑笑，从邵音音手上拿过那个黑白罐子，罐子上的婴戏纹乃身穿肚兜的稚子在蹴鞠，活灵活现、趣味盎然。

这么可爱的罐子里，存了六个不足十岁孩童的魂火，魂火孱弱却纯净。

"杀死十岁以下孩童，其罪一；囤积魂火，其罪二。依律当如何？"

满脸堂皇的白净书生磕头，悲切道："求王上网开一面，放过音音！她并非有意忤逆王上，音音生前育有四子，接连夭折，最终她生第五子时难产而死。音音心中有怨无法转生，百年后化为幽。她变成幽的执念便是子嗣，控制不住自己啊！求王上念她可怜，饶了她吧！"

关淮立刻狠狠地瞪了方昌一眼。

贺思慕上下打量了这书生模样的幽一会儿，懒懒地说道："她的生平在幽册上写得明明白白，你复述一遍给我做什么？她有没有意忤逆我，我不关心，但是我在这个位置上一天……"

贺思慕停顿了一下，目光渐冷："我的法度，就不可忤逆。"

方昌低头咬牙，贺思慕走近方昌，在他面前微微弯腰，笑道："你喜欢邵音音？"

"臣……"方昌飞快地瞥了一眼邵音音。

"所以你心疼她，纵容她，隐瞒不报？"

"绝非如此！"

贺思慕抚摸着腰间的玉坠，漫不经心道："人间有句话，惯子如杀子，情人之间也是如此。"

方昌似乎还想说什么，却被关淮抢先，关淮呵斥道："王上说的是！一粥一饭，当思来之不易。做人的时候学的道理，做幽就不记得了？吃稻谷的时候要珍惜，杀人就可以随便了？"

关淮一边给方昌递眼色叫他别说话，一边瞄贺思慕的神情。

邵音音伏在地上，嗫嚅道："望王上念在音音初犯，从轻发落。"

贺思慕瞥了一眼大义凛然的关淮，笑起来："这是你殿中的幽，按理说该由你来处置。"

方昌闻言面露喜色，而关淮抖了抖。果不其然，贺思慕走近关淮，拍拍他佝偻的肩膀。

"你来处置她，我来处置你，如何？"

"老臣……"

"如今我在休沐，姜艾与晏柯代我监理幽域。你今日先去领罚，不必禀告我你如何处置她，七天之后若幽册上还有她的名字，我们再来议论。"

贺思慕也不去看地上的邵音音和方昌，再度拍了拍关淮的肩膀，便消失于一阵蓝色火光中。

"老臣恭送王上。"关淮深深行礼，然后松了一口气，仿佛贺思慕是一座压在身上的大山似的，她走后，关淮的背都挺直了几分。

他慢慢转过身，撩起他滑稽的白发，看着跪在地上的邵音音和方昌，气道：

“方昌啊方昌，我说你什么好？包庇情人也就罢了，还敢跟王上顶嘴？邵音音做的这些事，你就是说破大天王上也不会松口！”

邵音音满脸惊惶地看向方昌，还未开口恳求，就又遭了关淮一通骂：“现在知道害怕了？囮魂火杀小孩儿的时候开心得很嘛！”

他明明是个极苍老的老人了，嗓音也跟破锣似的，骂起人来却中气十足，胡子都给他吹起一尺高。

方昌纤瘦的手掌安抚着邵音音的脊背，他面露坚决之色，叩拜道：“殿主大人，您在幽域里最为年长，王上总要敬您三分。方昌求您，您帮音音求个情吧，我愿做牛做马，不忘您的恩情！”

关淮看了方昌一会儿，他长叹一声道：“我是虚长了三千多岁，那又如何？贺思慕平息幽域叛乱，血洗二十四幽殿时才不满百岁。三成的殿主在她手上灰飞烟灭，哪个不比她年长得多？

“要不是这百年来她的脾气和缓了些，你刚刚说的那些话，够让你灰飞烟灭一万次了。”

方昌怔了怔，明白关淮话里的意思是不会救邵音音了，不禁灰心地伏在地上。

“待这件事处理好，你代我去向王上谢罪吧。记得少说话，王上休沐之时很少找我们，更不喜欢被打扰。”关淮拍拍方昌的肩膀，再看看地上瑟瑟发抖的邵音音，摇着头离开了。

贺思慕这个喜怒无常、十代内天赋最高的幽冥之主，他可得罪不起。

凉州太守府的书房里，炭火把整个房间烘得暖暖的，空气里弥漫着袅袅烟气。

金丝楠木的厚重书桌上放着一封信，信上写了“密”字且盖有兵部专门的红戳。

这封信刚刚被八百里加急送到段胥的桌上，被他拆开还不到一个时辰。此时他坐在书桌之后，孟晚和夏庆生站在他的书桌前，他并不避讳孟、夏二人，信被摊在桌上让他们看个分明。

孟晚的眼神沉郁，她捏紧了拳头道：“欺人太甚！他们这是要你去送死！”

段胥的胳膊架在书桌上，十指不断交叉握紧再松开，他思考时惯会如此。

段胥沉默了一会儿，抬起眼眸说道："秦帅的想法并没有错，如今凉州已经收复，宇州大半却还在丹支军手里。宇州之南便是一马平川，大梁再无险可守，胡契人得了宇州便会直逼南都，所以宇州绝不可失。丹支和大梁都很清楚，所以那里才是最重要的战场，战事胶着。

"丹支长途作战，最忌夜长梦多。宇州仍有六城在大梁精锐手中，久攻不下，丹支必然增援。他们失去了凉州，能增援的只有这条线路。"

段胥以食指在桌上的地图上一画，将宇州后方与关河连为一线。

"但是宇州后方有丹支重兵把守，他们会料到我们想切断增兵路线，在这里做好了死战的准备。踏白军只有八万人，经不起这样的损耗。为救宇州，我们需得……"

段胥的手移到地图上的凉州，指向流经凉州的关河河段："踏过关河，迂回占据丹支的朔州府城，切断胡契人关河南北的通路。待到春来关河解冻，丹支便无力回天了。"

孟晚气急反笑："没错，秦帅想得没错，空口白牙随便一说自然容易。且不说开春关河解冻，我们就成了困在朔州的死棋，单说渡过关河攻打丹支这一项，谈何容易？他秦焕达面对丹支大军，向来也是死守而非进攻，却要我们攻到丹支去？

"这么重要的事，他怎么不叫他的肃英军、成捷军去做？那可是他的亲兵！他是裴国公的妹婿，你便是他的眼中钉、肉中刺，他摆明了是要你送死！"孟晚说着说着，眼睛就红了，攥起拳头一捶桌子，忍不住暗骂一声，然后说道，"都什么时候了，还不忘干这种铲除异己的龌龊事！"

她常年在军营里，虽出身官宦人家，却也沾了些粗语。

段胥的眼里是一成不变的清冽坦然，他甚至笑了起来，一反刚刚严肃的表情，神态轻松。

"秦帅毕竟是天下兵马大元帅，军令难违。若是必须有人送死才能保住大梁，总不能论谁当去不当去吧？秦帅让我去送死，也算是看得起我不是？"

孟晚睁圆了眼睛看向段胥，有些哀其不幸怒其不争。孟家和段家是世交，她认识段胥多年，却一直不明白他怎么就能有这样的脾气，坏事也能当好事，谁也不埋怨。

段胥站起身来，他的身材高挑修长，眉眼也生得俊朗，笑起来当得起"明眸皓齿”这四个字，整个人有种快活且通达的气质。

他走到书桌前，目光转向一直沉默的夏庆生。夏庆生和孟晚都是他从南都翊卫带来的人，夏庆生原本就话少，此时一直皱着眉头神情凝重。

“庆生，你怎么了？”

夏庆生咬咬牙，忽而跪地向他行礼，铿锵有力道：“是我连累了将军。若不是为了救家妹，您也不会跟范公子起冲突，被方大人弹劾以至于陷入今日的险境。”

他抬起眼睛望向段胥，眼中虽有愧色却神情坚定，他郑重地说：“不管将军决定如何做，我都誓死追随！”

段胥看看坚决的夏庆生，再看看愤怒的孟晚，不由得低头哈哈大笑起来，笑得夏庆生和孟晚一脸的惊诧。

他向来非常爱笑，认识他多年的孟晚从未见他愁眉苦脸过，然而即便如此，她还是不能适应他突如其来的笑容。

段胥伸手将夏庆生扶起，然后对他们说道：“这是怎么了？一个个的都这副表情，仿佛即刻便要慷慨就义，你们就这么笃定我会输？

“我此番提前知会你们，你们不要向别人透露半个字。庆生，让吴郎将两个时辰后来太守府找我。孟晚，你随我来，我们去办件事。”

段胥拍拍夏庆生的肩膀，似有安抚之意。他笑盈盈的样子，似乎真不觉得这是什么大事，交代一番后便出了太守府。

他在边关也贯彻了在南都的作风——不带卫兵。此番他和孟晚一道走出太守府，在已然萧条犹有血迹的大街上站了一会儿，便右转走向太守府边的那个小宅院里。

一个姑娘正坐在宅院门口的台阶上，她身着月白色夹袄，披着藕粉色的斗篷，脖颈处露出一圈白色的绒毛。她长相甜美，白皙的脸上浮着红晕，仿佛一颗桃子。

这姑娘手里拿着个图案复杂的糖人，穿着蓝色小袄的男孩儿也拿了一个类似的，坐在她旁边依偎着她。

他们周围围了一圈七八岁的孩子，正坐在地上仰着头聚精会神地听那女子讲故事。

孟晚一看见贺小小，就气不打一处来：“将军，这段时间您命我负责照顾她，她要宅子、要食物、要衣服我都给了，如今她倒是活得像个娇小姐。您还要管她到几时？”

段胥轻松地说道：“你不是说她可能是裴党的人，接近我不怀好意吗？她要食物、要宅子却没要我的命，这不就很好了？先不说这个，这些天你同她相处得如何？”

孟晚压下怒气，抱剑禀报道：“她自称并无亲眷，薛沉英的父亲曾对她有恩，她便照顾薛沉英。不过我打听过，凉州城里没人见过她，也没人听薛沉英的爹提过她。

“这几日我有意问她天气变化，她每次都能预言对，时间可精确到时辰，风向及风力也都正确。但是将军，我觉得此人不可信。”

段胥对孟晚的评论不置可否，只是说道：“我明白了。”

他们走近小院儿门口，便听见贺小小清脆的声音。

“只见那邪祟长得如花似玉，却双目漆黑，她手里抱着个大罐子，罐子上还直往下淌血。她突然长出獠牙和尖利指甲，张开血盆大口……”

贺思慕举起纤细的双手，目露凶光佯装要扑过去，那一圈孩子吓得嗷嗷直叫四散跑去。她顿时面色和缓，大笑起来，于是那些跑出去的孩子又跑回来。

有个扎羊角辫的小姑娘战战兢兢地说：“姐姐，真的有这种邪祟啊？这种叫幽的东西真的这么可怕吗？”

“当然有，我和沉英差点儿被害死了！以后要是遇见奇怪的人，尤其是双眼漆黑没有眼白的人，一定要赶紧跑。”贺思慕抚摸着自己的心口，看起来心有余悸，“我最怕幽了，好几宿睡不好觉，整夜做噩梦！听说被幽害死的人，以后几世运气都会很差，可能一辈子都吃不上糖！”

那群孩子立刻露出畏惧的眼神。

“幽就没有怕的东西吗？”一个胖胖的小男孩儿或许是怕自己跑不动，担忧地发问。

“有吧，我听我爹说，他们怕法器、符咒，还有……”贺思慕想了想，说道，“他们的头头，幽冥之主。”

她身边的蓝衣小男孩儿惊道：“幽冥之主？幽也有王？就像皇上那样吗？”

“差不多吧。我也是听我爹说的，唯有幽冥之主可以和人类繁衍血脉，他们的孩子生来便是幽，比寻常的幽强悍得多，通常也会承袭幽主之位……”

贺思慕正在和那群孩子宣扬幽界知识——实际上是她的故事，一抬眼却看见了段胥站在孩子堆之外，笑着看着她。

他仍然穿着便装，一袭方胜纹的圆领袍，束着发冠，灰色的发带垂着。

今日的阳光好极了，他站在灿烂的阳光下，眼眸澄澈得能让人一眼望到底，里面映着她的样子。

贺思慕想起来，风夷告诉她段胥今年刚刚十九岁，正是明媚少年时。她露出个开心的笑容，站起来向段胥行礼道："将军大人。"

段胥回礼道："贺姑娘见多识广，在下佩服。"

贺思慕十分谦虚，低头说："都是道听途说罢了。"

她将沉英和那些孩子驱散，转身走向段胥，在他面前站定，一双眼睛直直地看向他："将军大人，可是有什么事？"

"我听说贺姑娘身怀绝技，可以预见天气。"段胥开门见山。

"只是小女子生来眼力较好，能辨风识云，雕虫小技而已。"

"不知姑娘可愿意做我踏白军的风角占候？"

战事讲究天时地利人和，风角占候便是军中推演天时的角色。

贺思慕有些意外，心说有孟晚横在中间，这小将军不是应该防备着她吗？怎么突然如此信任，将大事相托？

她暂且做出受宠若惊的神情，说道："要是能在将军身边为大梁尽一份力，我自然是在所不辞的。将军需要我做什么呢？"

段胥不顾旁边孟晚使来焦急的眼色，说道："姑娘可知，这几日里哪天夜里会刮东风？越强劲越好，最好兼有飘雪。"

夜晚，东风，飘雪。贺思慕微微一愣，刹那间露出一丝悲悯的神情，仿佛猜到段胥将要做何事。不过那悲悯只一瞬便消失不见，贺思慕换上原本的喜悦表情。

"此处地势低又有屋舍林立，对风多有遮挡。将军大人若不介意，可否带我上城墙观风？"

孟晚终于沉不住气了，她原本就不理解段胥为何向这样一个来路不明的人寻求帮助，此刻更是怒火中烧。

"城墙涉及布防，是军机重地。你是什么人，岂能想去就去？"

"我是什么人，我不是踏白军的风角占候吗，孟校尉？"贺思慕露出天真的笑容。

“你！”

段胥制止了欲上前去的孟晚，他看了贺思慕一会儿，便笑起来点头道：“好，我带你上城墙。”

凉州府城的城墙修得高耸坚实，如同沉默的巨人，可即便这样的巨人也没能抵挡住胡契人的一次进攻，更没能保住这一城的百姓。

在城墙上能看见不远处的宽阔关河，天气晴朗之时，甚至能远远看见河对岸的丹支朔州。

城墙上守卫的士兵看见段胥来了，纷纷行礼道“将军”。

统管城墙布防的韩令秋韩校尉赶来了，那是个精壮高挑的年轻男人。他脸上有一道骇人的伤疤，从下颌一直到额角，以至于整张脸看起来有些可怖。他神情严肃，双手抱拳道：“段将军。”

段胥点点头，让孟晚随韩令秋去查看城墙布防，然后回头看向那个拿着糖人的姑娘。

她十分自然地走到了垛口边，一边望向遥远的关河，一边还不忘舔她的糖人。

城墙上不比城里，冬日的寒风迅疾而猛烈，她的长发被风拉扯着，斗篷里也灌满了风，仿佛一朵被吹开的藕粉色桃花。

她的一只手放在城墙的砖块上，冬日里的砖块摸上去如同刀割一般。她的指尖同她的脸颊、鼻尖一样冻得通红。可是她没有重新拉好自己的斗篷，更没有丝毫瑟缩。

但凡是能感觉到冷的人，应该都不会如此吧。

贺思慕突然转过头来，说道：“果然，在城墙上所有的风都一览无余。像白色蛛丝，疏疏密密布满天地间，看不见来处也不知去处。”

像蛛丝一样的风，奇妙的比喻。段胥随着她的手指看过去，在凛冽的寒风中说道：“白色的风，便如我这袖口一般的颜色吗？”

“是。”贺思慕笑起来，笑着笑着，她突然问道，“将军大人，您有没有心愿？”

“心愿？”

“对，心愿。”

段胥微微一笑，坦然道：“平生所愿，关河以北十七州回归大梁所有。”

贺思慕面上神色不变，心想这是什么冠冕堂皇的官样话术，比关淮奉承她的话还不能当真。

段胥见她不说话，问道：“怎么了？”

贺思慕一脸哀容，推说她怕血，一想到收复十七州，天下血流成河就害怕。顿了顿，她突然凑近段胥，段胥面带笑意不动声色地后退半步，等着她的下文。

“我行走江湖，对头骨颇有研究。”贺思慕指指段胥的头，不着边际地说，“将军大人生了一副好头骨，后脑圆润，颅顶高，额头饱满，眉骨高而眼窝深，还是双眼皮。”

段胥挑挑眉毛，这听起来实在不像是夸人的话，倒像是在屠场里挑牲口的经验之谈。

“纯正汉人的头骨并不长这样。我爹说，几百年前在比丹支还要北的北方，有一支叫作狄氏的民族，他们那里的人的头骨才长这样。当年狄氏和汉族厮杀多年，你死我活，有血海深仇，可是如今世上已经没有狄氏了。狄氏融进了汉族的血脉里，融进了您先祖的血脉里。”

如今胡契人和汉人亦是死敌，但最终他们将血脉相融，百年之后成为父子兄弟，骨肉至亲。

这世上的事情大多如此。恨极了的转头血浓于水，爱深了的眨眼陌路两端，亲疏反复且无事长久。你死我活的争斗或收复山河的壮志，都会化为云烟。世事多无趣，何必这么认真呢?

段胥凝视了贺思慕一会儿，突然大笑起来，他扶着城墙，笑得弯下腰去。

贺思慕纳闷地看着他，只觉得这个话题没什么好笑的，这个少年怎么笑得像个傻子。

其实她的评价有失偏颇，段胥笑起来是很好看的。他的眼睛明亮微弯，盛着满满的要溢出来的快乐，笑得露出洁白的牙齿。

“抱歉，抱歉贺姑娘，我天生便特别爱笑，并不是对你的话有什么意见。”段胥平复着笑意，直起身来对贺思慕说道，“我就是想起来，年幼时我喜欢去海边堆沙子，无论堆得多好的沙堡，海水一涨潮皆被冲散。当时的我若能有姑娘这番见解，也不至于伤心了。毕竟沙堡没有真正消失，只是归于沙砾。

"姑娘或如我，而我如沙堡。"

他偏过头，笑盈盈地看着贺思慕："我身前是沙，身后是沙，唯有一刻为堡垒，也只需为这一刻而活。"

百年以前如何，百年以后又如何，即便世间有轮回他重活于世，那也不是他了。

贺思慕瞧了段胥片刻，他站在阳光灿烂处，蛛丝一样密集的风缠绕在他身上，就像是茧子里的蝴蝶。她内心感叹着，凡人嘛，不过百年的寿命，终究还是勘不破爱恨情仇。面上却露出敬佩的神色，拍手称赞。

段胥的目光落在她手里的糖人上，他说："方才我就想问，姑娘手中的糖人，画的可是……"

"神荼，沉英还有个郁垒的，两位门神大人。"贺思慕晃晃手里那个被她舔得没了半个肩膀的糖人，道，"前段时间半夜撞了邪，沉英一直怕得不行。今日从孟校尉那里多拿了些饴糖，我就画了俩门神，据说幽都怕这个，拿来驱驱邪。"她说着，一口咬下了神荼糖人的半个脑袋。

段胥忍俊不禁，抱着胳膊摇摇头，却见贺思慕举着那糖人递给他："要不要尝尝。"

那琥珀色的糖人在阳光下晶莹剔透，仿佛宝石一般闪烁光芒。穿过糖人的缝隙可以看见她的笑脸，坦荡而热烈。

段胥伸出手，掰下她未曾荼毒的糖人左脚放入嘴中。他微微皱眉，继而笑道："贺姑娘，太甜了。"

贺思慕靠近段胥，逗他道："将军，是说什么甜？"

眼前的姑娘被冻得面色泛红，笑容却很甜美。少年的眸光闪了闪，但仍然波澜不惊道："糖人。"

"甜吗？"

"甜得过头了。"

"各人口味不同，谁让我嗜甜呢。"贺思慕又咬了一口糖人，她看向远方冰冻的关河，突然说道，"四日后腊月初八，亥时东风夹雪。"

段胥明了，俯身行礼道谢，便听见她的声音在耳边响起。

"你一定要去吗？"

段胥抬眼，便见那姑娘直直地望着他的眼睛，眼里流露出一丝悲悯。

"我听孟校尉说将军大人本不是踏白军的将军，临危受命而已。以您显赫的身世，多做斡旋，应当可以脱身回京。"

段胥叹息一声，道："你们怎么都这样，让我觉得自己仿佛是在螳臂当车，好生悲凉。姑娘放心，我小时候算过命，先生说我这一生将会逢凶化吉。"

贺思慕想，这人从给事中到宰执候选人，从翊卫郎到边关郎将，再到这生死一线的将军，可尽是逢凶了，怎么没见化吉呢？

"你这不是螳臂当车，又是什么？"

段胥微微一顿，轻松地笑道："是虽千万人吾往矣。"

贺思慕只好点点头，顺便吃掉了最后一口糖人。这话倒是没错，没有强悍的命格如何驾驭破妄剑呢？小将军，你可别死啊，破妄剑的主人，应当不止于此吧？

段胥一路将贺思慕送回了她的小院。贺思慕远远地就看见沉英抱着膝盖，乖巧地坐在门口四处张望，见到她便两眼放光地跑过来。这孩子自从上次遇见幽后，越发黏人了。

贺思慕告别段胥，牵着沉英走进院中，漫不经心地说："糖人吃完了？下次还想吃什么？"

"还想吃糖人！小小姐姐这次糖人画得真好，就是太淡了，都没有什么甜味。"沉英最近被养得圆润了些，拉着贺思慕的手撒娇。

贺思慕的脚步顿了顿，低头看向沉英："没什么甜味？"

沉英是穷苦人家的孩子，从小就没怎么吃过糖，又实诚得很，他说不甜应当就是真的不甜。方才段胥说这糖人甜得过头，难道只是开玩笑？

她心中一动，蹲下来问沉英："今天送我回来的小将军，他的袖口是什么颜色？"

沉英想了想，举起手指天，说道："蓝色的！天空的颜色。"

"白色的风，便如我这袖口一般的颜色吗？"

贺思慕沉默片刻，似笑非笑地把玩起腰间的玉坠。好啊，小将军在试探她，是她掉以轻心了。

他的直觉显然比孟晚好太多，居然被他给探准了，这只小狐狸。

她打发了沉英去玩，看着沉英渐渐消失在她的视线里，便从怀里拿出那颗明珠，唤道："风夷。"

过了一会儿，那明珠里发出声音："老祖宗，又怎么了？"

"我记得你说过，段胥在南都长到七岁，就被送回岱州老家祖母身边服侍，十四岁才重归南都。"

"没错。"

"南都没有海，岱州更是与海隔了十万八千里。他应该从没见过海，那幼时是去的哪里的海边堆的沙堡呢？"贺思慕颠着明珠，悠悠道，"这个家伙，不太对劲啊，帮我好好查查他。"

段胥离开贺小小的小院门口，面带笑意悠然地往回走，快走到太守府门时，有几个孩子在街上蹴鞠。

一个孩子的脚下失了力道，藤球便疾速地朝段胥飞来。孩子们的惊呼声刚刚响起，他就更快地侧身抬手，五指稳稳地抓住那藤球。

有个小男孩儿跑过来，段胥把藤球递给他，这小孩儿仰着头看向段胥，满脸好奇地问道："大哥哥，你怎么笑得这么开心呀？"

段胥蹲下来，笑盈盈地摸摸他的头："今天遇见一个很有趣的朋友。一个能看见风，却很可能不辨五色、不知冷暖、不识五味的人。"

小男孩儿露出迷惑的神情，不解道："好奇怪的人呀，这不是很可怕嘛！"

"可怕？哪里可怕？"段胥偏过头，笑容更加灿烂了，"这多有趣啊。"

小男孩儿哆嗦了一下，他现在觉得这个大哥哥也怪可怕的。

"将军！"

段胥抬眼看去，看见夏庆生带着一班士兵朝他走来。他站起身，夏庆生便抱拳行礼，面露忧虑道："将军，这里不比南都，您不能总是一个人行动……"

段胥拍拍夏庆生的肩膀，不反驳也不答应，只道："吴郎将来了吗？"

"在里面候着了。"

"好，我们进去。"

其实按照道理来说，踏白军的将军之位应该是吴郎将吴盛六的。

吴盛六出身贫苦人家，在家里排行老六，实在吃不饱饭才去投了军。在军中这么多年，他一向以勇猛闻名，校场比武从来没输过，领兵打仗更是不要命，不到三十岁就升到了郎将的位置，眼看着马上就能统领一军，了却多年夙愿。

谁知一个南都的贵族子弟从天而降，不到二十岁就与他并列郎将之位。踏白军徐将军战死时，还当着数万将士的面把踏白军托付给这毛头小子。吴盛六寻思肯定是段胥那显赫的家族施压，徐将军才做出了违心之举。

大敌当前时他忍了，如今凉州已经收复，他对段胥便没什么好脸色，只盼他早日回南都去。

毕竟这边关刀剑横飞，可不是细皮嫩肉的贵族子弟能受得了的。

此刻吴盛六站在太守府的大院里，孟晚请他坐他也不坐，就抱着个胳膊板着脸，不耐道："老子还要回去练兵，有话快说！"

段胥带着个俊朗的笑脸，和和气气地走进院里，在他后面那守城的韩校尉也跟了进来。

"这几日吴郎将忙着操练士兵，辛苦呀。"段胥就像没看见吴盛六的臭脸似的，拍拍他的肩膀。他比吴盛六高出半个脑袋，气势上就压了吴盛六一头。吴盛六就更窒闷了。

段胥也不管吴盛六还站在院子里，自己径直坐下，拿起桌上的茶盏笑道："现在吴郎将、孟校尉、夏校尉和韩校尉都在此处了。说白了，我的人和吴郎将的人都在此处，此时大军稍定，我想提一位校尉做郎将。"

吴盛六放下胳膊，看了看孟晚和夏庆生，面露不悦："将军要提谁？夏庆生？"

"嗯。郎将以为如何？"

吴盛六气不打一处来，这段舜息真以为踏白是他的踏白？才收复凉州没多久，他就急着在军中安插自己人。

吴盛六一拍桌子，桌上的茶盏都跳了起来，他气道："他夏庆生才在踏白打过几场仗？"

"四场仗，以三千骑兵杀敌逾万，士卒虽死却未有后退者。"段胥答道。

大梁军队多年未有大战，军纪松懈，士兵在抵抗丹支军队时常常溃逃，前期的踏白军也不例外。

段胥统领踏白军后军法极严，凡有避战后退者杀无赦，死于军法下的士兵有千百余人。前段时间监管坟地分配受贿的士兵，都被他杖责四十。

这话一下子就戳了吴盛六的肺管子。他高声说："那是你把最精锐的兵都给了他，再说他打的那些仗，不都是跟着你……"

吴盛六意识到再说下去就要夸起段胥来，毕竟踏白军能夺回凉州，确实是段胥立下首功。他停下话头，仰着下巴道：“老子不服，我的韩兄弟在军中三年，军功赫赫。我说句实话，段将军你原先那郎将的位置就该是韩兄弟的。如今你升了将军却要提拔别人做郎将，我不服！”

段胥转头看向韩校尉，这个高大话少的疤面男人立在风中，也不过二十出点头的年纪，却沉稳得像一块黑色的石头。

他笑道：“韩令秋，你服气吗？”

韩校尉似乎是没想到自己会被点名，他抱拳行礼，说服也不是说不服也不是，只好低眸道：“令秋全凭两位大人做主。”

段胥凝视了他一会儿，转头看向这宽阔的院子。

隆冬之际，树木萧条，稀疏地分布在院子边缘，显得这阔气的院子更大。院子的地面由青砖铺成，两边立着兵器架。

这凉州太守生前也是个爱习武之人。

“听说吴郎将热衷比武未尝败绩，可愿与我一比？”段胥站起来，抬起胳膊拉伸筋骨，笑着望向吴盛六，“若是我赢了，就提我举荐的人；若是你赢了，就提你举荐的人。如何？”

吴盛六闻言只觉得这赌局正中他的下怀，大笑起来说道：“大丈夫一言既出，驷马难追。将军可别食言。”

他力大无穷、武艺高超，在踏白军里都是闻名的。前几场仗看下来，段胥也会些功夫，但贵族子弟无非就会些花拳绣腿。吴盛六拿起他的武器长刀，昂首挺胸地率先走到庭院正中。

坐在太守府大院屋顶上的沉英看着这一幕，不禁担忧起来。

“将军哥哥为什么要同那个叔叔打架？那个叔叔比将军哥哥壮多了，长得也凶，一看就很能打架，哥哥不是要输吗？”

他戴着段胥那日送给他们的帷帽，黑纱遮了大半个身子，贺思慕坐于他身侧，二人之间的屋脊上还放着一碟瓜子。

两个人歪歪斜斜地靠在太守府的屋顶上，边嗑瓜子边看戏。

贺思慕在那顶帷帽上施了咒法，戴上这顶帷帽的人会隐匿身形，不能被凡人所见。她更是有一百种方法隐身，此时她和沉英虽坐在屋顶上，但是院中众人没一个看得见他们。

她对沉英说这也是个戏法，沉英这好骗的孩子对此深信不疑。

“那吴郎将要输。”贺思慕嗑着瓜子，悠然道。

沉英大惑不解地转过头来，问道：“为什么？吴郎将看起来更强壮呀。”

“他的头骨长得不好看。”

“……头骨？”

“是啊，我跟你说，看人就得从头骨看起。你看这人的后脑勺儿扁，额头也扁，颅顶不高，远不如段胥的头骨。”

“头骨长得好，与武艺有什么关系啊？”沉英一脸迷茫。

贺思慕笑着招招手，沉英便乖巧地凑过来，她神神秘秘地对沉英胡诌道：“头骨长得好看的人，命硬。”

沉英懵懂地点点头：“原来是这样。”

“吴郎将，烦请赐教。”段胥站在院中，轻松地向吴盛六抱拳行礼。

吴盛六敷衍地回了个礼，便提起长刀，摆开架势，怒目圆睁，仿佛捕猎前的一只猛虎。

段胥则直直地站在原地，手里拿着破妄剑，却并没有拔剑出鞘。

“你拔剑啊！”

“该拔剑的时候，我自然会拔的。”

“那我就不客气了！”吴盛六话语未落便举刀向段胥而来，带着雷霆万钧之势，他一声怒喝，“看刀！”

段胥仍然纹丝不动，直到吴盛六离他仅有一步之遥的时候，他右脚才微微后撤了半步。

贺思慕眯起眼睛。

段胥周围的风发生了微妙的变化，那疏疏缠绕得像蛛丝一样的风出现了片刻的扭曲。

一瞬间，段胥借着后撤的这半步迅疾而去，以不可思议的速度躲过吴盛六的刀，一个转身，衣袂飞舞间便来到了吴盛六背后。

他提膝狠击对方腰际，吴盛六下意识后仰，段胥抬手执剑越过对方脖颈，另一只手攥住剑尾，用力往后一拉。锁喉干脆利落，动作须臾爆发须臾便止，兔起鹘落，仿佛一道残影。

吴盛六手里的长刀哐当一声落在地上。若此时破妄剑出鞘，落在地上的就不是刀，而是吴盛六的头颅了。

一瞬寂静后，段胥放开吴盛六，吴盛六捂着脖颈剧烈地咳嗽起来。

“承让。”段胥抱拳笑道，他的呼吸平稳，那一击必杀的招数没有耗费他什么力气。

贺思慕的瓜子放在嘴里，刚刚才想起来要咬下去。

沉英惊得站起来，差点儿没站稳滚下去。贺思慕一伸手拉住他，眼睛只看着院中的段胥。

沉英踉踉跄跄地站稳，揉了揉眼睛，难以置信地说：“刚刚发生了什么？我……什么都没看清呢，将军哥哥就赢了？”

凡人的眼睛确实很难看清楚。

贺思慕漫不经心地笑起来，道：“发生了什么？刚刚发生的就譬如一个六岁稚子张牙舞爪而来，被一个成年男人一巴掌按翻在地。”

吴盛六和段胥之间的差距太大了，那差距并非在吴盛六引以为傲的力气，而在于反应、速度、策略，还有经验。

这小将军，应当杀过很多人。比吴盛六杀过的人，还要多上许多。

吴盛六此刻也难以置信，他捂着脖子坐在地上喘粗气，眼冒金星迟缓地看向站在面前本应当细皮嫩肉的只会些花拳绣腿的段胥，艰难道：“你……怎么可能……”

“吴郎将以为南都来的高门子弟都是混日子的。吴郎将高见，我们那里混日子的不少，但是……”段胥弯下腰，把吴盛六从地上拉起来，笑道，“我可不是。”

待吴盛六在地上站稳时，再看段胥的目光便有所不同。虽然他仍强撑着一丝不服气，却也多了几分好奇。

段胥将破妄剑放回腰间，道：“我知道郎将一直不服我，此前在战场上却也不曾与我为难，是因为大敌当前，你知晓利害、深明大义。我整肃军纪你多有不满，是因为你爱护士兵，觉得我太过严苛。可是吴郎将，我们和丹支精锐的差距之大你也知道，军纪若不严明，在战场上士兵只会死得更快。”

吴盛六的脸上一阵红白交替，他沉默片刻咬牙道：“赢了就赢了，哪里来的这么多话。我输了，以后请夏郎将多多指教。”

他向夏庆生行了个潦草的礼，揉着脖子道：“将军何时公布此事我都绝无异议，也会支持夏郎将。没其他事情的话，末将告辞。”

他这句话是从段胥进门以来说得最客气的一句了，毕竟他还自称了末将。

韩令秋看了段胥几眼，也跟着吴盛六抱剑告辞了。

段胥抱着胳膊看着这二人离去的背影，感慨道：“吴郎将倒是真性情，不过以他这个脾气作风，若到了南都怕是要被吃得骨头也没有了。”

阳光灿烂，下午的太阳明亮而温和。沉英看着阳光下笑容灿烂的段胥，小声说：“将军哥哥好厉害啊。”

贺思慕则托着下巴，微笑着道：“不只有一个好头骨，还有一身好筋骨，妙啊。”

沉英摸着自己的脑袋，巴巴地问贺思慕：“小小姐姐，我的头骨呢？我的头骨好吗？”

贺思慕笑起来，点点沉英的额头道：“天庭饱满，是个有出息的孩子。”

孟晚突然在屋檐下奇道：“天上在掉瓜子皮吗？”

贺思慕笑笑，拎起沉英默不作声地跑了。

第三章 影戏人子

关河对岸的朔州季城，陷落得出人意料。

夏庆生升了郎将，城中兵马粮草往来频繁。大家都在说又要打仗，大概是宇州战事紧急，凉州的军队要去支援宇州。过了两天战报传来才发现不对劲，踏白军居然跑到关河对岸去了。

段胥领着吴郎将佯攻宇州北城，暗地里却派夏庆生趁着深夜风雪最大，胡契人射箭受阻之时渡过冰封的关河，出其不意拿下朔州季城。

季城一被攻陷，段胥立刻放弃宇州北城，头也不回地领着大军北上与季城的踏白军会合，在朔州与丹支军队打得昏天黑地。

这些消息传到贺思慕的耳朵里时，她并不觉得稀奇。段胥问她风向时，她便知道他要做什么了。胡契人何等剽悍好战，这小将军打到丹支本土去，胆子也是够大的，就不知道他的命够不够长了。

这些故事对沉英来说可不一般，他托着下巴一脸的憧憬，吃瓜子、花生的速度都慢了下来。他说道：“段将军好厉害啊，他们都说段将军是大梁第一个越过关河的将军呢！”

贺思慕心想，是啊，无论是从武功，还是从兵法来看，段胥都不像是三代文臣家族能培养出来的人。

“我以后也想成为段将军这样的人！我要保家卫国，为我爹报仇！”沉英捏紧了小拳头。

贺思慕吐了瓜子壳，转过头来打量了沉英一会儿，心说这似乎也是个不错的去处。

“你想跟着段胥吗？”贺思慕问道。

沉英有些茫然，贺思慕想了想，便说下去：“这几日我在城中看了看，大家过得都惨淡，没什么值得托付的好人家。段胥倒是不错，我帮他看风算是帮过他，他若是能活着回来，我可以让你跟着他。他家世显赫，你在他身边将来总不会饿着，说不定还能加官进爵。凡人想要的不就是这些吗？”

她说着说着，就发觉沉英的眼神不对，要眼泪汪汪了。他扯着贺思慕的衣袖说：“小小姐姐……你要把我丢给别人吗？我……我想跟着你。我可以少吃一点儿饭，花生、瓜子也可以不吃的……”

贺思慕冷静地看了沉英一会儿，和颜悦色地擦掉他脸上的泪珠，斩钉截铁地说：“那也不可以。我一早就说过，只会照顾你一阵子而已。”

开玩笑，生死殊途，凡人怎么能一辈子跟着个幽。

沉英垮着个小脸，沉默不语了。

贺思慕揪揪他的脸，道：“再说你想跟着段胥就能跟啦？他说不定就死在朔州回不来了。”

沉英抬起眼睛，丧丧地啊了一声，仿佛是受了第二重打击，不能接受自己的英雄可能会死的境况，问道：“要是将军哥哥死了，我们怎么办呢？”

贺思慕想，这是个好问题。她对段胥这个人还有诸多好奇，若是他死去且无法转生，幽册上便有了他的名字。那他的生平对她来说便是一览无余。

她倒是有些期待。再者便是他手里的破妄剑了，她可不想她姨父、姨母的宝物，跟着他一起埋在地下不见天日。

于是贺思慕问沉英：“你还记得前几天，我们跟街坊聊天时，有个人是唢呐匠的遗孀，叫……”

“遗孀？那是什么？”沉英露出困惑的表情。

“就是死了丈夫的人。”

“噢噢！宋大娘？”

“对，你去请她过来嗑瓜子，顺便把她家的唢呐也带来。”

沉英乖巧地跳下板凳，一溜烟地跑掉了。

没过多久，他就把一个四十岁上下的妇人领进了院子。那妇人手上提着个盒子，头上还戴着白花，身材因为微微发福而显得笨重，神色低落。

她撩起帘子走到贺思慕所在的房间里，贺思慕招呼她坐下，她便坐下把盒子放在桌上，问道："姑娘要唢呐做什么……我最近看见这东西，就很伤心。"

她抚摸着那盒子，说道："我家那个给人做了一辈子的红白喜事，临了却没人给他吹丧曲……"

这宋大娘的丈夫，便是此前城中唯一的唢呐匠，死于屠城之中。

贺思慕把瓜子、花生摆到她面前，安静地等她整理好情绪，才开口。

"宋大娘，能不能把这唢呐借我吹一下？"

宋大娘惊讶道："贺姑娘会吹唢呐？"

"以前学过一点儿。"贺思慕笑道。

宋大娘立刻应允，贺思慕拿了唢呐润了哨片，认真回忆了一会儿，抬手便来了个《百鸟朝凤》。宋大娘十分惊奇，一边听一边拍手，一边红了眼眶，她以为自己再也听不见这唢呐被吹响了。

"宋大娘，你听我这曲子可还在调上？"贺思慕吹完一曲，问道。

宋大娘忙不迭地点头，说："姑娘的技巧真好，都在调上。"

贺思慕又问沉英，沉英亮晶晶的眼睛里全是仰慕。他也说吹得好，没走调。

万幸还凑合，她可听不出调子准不准。贺思慕问宋大娘这唢呐能不能借她一阵。

"你要唢呐做什么呢？"

"我有个认识的人凶多吉少，若他死了，我打算送送他。"贺思慕轻描淡写地说。

想来他若死了，灵柩定要从凉州运回南都。如果路上都没个送葬的曲子，也怪凄凉的。

丧曲一首，换回他的破妄剑。反正那时他也是死人，没法儿抗议了。终究是一物换一物，没违背她的原则。

人还没死，贺思慕已经完成了段胥的出殡筹划，并拿半篮子鸡蛋换了这唢呐，租期一个月。

沉英把宋大娘送出门后，蹦蹦跳跳地跑回来。他踮着脚扒着桌子，看着盒子里的唢呐满眼的好奇。

"小小姐姐，你怎么什么都会啊！你还会吹唢呐！"

"闲得没事做呗。"贺思慕拿起唢呐，在手里转着，"这还是小时候我父亲教我的，他几乎没有不会的乐器。"

虽说她生来就是幽，但是继承幽主之位前却一直养在人世里。她的父母似乎很希望她像一个活人。以至于她现在勉勉强强也能装人装得不露馅儿。

当然，遇上段胥那个小狐狸就另说了。

“小小姐姐，你的父亲是做什么的呀？”沉英跳上小凳子，坐得端端正正地问道。

贺思慕想了想，唢呐在手里转了几个圈，她才找到个差不多的形容：“我父亲啊……从前是个屠户总管。我家乡有个地方，在那里生活的人全是屠户。”

她爹，先幽冥之主要是听见她这个比喻，定要拍手叫好道一声绝妙。

“啊，屠户，就像街上卖猪肉的张屠户？”

“差不多吧。”贺思慕笑起来，眼神有些漫不经心，“屠户可是难管得很啊。”

“那小小姐姐的爹娘，是怎么去世的啊？”

沉英还是童言无忌的年纪，有什么问题想问就问，并不知道有些问题是不合时宜的。

贺思慕瞧了沉英一眼，沉英被她眼里的阴云吓到，噤声不语。她只是笑着忽略了这个话题，叫沉英去街上给她打二两酱油，沉英立刻如获大赦地跑掉。

待沉英走出小院，贺思慕从怀里拿出刚刚颤动的明珠，问道：“风夷，怎么了？”

“来跟您老报告情况呀。”那头传来年轻男人欢快的声音。

“我又去细细地查了段舜息一番，段家有四个孩子，他是段家三公子，小时候便有才名，能过目不忘，背下百余首诗词歌赋。七岁那年，他在岱州的祖母生了场重病，他便被送到祖母身边侍候，那段时间他常有文章流出，在岱州十分出名。这些经历都还算寻常，唯一不寻常的，是他十四岁从岱州回京时，遭遇了劫匪。

“他的侍从仆人全被杀死，唯有他死里逃生，一路跋涉来到南都。自此他才在南都安顿下来。”

贺思慕的指节在桌子上叩着，若有所思地说道：“他的侍从仆人全死了，唯有他活了下来？段家老太太后来怎么样了呢？”

“段舜息到了南都没多久，老太太就去世了。”

如此说来在岱州的七年间认识他的人几乎都不在世上了。真是好巧啊，世间竟有如此巧合之事，还是说他想隐瞒什么呢？

贺思慕嗑着瓜子，心想这个小将军还真是个宝藏，越挖东西越多。正好她最近有的是时间，可以去朔州前线转转找魂火，顺便去瞅瞅这小将军是否还活得安好。

夜色深沉，朔州府城前，杀声震天，刀剑交错。

贺思慕隐匿了自己的真身，在刀剑纷纷、血肉相搏的沙场上慢悠悠地走着。她穿着红白间色曲裾三重衣，腰间的玉坠闪闪发光。

接连不断的死亡，接连不断的生命消逝，明灯升空，往生轮回。血色漫天的沙场，在幽的眼里便如同一个放天灯的盛大节日。

她蹲在地上，选中了一个头骨饱满奄奄一息的胡契人，双指在他眼上一抹。他眨了眨眼便看见了面前的贺思慕。

“我可以完成你的一个愿望，作为交换你得把你的命给我。你可有什么想要的？”贺思慕以胡契语问他。

见他露出迷茫的神色，她再以胡契语简短地陈明利弊。只见那胡契人一手抓住她的衣裙，颤巍巍地唤道：“苍神大人……”

贺思慕偏过头：“我不是什么苍神。”

“苍神大人，杀了那个……家伙！”那胡契人举起手指，满是血污看不清长相的脸上，唯有眼里的仇恨和愤怒清晰。

贺思慕顺着他的手指看去，她眼中被魂火照得亮如白昼的世界里，段胥骑着一匹深色的骏马，披甲持刃在人群中厮杀，所到之处血溅三尺。

他的神情平静冷淡，没有愤怒或者仇恨。不过在那一派平静的湖面之下，似乎隐藏着什么。

隐藏着什么，她看不清。

“你要我杀那个人？”贺思慕指着段胥，转头对她的交易对象说。

“杀了……杀了他！”胡契士兵怒吼道，声嘶力竭，然而他的声音被漫天杀声所淹没。

倒是个志向远大的士兵，懂得擒贼先擒王的道理。

贺思慕站起来，身形一闪就出现在了段胥的马前。段胥的枣红马似乎感觉到了阴森冷气，突然扬蹄疾止，半个马身跃起。

段胥迅速勒马，稳稳地蹬着马镫。马蹄在贺思慕面前轰然落下，溅起的尘土四下飞扬。

贺思慕背着手，抬头看着马上的段胥。段胥一贯爱笑的眼睛里流露出些微疑惑，他微微皱眉，看着马前一切正常的空气。

“段胥。”贺思慕说道，声音不大，不过再大他也听不见。

他们对峙的这一瞬间，空气仿佛凝滞了。漆黑的天色亮起来，于无名处突然飞来无数只鲜红色的鸟，它们的翅膀上被人绘上了耀眼的火焰纹，如同一场天降大火铺天盖地而来。

正在酣战的丹支军队大为惊悚，纷纷丢了兵器向后溃逃，一时间胶着的战场呈摧枯拉朽的倾倒之势。大梁军队军鼓震天，士兵举着兵器大肆砍杀，如同风暴席卷而去。

那些溃逃的胡契人一边逃一边看着天上的红鸟，唯恐红鸟落在身上，口中纷纷大喊着胡契语。

晨光中，满身血污的段胥轻轻地笑了起来，他的脸上还有血痕，但眼睛微弯，露出洁白的牙齿。一个天真且轻松的笑容，完美得像是假的。

在遮天蔽日的红色中，他微微张口，吐出几个简单的音节。然后他拍马而去，从贺思慕的身边经过，披风飞舞像是一阵迅疾的风。

贺思慕回头看向他冲进敌军的身影。她微微眯起眼睛，转着手里的玉坠，一圈又一圈，蓝色的灯火闪烁。

刚刚段胥说的是胡契语。那句话和溃逃的丹支士兵们因震惊、恐惧而大喊的话语含义相似。段胥说得十分清晰且地道，就像那是他的母语一般。

苍神降灾，燃尽众生。

贺思慕走向那个匍匐在地上的胡契士兵。他眼露惊恐，望着天上铺天盖地的红鸟。贺思慕拍拍他的肩膀，在他耳边说道：“恭喜你，下辈子好运依然与你相伴。”

交易驳回。

段胥活在这个世上，或许会更有趣些。

段胥。他真的是段胥吗？

段舜息会是一个出身文臣世家，志向宰执之位，却身怀绝佳武艺，骑术高超，还会说地道胡契语的人吗？又或许真正的段舜息，已经和他的仆人们一起死在他十四岁那年从岱州到南都的路上了。

贺思慕回到凉州府城，重归她借用的身体里时，已经日上三竿，她挥动着胳膊从床上坐起来。

昨天她特意嘱咐过沉英，让他早上去宋大娘那里吃饭，不要惊扰她，以这个风平浪静的情况看沉英很听话。

正在贺思慕这么想时，这不经夸的孩子就把她的门板拍得震天响，喊道：“小小姐姐！有捷报！我们攻下朔州府城啦！”这语气听起来像是他上战场把朔州府城打下来的。

贺思慕穿好衣服下床，推开门时沉英一把抱住她，兴奋地仰起头来：“小小姐姐，段将军打下朔州府城啦！他还活着！”

贺思慕弯下腰刮刮他的鼻子，道：“这和你有什么关系？”

沉英开心地傻笑着，一指门外：“将军哥哥派人来接我们啦！”

贺思慕意外地挑挑眉，沉英不由分说地拉着她的手一路小跑，跑到小院的门口，指着门外的马车说：“姐姐，你看呀！大马！多好看的马车！”

街道两边已经围了一大圈驻足观望的百姓，纷纷议论这是怎么回事。马车边的韩校尉抱拳，向贺思慕行礼道：“贺姑娘，将军托我给您带句话。”

贺思慕行礼道：“校尉请讲。”

“朔州府城已破，姑娘观风献策居功甚伟，特此拜请姑娘继续为踏白占候，前往朔州。

“将军知道，姑娘性娇弱、怕血腥、淡世事，但是将军承诺保您免劳苦、得周全，且不强求。”

韩令秋如同背诵一般说出这段话，然后弯腰向贺思慕一拜：“姑娘可愿？”

贺思慕微微眯起眼睛，笑盈盈地看着面前这个男人和他身侧高大的马车。能在此刻来到凉州府城，怕是朔州刚破段胥就让韩令秋来接她了。

段胥是决定要跟她把这局游戏玩到底吗？贺思慕想起那漫天红鸟和明灯之下，段胥笑盈盈地说出“苍神降灾”的神情。她笑了起来，伸出手去，悬在半空。

“将军盛情邀请，民女却之不恭。”

韩令秋托住她的手，贺思慕略一用力便登上马车。沉英跑回去收拾了几样东西，也跟着上了马车。贺思慕一看，这小子居然把段胥给的帷帽还有她租的唢呐都带上了。沉英抱着这些东西，期期艾艾地说：“以后说不定能用上呢。”

嗯……再隐身去听墙根，或者是给段胥送终吗？贺思慕揉揉沉英的头，道：

“真是个省心的好孩子。”

凉州对岸就是朔州季城，季城和朔州府城一线已经被踏白军打通，其间五城尽归大梁，季城与府城间更有直通的官道，走起来很快。

贺思慕坐在摇摇晃晃的马车上闭目养神。沉英趴在车窗边看着窗外景象，喃喃道：“原来这就是丹支啊……”

贺思慕抬眼从车窗望去，朔州建筑的风格和凉州的如出一辙，都是黑灰色的小瓦青砖斗子墙，砖石混砌的街道，只是街边多了一些写有胡契文字的招牌和店铺，凡是有胡契文字的店铺都显得富丽堂皇。

这些店铺门脸上还被绘上了火焰纹，与她昨夜见过的那些红鸟身上的纹路有些相似。那是胡契人信奉的神明苍神的图腾，“丹支”在胡契语里的含义便是“苍神的伟大国度”。

沉英张望了一会儿，回过头对贺思慕说：“小小姐姐，我听我爷爷说，我家祖籍其实是朔州鹿城。我太爷爷在世时大晟朝还在，胡契人也还没有来，整个朔州都是我们汉人的。

“后来胡契人打过来了，灭了大晟朝，我太爷爷就带着家人南逃到了凉州。我们家的钱也花完了，土地也没有了，后面就连饭都吃不上了。

“爷爷还在的时候，偶尔会跟我说起朔州来。他说他这一辈子，连同我这一辈子，可能都没有办法回到朔州了。但是我回来了！我回到朔州了。”

沉英看起来有点儿难过，也有点儿雀跃，他从窗户里望向远方，小声地说：“我还想去更远的地方看看呢。”

贺思慕的胳膊撑在窗户上，漫不经心地看着沉英。她心念一动便可去往这世上的任何地方，莫说朔州，关河以北十七州乃至北冥她都去过。

她并不在意战乱，更不在意距离，但是这对于沉英这样的凡人来说，就是一生不可跨越的沟壑。凡人真是既渺小又可怜，一生所能穷尽的路途不过咫尺，须臾便化为枯骨。她摸摸沉英的头，沉英挨着贺思慕坐下。

马车赶路赶到一半，突然人声嘈杂，整个马车剧烈地摇晃了几下，把沉英从睡梦中惊醒。他一下子跳起来，问道：“怎么了，怎么了？”

只见贺思慕放下窗帘，从容说道：“我们被伏击了。”

“伏击？！胡……胡契人？”沉英话都说不利索了。

“没错。”

车门外传来兵器相交的乒乒乓乓的声音，应该正在进行一场恶战，沉英缩在贺思慕身边不敢出去，他小声问：“我们到哪儿了？将军哥哥会来救我们吗？”

“到朔州府城还早着呢。我刚刚看埋伏的人少说有一百个，我们这里只有十几个人，小将军是远水解不了近渴。”

贺思慕笑道，心说这伏击的人和段胥有没有关系还不一定呢。

沉英慌忙问道：“那我们怎么办？胡契人是不是要抓你回去给他们看风？”

“那就去呗，帮谁看风不是看风。那胡契人要我帮忙总不会少了我们的口粮，你还是能吃得上饭的，说不定比在凉州更舒服。”贺思慕漫不经心地说着，说着说着却发觉沉英的眼神变了。

他惊讶地看着贺思慕，腮帮子气得鼓了起来，一字一句道：“小小姐姐，你怎么能帮胡契人！

“他们把我太爷爷从朔州赶到了凉州，为什么他们自己有家，还要抢别人的家！为什么我们都逃了，他们还要跑来凉州！为什么他们要杀我爹！我们祖祖辈辈都活在这里，为什么要受他们欺负！小小姐姐你还要帮他们！我不要，我死也不帮他们！”沉英说得气势如虹，但是眼泪止不住地往下掉。

他拉住贺思慕的手，哭道：“小小姐姐，你也不要帮他们好不好？”

贺思慕的目光沉静如水，看着沉英哭花的小脸。外面传来刀剑声、呼喊声，马车摇晃着，如同沉英动荡不安的心。

“唉……好吧。”贺思慕长叹一声，安抚地拍拍沉英的肩膀，笑道，“幸好旁边是座山，山上有不少荒坟野冢。”

“什么？”沉英露出迷惑的神情。

贺思慕捏起手指，煞有介事地说道：“我能掐会算，这坟里的汉人祖宗们见不得自家儿女受这种气，要从坟里跳起来打胡契人的头呢。你快闭上眼睛捂住耳朵，默数一百个数，他们就把胡契人赶跑啦！”

沉英立刻听话地闭眼捂耳朵，开始默数。

贺思慕目光微冷，她腰间的灯形玉坠发出幽幽蓝光，继而飘浮起来变大，化为一盏真正的六角冰裂纹琉璃灯。

贺思慕双手抱住这盏令万千幽众闻风丧胆的九幽灯，下巴搁在灯顶上，喃喃说道：“一百来号人，五个幽够吗？”

灯盏中倏忽燃起蓝色的火焰。

“还是直接放火比较简单呢？”贺思慕抬起手，食指在空中一转，打了个脆生生的响指。

朔州府城中一片忙乱，士兵打扫战场，百姓收拾街道。段胥站在城外军队营帐前，他仍穿着铠甲，不过脸上和身上的血迹已经被擦干净，孟晚站在他的身侧。

段胥抬起双手，双手合十搁在唇上，再分开，再交叉。

虽然明白这是他思考时惯有的习惯，不过有时候孟晚也不知道他在想什么，她试探着问道：“舜息，你在担心韩校尉和贺小小吗？”

刚刚传来消息，韩令秋在接贺小小来朔州的路上遭遇了丹支袭击，目前断了联系。如今已经是第二日的早上，还没有韩校尉和贺小小的音信。

段胥转过眼来，原本放空的眼神凝聚起光，他笑着摇摇头。

“我不担心贺小小。”

“那你是……”

“报！”探子飞奔而来，在段胥面前跪下，道，“禀报将军，韩校尉和贺姑娘的马车来了，半炷香的工夫便能到府城。”

段胥朝孟晚笑笑，说道：“我说吧，不必担心她，派人去迎接吧。”

孟晚见到贺小小的马车时吃惊了片刻。这马车原本是朔州一富户家中的，那富户也是汉人，见大梁军队来十分欣喜，主动献出自家的马车供驱使。

原本富丽堂皇的马车，如今却深一块浅一块地染了不少血污，窗帘被烧没了半边，马车壁上还插着两支箭。韩令秋负了伤，左胳膊垂在一边，血汩汩地流下来。可见曾经的战况惨烈。

“韩校尉，你们没事吧？”孟晚从马上跳下来，走到韩校尉面前。

韩令秋摇摇头，简短说道：“路上被丹支军队伏击，受了点儿小伤。”

“我们刚刚收到消息了，有多少人？你们怎么把他们击退的？”孟晚焦急地问道。

“大概一百人……我们原本寡不敌众。当时我们在山脚，突然有蓝色火焰从山上滚落……不烧树木禽兽只烧人，敌人多有伤亡便退了。”

“那你们呢？”

“说来也奇怪，那火没有烧在我们身上。”

马车里传来长长的叹息声，而后传来贺思慕的声音：“那山上有许多坟墓，想来是先祖发怒了吧。”

这……大白天的撞邪？孟晚不禁多看了那马车几眼，贺小小怎么总是和撞邪的事儿搅到一块儿？此刻她不仅觉得贺小小居心叵测，还觉得她不太吉利。

待马车到了段胥跟前，贺思慕终于撩起门帘。韩校尉和士兵们都是一派灰头土脸，她却完好无损，那张甜美可人的脸上还带着笑意，只是脸色看起来有点儿苍白。

不过她的从容不迫并没有持续太久。下马车时她脚下突然一软，挥着胳膊踉踉跄跄几步直接跌进了站在她面前的段胥的怀里。

扑通一声，砸得结结实实，幸而段胥身子稳，不然得给她扑到地上去，一时间周围一片寂静。孟晚的脸色都青了。

段胥惊讶地睁大了眼睛，继而微微挑眉，与贺思慕拉开一点儿距离。他抬起手放在她的额头上说道：“小小姑娘，你生病了，你在发烧。”顿了顿，他又笑起来问道，“你没有感觉到吗？”

没有感觉到？这小狐狸又开始试探了。

贺思慕的眸光微微闪烁，她望了段胥片刻，继而委屈地抹眼睛，道：“我在路上太害怕了，见了您才放松下来，现在确实感觉不太舒服……”说着说着她头一歪，索性倒在了段胥怀里。

这丫头演得还挺像！孟晚咬牙。

其实贺思慕算是演戏，也不算演戏，因为这身子确实不大好控制。她最初以为是离开这身子的时间有些长，待段胥言明时她才意识到这身子病了。

生病，可是借用他人身体时一等一的头疼事。

贺思慕盖着被子靠在床上，这是朔州府城中汉人富商特地给她收拾出的一间温暖屋子，火炉里的火烘得旺旺的。大夫一边给她诊着脉，一边问她：“你最近可有感觉困乏、四肢无力、小腹疼痛？”

贺思慕笑得温婉，说道：“好像有一点儿。”

“畏风畏寒，食欲不振？”

“有一点儿。”

“胸闷气短……”

“有一点儿。”

贺思慕维持着不变的笑容，无论大夫问什么，她都统一回答——有一点儿。

这具身体难不难受是一回事，借用身体的幽难不难受是另一回事。幽连冷暖都感觉不到，更别说疼痛、难受、胸闷气短这些过于高级的感受了。

按照贺思慕惯常的经验，被她借用的人身若是生病，多半还是得让原主醒过来陈述病情，不然小病也能折腾成重症。

幸而这回的大夫是军医，不能说话的病患都见过不知多少，见贺思慕回答得不着边际便也不再追问，利落地舍弃了“望闻问切”的“问”这一项，给她开了药。

贺思慕坐在床上百无聊赖地给沉英讲恐怖故事，等着药熬好。门被敲响，轻快的三下。贺思慕头也不抬地说道：“请进。”

原本被恐怖故事吓得小脸煞白的沉英喜出望外，跳起来大喊“将军哥哥”，贺思慕才抬起头看过去。

段胥端着一碗冒着热气的药站在房间中。他没穿盔甲，身着轻便的圆领袍，和她对视的时候明朗一笑。

“姑娘，喝药了。”段胥坐在贺思慕的床边。

贺思慕让沉英先出去，她接过他手里的汤药，他手指上的伤痕已经结痂，在白皙的皮肉上留下些深浅不一的痕迹。这让人不禁猜想他的衣服之下，那些别人看不见的地方应该有许多伤痕。

这说不定也是一种有意的引导。以他的武功，在乱军中杀个三进三出或许还能留有余裕，又有几个人能伤他？

贺思慕在心里暗暗想着，面上却露出受宠若惊的笑容，说道：“这种小事怎好劳烦将军大人。”

“你是我军中的风角占候，也是踏白的功臣，你生病了怎么能算是小事。”

“这难不成是踏白的惯例，夏郎将受伤了，将军也会亲自端药给他吗？”

“那倒是不会。我听孟晚说你喜欢我，想来我送药你会更欢喜。”

“你喜欢我”四个字一出，贺思慕一口汤药喷了段胥满脸。黑色的汤汁顺着段胥轮廓分明的脸一滴滴往下流，他像是从墨池里拎出来的一块水玉。

段胥眨了眨眼睛，哈哈大笑起来，仿佛诡计得逞的孩子似的。

贺思慕面对段胥这莫名的欢乐一时无言，只好掏出帕子，一边扶着他的脸一边拿帕子在他脸上不停地擦拭，嘴里连声道“抱歉”。段胥也不推辞，任她给他擦着脸上的药汁，一双含笑的明亮眼睛望着她。

贺思慕的手从段胥的下颌骨移到颧骨，稍微用了点儿力气探他的骨骼，心想这小将军的头骨果然长得不错。

段胥观察到她的目光移向自己的脸侧，微微仰起头，悠悠一笑。

“原来如此，姑娘喜欢的不是我，是我的头骨吗？姑娘莫不是喜欢收藏头骨？”

这对话，都可以接上她刚刚和沉英说的恐怖故事了。虽然说关于她这个幽的故事里，她确实很喜欢收藏头骨，拥有的藏品上百。

贺思慕微微一笑，说道：“我只是常年浪迹江湖故而有些怪癖罢了。哪里能比得上将军，十四岁就能从贼寇土匪手中逃脱，长途跋涉上百里去南都。”

段胥的目光微微闪烁，笑道：“你调查我。”

“彼此彼此，你也不遑多让。”

“如此，你有什么结论呢？”

“你对我又有什么结论呢？”

贺思慕捧着段胥的脸，她褪去了那胆怯温顺的外壳，直截了当地凝视着他的双眼，拉近与他脸庞的距离。在几乎快要到耳鬓厮磨的间隔时，她低声说：“咱们是提着影戏人子上场——好歹别戳破这层纸儿吧。”

她停顿片刻，便松开捧着他脸颊的手，与他拉开距离。刚刚分开不过两尺之遥，段胥突然扶着贺思慕的肩膀，再次与她拉近，在她耳边说道：“或许有千层纸，戳破了这一层，还有下一层呢，贺姑娘。”

他说完这句话便远离她，少年笑得爽朗，好像刚刚那些绵里藏针的试探都是假的似的。

“在我这里，姑娘便是失却五感的奇人异士。我虽不知姑娘所图为何，但愿意相信你。姑娘既然帮了我，我便拜姑娘为上宾好生照拂，仅此而已。”

贺思慕抱着胳膊打量了段胥一会儿，道：“小将军，你怎么知道我这个奇人异士会一直帮你呢？说不定我转头就去帮丹支了。”

“哦？我观察着，他们的头骨并不好看，想来不能像我这般入你的眼。”

这小将军真是伶牙俐齿。

“你如此笃定？”贺思慕问道。

“我并不笃定。”段胥偏过头，笑着说，“我只是生性好赌，而且运气不错，总是能逢凶化吉赢了赌局。”

“你觉得你能赌赢？”

“不赌总是不会赢的。”

段胥右手拿着药碗从容地站起来，左手背在身后略一俯身行礼，说再给她盛一碗药去，便转身离去。

贺思慕看着他的轻快步伐，喃喃道：“还真是千层纸。”

人说君子如玉，他的气质却是比玉更透明清亮的东西，仿佛是水玉。这大概归功于他那双含着光芒的眼睛。但实际的他却是千尺寒潭，深不见底。这双眼睛还真是会骗人。

喝了药之后贺思慕便觉得对这身体的控制又顺畅了许多，幸而大夫诊断她只是偶感风寒，并没有病得太严重。第二天她便下床，裹着厚厚的绒毛斗篷走到了小院中。

朔州虽在关河以北，气候却和凉州差不多，这富户的院子里种了许多国槐、枫树和梅花树，青石地砖灰色院墙，此时梅花含苞待放，倒是个风雅的门庭。沉英蹦蹦跳跳地跑过来拉住她的手，他担忧地看着贺思慕说道：“姐姐，你没事吧？”

“没什么大事。”

沉英点点头，又皱起眉头：“小小姐姐，你昨天和将军哥哥聊了那么久，不会是要把我交给将军哥哥吧？”

贺思慕摇摇头，在走廊的长椅上坐下，说道：“就目前这个形势，段胥实在是凶多吉少。我还不至于把你往火坑里推。”

“姑娘这话是何意？”

贺思慕转头看去，一个身着白衣的年轻男子站在院子里，目光灼灼地望向他们。

或许也不是白衣男子，浅色衣裳在她眼里都是白色就是了。他的衣服上绣着精致的松柏与苍山，头发半披于肩，长得高大，轮廓坚毅，是个相貌周正的年轻人。

贺思慕的目光在他头上转了一圈，骨相也不错，不过比起段胥来自然是差了一点儿。他向贺思慕行礼道：“贺姑娘好，在下林钧，朔州人士。”

林钧，原来他就是这座宅子的主人林老板。这位朔州有名的汉人富商林家少当家，便是那倒霉催的、被她几乎毁了的马车的主人。自从段胥入主朔州府城以来，林家一直鼎力支持段胥，并提供给踏白军大量物资。贺思慕这个风角占候生病，也是他主动提供休养的地方。

也不知林家从前受了丹支多少气，竟如此欢迎大梁军队的到来。

贺思慕回礼，便听见林钧追问道："贺姑娘刚刚说段将军凶多吉少，这是什么意思？"

贺思慕凝视林钧片刻，胳膊搭在美人靠上笑道："林老板和踏白军走得这么近，应当比我清楚吧。踏白全军才多少人？凉州也要保，朔州也要攻，他段将军就是长了三头六臂也不能变出更多的人来。

"踏白军能够夺下朔州五城靠的是出其不意，攻其无备。可丹支为什么会无备？因为段胥走的本是一条找死的路，踏白军在朔州兵力不过五万，丹支却有二十万大军等着南下。除了府城城墙高厚，两面环山一面背水易守难攻之外，其他四城根本无险可守。很快其他四城就会重新回到丹支手里，而我们都会被困死在朔州府城。

"朔州府城是丹支向宇州增援的必经之路，丹支一定会死攻，段胥或许会撤退或许会死守。若段胥死守，这里便有一场惨烈的血战，假设不日朔州重归丹支所有，林老板，你的下场又会如何呢？"

贺思慕说完这一大段话便有些咳嗽，沉英的脸都吓白了。他跑到贺思慕身边给她顺气，小声道："那小小姐姐你……你怎么还答应来朔州啊……这么危险……"

为什么？那当然为了段胥的邀约啊。

贺思慕没一点儿担心的样子，只是笑着点点沉英的额头道："现在知道害怕了，当时我就说去给丹支人看风也挺好，你还不信。"

林钧的目光闪烁，凝视着贺思慕一言不发。

有一个管家模样的老者快步走到院子里，向林钧和贺思慕行礼，说道："老爷、贺姑娘，段将军到了，现在在前厅。"

林钧点点头，仿佛转身想走，刚迈开步子却又停下，回过头来看向贺思慕。

"贺姑娘是不是觉得我林家家大业大，即便在丹支也过得非常风光？你没见过我的父辈还有我，是如何经受羞辱还要勉力讨好那些胡契贵族的。我们汉人在他们胡契人眼里只是奴才罢了，或许连一条狗都不如。”

他挺直后背，好像有一股气将他撑起，一字一句道：“我们林家人是人，不做奴才，更不做狗。”说罢他便拂袖而去。

贺思慕搂着沉英，微微眯起眼睛看着他的背影，这还是个有血性的老板。

她跟着管家的指引，随着林钧来到前厅。段胥和韩令秋正身披铠甲站在前厅中，林钧快步迎上去向他们二人行礼，然后有些担忧地转向韩令秋，问道：“韩校尉，你身体如何了？”

韩令秋的左胳膊还是有些抬不起来，他行礼道：“正在恢复中，已无大碍。”

“我听大夫说，您曾经用过生死一线的重药，后患无穷。不知您是否还记得当年用的是什么药，可以让大夫为您调养。”林钧热心说道。

韩令秋却皱起了眉头，他摇摇头，硬邦邦地说道：“我的身体我知道，无须林老板记挂了。”

林钧一番好心被噎了回去，有些尴尬地请韩令秋保重身体，也不再说别的。贺思慕瞧着这形势，目光在众人之间打了个转，再和段胥的眼睛对上，后者眉眼微弯轻轻一笑。

段胥适时插进了话题，开门见山地说他要去军营中，顺路来接贺思慕去营中有要事相商。贺思慕倒也不推辞。

待到了大营中，贺思慕优雅地下车，段胥翻身下马走到贺思慕身边。

“你要不要猜猜，我现在要找你聊什么？”

“韩校尉？”

段胥靠近她，小声说：“不是，你流鼻涕了，快擦擦吧。”

做人可真是太麻烦了。贺思慕皱皱眉，下意识就要伸手摸自己的鼻子，却被段胥拉住了手，他握住她的手腕。

“别，别。”他尾音上扬，从怀里拿出一方帕子递给她。

“踏白的功臣，可不能拖着鼻涕参加会议啊。”

这似乎是她糟蹋的段胥的第二方帕子了。

贺思慕拿着那方帕子掩在鼻下，笑道：“你才是踏白的功臣，我算得上什么，过会儿大概都没有人看我。”

事实证明她所料不错，走进营帐之后段胥还来不及向大家介绍她，吴盛六就跳起来，他身上铜黄色的铠甲发出哐啷声响，这个满面胡须的魁梧汉子喊道：

"将军大人，你把夏庆生派回凉州是什么意思？"

几天不见，吴盛六上次还梗着脖子一副谁也瞧不上的样子，今日虽说还是梗着脖子，但这"将军大人"叫得是越发顺嘴了。

贺思慕见果然没她什么事，步子顿了顿便拢着斗篷走到一旁，在应该是为她准备的位子上坐下，端起茶来准备喝茶看戏。

"当心舌头遭殃，茶烫得很。"

段胥双指敲了敲贺思慕的桌子，意味深长地提醒道。然后他转身面对吴盛六，仍旧笑盈盈的。

"是，我把夏郎将派回了凉州，让他统领凉州的踏白军余部，等待援军到来。吴郎将有什么不满？"

看戏的贺思慕挑挑眉，为免受伤还是放下了手里冒热气的茶。

此时营帐中，除了夏庆生之外的郎将和校尉们都已经到齐，各个披着泛着寒光的铠甲，衬得营帐都冷了几分。除了孟晚和韩令秋之外，还有几位面生的校尉，有些紧张地看着吴盛六和段胥的对峙。

吴郎将和段胥不对付也不是一天两天了，一个资格老一个身份高，一个直脾气一个笑模样，打仗时还能勉强合作，仗一打完就要吵。吵到今天居然还能把一场场仗打赢，也是十分令人惊奇。

"我有什么不满？将军大人，这几场仗我跟着你打，虽然赢了，但我却晕头转向的。您对我就没几句实话！"

说起这事儿吴盛六就来气，原本段胥说要攻打宇州，刚开始打没多久，就突然掉头渡河打朔州。攻打府城的时候更甚，打之前他还跟段胥争吵，以这里的地形和敌军数量，他们是必死无疑，谁知不知道打哪儿飞来好多红鸟，居然把胡契人吓得丢了府城。

段胥这些准备谋划，事先从不和他商量，分明是看不起他！

这时候的吴盛六还不知道，他这番想法可是大大地冤枉了段胥。段胥并非看不起他，就算天王老子在这儿，这个人也不会改变他专兵独断的本性。

段胥笑起来，他摆摆手让吴盛六坐下，自己也坐在桌后，好整以暇道："吴郎将喜怒形于色，且常年在边关，敌人对你十分熟悉。疑兵之计若告诉你，恐怕暴露。再者说，敌我双方的战力差距郎将也清楚，所谓死地则战，若不是抱着必死之心与敌军相争，便是留有后计又有何用？

“说到那些红鸟，不过是身涂红彩的鸽子，我让孟晚带人搜了这一带的所有信社，得到上千只信鸽，皆绘上红色火焰纹待战时放出。胡契人笃信苍神，将《苍言经》奉为无上经典。而《苍言经》中提到苍神惩罚信徒，便从天上降下身披火焰纹的红鸟，所碰之人永世不得超生。”

吴盛六听着段胥的解释，面色有所缓和。

段胥笑笑，慢慢地说：“知己知彼百战不殆，从来如此。”

贺思慕的手指在茶杯边缘漫不经心地磨着，指尖被烫得发红也没有收回。以她对胡契的了解，他们只允许本族人信奉苍神，至于宣读《苍言经》更是司祭才有的权力。段胥那日在战场上说出的胡契语是经文，居然和《苍言经》上的原文一字不差。

苍神降灾，燃尽众生。

他怎么会对《苍言经》如此熟悉？她的目光移到他腰间的破妄剑上，心说她姨父做的这柄剑口味刁钻得很，挑上这样一个浑身是谜的主人。难不成是百年过去，它觉得无聊，还爱上解谜了？

吴盛六这些人并不知道《苍言经》和苍神是什么东西，只隐约晓得大概就是胡契人的玉皇大帝、天王老子。他终于哼了一声，在座位上坐下，抱着胳膊说：“段将军见多识广，我这个粗人比不了。如今丹支的阿沃尔齐带领大军几日便要兵临城下，我想将军心中定是有了万全之策，不知道肯不肯跟我们说说。”

“阿沃尔齐……”段胥双手交叠，十指相扣摩挲着。

众人的目光都集中在段胥身上，这段时间他们已经习惯段胥思索片刻后便拿出奇奇怪怪的各种方案来。

这次段胥思索了片刻，却道：“说实话，我并没有什么万全之策。”

吴盛六又跳起来了：“没有对策？他们可有二十万人马！”

朔州四城保不住，这谁都知道。若再不经那四城一线的官道撤军回凉州，待丹支大军拿了那四城，府城便成了腹背受敌的孤岛。

“贺小小姑娘有何高见吗？”段胥突然点名道。

在场的所有人的目光都转向贺思慕，她捧着茶杯正在漫不经心地吹气，这下吹气的动作停住了。贺思慕抬起眼眸，环顾了周围一圈看着她的人，微笑而得体地将手里的茶杯放下。

段胥适时地介绍道：“这便是我们踏白的风角占候贺小姐，凉州人。这次我们进攻朔州，就是她帮忙推演天时的。”

贺思慕笑笑，她转眼看向段胥，问道：“将军一定要阻止丹支援军吗？”

“是的。”

“那不然，你们去把关河炸了吧。”

此言一出，营中众人皆是一惊。孟晚说道：“如今天气仍然寒冷，炸了关河有何用？炸完不过几天，河面又会上冻。”

“关河一带原本气候宜人，冬日河水并不会冻结，今年遇上百年少有的严寒才会冰封。但我瞧着这严寒也不会持续多久了。”贺思慕掐着手指算了算，说道，“十日之后气温骤升，寒意退却天气温暖。若你们在那前几天炸了关河，想必河水不会这么快再次冻结。再之后天气虽有反复，最冷时关河也许还会有薄冰，但已经不能过人过马。”

段胥笑起来，他道：“我觉得这是个好主意。”

吴盛六看看贺思慕，再看看段胥，问道：“炸了关河？然后呢？撤回凉州吗？”

到现在踏白全军也不知道秦帅给段胥的军令是什么，吴盛六想着大约是要延缓丹支援军增援的速度，他们坚壁清野再炸关河，将丹支援军拖慢半个月左右，已然很不错了。毕竟踏白全军也才八万人，为了守护后方凉州，这次派到朔州的兵力只有五万，实在是不能再多做要求了。

段胥抬眸，终于不咸不淡地抛出一个惊雷：“秦帅的命令是踏白死守朔州府城，不可放过丹支援军，不可后退一步。”

此言一出，满座寂然，只有火盆里的木炭发出噼里啪啦的声音，欢快得有些不合时宜。

贺思慕悠然地喝了一口茶。

“怎么可能？我们只有五万兵力！”

“丹支南下的可是呼兰军，那阿沃尔齐也是有名的悍将。”

校尉们的疑异声刚响起，就被吴盛六的大嗓门排山倒海般地盖过去：“不可后退一步？这是闹着玩儿的吗？不回凉州，我们都会死在这里！秦帅真是这么说的，还是你小子为了军功人心不足蛇吞象？”

段胥眼里的笑意慢慢地淡下去，浅浅一层浮在眼底，少了几分真心。

关河两岸多年没有大战事，只是偶有摩擦。大梁歌舞升平偏安一隅，连士兵都少了血性。几十年过去，这一辈士兵早已不知道胡契人到来时，那亡国灭种的恐惧了。

他从座位上站起来，一步一步走向吴盛六，边走边说道："吴郎将这话说得奇怪，我可是你的将军，而且你是不是忘了……"

他在吴盛六面前站定，俯身道："死亡就是战争的本来面目。即便是胜利者，也需要白骨铺路，死伤无数。

"我们脚下的不是丹支朔州，而是曾经的大晟朝朔州。几十年前我们的先祖埋骨此地，大败于丹支，所以丹支的铁蹄可以肆无忌惮地遍布十七州，甚至南下凉州抢掠屠城，所以我们今日如此艰苦卓绝，浴血奋战才能重新回到这里。家国面前，本当万死不辞。"

满场寂静，吴盛六抬头看着段胥，拳头捏得咯咯响。

他想起凉州城街头巷尾的尸体，一身鲜血就热了起来。段胥说的这些道理他不是不懂，可他们这渺小的兵力在丹支大军面前，就像车轮前的小蚂蚁一般。他还有统领一军的宏愿，难道要葬身于此了吗？

段胥又笑起来。他微微抬起下巴，眉眼弯弯："吴郎将不必如此，我们会赢的。"

吴盛六似有动摇，却仍有不甘。

"你说能赢就能赢？"

"吴郎将，虽然我是独断了些，但是到现在为止我还没有输过，不是吗？"

吴盛六盯着段胥半晌，一拍桌子站起来，生生把桌子拍出一道裂痕。他指着段胥道："老子就再信你一回，怕死的是孬种！可就怕白死了！老子是要当将军的人，丹支人要是不能滚回老家，我做鬼也不放过你们段家！"

段胥目光灼灼，他将吴盛六的手推回去，道："放心吧，郎将，要是做鬼也少不了我。"

看着彬彬有礼的段胥，吴盛六突然想起来，他好像听说这贵族少爷本来是要被培养成宰执的，宰执的官可比将军大上许多。想到这一层，他便有点儿心生怜悯。

段胥却浑然不觉，只是回过身对营帐里的诸位行礼。

"朔州府城，就拜托各位了。"

营帐里的校尉们纷纷行礼，这些人大多比段胥年长，却也被段胥和吴盛六刚刚那番对话所震动，面有悲壮之色。

离开营帐时，贺思慕走在段胥身边，她望着前方吴盛六的背影，半开玩笑道："依我看，吴盛六这么讨厌你，多半还是因为你长得太好看了。"

军中之人大都不喜欢干净英俊的男子，总是以粗犷凶悍为荣，更何况是段胥这般出挑的英俊。

段胥挑挑眉毛，他们走出营帐，阳光甚好，风力强劲，他的发带飞舞，束发的银簪在阳光下闪烁，如同他弯起来的眼睛。

"承蒙夸奖，不胜荣幸。"他微笑着，似乎很开心。

"其实吴郎将是信任你的。"贺思慕说。

从凉州到朔州，哪一场仗都不好打。段胥每场仗都把吴盛六放在身边，一场场赢下来吴盛六心底是服气的，不然也不会不明就里时，还是听从段胥的命令攻打朔州府。

这营里的校尉们，乃至于踏白军的士兵，大约也是在一场场仗中打出了对段胥的认可。不过要让吴盛六在小自己近十岁的段胥面前低头，还是太难为他了。

"你有把握能赢？"

这可是二十万兵力对五万的极端悬殊。

"若有十成把握能赢，那就不是好赌徒了。"

段胥眨眨眼睛，把贺思慕送上马车。待马车开动时，贺思慕撩起窗帘，却发现段胥仍在车外站着。他的目光和贺思慕的对上，便笑起来向她摆摆手。他看起来既开朗又温良。既开朗又温良的疯狂赌徒。贺思慕放下窗帘，啧啧感叹。

贺思慕的马车远去，去往城中的林家休息。

韩令秋目送那马车远去，然后目光移到前面的段胥身上。段胥其实只比他小一点儿，他们年岁算是相当。这位南都来的贵人举手投足和军中粗人们大不相同，但也不端着，平日里总是一张笑脸，便是腹有惊雷也面若平湖。

他总是觉得这个人很熟悉，特别是段胥笑起来的时候，这种熟悉感尤其明显。

"将军！"这次他终于喊住了段胥，段胥回过头来望着他，示意他接着说。

韩令秋沉默了一下，继而问道："将军，你从前可见过我？……五六年之前吧。"

段胥的眸光闪烁，他把手背在身后，笑道："怎么这么问？我们若是从前见过，难道你不记得吗？”

韩令秋犹豫片刻，咬咬牙答道：“将军大人，实不相瞒，我五六年前受过重伤，脸上留了这道疤，伤好后之前的事情全不记得了。”

甚至连韩令秋这个名字，都是收留他的那个人家给取的。他对受伤前的事情，唯有一个极其模糊的印象，似乎有某个人对他说：“去南方吧，去大梁，不要回来了。”

其实他是在丹支受的伤，因为唯一记得的这句话，伤好之后他便从丹支偷逃到了大梁。

失去这段记忆没有给他的生活造成太大影响，他似乎很习惯孤身一人的生活，也并没有想着恢复。只是在见段胥第一面的时候，他突然觉得段胥很熟悉。犹如故人归。

段胥好像十分惊讶，然后流露出可惜的神色，他摇摇头道：“没想到韩校尉还受过这样的伤，可惜我五六年前还在岱州，并不记得见过你。”

韩令秋便有些悻悻的样子，他行礼称是。

段胥拍拍他的肩膀作为安抚，转过身走回了营帐。段胥转过身去时，笑意沉在眼底，神情晦暗不明。

第四章 五感结咒

贺思慕并没打算掺和他们炸关河的事情。

城中军队驻扎之地离林家颇有些距离，她就在房间里好生养着，时不时和风夷聊聊天，再捧着幽册看看她休沐时天下的情况。

幽册上邵音音的名字按时消失了，这证明她已经灰飞烟灭，从此退出轮回，在这世间也再没一点儿痕迹。

关淮果然听话。这老头儿一贯是墙头草随风倒，当年她平叛时，他是第一个倒戈归顺的，向来很会读眼色避祸端。

贺思慕靠在椅背上，漫不经心地翻着幽册，看看这世间的一桩桩惨剧。

凉州府一带屠城之后多了许多怨气，死时凄惨之人不容易转生，但执念不够深重，多半最终不能化为幽。

执念深重者，比如那关淮。

他一生散尽家财求仙问道，医药养生，心心念念要长生不老与天同寿，撑到一百多岁还是去世了。

可死也不能断绝他的执念，数百年后心念不灭化为幽。便是成了幽，他也是幽界最长寿的，三千年不灭，这执念确实深重。

贺思慕合上幽册，托着下巴喃喃道：“倒是很羡慕你们。”这么明确地知道自己想要什么，为这些念念不忘活一辈子，再为此抛却轮回兜转上千年。

不像她，稀里糊涂地一出生就已经是幽。

风起了微妙的波动，那白色的丝线卷曲起来。

贺思慕皱皱眉，走到窗边推开窗户，便看见低矮的屋舍之上，城南之郊无数明灯升起，飘浮着隐没于夜幕中，照得天地亮如灼灼火场。

死人了？关河在城南，小将军炸个河能死这么多人?

贺思慕挥一挥衣袖，把这个借来的身体安顿在床上昏睡，腰间的九幽灯闪烁，瞬息自己便站在了关河岸边。

她的白底红靴踩在河边松软的土壤上，刹那间便感觉到从土地上传来的震动，关河冰封的河面上一声声轰烈的巨响伴随着火光响起，冰粒四散飞起，穿过她虚无的身体落在地上。

整个世界惊慌地震动，冰面上有黑压压不辨眉目的士兵，呼号着悲鸣着随着碎裂的冰面坠入冰冷刺骨的河中。

关河黝黑而沉默，仿佛张开血盆大口的巨兽无止境地吞噬着，继而便有千百盏明灯，燃灼着魂火从它的口中升起。又一场死亡盛景，想来幽册上又要多许多姓名。

胡契人怎么会在这个时候渡河，还正好赶上段胥炸关河?

贺思慕转过身去，瞬间就在一片黑暗的树林和乱石之间看到了段胥。

韩校尉和孟晚站在他的身后，还有许多大梁士兵隐没于树林间。

那些士兵排成箭阵，凡是有胡契人奋力爬上此岸便万箭齐发，将他射死于岸边。

段胥的眼睛含着层浅浅的笑意，高挑清俊的身影隐没于树林之间，好像长在树林间的一棵松柏。

贺思慕一步一步走到段胥的身旁，站在他面前，在这深渊之侧地狱边缘。

“宇州的胡契人要从关河偷袭府城，你埋伏在此，还完成了炸关河的计划。一石二鸟啊，小将军。你是不是早就知道胡契人会偷袭了？”贺思慕笑着说道。

段胥并不能看见此刻的她，更不能听见她的声音。

当然，他也不能看见她所看见的世界，不能看见蛛丝一般白色的风，不能看见天地之间亮如白昼的灼灼魂火。

贺思慕靠近段胥，微微踮起脚，直视着他的眼睛。

他的眼睛明亮而上挑，眼瞳颜色黑得纯粹，像是一面黑色的镜子。

镜子里没有她，没有明灯，只有爆炸的火光和血肉模糊的敌人。

“凡人眼里看到的死亡是什么样的呢？”贺思慕端详着他的眼睛，仿佛是想从他的眼里看到死亡的另外面目。

段胥安静地眨了眨眼，突然轻轻笑起来，说道：“贺小小。”他的声音很轻，气息绵长，仿佛一声叹息飘过她的虚体。

这一声“贺小小”让贺思慕愣住了。她惊讶了半晌，才挑挑眉毛问道：“你能看见我？”段胥却没有回应。

贺思慕这才发现，段胥并不是在看她，他的目光远远地穿过了她的虚体，望向她的身后。

她回头顺着他的目光看去，便看见关河上空飞舞着的乌鸦，黑压压一片。

那些乌鸦如同一场黑色的大雨，因为得了食物兴奋地鸣叫着，围着可怜的胡契人尸体啄食。

这场景和她来到凉州府城那天如出一辙。

“贺小小……她来了吗？”段胥轻声道，他没有要说给任何人听，显然是这群乌鸦让他想起了贺思慕。

贺思慕转过头来看向段胥如深邃海洋的眼底，初见到现在的种种事情从她脑海中掠过，她的唇角慢慢弯起。

“从一开始，你就注意到我了吗？”

在落满乌鸦的凉州街头，她满身是血平静地站在那里。因为从那时他就留意了，所以才会把乌鸦和她联系起来。

“那么，那天在墓地，你也是故意去找我的？

“然后安排我住在你的隔壁，向我问风，试探我的五感，一步一步地打探我的底细。”

贺思慕摇摇头，把玩着手里玉坠形的九幽灯，眼里是一片漆黑，而段胥仍然安静地看着关河上空的乌鸦群。

“胆子真大啊，君子不立危墙之下，可你偏要往危墙下站，就是赌我这堵墙不会塌吗？”

他听不见她的声音，她也不需要他回答。

段胥突然迈步向前走去，穿过贺思慕的身体，对他的部下们说道：“我们该去收个尾了。”

他的身体与她的魂魄交错的刹那，她怀里的明珠突然开始震颤，那种不同寻常的震颤令贺思慕愣在原地。她不可置信地回头看去，段胥的身姿在士兵之间，在漫天明灯里留下一个黑色的剪影。

“思慕，姨母给你准备了一份礼物。你看这颗明珠，它会一直追随着你，你可以随时用它联络我。待我死后，你也可以用它来联络我的血脉。

“这里面还有一个特别的咒文。你不是问我做人是什么感觉吗？这个咒文可以让你从结咒人那里借用五感。若它遇到了能承受和你联结的人，自然会告诉你的。”

姨母的声音仿佛穿越了三百多年的时光在她耳边响起。

能够和她结咒的人，能够让她借用五感的人，三百年里都没有出现过的人。

段胥，段舜息。

贺思慕看着段胥远去的背影，那背影模模糊糊融入夜色中，没入回忆的阴影里。

回忆里她的父亲、母亲、姨父、姨母都尚在人世，一切安好。

时过境迁沧海桑田，这颗明珠里存放的，是她原以为已经被遗忘的愿望。

方昌去找贺思慕复命时，他们的幽冥之主正在朔州富商舒适的房间内，挑着灯花，托着下巴发呆。她的目光放空，不知道在想什么。

王上虽然年纪轻轻，却总是高深莫测，令人畏惧。

看见他来了，贺思慕的目光幽幽一转，漫不经心地问道：“你来做什么？”

“回禀王上，邵音音已被处死，关淮大人已经受罚。但臣下包庇邵音音亦有罪，特来复命领罪。”方昌跪在地上，俯首叩拜。

“关淮要你来的吧，那个老滑头。你是他的下属，怎么还要我来罚？”贺思慕瞥了方昌一眼，便看见他撑在地上紧握成拳的双手，因为用力过大而颤抖。

她沉默了一下，便有些无趣地笑起来，说道：“怎么，你很不服气？”

方昌咬咬牙，抬起头来看向贺思慕。他心中翻滚着太多不平，终究是无法忍耐。

“王上，臣下只是觉得您太过偏袒凡人……音音原本就是因对孩童有执念而化为幽，天性渴望孩童。您让她不可对十岁以下的孩童出手，这根本不可能。幽与凡人之间的关系，便如凡人与飞禽走兽一般，这难道不是天性使然，天经地义的吗？您为何要横加诸多限制条件，这根本没有道理。”

一身书生打扮的幽，颇有种以身抗命、大义凛然的姿态。

贺思慕听着他的话，不由得哈哈大笑起来，她站起来俯下身看着跪着的方昌："道理？我难道是因为道理讲得好，你们才服我做幽冥之主的吗？"

她腰间的九幽灯忽然大亮，方昌身上猝然燃起熊熊蓝火，他惊叫一声，挥舞四肢拼命挣扎着翻滚着，却无济于事。

贺思慕蹲下来看着在地上翻滚的方昌，慢慢地说："气愤吗？绝望吗？凭什么我能这样折辱你，摧残你，把你捏在手里肆意玩弄？"

她打了一个响指，火焰骤然熄灭，方昌伏在地上心有余悸地大口喘息着。贺思慕抬起他的下巴，望着他愤恨又恐惧的眼睛，嫣然一笑。

"被你杀死的那些活人，死前也是这么想的。"

方昌怔了怔。

贺思慕松开手，漫不经心道："天经地义？什么是天经地义，对你有利的便是天经地义？

"幽怀有这世上最强烈的欲望。姜艾爱财，晏柯恋权，关淮贪生，而你生前屡试不第，渴求功名。幽若无法度，欲望若无限制，便是这世上最不可见底的深渊。"

方昌沉默了许久，伏在地上道："是方昌短见了。"

贺思慕回过身走到桌边，轻巧地坐下拿起茶杯，在手里慢慢地晃着。她不知他这服从有几分真假，不过她一贯也不是个以德服人的君主。

贺思慕摩挲了茶杯一会儿，突然问道："方昌，你死了多久了？"

方昌愣了愣，答道："启禀王上，五百多年了。"

"还记得活着是什么感觉吗？比做幽如何？"

"活着的感觉……记不太清了。"方昌苦笑了一会儿，道，"对死的感觉倒是深刻。"

"死亡不就是瞬间的事情吗？"

"不是，王上。在臣看来死亡十分漫长。从臣初次应试不第，臣就开始缓慢地死去，死去的速度依次倍增。我最后死在赶考路上，那并非死亡的开端，而是死亡的结束。"

贺思慕沉默着，风从窗户的间隙吹进来，吹得灯火摇曳，屋内的光线明明暗暗。

有道是生亦何欢，死亦何苦。

她开口说道："你走吧，最近别来打扰我。"

方昌行礼，起身离去。

贺思慕从怀里拿出那颗明珠，看了好一会儿，仿佛想从这颗明珠里看到什么答案似的。她突然笑起来道："管他呢，这是千载难逢的机会啊。"

顿了顿，她唤道："晏柯。"

她右侧一阵青烟飘过，便有个黑衣男子出现在烟雾中。

那男子二十七八岁的模样，身材高大，脸色同方昌一般苍白。他剑眉星目，五官坚毅如刀刻，唇紧紧抿着，看起来好像不好相处的样子。

后幽殿主，幽界右丞，晏柯。

"王上。"晏柯微微俯身，行礼道。

贺思慕皱眉斜他一眼，晏柯便直起身体，改口道："思慕。"

三百多年前贺思慕父亲身死，贺思慕接手幽冥王位，主少国疑叛乱四起，姜艾和晏柯两位殿主助贺思慕平叛。如今四海升平，这两位已经是幽界的左、右丞。

这是幽界仅有的两个可以唤贺思慕本名的幽。

贺思慕指着旁边的椅子，巧笑倩兮："阿晏，坐啊。"

这位年轻的幽冥之主总是喜怒无常，说翻脸就翻脸，二十四幽臣在她面前无一不战战兢兢，便是晏柯和姜艾也十分谨慎。

但通常情况下，贺思慕若唤他"晏柯"，他们之间就是君臣；若唤他"阿晏"，他们之间便是朋友。

晏柯稍稍放松，紧抿的唇柔和了点儿，走到贺思慕旁边的椅子上坐下。

"阿晏最近很忙吧？姜艾一贯不爱管事，幽界的大事小情怕是全要你处理，辛苦了。"

始作俑者贺思慕嘴上这么说着，笑容却轻松，显然对此毫无负罪感。

晏柯皱着眉望向她，问道："你这次又要休息多久？"

"半年吧。"

"半年？幽界是什么样的地方，王上再这般懒散，怕是要压不住那些蠢蠢欲动的心了！"

贺思慕目光灼灼地望着晏柯，她眼中含着些复杂的情绪，似笑非笑看不分明。

"我何曾压住过？我不是向来杀光了事？他们一日赢不了我，便要服我一日。”她摆摆手，阻止了晏柯的说教，道，“我记得顺州是你的辖区。”

“是。”

“我要找人，天元五年八月在顺州古部死于非命的人中，有没有未转生的？你把他们的名字给我。”

晏柯望了贺思慕片刻，说道：“好。不过你要这个做什么？”

“我要做什么，闲来无事，找点儿有趣的事情做做呗。”贺思慕摩挲着手里的明珠。

晏柯瞧着，她这次借用的是个娇小甜美的姑娘，以她轻松愉悦的神情来看，这次休沐玩得很开心。

只有当她借用人身行动的时候，他才会看到她这样轻松的笑容。他蓦然想起第一次见到她的时候，她身穿白衣戴孝。

这个一贯神秘的在人世长大的幽界少主抬起眼帘，微微笑道：“我爹灰飞烟灭了，他们便以为我是好欺负的？”

然后她便携着九幽灯，以骇人的天赋一路杀穿了幽界，让所有心怀不轨者噤若寒蝉。她确实有懒散的资本。

贺思慕身后房间的窗户开着，风从窗户里灌进来，卷起桌帘，窗帘飘舞。窗外夜色中，那璀璨了一夜的明灯，终于慢慢消失了。

丹支的偷袭损失惨重，段胥大胜而归，这一战很提大梁的士气，并且为宇州战场缓解了压力。

但与此同时，丹支援军呼兰军也开进了朔州，快速地收回了朔州四城。

踏白军几乎没怎么抵抗，一部分撤回了凉州并且炸开关河，一部分会到了朔州府城。朔州府城的兵力一时达到了五万。

朔州府城，丹支增兵宇州的必经之路，就此成为一座孤岛。

呼兰军像是个铁桶似的将朔州府城围得密不透风——唯一透风的关河，也已经因为被炸和天气回暖而解冻。

指甲盖大点儿的小城里，颇有种黑云压城城欲摧的架势，阴霾笼罩在百姓心头。

凉州本是条件最好的渡河口，可如今凉州回到了大梁手中，关河解冻，渡河而战几乎是胡契人的死穴。

守在凉州的夏庆生更是调遣水师，绝不让胡契人从凉州河段下水。

宇州如今在胡契人手里，只要胡契人踏过朔州府城，就能得到对岸接应轻松渡河。这里便是丹支的眼中钉、肉中刺。

自呼兰军到的那一天，炮火声就没停过，城外常有杀声震天。百姓们只能看见紧闭的城门，飘上天空的黑烟，以及从城墙上被运下来的伤兵。

之前踏白军会合到府城时，段胥命他们带来的大量粮草、箭、木石、桐油，此时派上了用场。

丹支军一拨拨攻上来，又一拨拨被箭雨、燃烧的滚木、石头给逼退。借着府城的地势，踏白军死死守着这道关口不让胡契人踏过。

百姓们见过不了几日就杀声震天、黑烟滚滚，可也没什么大事，便战战兢兢地开始准备过年了。

没错，凡人的世界里，过年才是这世上的头等大事。

“小小姐姐，我们要不要买点儿炮仗呀？”沉英抱着个石头罐子，在地上撒着石灰粉。

贺思慕揉揉太阳穴，说道：“还放炮仗？城外的炮声还没听够吗？”

她蹲在地上看着沉英在门外撒出一个不大规整的白色圈圈，就指着那石灰粉圆圈问：“你这是要做什么？”

“小小姐姐你不知道吗？你也有不知道的呀！”沉英骄傲地挺起胸膛，如数家珍道，“过年的时候要放炮仗、贴门神、贴福字，在门口用石灰画圈，驱邪避灾！”

贺思慕歪过头，觉得十分离谱：“为什么做这种事情能驱邪？”

“因为邪祟鬼怪怕鞭炮响、怕门神、怕红色，还怕石灰粉呀！老人们都是这么说的！”沉英理直气壮。

贺思慕沉默了片刻，问道：“我一直很好奇，这种天才的想法最初是谁编出来的？”

就跟那些上刑场之前游街的死囚一样，嘴里唱着什么“十八年后又是一条好汉”的歌，不过就是给自己壮个胆罢了。

听到炮声都面不改色，能把门神做成糖人吃，根本不知道红色是什么颜色的邪祟——贺思慕拿过沉英手里的罐子，帮他在门窗前撒起石灰粉来。

最近段胥忙得不见人影，她偶尔隐身去瞧他，他不是在督战就是在商讨军情，几乎是不眠不休。

这似乎不是个做交易的好时机，更何况她还探不到段胥的底。

贺思慕喃喃道："他会想要什么呢？"

破解府城之围，赶走丹支援军，收复河山，回归朝廷做做元帅、宰执？每一个看起来都像是正确答案。但每一个感觉又不是。

再说按她的规矩，幽界是不能插手人间政事的，若他的愿望是这些，倒是棘手得很。

"谁想要什么呀？"沉英好奇地问道。

贺思慕抬眼看他，笑道："你的将军哥哥呀，你觉得他会有什么心愿呢？"

沉英思索了一会儿，伸出手指比了个八："我觉得，是每顿饭能吃八个饼。"

"……"

仿佛觉得还不够，沉英补充道："都是肉馅儿的。"

"这听起来不太像段胥的愿望，倒像是你的愿望。"

"不不不，我一顿只能吃三个饼，将军哥哥这么厉害，他一定能吃八个。"沉英摆着手，一脸认真地分析着。

"我记得你之前还想跟着段胥打仗，保家卫国呢？"贺思慕提醒他。

沉英眨巴眨巴眼睛，显然也想起了他曾经的豪言壮语，说道："对啊，胡契人打过来，我们就没有饼吃了。为了一顿能吃八个饼，将军哥哥也要把他们赶回去的！"

贺思慕沉默地看了他一会儿，然后笑着摸摸他的头，感慨道："真是个实在的孩子。"

"小小姐姐，你为什么想知道将军哥哥的心愿啊？"沉英突然来了兴致，宛如发现了什么金矿一般。他跟在贺思慕身后，她石灰粉撒到哪里他就追到哪里。

"我要跟你将军哥哥做一笔重要的生意，要知己知彼，才知道如何出价啊。"贺思慕漫不经心地说。

沉英贼贼地笑起来，他说："小小姐姐，你是不是不好意思了？"

"什么？"

"你喜欢将军哥哥吧！所以你想帮他实现心愿！你上次跟孟校尉说的，我都听到了，你说你对将军哥哥一……一……一见钟情！"沉英终于想起来了这个成语。

贺思慕无言以对地看着兴奋的沉英，露出个和蔼的笑容：“对对对，如今看来他和我真是天造的一对，地设的一双。”

三百多年才遇到这么一个可结咒的人，可不是天造地设、绝无仅有吗！

沉英不知道为什么开心得不行，原地一蹦三尺高，围着贺思慕跳来跳去：“姐姐，你果然喜欢将军哥哥！你多去找他啊！他都好久没来了！”

贺思慕拿着石灰粉在地上撒来撒去，只当沉英的话是耳边风。

沉英却浑然不觉，牵着贺思慕的衣袖说道：“小小姐姐，我们还有唢呐！你真的要给将军哥哥送终时，才吹给他听吗？”

贺思慕突然觉得风变得有些微妙起来，她抬眼看去，便对上了院门口段胥的眼睛，这院子真正的主人林钧正站在他旁边。

段胥穿着便服，束着发冠，笑意清朗，仿佛他不是一军的将领，而是邻家过来做客的兄长。

他黑色的眼眸眨了眨，笑着露出洁白的牙齿：“给我送终？”

这人来得可真是时候。贺思慕一贯不知道尴尬这俩字怎么写，抱着罐子面不改色道：“将军大人什么时候来的？”

“刚到，大概是从‘天设的一对，地造的一双’开始。果然是地造的一双，你连送我去地底下的事儿都安排好了。”段胥笑眯眯地揶揄道。

贺思慕大方地说道：“这不是怕我心爱的将军大人上路的时候受委屈嘛。”

“等府城解围了，小小姑娘吹一首曲子给我听如何？”

“抱歉，我这曲子只有上路的人才能听。你活着听不太吉利吧。”

段胥笑了笑，目光移到贺思慕脚下的地面上。沉英纳闷地随着段胥的视线低头，立刻惊呼出声。

不知何时地上的石灰粉已经被撒出了一幅梅花图，两三根劲瘦树枝与五六朵寒梅，锐利得仿佛要破地而出。

贺思慕的老爹是个惯会附庸风雅的家伙，自小便手把手地教她画画，她不识颜色，水墨倒是画得不错。

“小小姐姐，你还会画画呀！”沉英赞叹着。

贺思慕拍拍手上的石灰粉，说道：“石灰属实是没什么用处，画幅好看的画，若来者是个风雅的邪祟，或许不舍得踏过去呢。”顿了顿，她对林钧说，“林老板不会嫌弃我弄脏了你家地砖吧？”

林钧连忙摆手说不会，惊叹道："您的画工老到，倒像是练了几十年的名家。"

这倒是没错，是练了几百年了。

贺思慕觉得段胥每次来见她，似乎都是为了给自己的馊点子寻找灵感的，这次也不例外。

她穿过厚重城墙走上瓮城，瓮城门外就是胡契人的大营。

这瓮城修得很讲究，狭小而守护着主城门。若敌军攻入瓮城中，便可放下瓮、主两道城门，将敌军瓮中捉鳖。

为了赢得战争的胜利，凡人可真是挖空心思煞费心机。可这城墙原本是前朝汉人建的，后来又被用来守护胡契人，而今再次回到汉人手中。

攻守转换，矛盾相攻。

"我想起古人说的一个寓言故事。"贺思慕沿着瓮城的台阶往上走，说道，"从前，在蜗牛左角和右角上各有一个国家，就为了争这么点儿地方，相互征伐伏尸数万。"

段胥在前面引着她走，此刻回过头来看她，在黑暗的环境里表情不明："这位古人是庄子吧。庄子有云，有国于蜗之左角者，曰触氏；有国于蜗之右角者，曰蛮氏。时相与争地而战，伏尸数万，逐北，旬有五日而后反。"

贺思慕想这小将军记性倒是真好，有点儿像是传闻中小时候过目不忘的段胥。

他们走出黑暗的阶梯，登上瓮城的城墙，段胥的声音顿了顿，慢慢说道："我们也是如此。人这一生，真是短暂渺小卑微得可怜，是吧。"

连说这种悲凉的话时，段胥都是笑着的。他目中含光，看起来一点儿也不卑微，更别说可怜了。

"你怎么这么爱笑？"贺思慕忍不住说。

"我天生如此。"

贺思慕终于踏上了城墙，她环顾着一片惨烈的瓮城，城头上布满被烧得焦黑的战争痕迹，来来往往的士兵十分紧张，鲜血和烧焦的气味弥漫在城头。

看来前几次他们击退敌军时，战况十分惨烈。而城外黑压压的大营不见尽头，二十万人就在这风雨飘摇的小城外虎视眈眈，如同一只匍匐的黑豹，只待时机到来便飞扑而上，将这座城开膛破肚。

这城里的人还浑然不觉，张罗着要过年呢。

贺思慕揉揉太阳穴："人家说腹有惊雷而面若平湖者，可为上将军，原来说的就是你啊。"

段胥眉眼弯弯："不胜荣幸。"

过不了多久胡契人就会发起下一拨攻势，段胥如今便要想办法再次把他们拒之门外。

"我今日看着，觉得石灰粉很不错，正好燃烧的雨水是《苍言经》里的第二重降罚。最近可有东风配雨？"段胥倚着垛口，笑道。

显然他已经将《苍言经》用得出神入化了。

贺思慕眯起眼睛，皮笑肉不笑地说道："我又不是风师雨伯，难不成你想要什么天气就能造出什么天气来？最近这段时间天气晴朗干燥，并不会下雨。"

段胥摇摇头，叹道："可惜。"

"你堂堂大将军，怎么尽想些歪门邪道？"

"兵者，诡道也。奇正相辅，方可得胜。他丹支有二十万大军，我只有五万，若真的正面对上那便只有死路一条。"

段胥的话音刚落，便听见城下有人扯着嗓子高声喊叫。

"段舜息，你这个缩头缩脑的小白脸，原来是怕你丹支爷爷了，才躲在城里不出门吧。有本事你出城与我们一战啊！看爷爷不把你打得脑袋开花，哭爹喊娘！

"来啊，出城一战啊！"

这声音粗犷张狂，把嘲笑的意味挥洒得淋漓尽致，城下敌营中配合着发出阵阵嘲笑声，又有数声叫骂声飞上城头，吵成一片。

段胥也不往下看，对贺思慕轻松地解释道："喊了有些日子了。"

"他们侮辱你，想激你出城迎战。"

"他们是在侮辱我吗？他们说我是小白脸，这不是从另一个角度夸我英俊吗？"段胥抚着自己的心口，笑道，"我心领了。"

贺思慕沉默一瞬，拍手道："将军大人真是心胸开阔，令人佩服。"

贺思慕拍拍垛口，说道："这城墙修得也是真坚固。"这么多人攻城却屡屡失败，只好在城下叫骂。

"朔州府城墙，也是关河北岸所剩无几的城墙之一。当年胡契人入侵，前朝靠着城墙工事对胡契多有阻击，胡契拿下北岸十七州后记恨此事，便令各地拆除城墙。结果丹支立朝之初各地多有叛乱，拆除城墙后起义军攻城势如破竹，丹支这才停了这道命令，朔州府城墙得以留存。”

段胥一边把贺思慕从垛口边拉回来一点儿，一边解释道。

贺思慕转过头来看他：“丹支立朝之初多有叛乱，也不过是十来年的光景。现在丹支瞧着倒是很太平。”

“当时丹支的汉人起义时，大梁畏惧丹支又偏安一隅，并未回应。北岸的百姓自然是失望了，胡契军队也确实厉害，起义便日渐平息。”

顿了顿，段胥低下眼眸，神情不明。他笑道：“如今不也是大梁以为有关河天堑便高枕无忧，并不想着收复北岸，更不想着北岸的故土与百姓。若不是胡契人入侵，恐怕还沉溺于内斗的大梦中。”

他说出这话，似乎真的就是一位忧国忧民的将军，毕生所愿就是收复北岸十七州。

如果他是三代翰林，皇亲国戚的段家三公子段胥，那么这愿望就再正常不过了。但以他与丹支之间千丝万缕的关系来看，这愿望并不合理。

贺思慕想了想，指着敌营说道：“我方才好像看见有个士兵拿着一封信走进南边第三个营帐中去了。那信封上的字我能看见，不过是胡契文字，我看不懂。”

段胥立刻招手，让人递过来笔墨纸砚，令贺思慕仿照着写出来。

贺思慕撩起袖子，快速地在纸上写下几行龙飞凤舞的奇怪文字。

当她写完把这张纸递到段胥面前时，段胥眼里闪过一丝异色，继而挑挑眉毛，目光探究地转向她。

贺思慕认真地端详着他的表情，扑哧一声笑出来。

“哈哈哈哈，你果然认得这句话。”

这句话乃胡契语中的骂人话，汉语意思等同于“你这个乌龟王八蛋”。

“上至《苍言经》，下至市井秽语你都知晓，段将军可真是博学多才啊。这些东西，南都可不教吧。”到目前为止，他的立场、身份、说的所有话都令人怀疑。

段胥的眸光闪了闪，知道贺思慕方才是在诈他。

他也不生气，只是说道：“这说来话长，有一天我过桥时，有一个老翁故意把鞋扔到桥下，让我捡起来给他穿上，如此三次……”

这可真是个耳熟的故事。贺思慕的太阳穴跳了跳，接着说：“你次次照做了，然后他说孺子可教，让你天亮时到桥上找他。可每次他都先到并训斥你，直到有一天你半夜就去等，终于比他先到了。然后他拿出一本《太公兵法》交给你？”

“是《苍言经》。”段胥纠正道。

“我竟不知，原来你的名字叫作张良？”

“哈哈哈哈哈哈哈。”段胥扶着城墙笑起来，他微微正色道，“不过我确实有个很厉害的胡契人师父，我算是他最得意的弟子。”

“哦，他现在在何处？”

“被雁啄瞎眼睛，于是退隐了。”

“……”

贺思慕觉得这个人的嘴里半句真话也没有。段舜息，他还真是瞬息万变，捉摸不透。

“方才你看见什么了？真的什么都没有看见吗？”段胥将话题扯回正轨。

“看见了。那个士兵进了左边第三营，不过手里拿的不是信，是几条小红尾鱼。”

段胥的目光蓦然一凝，他问道：“左边第三营？”

“没错。”贺思慕有些纳闷他为什么突然严肃了。

段胥的手指在唇边交叠，想了一会儿便微微笑起来，低声道：“他在那里。”说罢他便向贺思慕行礼，道，“姑娘好眼力，多谢姑娘。”

贺思慕也不知道她这句话究竟帮上什么忙了，以段胥的表现来看，俨然她立了大功的样子。他甚至笑盈盈地要送她回去，看来这几天他不仅能喘口气，竟然还有几分空闲。

但俗话说得好，人不找事做，事便找上门——多半是坏事儿。贺思慕刚刚跟着段胥往城楼下走，便看见城中升起了黑烟。

段胥的脸色忽地一变，只见城楼下韩校尉神色凝重地奔来，禀报道：“将军！粮仓……粮仓被烧了！”

段胥一撩衣摆迅速逐级而下，脚刚踏上平地便牵过缰绳，左脚一蹬马镫翻身上马，衣袂飞舞，绝尘而去，直奔粮仓的方向。

所有士兵都愣在原地，只能目送他远去。方才段胥行动的速度快得惊人，让人根本来不及反应。

只有在这种时候，贺思慕才能看见段胥的一点儿真实面目。

粮食烧不烧对于贺思慕这个幽来说委实无关紧要。待她慢悠悠地去凑热闹时，火已被扑灭，只余滚滚浓烟，纵火烧粮仓的罪魁祸首也已经被抓到了。士兵们拉出一个圈不让人靠近粮仓，但围观的人还是里三层外三层，围得密不透风。

贺思慕拨开围观的人群朝里一看，罪魁祸首竟然还是个娇弱的女子。

那女子十七八岁，面容姣好，脸上却青一块紫一块的，头发竟然被剃了半边，露出扎眼的白色头皮。

她衣服的料子细腻，花纹也精致，但多有糟污，破破烂烂的，袄子里的棉絮从衣服裂缝中飞出来，整个人就是大写的“落魄”二字。

贺思慕伸手反搭在嘴边，问旁边看热闹的老头儿：“这人是谁啊？”

老头儿道：“嗐，你不知道？青愉园的头牌娘子，何嫣啊。”

到了这个岁数还爱看热闹的老头子多半是十分热衷于八卦的人，他打开了话匣子便兴致勃勃地讲起来。

据老头儿说，这何嫣原本是大户人家的女儿，家道中落，沦为青楼歌伎。

她长得美，还识文断字，精通歌舞又会耍心机，很快就攀上了胡契的显贵老爷。那贵族老爷便把她养在朔州府城，供她吃穿用度，给她奴仆宅院。

她的金主还与丹支王庭十分要好，这一连串的关系下来，连知州都不敢得罪何嫣。

何嫣一时得道便颐指气使，借势欺人，在朔州府城作威作福，横行霸道，百姓碍于权贵的势力只能忍气吞声。

结果大梁军队一来，不仅将丹支军队赶跑了，还杀了彼时在城中的何嫣的金主老爷。何嫣一下子失去了靠山，墙倒众人推，大家纷纷来报新仇旧怨，挨个踩两脚。

“她被赶到街上，青愉园里的女人们都看不起她啐她，还抓住她剃了半边头发。她只好捡起旧营生，可她现在这个样子，又有几个恩客愿意找她？可真是因果轮回，现世报。”

贺思慕想起城外黑压压的大军，也不知这城中众人要是看见胡契人要卷土重来的架势，还能不能像现在这般硬气。

“之前在朔州府城中，借着胡契人的势欺压他人的，难不成就她一个？你们单单把她拎出来做靶子，是因为她是个最好欺负的、身份低微的女人？”

贺思慕的话音刚落，就听见何嫣趴在地上低低地笑起来。她用纤细的胳膊撑起自己的身体，扬起下巴，发丝凌乱，眼角青紫，神情状若疯狂。

“凭什么你们都来糟践我？凭什么！我有错吗？我不就是想过好日子，不那么辛苦，我不靠胡契人靠谁？做汉人就是下贱，就是吃不饱饭被欺侮，几头羊就可以换一个人的命。你们要是有机会攀上胡契老爷，你们不攀吗？他林家能在府城做生意，就不巴结胡契人吗？我没错！”

在丹支，民众分四等，而曾抵御丹支最激烈的汉人便是最低贱的四等民，承受着最重的赋税，对刀具限制严格，且人命低贱如牛羊。

何嫣身为“四等民”自然十分不甘。

何嫣瞪着周围围观的人群，恶狠狠地说：“你们都等着看我的笑话，都想让我死，想都别想！要死我们一起死！”

贺思慕沉默了一瞬，对老头儿补充道：“不过，就凭这张嘴，她确实有些活该。”

正在何嫣歇斯底里地大骂时，原本站在粮仓前面的林钧走过来，抡起巴掌直接给了她一下。

这被烧的粮仓正是林老板家建的义仓，林家是米商，此番踏白军进府城，大半的粮食都出自林家义仓，后来踏白军会合入府城时带来的粮草也放在林家义仓中。

也不知今日被何嫣的一把火烧了多少。

方才她看见林钧赶过来的时候，脸色苍白气息紊乱，如今更是气得整个人都在颤抖了。他打完何嫣，拿手指着她，厉声说道：“是，没错。我林家卑躬屈膝奉承讨好，就为了能在胡契人眼皮子底下挣几个臭钱，自己都觉得恶心。你我皆如此，就不想抬起头来做人吗？他胡契人难道就天生尊贵吗？”

何嫣被打得唇角出血，她抬起头恨恨地看着林钧，道：“抬起头来做人？我是什么人，你是什么人？一入娼门我这辈子还能抬起头来？横竖汉人和胡契人都瞧不起我，人往高处走，水往低处流，自然是哪边发达我便去哪边！”

“你！”林钧指着她，原本苍白的脸色都气红了，一句话也说不出来。

段胥拍拍林钧的肩膀，让他冷静下来。他弯腰望着何嫣的眼睛，淡淡问道：

“你是怎么骗过看守，进的粮仓？”

何嫣低头，阴恻恻地笑起来：“看守怎么了，看守也是男人。”

围观的老头儿见触到了自己通晓的秘闻，便小声对贺思慕说道：“今日在粮仓当值的领班小谢，从前和何嫣相好过一阵。他怕是动了恻隐之心，谁知这女人这般疯魔。”

段胥的目光慢慢暗下来，他望着何嫣并不说话。何嫣在段胥有如实质的目光下瑟缩了一下，忽而又变得更疯狂了，她一边笑一边哭，泪从青紫肿胀的眼角流下来，既滑稽又可怜。

“你们这些高高在上的家伙……我就是死了，也绝不放过你们！绝不转生！我要留在这世上，与你们纠缠！”

她忽然冲向粮仓壁，作势要一头撞死。

段胥并未出手阻拦，刹那间却见一个身影从人群中跑出，掠过他身边，一伸手便将他腰间的破妄剑拔出，寒光四射间一把拽住即将撞在墙上的何嫣。

然后那人将手中的剑一转方向，精准且毫不犹豫地抹了何嫣的脖子，一时鲜血四溅。

一片寂静里，贺思慕握着破妄剑，何嫣倒在地上，血顺着剑身滴在地上。

不想转生？那是要做幽吗？还是别了吧。

说实话，她对何嫣求死没啥意见，但对何嫣期望成为幽的遗言十分有看法。这疯姑娘怨气重心结深，若自杀而死，不出意外过个百十来年就能化为幽。

可是怎么着，何嫣想做幽，也得看她贺思慕愿不愿意收吧。这种让人头疼的臣民，还是越少越好。

破妄剑主仁慈，是杀人剑也是度人剑。被它所杀之人，怨愤消散，即刻往生，不入幽冥。

“叮当。”

围观众人正在骚动之际，破妄剑落在地上，贺思慕突然掩面而泣，她哭诉道：“我凉州被胡契人所屠，父老乡亲都死在胡契人手里，她这样大放厥词，我一时被气愤冲昏了头脑……恨不能手刃奸人……”

她正准备瘫倒在地上结结实实地闹一场，却被一双手扶住了胳膊，并且由于对方扶得太稳，不好表演倒地。

贺思慕转头望去，只见段胥意味深长地看着她，他一只手抓住她的胳膊，另一只手捡起地上的破妄剑，将它重新插入剑鞘中。

破妄剑只有在它认可的人手中才会开刃。方才它在贺思慕手中，也是锋利无比。

交错间，段胥以只有他们两个人才能听见的声音说：“不要随便拔我的剑，我刚刚差点儿杀了你。”

贺思慕其实有所察觉。方才她拔剑出鞘时段胥下意识就要对她出手，不过强行克制住了。若是段胥没能克制住，很遗憾，受伤的也只会是他。

她泪水涟涟地望着段胥，颤巍巍地大声说道：“还请将军大人莫要怪罪我。”

段胥挑挑眉毛，轻笑着伸出手去，以拇指抹去她脸上被溅到的血迹，说道：“贺小姐是我踏白的功臣，悲从中来怒杀歹人，我自然不会怪罪。”顿了顿，他轻声问，“你是怎么哭得出来的？”

“咬舌头。”

“感觉不到疼？”

“不会。”

“对自己下嘴轻点儿吧。”

二人低语交谈间，林钧走过来，气得跺脚道：“还没问出何嫣是怎么进粮仓的，贺姑娘怎么能就这么把她杀了！”

贺思慕牵着段胥的衣袖躲在了他的身后，段胥配合地伸出手护住她，转过头对林钧笑道：“审问今日当值的看守也是一样的，所幸烧得不多，并无大碍。”

他吩咐士兵收拾现场，遣散了围观的百姓，并责令韩校尉加强对粮仓的看护，提今日当值的士兵来审问。然后他护着贺思慕的肩膀，按照承诺的那样先送她回家。

他们走在回府的路上时，段胥问道：“你为何要度她？”

看样子他也知道破妄剑的意义。

“怎么说呢，你就当我可怜她吧。”贺思慕看了段胥一眼，反问道，“将军大人，你的这把破妄剑是怎么得来的？”

“这件事情说来话长，有一天我在南都的桥上遇见一个老人家……”

这熟悉的开头一出，贺思慕几欲翻白眼。

段胥却笑起来道：“这可是真的。我在桥上遇见一个非常年轻的男人，他非说自己是几百岁的老人，突然叫住我要赠予我这柄剑，说破妄剑便是破除妄念，度生人怨气，所杀者不入邪道即刻轮回。若是有缘，它或许会认我做主人。”

年轻的百岁老人。贺思慕沉默了片刻，若是她没有猜错，这个老人家前些日子才去世，活了近五百年。

柏清，修仙大派星卿宫的前任宫主，主寿的天梁星君，是世上最长寿的凡人，也是她母亲、姨母和姨父的师兄。

一个又一个百年过去，无数故人尘归尘土归土，原本唯有她和柏清还在世上，现在连柏清也走了。

虽然她和这位严肃古板的长辈并不亲近，但此后她在这个世上，便真的茕茕孑立。

她索性给自己放个长假，跑出来散心，没想到遇见了这个浑身是谜的家伙，他居然还是从柏清那里得到的破妄剑。

柏清是这世上卜算最准的人，他是算到了什么才把破妄剑给段胥的吗？该不会……他是知道段胥是可与她结咒之人，才留下这个引子，让她找上段胥的吧？

贺思慕抖了抖，她向来不喜欢柏清，因为柏清算卦太准，让人发毛。段胥将贺思慕送到林家宅院，便说他还要去调查粮仓失火之事，先行告辞。

“段将军。”贺思慕叫住准备转身的段胥，她盯着他的眼睛，微微笑道，“我行事怪异，你不怕我真的是裴国公或者丹支的人吗？”

段胥深黑明亮的眼眸眨了眨，认真地说：“你会是听命于人的人吗？我看你这头骨，便是生来不服管，要自己做主的姑娘。”

他眉眼微弯，笑得过于耀眼了。

贺思慕微微眯起眼。刚刚段胥在百姓面前说扑救及时，粮草大多得以保存下来。但是在她看来，段胥只是在安抚人心。

那火势之下，粮草能剩下五分之一便已是大幸。在这样的围城困局里，段胥能悠闲地闭门不出，无非是仗着城高墙厚，还有粮草充足。

如今粮仓失火损失惨重，让原本危机四伏的府城雪上加霜，也不知道还能撑多久。

这小将军还笑得一副不谙世事的样子。贺思慕想她多年未到人间来，最近的凡人可真是越发新鲜了，这完美头骨里的脑子，真叫她捉摸不透。

她并未细问，与段胥道别后便目送他远去。待段胥的身影消失在街头置办年货的热闹人群中时，她唤道："杜正。"这便是晏柯帮她找到的人。

一个年轻男人站在贺思慕身后，他刚死没多久，按理说还没强大到能具有意识，也还没化成幽。贺思慕特意给他授灵，点醒了他的意识。

"杜正，岱州人士，你生前曾侍奉岱州段家老太太，后成为段胥的随从。天元五年八月，你跟随段胥去往南都的路上，在顺州古部遭歹人劫掠而死。"

杜正跪在地上，边拜边道："禀王上，没错。"

"你刚刚看清楚了，跟我说话的那位，可是你侍奉的段家三公子段胥？"

杜正直起身来，他望向段胥消失的方向，年轻的脸上全是困惑。

"方才那位公子？虽然已过了多年，小奴也能看出来，他并非三少爷。"

"那他是劫掠你们的歹人吗？"

"也不是……小奴从没见过他。"

果然如此，那这般段胥身上所有的古怪就都可以说通了——他是个冒牌货，不仅并非皇亲国戚三代名臣的段家公子，还有可能是个胡契人。

看着他帮大梁打仗还挺积极，炸胡契人时还很快活，也不知对自己的故土有什么深仇大恨。

贺思慕有一下没一下地转着腰间的玉坠，问道："真正的段胥在何处？"

"小奴不知。小奴死时，歹人正追着要杀少爷，不知最终如何。"

贺思慕点点头，道："你去吧。"杜正拜倒，消失在一阵青烟里。

第五章 幽冥之主

段胥回来便提审了当日在粮仓值班的众人。

粮仓乃重地，除了原本就巡逻保护粮仓的林家仆役，踏白军也分出兵力专门保护粮仓。如今却被一个疯癫的青楼女子放了把大火，这太不合理。

当值的领班小谢伏在地上痛哭流涕，他说见何嫣可怜便收留了她，谁知她给他下了迷药偷了粮仓的钥匙和构造图。她潜入粮仓时他一直在昏睡，并不知道她是如何躲过了巡逻的人。

段胥的双手在下巴处交叠，淡淡地看着堂下的小谢。何嫣原本是大户人家的女儿，父亲曾是监督工事的小官，因而对建筑构造十分了解，知道如何放火不好扑灭。此外，她明显知道林家和军队两边的巡逻时间排班。

无可否认的一点是，他们之中出了奸细，他暗自指点何嫣完成这一切，想要逼迫他们因缺乏粮草而投降。

"贺姑娘突然跑出来杀了何嫣，我觉得此事有蹊跷，她莫不是想杀人灭口？"吴盛六说道。

段胥摇摇头："不是她，她并不知道粮仓的布防。"

"可她为何要杀……"

"当时我也在场，我并非不能阻止她。不过我料想奸细能让何嫣暴露，自然不会让她知道太多。我们从她嘴里得不到什么有价值的信息。若何嫣死了，倒是能让他放松些警惕。"

段胥命统管粮仓布防的韩令秋彻查布防泄露一事，林钧表示他也会查一遍林家管理粮仓的仆役，看除了小谢还有没有人参与此事。

相比于找出内奸，现在还有更紧迫的事情。

段胥从座位上站起来，望着堂下的众人，这些是跟他一路从凉州杀过来的军官，吴郎将、韩校尉、孟晚，还有在朔州鼎力相助的林钧。

他沉默了片刻，然后如往常那样笑起来，说道："我已封锁消息，但是在座的各位我并不想隐瞒。城内剩余的粮草，只够我们军民再撑三十日。"

因段胥笑得过于云淡风轻，这场面生出一种说不出的怪异，明明是危急万分的消息，他倒像是随口说了句"今日的天气甚好"似的。

吴盛六睁大眼睛，想要发作但又想起来，段胥就是这么个不知死活只爱笑的性子，便只能憋闷地说道："大不了我们出城与他们血战到底，多杀几个胡契人也算是值了！"

段胥摆摆手，笑道："还不到鱼死网破的时候。"

吴盛六想这倒也是，段胥这小白脸一贯狡诈得很，阴招一个接一个。从凉州到这里他都准备鱼死网破好几回了，愣是一次都没用上。

段胥回身走到营内挂着的朔州地舆图边，拿手指指向府城东侧的山："敌军来前我派人勘探过地形，在鹏山之阳发现了一条隐蔽的小路，高可过马，宽约能容五人并行，直通敌营后方。有道是来而不往非礼也。他们烧了我们的粮，我们就抢他们的粮作为答谢。"

吴盛六的眼睛一亮，继而又犹豫："这……行得通吗？"

"无论能否行得通，都要做。总比坐以待毙好，对吧？"段胥笑盈盈地说。

林钧闻言便行礼，说道："胡契人运粮过来，定要经过北边的几座城池，我们林家亦有宗族亲戚在北边。我试着用信鸽联系他们，看是否能请他们帮忙盯着粮车的动向。"

段胥点头："有劳林老板了。"

堂上诸人一番排布商量，领了各自的任务。待此事商定众人散去时，韩令秋却叫住了段胥。

"将军大人。"

段胥回身看向韩令秋。他目光闪烁着，向段胥行礼道："将军，可否借一步说话。"

段胥上下打量了他片刻，笑道："好。"

他们走到军营边的僻静之处，韩令秋似乎还有些犹豫，咬咬牙说道："将军请我彻查粮仓被烧一事，我之前有些问题不明，还想请将军指点。”

“你说。”

“将军，当时炸关河的时候，您是怎么预料到胡契人会偷袭的？”

段胥明朗地笑起来，拍拍韩令秋的肩膀道：“我还以为是什么事情，这说来也简单。

“率军增援的呼兰军主帅阿沃尔齐和宇州战场的主帅丰莱关系一向不睦，二人掺和进丹支王庭继承人之争后，各支持一位皇子，更是变成了死对头。如今宇州战场僵持不下，丰莱颜面上本就挂不住，待阿沃尔齐奔赴支援，功劳岂不都落入他人之手。

“我率军打进朔州，占据府城，更以《苍言经》中的寓言来诈丹支守军，早就惹得丹支王庭大怒。丰莱若是能收回朔州府城并拿到我的项上人头，不仅挫了阿沃尔齐的威风，更能给自己添上一功。所以我算准了他会赶在呼兰军来之前偷袭我们，就让孟晚盯紧了他们的动向，待他们过关河之时引爆准备好的炸药。”

段胥解释得详细且清楚，他虽然并不会提前告知属下他的筹谋，但是有问必答。

韩令秋安静地听着，然后抬起目光看向段胥，按紧了腰间的剑。

“我在边关多年，将军大人说的这些我却都没听说过。将军大人您第一次来军中，为何对丹支的事情如此了解呢？”

段胥望着韩令秋疑惑而坚毅的目光，哈哈一笑，语气平常且缓慢。

“韩校尉，这是在怀疑我？”

“末将只是……”

“只是怀疑我与丹支有关系？”

“末将……”

韩令秋本就是个沉默寡言、不善言辞的人，此时被段胥说中了心思，一时间不知道该如何含糊过去，索性抬眼看着段胥，径直道：“是。”

段胥哈哈笑起来，他倚在墙边抱着胳膊，也不生气：“我让韩校尉查奸细，想不到第一个查到我的头上来了。你是怕我勾结了胡契人，在这里演戏？”

韩令秋的怀疑也不无道理，前朝有过先例。几十年前胡契人还在中原边界骚扰时，曾有大晟朝的将军与胡契人互通，配合着演出大胜胡契的戏码。那将军不仅得了无数军功，还能向朝廷要钱要粮，转而再分给胡契人好处。

后来那将军又故技重施找胡契人演戏，暗中透露军情让他们侵吞三州之地。等他打算自己大展身手收回失地时，胃口大开的胡契人已经不满足他所能提供的钱粮，长驱直入，最终使大晟朝真正覆灭。

“末将……不知，所以想请将军解答。”韩令秋俯身拜道。

段胥笑盈盈地看了韩令秋一会儿，说道：“我为何一定要给你答疑解惑？”顿了顿，他说，“韩校尉一直紧盯我不放，莫不是还觉得我们从前认识？我听说韩校尉是从丹支逃到大梁的，和丹支的种种关系恐怕比我还多吧？”

“丹支的那些事，我都不记得……”韩令秋急忙解释道。

“你既然不记得了，为何还觉得我是你的故人，或许还是在丹支的故人？”

段胥靠近韩令秋，扬起下巴有些挑衅地看着他：“韩校尉，你既然给不出答案，为何来问我要答案？我若有诛心之言，说你自丹支而来背景不明，很可能是细作，你要如何辩驳？”

韩令秋沉默了，他脸上长长的刀疤在这种沉默中显得更加阴郁可怖。

在这种剑拔弩张的时刻，段胥突然不合时宜地大笑起来，他一派轻松地说道：“敢怀疑我也算你有胆识。韩校尉，今日之事我便当没听过。你放心，朔州府城若真陷落了，我绝无独活之理。”

他后退几步，抱拳行礼，然后转身远去，圆润的眼睛含着一层光，蓝色衣带飞舞如同少年意气。

韩令秋眸光微动，他分明觉得自己在什么地方见过这样一个人。这种人太特殊，他没有认错的道理。

贺思慕想着她算是探到了段胥的一层底，虽说还不知道这小子究竟是何方神圣，但他反正不是真的段胥。再这般试探下去，也不知道要探到猴年马月，她该找个时机跟他摊牌，好好聊聊他们之间这笔借五感的生意了。

这世上有人会对幽冥之主的力量无动于衷吗？虽然她觉得那荣华富贵、功名利禄无聊至极，但段胥若是想要，她也能斟酌着给，当然不能什么都答应，比如他要是想把如今大梁的皇帝踹下来自己上去，她是不干的。

不过段胥想要的东西，会这么寻常吗？

偏偏这段时间段胥又忙得跟个陀螺似的，挡回去丹支的两次攻击，见缝插针地加固城墙，还揪住了意欲挖地道攻进府城的丹支军队，一把火熏死了在地道里的那些人。这敌军仿佛是不知道会从哪里冒出来的地鼠，而他就是那拍地鼠的千手观音。

贺思慕没找到什么好的时机，只能偶尔以虚体的状态在他周围转悠转悠。

到了腊八节，踏白军给百姓该施的粥也不少施，该贺的礼也不少贺，朔州府城内宛如一副太平盛世的模样。

这欢乐的气氛，让贺思慕看着仿佛是浑然不觉死期将近的囚犯吃断头饭。

待到子时，段胥终于忙完了回到他的卧房里，点上灯准备洗漱休息。他看不见房间里正有个不速之客——贺思慕坐在他的檀木椅子上，饶有兴致地打量着这位准交易对象。

一贯喜欢独来独往的段胥并不叫人侍候更衣，堂堂踏白军将军连个像样的下人都没有。

昏黄灯火下，段胥脱去他的铠甲和外衣，单薄的衣服勾勒出修长结实的身材。他并不是吴盛六那种力量型的大块头，而是更偏向于韩令秋的敏捷型体魄，像一只悄无声息的雪豹。

贺思慕边看边想，以段胥之前和吴盛六比武的情况、战场上的表现来看，他的知觉应该很敏锐，反应迅速得异于常人。

他的知觉是凡人中的上品，借来体验该是不错的。

在段胥回来之前，贺思慕已经在他的房间里转了一圈，看到他书册中夹着的小画落款是他的名字，架子边还立着箫。

风夷说在南都，段胥的琴棋书画也是美名在外，想来这总不会作假，段胥不至于是个色盲乐盲。

贺思慕煞有介事地评估了一番段胥的五感，然而能承受与她结咒的凡人在这世上寥寥无几。她三百年就遇见这么个段胥，就算他确实是个色盲乐盲，她也没法儿换人做交易。

思索之间，她面前的段胥已经开始脱里衣，浅色的里衣褪至他的臂弯，露出白皙的皮肤，筋骨线条流畅，纵横交错的伤疤衬着他的皮肤仿佛冰裂纹白瓷。

这些伤疤所在位置凶险但颜色较浅，看起来都是些陈年旧伤。

贺思慕一想，段胥现在也不过十九岁的年纪，陈年能陈到哪里去？六七岁吗？这小将军小时候到底在干什么？

待衣服落到段胥腰间，贺思慕冷不丁看见他的腰上有一片伤疤，像是烙铁烙上去了什么，后来又再次烫平的。正在她想仔细看时，段胥突然捞起了落下的衣服，那伤疤便又被掩上了。

他抬起眼眸环顾着空无一人的房间，皱起眉头低声道："奇怪。"

贺思慕站在他面前不足三尺的地方，等着他继续脱衣服。

她老爹十分擅长解剖人体，她年幼时就不成体统地跟着她爹不知看了多少裸体，早已见怪不怪。

可段胥却慢慢地把脱去的里衣穿了回去，他四处检查了门窗，面露疑惑之色。很明显他应该是觉得有人在看他。事实上没有人在看，倒是有幽在看。

贺思慕眼见着段胥澡也不洗了，还把里衣穿得严实妥帖，走到床边躺下歇息，被子也裹得严实，一丝春光也不露。这小将军警惕性还挺高。

贺思慕穿墙而过离开了他的卧房，心想他之所以喜欢独来独往，怕不是因为感觉过于敏锐，有人在周围就会精神紧张吧。总之，作为她的结咒人他还算够格。

腊八节的晚上，段胥睡得并不安稳。睡前他总有种怪异的感觉，仿佛身边有过于强大的力量压得他喘不过气。由于多年来他的直觉十分精准，一整晚他都处于无法放松的紧张状态。

这种紧张，他十四岁后真是久违了。

于是第二天段胥精神不大好，顶着两个黑眼圈出现在军营里。

吴盛六一看见段胥就哈哈大笑起来，昂首挺胸地走到他身边，说道："将军到底是年纪小，大事临头也会怕得睡不着觉。你放心，今日有我吴盛六打头阵，肯定万无一失。"

吴盛六平时被段胥压制惯了，总算是找到一个机会在他面前逞逞威风，前几日的"这能行得通吗"竟变成了今日的"万无一失"。

这腊八节的第二日，便是他们定下从隐蔽山路去劫粮的日子。

段胥抬起一双精神不济的眼睛看向吴盛六，虽然他一夜未眠与今日劫粮没有半点儿关系，但他还是顺着吴盛六的意思笑道："说的是啊，毕竟这是生死攸关的大事。若无胆怯之心，何来勇敢之义呢？"

正在吴盛六得了便宜，准备继续逞威风的时候，段胥的手落在了他的肩膀上，颇有几分语重心长地说：“所以吴郎将，你得留在府城。”

“你这是什么意思？不相信我吴盛六？”吴盛六气愤了。

“若我回不来，你在城中统领全局，踏白服你，我也放心。城中的情况我已写信告知秦帅，若宇州战场形势缓和，他会想法调兵来救踏白。”

吴盛六愣了愣，他看看段胥，再看看孟晚，有些艰涩地说：“那……你为何不留在城中，让我们去劫粮便好。”

段胥沉默了一瞬，随后拍了拍吴盛六的肩膀，笑道：“若劫不到粮而我还在城中，秦帅还会救踏白吗？”

“同为大梁效力，秦帅怎么会不救我们？”吴盛六摸不着头脑。

“他自然会救你的踏白，却不会救我的踏白。吴郎将啊，听我一句话，你这脾气可别想不开去做京官，如今的党争可真是水深火热，去了就是掉进油锅。”

段胥回过身去拿自己的头盔。吴盛六看不见他的表情，只听到他的感慨：“这油锅里，自己人可比北岸的敌人还翘首以盼，希望你去死。”

他这语气仿佛在说笑话似的，似真似假。

吴郎将愣愣的，只觉得自己又被这毛头小子压住了气势，可这小子嘴里的话太高深又悲凉，让他一时间无法回话。

他见段胥点了韩令秋和他的八百人马，晏然自若地从营帐中走出去。他突然想，段胥还不满二十岁，比他足足小了近十岁，怎么他有种被这小子保护了的感觉？

在黑暗悠长的山道中，段胥与韩令秋带兵疾行而过，朝着呼兰军后方运粮的必经之地而去。

山路阴暗潮湿，地面也容易打滑，但段胥的步子仍然很快，而且已经是压制了速度的结果，韩令秋也一样。他点的都是脚程快的士兵，整个队伍如同飞一般。

段胥感觉到身后屡屡投来的目光，悠悠地说：“我困乏得很，韩校尉要同我说两句话，让我提提精神吗？”

韩令秋讷讷道没有，但是他浑身紧张的僵硬状态，段胥感觉得清清楚楚。段胥回头无奈道：“你莫不是还担心我是奸细，一会儿把你们丢给胡契人，叫你们有去无回？”

“末将……并无此意。”

“不过韩校尉原是从丹支来的，若是归降了胡契人便是如鱼得水，岂不是更快哉？”

段胥将这顶大逆不道的帽子给韩令秋扣下去，韩令秋自然是不接的，立刻将这顶帽子掀起来。

“我从未向吴郎将或踏白隐藏我的来处，我已不记得在丹支的种种。从我被汉人夫妇救来大梁时，便已经是大梁人了。”

“你只是不记得而已，倘若你在丹支尚有妻儿或父母兄弟，你还能了无牵挂地说你是大梁人吗？”段胥利索地将这顶帽子再给他扣了回去。

韩令秋沉默了一瞬，奋力挣扎道：“将军，我来大梁时才十四岁。”

十四岁的孩子能有什么妻儿，他浑身的新伤旧伤，也不像是有父母疼的样子。

“就算没有亲人，若你从前同何嫣似的与胡契人十分要好，或者干脆死心塌地信任他们，为他们做事呢？”段胥紧追不放。

“从前的事我不想想起来，只当过去的我死了。”

“如果有一天你想起来了，要如何？”

“那也是别人的人生了，不是韩令秋的。”韩令秋终于甩掉了段胥扣来的帽子。

他并没有注意到，原本是他在怀疑段胥，却被段胥反客为主，变成了他自证清白的辩论。

段胥爽朗地笑起来，也不再追问，似乎对这个答案还算满意。他轻松地说：“别紧张，我就是想同你亲近些，多说些话罢了。”

还从没见过用这种话题来亲近的。

他们这么小声地交谈着疾行，不多时便看到了山路的尽头，光线亮了起来。山路的尽头有些生了青苔的巨大石头，隐匿在石头之后往下看，便能看见山下歪歪扭扭的官道。

这官道确实有些砢碜，看起来年久失修，怕不是前朝留下来的，到现在也没有翻新过，丹支夺了这江山却似乎懒得好好管理。

段胥带兵隐匿在巨石之后，令斥候前去探查情况，他吩咐士兵排好阵形，待队伍来到山下，他先将队长射杀。队长身死后便先以弓箭手将敌人击倒十之七八，再从左翼向下冲垮敌人车队。

“目标是粮车，不要恋战。”段胥再三重复道。

话音刚落，斥候便来报粮队出现。便见段胥问士兵要来一把十字弩，拿出一支箭搭在矢道上，一只胳膊做支架端起弩，微微俯身眯起眼睛瞄着校准的望山。

巨石距离官道尚远，并且正刮着大风，便是对优良的弓弩手来说，瞄准一个骑马行进中的人也有困难。第二步箭雨压制只要大体位置对就行，要的是规模。

但段胥手上这个，是要一击必杀的。

韩令秋有些担忧，刚想劝说段胥换他来，便见寒风凛冽中，段胥眼睛眨也不眨，就扳动了弩机的悬刀。

刹那间箭矢破空而出，笔直迅疾地擦过空气，爆发出撕裂的声响，准确地穿过那带队的高马上胡契人的眼睛。

那被射中的胡契人瞬间脑袋开花，惨叫一声翻身掉落马下，运粮的丹支士兵纷纷戒备。

段胥笑起来，抬手道：“放箭。”

一时间箭如雨下，敌人的惨叫声不绝于耳，韩令秋却愣愣地看着段胥。方才那支箭穿眼而过的画面在他脑海中挥之不去。

段胥射箭时习惯瞄准猎物的眼睛。

许多似曾相识的画面在他脑海里闪过，炸得他脑仁疼，段胥却说：“韩校尉愣着做什么，该下去了。”

他一撑石壁轻巧地跃下，抽出腰间的破妄剑，一左一右拿在手中一转，便鲜血四溅夺人性命。存活的为数不多的丹支士兵很快地被风卷残云般解决干净，他们控制住了粮车。

韩令秋稍慢一步，待他奔到段胥身边时，段胥却突然眼神一凝，一把推开他。

一支箭直直地擦着段胥的胳膊而过，划出一道长长的血痕。站在段胥与韩令秋之间的大梁士兵没能躲过，被一箭射穿，缓缓倒地。

段胥抬眼看去，从另一边的山中冒出一群拉弓执剑的胡契人，居高临下呈包围之势，看样子有数千人，如一团巨大的黑云包围了他们。他沉默了片刻，笑道：“啊，原是螳螂捕蝉黄雀在后，我们中埋伏了。”

这可真是不凑巧，倒像是他真的把他们带给胡契人，叫他们肉包子打狗有去无回了。

带头的胡契人站在山崖之上，以胡契语低声训斥了刚刚放箭的人，而后做出手势示意了段胥和韩令秋，然后放平手掌在空中一划。

这种示意，表明的是段胥和韩令秋要活捉，其余人等格杀勿论。

段胥看了一眼韩令秋，再慢慢地转过头来看向包围他们的胡契人。他掂了掂手中的剑，血从他受伤的手臂流下来，滑过剑上的“破”字。

正在破字莹莹泛光的时候，突然一个突兀的声音在山谷里响起。相同的意思，汉语与胡契语各说了一遍。

“且慢。”

是个有点儿低缓的女声，一时间打破了这剑拔弩张的气氛。

官道上空山崖之下，青天白日的烈烈北风中，凭空突然燃起一团湛蓝的火焰。那团诡异的火焰仿佛是无根之木，燃得却异常炽烈，寒风竟然不能吹动它一丝一毫。

从火焰中生长出白色的丝线，如同结茧般一层层将火焰包裹起来，化为琉璃镂空冰裂纹六角宫灯。从灯顶长出提灯的纤长槐木灯杆，漆黑发亮。

那灯杆之上渐渐显露出一个女子的样子，她跷着腿坐在槐木灯杆上，左手抚着诡异的灯火，右手搭在膝盖之上。

一身华丽的红白间色曲裾三重衣，最外层锈红色的衣裳上绣着流云忍冬纹，长发垂落腰间以红色发带系住。

与华丽的衣服不同，她的面色苍白如纸，唯有凤目边的小痣黑得显眼。当真是冰肌玉骨，不似活人。

黑夜提灯，为人引路。

白日提灯，替幽开道。

那女子微微笑起来，以胡契语对山腰上那些胡契士兵道：“我本一介幽，不想掺和诸位这些事。只是刚刚和被你们射死的小兄弟做了个交易，他求我救这些大梁士兵，我答应了。”

刚刚那被胡契人一箭射了个对穿的士兵倒在血泊里，脖颈上隐隐浮现出伤痕。

她微微偏头，说道：“诸位丹支的壮士，可否卖我个面子，把他们放回去呢？”

山上山下这群人都是一副吃惊的表情。一时间天地寂静，多数人都在揉眼睛，怀疑自己看到了什么，没有立刻回应她的问话。

段胥却不眨眼地看着空中这个陌生的幽，抿了抿唇，然后唤道："贺小小。"

她也不瞧他，像是不知道他在叫谁似的。

段胥笑起来，说："别装了。"

她似乎轻声哂笑了一下，慢慢回过头来。一只黑色的乌鸦落在她的肩头，继而是漫天如黑雨一般的乌鸦密密麻麻地落在这一片山地之上，一只只睁着乌溜溜的眼睛到处瞧着。竟然没有一只乌鸦鸣叫，场面安静得诡异。

她眨着漆黑不见眼白的眼睛，笑道："还有人敢欺负你呢？没想到我们小狐狸也有马失前蹄的时候。"

山腰上的胡契人终于反应过来，他们显然也被这诡异的景象所震慑，一阵窸窸窣窣的声音之后，为首的那个军官大声喝道："苍神保佑，异教邪徒怎敢装神弄……"

话还没说完，贺思慕淡淡地嘘了一声，他身上突然燃起蓝色的明火，一声惊叫之后顷刻化为焦黑的枯骨，一下子垮落在地上。

贺思慕冷冷地看过去，以胡契语笑道："你以为我当真在同你们商量？活着没眼色，死了总会认得我的。"

她以这个冷峻美丽的真身出现时，便有种与贺小小完全不同的气场，懒散与嘻嘻哈哈退得干干净净，便是笑起来也是凶狠、傲慢、不耐，仿佛是柄瞧一眼都会被割伤的刀子。

胡契人一见这形势终于松动了，纷纷掉头逃窜，高呼"苍神降灾"，他们离开这诡异险恶之地时，惊飞了一群乌鸦。

段胥转过头去，看了看自己身边呆滞的大梁士兵们，他们仿佛陷入了某种幻觉中，站在原地一动不动。他沉默片刻，走到那被箭射穿，最终死于和幽的交易的大梁士兵身边。

那是个从凉州来的孩子，不过十五岁的年纪。他蹲下来，合上那士兵圆睁的双目，轻声道："休息吧。"

然后他起身一步步走到贺思慕身边，受伤染血的手握上那悬空的槐木灯杆，她转过头来低眸，在漫天飞舞的乌鸦间居高临下地看着他。

她的脸上溅了几点血迹，应当是刚刚那士兵身上的。

段胥便用干净的那只手从怀里拿出一方帕子，像他们初遇时那样伸手递给她，道："擦擦脸上的血吧，幽小姐。"

贺思慕看了一眼他手里的帕子，目光再次移到他的脸上，冷淡说道："然后呢？"

"然后作为交换……"段胥拿着那帕子触碰她的脸，她的脸冰冷得如寒风。

他将她脸上的血迹慢慢擦去，有点儿俏皮地说："小姐能否留下我这段记忆呢？"

以大梁士兵呆滞的情形看，他们应该不会记得自己是怎样死里逃生的。想来丹支士兵更不会想起他们为何而退，领头之人为何而死。

贺思慕微微靠近他，在很近的距离里凝视着他的眼睛，想在他的眼里寻找到一丝害怕或厌恶，来证明这嬉皮笑脸八风不动的样子全是伪装。

段胥眨眨眼睛，眼里的笑意却完全没有一分作伪，他说："怎么，需要重新做下自我介绍吗？在下名为段胥，封狼居胥的胥，字舜息。敢问姑娘为何方幽？"

贺思慕低眸轻轻一笑，再抬起眼睛望着他清澈的双目，一字一顿道："在下不才，幽冥之主。"遣句谦虚，语气却轻慢。

她笑着将那染血的帕子从他手里接过来，再将他受伤的左手上的血擦干净，慢慢说道："很显然，我不叫贺小小，你也不是段胥。"

历任幽冥之主各有各的本事，也各有各的脾气，但有一点倒是出奇地统一——大家都是场面人，哦不，是场面幽。

但凡在人世现真身，都是要排布一番的，配个天地失色的大场面，然后迤迤然登场叫凡人们惊惧战栗，仿佛狼在羊羔面前亮一亮利齿般。

贺思慕现身的这番场面，百只乌鸦降落，邪火烧人，已经诡异而凶恶得令人印象深刻了。

然而她面前这只羔羊显然有些不同凡响的毛病，不仅不害怕，甚至还有点儿兴奋。不仅兴奋，还睁眼说瞎话道："幽主殿下这是在说什么呢？我就是段胥啊，姓段名胥字舜息，外祖父起的名，父亲给的字，货真价实。"

贺思慕微微一笑，单手提着他的领子把他拎起来。段胥任贺思慕提着他，一点儿也不挣扎，眨眨眼睛从容以对："此地不宜久留，不如等我们回了朔州府城，殿下再从长计议？"

"你这是在与我兜圈子？"

"你怎知我不是在求你呢？"

段胥大大方方地粲然一笑，圆润明亮的眼睛里竟有几分天真的意味。贺思慕眯着眼看了他片刻，心想求人求得这么硬气的可真没见过。

韩令秋一个激灵醒过来的时候，发现自己正牵着粮车沿着山中小路往回走。他愣怔了半天，看看自己手里牵马的绳子，看看旁边的粮车，再看看前前后后的士兵们，脑子如同一团糨糊。

方才……他们夺了粮车，却发现遭了埋伏，然后……埋伏他们的胡契人不知道怎么回事，竟然放弃这块到嘴的肥肉突然撤走了，他们便抢了粮车沿着山路往回走。

好像是这么回事，但是事情的转折实在太过怪异，像是哪里突然漏了一环似的。

正在韩令秋仔细回想时，段胥一箭射穿敌人眼睛的画面又浮现在他脑海里，他不禁打了个冷战。一些模模糊糊的画面又开始在他的脑子里来回晃悠，看不分明却又扰得人心浮躁。

正在这时有人拍了拍他的肩膀，他下意识弹剑出鞘压在对方脖颈，对方反应却更快，一个旋身离他而去，在三步之遥站定。

段胥笑意盈盈地揉了揉自己的脖子，道："好险，韩校尉这是怎么了？"

韩令秋瞪大了眼睛，气息不稳地望着段胥，仿佛要把段胥盯出个窟窿来。直到他意识到山道里的士兵们都停了步子，不安而迷惑地看着将军和校尉的对峙，方才硬邦邦地说了一句："方才遇险……太过紧张了，将军莫怪。"

段胥摇摇头，仿佛对韩令秋的异常毫不介意，宽和地说道："无碍。我就是想对你说，待我们出了山道便把这山两边的石头炸了堵住道路。军中有奸细，他们知道我们要来劫粮也就必定已经知晓了这条路，留着便是大患。"

韩令秋行礼道："是。"

段胥从他身边走过，神态自若地走到队伍最前面，看起来笑得和煦，手里却紧紧按着破妄剑。

韩令秋在这纷乱的回忆和熟悉感中突然有种直觉，从前他若真和段胥相识，便应该如同刚刚一般。他们是这种剑拔弩张、刀剑相向的关系。

段胥走到队伍的最前面，也不看后面的韩令秋，低声感叹道："看看你，都把人家吓成什么杯弓蛇影的模样了。”

走在他身边、只有他能看见的那个苍白美人转过头来微微一笑，她发间银色发钗的流苏颤动。显然她并不赞同，却又懒得说什么。

这一遭劫粮走得惊险，劫回的粮草可再供府城二十余天的饮食，满城的百姓终归是可以把年关度过去了。待段胥一行从山道而下回到朔州府城时，吴郎将罕见地十分热情，派了不少人去接应，见段胥负伤竟然还露出几分愧疚的神情。这委实让其他校尉大跌眼镜，段胥却仿佛天经地义一般，很从容地接受了吴郎将的热情。

贺思慕看着这难得的和睦画面，心想这小狐狸劫粮前的那番话果然是为了收买人心。秦帅屡屡置他于险境，或许是真想杀他，然而他在去劫粮前多半没想到会这么凶险。他却做出一副要为踏白赴死的怅然神情，叫吴郎将心生愧疚。

段胥，真是千层纸，千层假意见不着真心。

到了晚上，夜幕低垂，段胥安排好踏白军的大小事宜，终于可以回房休息了。他刚走进房间坐在床上，孟晚便端着药和纱布走了进来，要给他包扎手臂上的伤口。段胥推辞说自己可以，孟晚便有些着急，把药往桌上一放，说道：“舜息，你伤的是手臂，不方便自己包扎，便是不要我帮忙也该找别人照顾你。”

段胥好像觉得有些好笑，径直从桌上拿起纱布和药，半褪衣服露出受伤的左臂，那伤口从大臂一直开到小臂，伤口约有半指节深，仍在渗血，之前只是简单包扎了下。他右手一解便将之前的纱布拆下。

孟晚见他如此，正准备帮他包扎，却见他拿着药瓶，双指一挑将瓶口塞子打开，往伤口上一倒，然后拿着新纱布，一边用嘴叼着一边用右手拉着在胳膊上一路缠绕而下，最后利落地打了个结，松了口。

整个过程干脆利落，须臾便完成，熟练得不像话。

孟晚的手僵在半空，段胥笑起来，甚至有余裕挥挥包扎好的胳膊，说道：“我并未觉得不便，这点儿小伤还用不着别人照顾，阿晚早些休息吧。”

孟晚心想，认识段胥这么多年，他就从来没有需要别人照顾的时候。你说他争强好胜不肯示弱吧，他也不是这样的人，甚至还有些懒散。懒散中却又透露出一丝隐隐约约、不可撼动的强硬。

待孟晚无话可说地关上房门离开后，房间里传来了促狭的笑声。段胥望过去，一个面色苍白穿锈红色衣裳的美人正坐在他房间里的檀木椅子上，撑着脑袋转着手里的玉坠，巧笑倩兮。

他也不惊讶，把自己的衣服穿好后说道："殿下这么轻车熟路，看样子不是第一次来啊。昨夜……"

"昨夜我便在此，看你把上半身的衣服脱干净了。此刻你穿回去已然无法维护自己的清白了。"贺思慕语气淡然，甚至宽慰道，"皮囊而已，不必在意。"顿了顿，她指指屋外的方向，"你是什么时候和孟晚相识的？"

"我从岱州回到南都之后，和她同在杨学士门下读书。"

"哦？杨学士这个名头听起来，不像是你那个被雁啄瞎了眼的胡契人师父啊。"

"常言道，三人行，必有我师焉。我总不至于只有一个老师吧。"

贺思慕看着段胥一派真诚的眼睛，微微一笑道："你这个人怎么这般可怜，能叫得上名字的朋友、老师，都是在十四岁之后认识的。你十四岁之前都在干什么呢？"

她站起来，踩着她浅绯色的翘头锦靴，一步步走到段胥面前。她低下头看着这个时时刻刻带着笑容、目光总是诚恳坦然的少年，轻声说道："那位瞎了眼的师父，可是你十四岁前的老师？那失了忆的韩校尉，可是你十四岁之前的朋友？"

段胥仰着头直视贺思慕的眼睛，并不躲闪。

"师父是十四岁前的师父，朋友却不是。我十四岁之前没有朋友。"

贺思慕的眸光闪了闪，眼神由漫不经心变得严肃："你究竟是谁？"

段胥沉默地看了贺思慕一会儿，渐渐露出个明朗的笑容，一字一顿说道："段胥，段舜息。"

空气仿佛有瞬间的凝滞，两个人的目光胶着着，烛火的光芒在两人的面上跳跃着，微妙而危险的气氛在这寂静的场面中越来越浓郁。贺思慕的身形一闪，下一刻段胥便被贺思慕掐住了脖子按在床上。

贺思慕坐在他身上，沉下身望着他，手上的力量渐渐收紧。

段胥的手指揪紧褥子，眨了眨眼睛有些艰难地说："幽主……殿下，手下……留情。"便是在这种时候，他居然还在笑。

贺思慕俯身靠近他，长发落在他的脸上，段胥或许是觉得痒，微微皱了下眉。

“你的武功不是好极了，怎么不挣扎、不反抗？”她淡漠地问道。

“在绝对强大的力量面前，所有技巧都不堪一击。”因为贺思慕手上的力量放松了些，这句话段胥总算能顺畅地说出来，不仅说出来还附上一句解释，“我打不过你，除了求饶别无他法。”

他倒是很有自知之明。贺思慕轻声笑起来，说：“若我不饶你呢？”手上的力量又有加强的趋势。

段胥想了一下，抬起手来指指自己的头，笑道：“殿下想收藏我的头骨吗？”

这一句偏题十万八千里的话让贺思慕挑了挑眉毛。

“不错的建议。”

“我认为我五十岁的时候，头骨会长得更好看。殿下要不忍忍，等我五十岁时，再来要我的命？”

贺思慕眯着眼看了段胥半天，仿佛从他脸上看到“胆大包天”“无所畏惧”“伶牙俐齿”“虚与委蛇”等一连串的成语。还要加上一个“死不招认”。

她与段胥对峙了片刻，轻轻一笑收了手，居高临下地看着他，慢慢说道：“我不杀你，我是来与你做交易的。

“这交易十分简单，我会帮你完成愿望，作为交换你把你的五感借给我。每许一次愿望换一种感觉十日，其间你会失去相应的感觉，而十日之后我会将这种感觉归还给你。也就是说，你将有很多机会向我许愿。”

贺思慕提出的这个方式，是她仔细研究了明珠里的咒文后，得出的最好结果。

她自然也想采用一劳永逸的方法，可每次借一种感觉十天是凡人身体能承受的极限，再多段胥的身体很快就会垮，一劳永逸便是杀鸡取卵。

就算用了她现在提的法子，段胥借五感给她的次数越多，他的感官也会退化得越厉害。若非如此，明珠怎会三百年才找到段胥这么一个可以承受这道咒语的人。

贺思慕将此番危险简洁明了地知会段胥，并说道：“先说好，愿望亦有限度，不可太过影响人世。就譬如你可以许愿让我在战场上救你一命，但是不可许愿让我帮你赢得战争，你可明白？”

她做好了和段胥讨价还价的准备，但段胥认真地听完了她说的话，便无辜地指了指自己和她道：“我们非得以这样的姿势说话吗？”

段胥还仰面躺在床上，而贺思慕坐在他的腰上按着他的脖子。若是有人推门进来，会先被这旖旎又怪异的姿势吓一跳，再被贺思慕苍白如纸的脸色吓一跳。幸而贺思慕收了煞气威压，如今眼睛已然是黑白分明，不然还得吓人第三跳。

贺思慕似乎并不觉得不妥，淡然道：“这样的姿势，怎么了？”

段胥委婉地叹道：“你的身体不轻，而且很冰。”

寒冬腊月的天气里，她的身体跟那外头的冰坨子并无区别，可能也就是软了些。他刚刚受过伤，失血太多，本就畏寒，此刻只觉得被她凉得打战。

贺思慕瞥他一眼，轻巧地从他身上下来，坐在床边。她刚刚待过的地方，触手均是一片冰凉。

段胥坐起身来，他的衣服已经被贺思慕整得乱七八糟，此刻倒有了几分南都浪荡纨绔的气概。他好整以暇道：“这么说，殿下没有五感？没有味觉、嗅觉、色感、音感、触感，那么痛觉呢，也没有吗？”

那自然也是没有的。痛是为让凡人规避死亡的风险而存在的，譬如人被火烧痛便不会碰火，她要痛有何用？

她手掌下棉布包裹的褥子，在凡人的口中它应该称得上“柔软”，不过在她手里摸起来就跟桌椅板凳腿儿没什么差别，只是捏变形不太费劲罢了。

“显然我并不需要这些东西。”

“好可惜。”段胥感叹。

贺思慕亲切宽慰道：“没什么可惜的，等你死了也是一样。”

段胥却话锋一转，说道：“我是为自己可惜，想了半天，竟然想不到有什么可以许的愿望。殿下，我从来不许愿。”

少年说得无比真诚，贺思慕却只觉得他在说瞎话。

她这几百年来借身体、食魂火和无数人做过交易，可从没哪个人说——谢谢，我活得很好，死也安心，什么都不想要了。人活在世上总有欲望，自然万念皆空的僧侣道士倒是有可能无欲无求，但是段胥浑身上下可没有半点儿万念皆空的样子。

“今日我不救你的话，你或许就要死在胡契人手下了。战场可是个九死一生的地方，你确信若无我相助，你能次次死里逃生？”

段胥的眼里含了一点儿笑，他支起腿托着下巴，悠然地说：“无论如何，今日都要感谢殿下相助。”

他这个“无论如何”很有几分“你就算不救我，我也能自己逃出来”的意思。贺思慕微微眯起眼睛看了他半晌。她靠近段胥，在很近的距离里看着他明亮深邃的眼眸，这次他的眼眸中终于映出她苍白的脸。

她低低地笑道：“小将军，你还太年轻。须知道这命运无常，令万物匍匐，非凡人力所能及。”

段胥眨了眨眼睛，复述道：“命运无常，令万物匍匐。”然后他粲然一笑，眼里有些轻慢和肆意，“可我亦无常。”

我亦无常。

我亦无常？

贺思慕想，行吧，这小子狂到没边儿了，没救了，谁爱来教育谁来教育吧，总有他栽跟头的时候。等他哪天真成了幽，她可没现在这么好脾气。

她一摆袖子从床上站起来，作势不想再聊就要走，刚迈出一步却受到了阻力。她回头看去，段胥牵着她的袖子，白皙的手指在锈红色——在她眼里是黑色的衣袖上十分明显，他笑得明朗：“殿下的衣服好生华丽，不似凡物。”

这话再次偏题十万八千里，且说得十分含蓄。现在南都的姑娘们都穿窄袖衫罗裙，贺思慕若是走在南都街上，这身曲裾三重衣大约像刚从古墓里出土的。

贺思慕微微一笑，说道：“小将军若是有兴趣，刨几个三百年前的墓，包你看个够。”

段胥笑着，手指却慢慢用了点儿劲儿，把她的袖子拽住。任他有多大的力气也拦不住她，这么点儿力气，却隐隐约约透露出几分讨饶的意思。

贺思慕挑挑眉毛，目光移到他的手上：“你手上没有茧子，伤也是新伤。”她最初还被这双手骗了，以为他是个规规矩矩的读书人。

“啊……”段胥的目光落在自己的手上，淡淡地说道，“以前有茧子也有伤疤，后来用药去掉了。平日里别人能见到的地方，痕迹都去得干净。”

“什么时候去的？”

“十四岁。”

段胥答得十分流畅自然，可他实在是惯常故弄玄虚，以至于这看起来真诚的对话，也不知道是真是假。他拉着她的袖子，问道：“幽主殿下就不好奇吗？这段时间发生了许多事情，韩令秋到底是怎么回事，内奸到底是谁？”

贺思慕看了他半晌，露出个虚假的笑容，她索性一摆衣袖甩开了他的手，坐在了他的床榻上。她脱了鞋，一翻身翻进他床榻里侧，扯来他的被子半躺在他身侧。

这下轮到段胥睁大眼睛惊诧地望着她，贺思慕伸手拉开头上的发带，一打响指，发带便化为青烟消失，一头如墨长发落了满铺。她皮肤苍白，如同白雪覆盖于乌枝红梅之上，艳烈得摄人心魄。

“小将军不是舍不得我走吗？那我便留下来好好听，正好我也着实感兴趣。”贺思慕指指身下的床铺，“今晚我就睡这儿了。”

段胥难得地僵住，他的眸光微微闪烁。寻常的正经人，而且是读过四书五经的正经人，此时便应当说些男女授受不亲、有辱斯文的话。但段胥明显也不是什么正经人，他只是无奈地叹气道：“那我今晚恐怕又睡不着了。”

“说啊，韩令秋怎么回事？”贺思慕才不管他睡不睡得着。

“韩令秋并没有展现出他真正的实力，我之前看过他校场比武，或许是为了感谢吴盛六的知遇之恩，又或许是为了别的什么，他刻意隐藏了他的身手，屡屡败在吴盛六手下。今日他剑出鞘架在我脖子上的反应，可比他在校场比武时快了不知多少倍。他自丹支而来，殿下可知丹支王庭有个机密组织，叫作‘天知晓’？”

“人世这些乱七八糟的事情，我大多不关心。不过既然是机密，你又是怎么知道的？”贺思慕悠然道，“你和丹支王庭有什么关系？”

段胥笑笑，并不答贺思慕的话，只是接下去说道：“天知晓向来神秘，专为丹支王庭培养忠心不贰的死士，这些死士往往穷尽人之潜能，十分强悍，而且每年只培养一人。我猜韩令秋失忆之前，应该是天知晓的人。”

猜？他可真是太谦虚了，贺思慕心想这可不是随随便便能猜出来的。她跟着段胥和韩令秋一路，听他们的对话，段胥多半以前就见过韩令秋，应当还和韩令秋很熟悉。

“所以呢？你觉得他并非真的失忆了？你怀疑他就是内奸？”

按道理说去朔州接她遇伏、粮仓失火、劫粮被围，每件事情多多少少都与韩令秋有关。而他丹支人的身份和自称失忆的情况都令人怀疑。

在劫粮被包围之时，胡契人要留段胥和韩令秋两个活口。段胥是主将自不必多说，韩令秋只是个名不见经传的小校尉，丹支要活捉他做甚？若韩令秋是奸细，那么胡契人下令不伤他便有了解释。

段胥皱皱眉头，他双手交叠，漫不经心地十指相扣再松开：“现在还不能确定，不过应该很快就能确定了。殿下定有一番好戏看。”

贺思慕心想，这可真是好一番约等于什么都没说的废话。

段胥以一声叹息干脆利落地终结了话题，大大方方地脱去外服只留单衣，然后一掀被子躺在了床上。他望了贺思慕一会儿说道：“要不要分一半枕头给你？”

贺思慕枕着自己的胳膊，淡淡地说道：“夜半三更，一个幽躺在你的床上，你就不害怕？我可是会吸人魂火的。”

“争地以战，杀人盈野；争城以战，杀人盈城。此所谓率土地而食人肉。这么看，我们算是同行。”段胥笑着说道。

争地以战，杀人盈野；争城以战，杀人盈城。此所谓率土地而食人肉。

段胥四书五经背得倒挺溜，可见榜眼应该是自己考的。不过孟子他老人家虽不喜欢战争，可也不至于把将军和幽相提并论。

不过这世上，生老病死，战争兴亡，哪一件不吞噬无数人命。或许幽杀人，相比之下竟显得微不足道。

贺思慕看着段胥慢慢闭上眼睛，因为失血和疲惫而略显苍白的脸色映在昏黄的烛火之下，他的呼吸平稳，微微吹动脸上散落的碎发。

她伸出手指放在他的鼻子之下，却感觉不到任何东西。那传闻中气息吹拂在手上的感觉，温热的感觉，什么都没有。

她能看见天地之间的风，能够预测最细小的气候变化，却不能感受人的气息。

便是这般段胥也没有被她惊醒，睡得很安稳，贺思慕低声说道：“没一句真话，这小狐狸。”

第六章 真假十七

其实这一遭是贺思慕冤枉了段胥，他当真以为自己会难以入睡，可这一觉他睡得很好，好得让自己都奇怪。

当早上段胥睁眼，被明亮的日光刺痛双目之时，他愣怔了一会儿，开始认真思考自己是怎么睡着的这件事。想来想去或许是因为对于他来说，死人比起活人要熟悉得多，且令人放心。

早上醒来时那苍白妖冶的殿下已经不在他身侧了，段胥伸出手臂压在她躺过的地方，那地方因为他的体温已经有了几分暖意。后来她的身体没有最初那么冰冷，想来便是死寂的身体也能被焐热的。

段胥想起第一次看见她的时候，在凉州府城里，朝阳破云，从她背后的楼阁间升起。她站在长街之中，伏尸遍野之间，浑身染血，脸上也有血，殷红一片。

乌鸦，黑色的乌鸦，漫天鸣叫。

它们围绕着她，密密麻麻地落在盈巷的尸体上，落在她的肩膀上，而她的神情淡漠。

这是他第一次从活人的身上如此具象地看见死亡。以至于之后每一次他看见成群的乌鸦时都会想起这个姑娘。

光芒从她的身后漫过来，当阳光清晰地照亮她的脸庞时，这个姑娘笑了。

她笑起来，明艳动人地笑起来，向他跑来说道："将军大人，胡契人撤退之前屠了城，城中死伤无数，您是来救我们的吗？"

他那时就知道这个姑娘绝不寻常，演技也不算高超。不过他没有料到，她会是幽冥之主这样的人物。段胥微微一笑，翻身从床上坐起来。

最近沉英非常担心他的小小姐姐，因为小小姐姐似乎太爱睡觉了，腊八节次日甚至于从午时一觉睡到了第二天清晨，但凡是个正常人也不会睡这么久啊!

贺思慕回到那借用的身体里，一睁眼就看见沉英趴在她床前，跟个霜打的茄子似的，耷拉着脑袋。她心想这两天他好吃的也没少吃，怎么还不开心了?

“小小姐姐，你要跟我说实话。”看见她醒过来，沉英板着一张圆润的小脸，严肃地说，“你是不是生病了？”顿了顿，沉英又补充道，“大病的那种，治不好的那种。”

贺思慕揉揉额头起身，顺着他说道：“对，没错。”

沉英愣了愣，眼看着就要红了双目号啕大哭，却被贺思慕制止。她伸手揪住沉英的鼻子，说道：“我这是害了相思病，相思之苦无药可医，真愁人。”

沉英圆溜溜的眼睛直转，被捏着鼻子瓮声瓮气地兴奋道：“是段胥哥哥吗？”看看，果然立刻就兴奋了，这小孩儿真是对八卦有异常的热爱。

“你猜呢？”贺思慕露出个灿烂的笑容。

她休沐遇见段胥，生生把休沐变成了元宵节——成日里猜谜。这小子还嘴硬地不肯与她交易，打得一手好太极，她就不信他能顺顺利利地把这座城给守下来。

她起床洗漱时，沉英一溜烟地跑出去了，过了好一会儿才跑回来，满头大汗、两眼放光：“小小姐姐，我听他们说，将军哥哥要办比武赛呢！”

贺思慕边擦手边挑眉道：“嗯？”内忧外患在前，都火烧眉毛了，段胥还有闲情逸致办比武?

沉英此番是为他那害了相思病的姐姐去打探她心上人的消息的。他大街小巷跑了一圈，收集来的信息说，再有一段时间便是新春佳节，段胥称将士们死守朔州府城尤为不易，特地举办一个简单的军中比武以做庆祝。

贺思慕一边听着沉英兴高采烈地汇报，一边想着段小狐狸的比武绝不可能仅仅是比武。他这是又打什么坏主意呢? 怕是在筹划他说的那番好戏了吧。

贺思慕整整衣服，笑着牵着沉英的手迈步出门：“走，吃早饭去。”

段胥能弄出什么名堂来，是否真的能不向她求助，她暂且拭目以待了。

从劫粮被围事件中死里逃生的段胥，很快又开始了和城外丹支军队见招拆招的日子。火油、沸水、滚石，轮番往攻城的军队身上招呼。垛口外侧挂来防御的皮帘每天都能收到许多敌方的箭矢，再化为大梁军的武器储备。他还专门安排了“瓮听”的人，在井口听动静，以防丹支军挖地道而来。

虽然说军中如今存在奸细且并未查出是谁，段胥的计划多有掣肘，但幸而他原本就是个专兵的将领，先做事后解释已成习惯，连他的手下都常常对他的计划摸不着头脑。便说这个“瓮听”之人，也是此前烧死了意欲挖地道的敌军，他们才知道自己的将军安排了这号人物。

恐怕奸细也猜不到段胥要做什么。

丹支本以为这等小城这点儿兵力，要打败踏白军应当不费吹灰之力，如今却是到处碰壁，便转了态度前来劝降了。

段胥客客气气地招待了前来劝降的这位使者，使者乃一位汉人，显然如今在丹支当差当得十分愉快。他动之以情，晓之以理，先大大地夸赞了一番段胥是少年英才，再跟段胥仔仔细细地分析了敌我双方的实力差距，言明归降的种种好处。

最后丹支使者说道：“段将军，朔州府城在丹支攻势下已坚持一月有余，您对大梁已经有交代了。再这么下去，弓箭弹药过些日子就会用光，而粮草也不过只能再支撑一个月，这城早晚是要破的。您可知当年丹支灭大晟朝时，吴南将军在云州勉力抵抗三个月，粮草断绝后煮皮甲而食，甚至于食用城中之人，自老人、小孩儿、女人而始以至于所有人。城破时城中所余不过几百人，吴南将军自尽而死，便是如此牺牲大晟朝不也灭亡了？有道是兴亡皆有命数，将军您不可做如此傻事啊。”

段胥笑盈盈地看了那使者一会儿，直到把那使者看得发毛，方才开口说：“我倒是很好奇啊，你说城中都人吃人了，百姓为何不反不逃，还乖乖等着被吃？使者大人是否可以为在下解答？”

那使者脸色不大好，段胥便径直说下去：“因为胡契人凡遇抵抗必屠城，百姓知道城破自己必然身死，索性以命做城拒敌于外。你说吴南将军做的是傻事，可是正因为在云州受到阻击，胡契人收敛了屠城恶习，数千万汉人才得以存活。

“你为丹支效力多久，你真的了解胡契人吗？使者大人，胡契人永远不会看得起跪在他们面前的人，你要让他们流汗、流血，你要咬下他们的血肉，要让他们痛不欲生，你要站着才能活下去。你信不信我此刻砍下你的头颅，扔到城外丹支大营里，他们只会觉得被拂了颜面而愤怒，没有人会为你的死惋惜？因为你不过是一条狗而已。而他们绝对不会放过我，因为我使计攻破朔州府城时亵渎了他们的苍神，他们绝对想要把我碎尸万段。”

他站起身来，未受伤的右手撑在桌子上，靠近面色惨白的使者大人，笑得真诚。

“使者大人，对于胡契人，我了解得比你多得多。可是你和阿沃尔齐都不了解我，只要我还活在这座城里，这里的百姓就绝对不会相食而死，你们也别想踏过这里去往大梁。”

使者大人眼见谈判破裂，开始担心起自己的安危来，强自镇定道：“既然如此，那在下告辞了。”

他刚走到门口就被孟晚拦住，孟晚以询问的眼神望向段胥，使者大喊道：“两国相战不斩来使！你……你不能……”

“在你提吴南将军之前我有这个打算，但是现在我想不斩来使是汉人的道理，入乡随俗，我该随了胡契人的规矩才是。”段胥轻描淡写地冲孟晚点点头，道，“杀了从城墙上丢下去。”

孟晚抱剑道：“是。”

四五个士兵上来，由孟晚领着将那仍在号叫的使者带下去了。段胥摇摇头，笑着问道：“他不会变成幽吧？”

他身边慢慢显现出一个穿红衣的苍白姑娘，那姑娘懒懒地说：“胆子这么小的，肯定即刻投胎去了，做什么幽。”顿了顿，贺思慕看向旁边身穿银色铠甲的段胥，奇怪道，“你怎么知道我在？”

“我不知道，随口一问罢了，没想到你真在。”

贺思慕微微眯起眼睛，在她说话之前段胥立刻笑着拜道：“幽主殿下，饶命饶命。”

他那双圆润明亮的眼睛带着笑意，哪里还有半点儿刚刚威胁使者时的凶狠。

瞬息万变，段舜息。

使者的尸体被丢到城外丹支大营后的第二天，贺思慕正在慢条斯理地享用她味如嚼蜡的早餐，却看见林钧林老板急匆匆地从大堂出来，发冠都没有整好就出门拍马而去。她看着他远去的背影，便问管家：“林老板这是怎么了？”

在林家借住的这些日子里，这还是她头一次关心林钧的事情。

管家面露忧色，回答道："听说……胡契人抓了大房的林老爷，押到城下来了。"

林家在朔州是大家族，林钧是二房家的独子，林家二老爷死后就继承家业在府城住下。而林家大房的林家人都在朔州北部的几座城里住着。也就是说，他们生存在胡契人治下的区域中。

沉英拽着贺思慕的衣裙，担忧道："怎么办？林钧哥哥会不会有什么事？"

他近来真是很喜欢到处认哥哥。贺思慕低头看了一眼沉英，把他拉到一个偏僻的角落，问道："你想去看看？"沉英点点头。

于是没过多久，贺思慕和戴着帷帽的薛沉英就站在了朔州府城的墙头上，在众军士之间堂而皇之地走到了垛口边往外看。

城墙上的其他人并不能看见贺思慕和薛沉英，只见林钧双目发红，一直想往垛口边去却被韩令秋拉住，韩令秋不住地劝道："林老板，危险！不要上前！"

只见城外丹支大营前站着一排人，以衣着来看是富贵人家，站在最前面的是一个须发皆白但是精神矍铄的老者。他穿着一身黑色狐皮衣，双手被反绑在身后，镇定地抬头看着城墙上站着的将军和士兵们，还有他的侄儿。

他身后站着的有老有少，有男有女，还有人正在哭泣，他却恍若未闻。胡契士兵踢了他的后腰一脚，道："林老爷有话好好对城墙上的人说，你的妻儿老小可还在你身后呢。"

老人被踹得一个踉跄，却并未下跪。他沉默了一瞬，高声唤道："钧儿。"

林钧红着眼睛，颤声道："大伯。"

冬日的阳光灿烂，凛冽的寒风从遥远的北方呼啸而来，白色的细细密密的丝线布满了天地之间。老人站在细密的白色丝线间，凌乱的头发被吹得纷飞，他锐利的目光仿佛隔断风的丝线，直直地射向朔州府城城头。

贺思慕听见身后孟晚与别人小声交谈，说是林家大伯林怀德暗中给踏白军提供了丹支运粮的时间，被出卖揭发给了丹支军队。

老人高声说道："钧儿，粮草可到了？"

"到……到了……"

"是否还够吃？"

林钧红着眼，抿了抿唇没有回答。

多少算是够？二十多天的粮食，换林怀德一家二十多口人的性命，算是够还是不够？

“还能撑得下去吗？”林怀德的声音不悲不喜，穿过凛冽寒风吹到城头，让人心生前途渺茫的无措之感。

站在林怀德身边的丹支士兵笑了起来，仿佛在等着孤城内的大梁士兵动摇。

没有得到回音，林怀德沉默了一下，慢慢地说：“钧儿，你还记得你爷爷吗？你爷爷在世时，这些孙辈里最喜欢的就是你。

“你太爷爷是吴南将军手下的兵，战死在云州没有回来。那时你爷爷才刚刚出生，你太奶奶脾气倔，不肯逃往关河以南，在朔州将你爷爷拉扯大。你爷爷为林家挣下了这份基业，才有我、你父亲的今日，才有朔州林家。这些年里我们为了生意、为了林家，处处奉承讨好胡契人，但是你要记得，我们的祖上是怎么死的，他们是为了保护我们而死的。你爷爷说过，若有一日大梁能踏过关河将胡契人赶出中原，林家虽是一介商贾之家，也必当倾力以助，万死不辞。”

丹支士兵察觉到林怀德话锋不对，扯着林怀德就给了他一巴掌，要他好好说话。林怀德却冷冷地厉声说道：“钧儿，你听好！撑不下去了，也得继续撑！

“我今日来见你，便是要告诉你一声，大伯去向你爷爷复命，告诉他林家不负所托，钧儿不负所托！

“终有一日，江山将归，盛世如初！”

林钧怔怔地望着城下，他睁大了眼睛，眼眶红到极致却没有流泪，激动的情绪在他的眼里剧烈动荡着，仿佛要将他的魂魄也荡出体外。城下传来凄厉的尖叫和号哭声，林家人的鲜血染红了结霜的土地，林怀德睁着双目倒在渐渐扩大的血泊里，他的脖子被利刃割开，脸上却带着凝固的笑意。

他浑浊苍老的眼睛里，好像在自豪着什么，又好像在嘲笑着什么。

林钧开始止不住地颤抖起来，他不再往垛口边冲，而是扶着墙慢慢弯下腰去，纤细的手指抖得如同蝉翼，慢慢地挡在眼前。他像一个蚕茧一般蜷缩起来，没有发出一点儿声音。

林怀德家二十三口，于朔州府城之下，尽数被屠。

沉英扒着垛口，呆呆地看着城墙之下单方面的屠戮。贺思慕伸出手去遮住他的眼睛，将他从垛口处拉回来。

沉英没有挣扎，只是小声说：“我爹爹也是这样被杀死的。”手无寸铁，便如牲畜一般被杀死。

这一次很意外地，沉英没有哭鼻子。

贺思慕看着从城下升起的盏盏明灯，在耀眼的阳光下没入天际消失不见。她已见惯生死，知道此时说什么都不合时宜，只能安抚性地捏了捏沉英的肩膀。

人生短暂，不过须臾百年，生生死死纠缠执着，终是勘不破。然而也不必勘破。若人无所执，大约生无意趣。

林钧回到林家之后，一天都没吃任何东西，他沉默地坐在庭院的亭子里，从日上三竿坐到夕阳西下，坐到夜深人静。

管家去劝了好几次，林钧都不肯动身。直到夜里段胥造访林府，一路走到了林钧面前，他才回过神来，有些惊讶地站了起来。

段胥穿了一身便服圆领袍，向林钧行礼道："林老板，舜息愧对林家。"

林钧立刻摇头将段胥扶起来，说："段将军不必自责……人固有一死，我大伯他……"

他似乎有些说不下去，段胥叹息一声，接着道："我听说令尊去世得早，您大伯对您多有照拂，便如父亲一般。今日他在城下说的那些话也是不想让您难过，想来他是不忍见您这样消沉的。"

林钧比段胥年长，段胥便一直尊敬地称您，林钧推辞着说不必如此。

段胥却说："我知林家遭此大难，您心情沉痛，可我眼下却有一事要请您帮忙。兹事体大，望您答应。"

林钧愣了愣，疑惑道："何事？"

"军中的奸细，我心中有一怀疑之人，请林老板帮忙佐证。"

"何人？"

"韩令秋。"

林钧惊讶地望着段胥，仿佛不能相信此事是韩令秋所为："将军有何依据？"

"贺姑娘遇袭、粮草被烧、劫粮被围、出卖林家，每一件事情都与他有所关联。劫粮被围时胡契人下令不要伤韩令秋，韩令秋原本就是从丹支而来，他自称失忆，然而疑点重重。"

"失忆？"林钧惊道。

"我觉得他有意隐瞒身手，所以举办了比武，想要试出他真正的实力。我听说林老板也是好武之人，家中有好几位身手不凡的宾客，到时候可否请林老板让他们前来，与韩令秋一较高下。”

林钧神色凝重地点点头，向段胥行礼道：“此事包在林某身上，定不负将军所托。”

段胥拍拍林钧的肩膀，说：“林老板不只是林家的骄傲，也是大梁的栋梁。”

待从林家出来，段胥转头又去找了韩令秋。他把正在巡逻的韩令秋叫过来，说：“无论你对我有什么猜忌，如今我是你的将军，我的命令你总是要听的。”

韩令秋低眸道：“是，将军有何吩咐？”

“你隐藏了实力，并未完全展露自己的身手，对吧？”段胥开门见山道。

韩令秋十分惊讶，刚想说什么却被段胥摆手制止了，他径直说道：“几日后的比武，我要你必须赢得所有比试，但仍然要隐藏实力，不到万不得已不展露。”

这个奇怪的要求让韩令秋愣在原地，他反应了一会儿才问道：“将军是怎么知道我……”

“这是我的命令，你只需要说是。”

韩令秋沉默了一瞬，低头道：“是。”

段胥轻轻地笑了起来，他说道：“还有一件事我要交代给你，你记好。”

待月上中天，段胥终于从军营里出来，他照例提灯独行，走在月光皎皎的清冷街道上。街两边已经挂上了红灯笼与红绸，门上的对联也换了新的，这一城的百姓都开开心心地准备过年了。

他们还不知道城中的粮草只够吃一个月，不知道城外看不见边际的黑色营帐，不知道今日血洒城下的林家二十三口。这种平和甚至于幸福，让人觉得既惊奇又诡异。

而隐瞒者十分平静，提着灯走在这弥漫着热烈气氛的大街上。

“你在吗？”他问道。

四下安静了一会儿，一双藕荷色的云靴便踏在他身边的地面上，无声无息。

贺思慕腰间的九幽灯闪烁着蓝光，她漫不经心地说：“都安排好了？”

“嗯。你都知道了？”

“大体猜到了。”

“看看这一局终了，你能猜到多少吧。”

贺思慕转过头来看着身边的少年，他清澈的眼睛里仿佛有千尺寒潭，不见尽头。一个一生不过百年，如今才活了不过二十年的人，居然有这样的一双眼睛。

她问道："小将军，你才多大，你不累吗？"

段胥的眸光闪了闪，他偏过头来望向贺思慕，笑了笑没有说话。

新春比武在除夕这天早上如期举行，贺思慕作为踏白军的风角占候被一并请到校场，坐在了段胥身侧的席位上。

段胥也邀请了林钧，林钧坐在他的另一侧。

段胥不下场比武，并且也不许比武爱好者吴盛六下场。吴盛六为此生了气，抱着胳膊冷着脸坐在席间，只饮酒不说话。

前面几轮抽签比试下来，韩令秋不出意外地一路过关斩将来到了决赛，他之前在军中比武的名声也很响，只输给过吴盛六。

同样来到决赛的，便是林钧请来的江湖人士宋大侠。宋大侠和韩令秋身量相当，也是膀阔腰圆孔武有力，前面几轮里每次都轻松将对手打败，可见身手不俗。两人在场中互拜，鼓声一响便摆开架势开始交手。

段胥微微眯起眼睛，林钧也紧张地向前探出了身体。贺思慕一边和沉英嗑瓜子，一边有一搭没一搭地往场中瞧。

两人都是好身手，你来我往互不相让，身影在校场中来回翻腾，尘土飞扬，几个回合下来都是平手。

按段胥所说，若韩令秋曾经是天知晓的死士，他的实力应该在宋大侠之上。如今他恪守段胥的命令并没有过多暴露，因此这种情况下恐怕没有办法赢过宋大侠。

贺思慕嗑着瓜子，心道段胥可真是交给林、韩二人一个难题，一边要试探，一边要隐藏，两边还都要赢。

眼看形势胶着，好几个回合之后韩令秋和宋大侠难分胜负。林钧皱着眉头看了许久，便对段胥说道："如此下去也看不出韩校尉的实力。我听宋大侠说，江湖上有一种蒙住眼睛的比武方式，最能试出对方的实力。"

段胥喝茶的手顿了顿，他笑起来说道："好啊，横竖现在分不出胜负，那就这么比吧。"他唤来孟晚，宣布了修改后的规则。

校场上的韩令秋明显愣了愣，他抬起眼眸有些犹豫地望向段胥，段胥则淡淡地望向他。晴空里那带着怀疑和不安的眼神胶着片刻，韩令秋低下头不知道在想什么，似乎叹息了一声，然后拿过士兵递上的黑布将双目遮住系好。

这显然是大家从未见过的比试方式，校场周围的人都兴致勃勃地看着场中眼上蒙着黑布的两人。

韩令秋蒙住眼睛之后，他周遭的氛围就发生了微妙的变化。贺思慕看见他周围的风和之前段胥和吴盛六比武那次一般，出现了细小的波动和扭曲。他飞奔而去和宋大侠交手时，速度竟然比刚刚快了一倍有余，而且精准度丝毫不差，仿佛长了第三只眼睛一样。

据说蒙眼比试是江湖规矩，宋大侠却明显没有韩令秋这般适应这种比试，速度和准度比刚刚都略有下降，且因此出手有了犹豫。只见尘土飞扬间，韩令秋与宋大侠虚晃几招，然后一拳准确地砸进他的胸口，在宋大侠连连后退时，几步上前抓住他的手臂，一个侧身将他摔在地上，然后准确地掐住了宋大侠的脖子。

迅速，精准，没有什么花招，只有致命招。

贺思慕放下手里的瓜子，心想宋大侠的肋骨不知断了几根，其中一根差一点儿就刺穿了他的心脏。

蒙上眼睛的韩令秋，下手近乎致命，比刚刚狠厉了许多。不经过极为残酷的精心训练，人不会有这样敏锐的感知和强大的攻击能力。

场上的锣鼓声响，士兵大喊道："韩校尉胜。"

韩令秋默默地站起来，扯掉眼上的黑布，对宋大侠行礼道："抱歉。"

座上众人皆惊，第一个跳起来的居然是吴盛六，他睁圆了眼睛大声道："韩兄弟怎么……他武功这么厉害的吗？我怎么从来不知道？这种好事情他瞒什么瞒呀！"

在一片啧啧称赞声中，段胥放下了手中的茶杯，气定神闲地从座位上站起来。

他悠悠地走到校场边朗声道："诸位，驻守朔州府城这些日子，先是接风角占候的车驾遇袭，然后粮草被烧、劫粮时遭丹支伏击、林家长房被出卖，这一桩桩一件件说明我们之中存在丹支的奸细。到今日，我总算能够确定这奸细是何人，想来这人确实与上面每一件事都有关联。"

段胥的目光落在韩令秋身上，韩令秋沉默地望着他，握紧了手不说话。段胥却悠然地笑笑，转过身来看向身边的林钧。

"林老板，你说呢？或者我要问问你，自我们入主府城以来，真正的林钧被你藏到哪里去了？"

所有人疑惑的目光都聚集在林钧身上，而林钧则僵立当场，万分不解道："段将军……你在说什么？你难道怀疑我是奸细？"

段胥摇摇头，好整以暇道："不是怀疑，我是肯定。贺思慕的马车遇袭，随车的是韩令秋，但马车由你提供。粮仓的防卫、劫粮的时间、林家长房的通信这些你也一并知情。"

林钧哂笑一声："那又怎样？"

"非要我把话说死吗？"段胥微微靠近林钧，以只有他们两个人才能听见的声音说道，"我竟不知瞑试是江湖规矩，天知晓的十五先生。"

林钧的眼神一变，刚刚的迷茫愤怒瞬间退得干净。他以迅雷不及掩耳之势勾过段胥的脖子，段胥立刻旋身解脱，林钧却如有预判般锁住段胥的双臂，袖刀出鞘抵在段胥的脖颈之上。

他的武功深不可测，段胥竟然都不能反抗。他的眼神冷冷的，朗声道："都别动，敢动我就杀了他。"

周围的士兵纷纷拔刀，却碍于段胥的安全考虑不敢上前。吴盛六拿着他的大刀指着林钧，气得怒发冲冠："林老板，我还以为你是个真男人！之前林家老爷死在城下，老子还觉得对不起你林家，居然是你出卖的你大伯！"

贺思慕丢了瓜子壳，悠然地起身提醒道："这个人不是真的林钧，易容假扮的而已，他卖的不是他亲大伯。"

"呸！老子管他亲不亲，把命留下！"吴盛六叫嚷着。

林钧出奇地冷静，只是死死地制住段胥，让人毫不怀疑只要有异动，他手里的刀子就会立刻割断段胥的脖颈。

韩令秋已经在混乱中奔上了看台，神情复杂地站在人群中面对着林钧和段胥。林钧的目光移向韩令秋，他平静地问道："你真的失忆了？"

韩令秋的目光闪烁，并不答话，倒是吴盛六喊起来："他失没失忆关你屁事。"

"你若失忆，或许还情有可原。我不知你所经何事，但你应当是我的十七师弟，同我回去见师父。"林钧的目光如冷铁，和那个热忱爱国的林老板判若两人。

韩令秋摇摇头，他脸上的刀疤可怖，神情却坚决：“你休要胡言乱语，混淆视听。我是韩令秋，是大梁踏白军的校尉，除此之外什么也不是。”

林钧轻笑一声：“你曾是师父最喜欢的弟子，如今倒是非不分了。”

他点了段胥的穴道，挟持着段胥一步一步从校场走出，叫人牵了马来，然后勒令吴郎将他们放他出城。段胥秉持着他一贯的打不过就不反抗的原则，叫吴郎将他们一律照办了。

只是林钧并未说话算话，他最后也没有放过段胥，挟持着段胥一同出了城，奔入丹支大军营中。

吴盛六无可奈何地跳脚，一边放出了林钧就立马让人关闭城门，一边啐道：“大过年的，胡契人真不是个东西！待入夜咱去营里把将军给救出来！”

韩令秋和孟晚倒还冷静，二人对视一眼，韩令秋上前道：“郎将，将军此前曾有一事嘱咐于我。”

一入敌营，林钧与丹支士兵通了口号后出示令牌，那些士兵立刻恭恭敬敬地把林钧迎了进去。

段胥被带进了营中的一间牢房，手铐脚链戴得结结实实，还被捆在架子上，要是条件允许，他们恨不得拿一根锁链把他的琵琶骨给穿起来。他这犯人的地位很不一般，从他独自享有一个牢房、看守只能站在牢门口就能看出来。

“你这是故意的，还是赌输了？”

伴随着熟悉的女声，一片锈红色的裙边出现在段胥的眼底，他抬起头便看见那苍白的美人站在面前，转着手里的玉坠笑得意味深长。

段胥靠在架子上，只当那捆他的架子是个靠背，悠然道：“这局尚未结束，还不到见输赢的时候。这奸细，殿下猜对了吗？”

贺思慕点点头，道：“林怀德死在城下的那天，我猜到了。”

她听闻林钧与他大伯十分要好，将大伯当作父亲尊敬。原本他在府城中鼎力支持踏白军就很可能会连累林怀德，可他不仅不让林怀德与他撇清关系，还在明知军中有奸细的情况下请林怀德帮忙。这极有可能会害了林家，他却好像浑然不觉，连犹豫都不曾有。

即便是有最赤忱的忠烈之心，也应当会有作为一个人最基本的畏惧、犹豫和权衡。

再者说以贺思慕这几百年的经验来看，林怀德死的那天，林钧虽然看起来无比悲恸，但实则他的震惊是大于痛苦的，仿佛没有料到林怀德会这般慷慨赴死。他好像完全不了解他的大伯。

“你又是从什么时候开始怀疑他的？”贺思慕问道。

“从一开始。”段胥笑起来，说道，“我在他身上嗅到了同类的味道。”

“和你同类？那肯定不是什么好人。”

“那是自然。”顿了顿，段胥十分知趣地不再兜圈子，解释道，“我最初发觉是在林钧试探韩令秋的时候。我对韩令秋好奇是因为怀疑他是天知晓的人，那么林钧对他好奇，又是为什么呢？无论他和韩令秋有何种牵扯，都十分奇怪。

“不过韩令秋有没有恢复记忆也未可知，粮草被烧，他们二人我都怀疑。劫粮时我便带上了韩令秋，韩令秋的表现不像是奸细，丹支要活捉他或许是因为有人对他好奇，想把他捉回去盘问——这样的话和林钧也对得上。

“于是我向林钧透露了韩令秋失忆的事情，比武之时迟迟探不出韩令秋的虚实，他心生焦急，果然拿出瞑试来验证。知道瞑试的要么是丹支王庭，要么是天知晓的人，他孤身潜入府城做奸细，不像是金贵的王庭贵族，便应该是天知晓的人。”

贺思慕挑挑眉毛：“瞑试？”

段胥点点头，道：“这是每一届天知晓弟子出师之时的考核，丹支王庭为观众，欣赏两位弟子蒙眼决斗，活下来的那一个便正式出师，赐予天知晓的编号。十五便是这个假林钧的编号。”

“既然都是天知晓的人，十五不是一开始就应该认出韩令秋吗，何须试探？”

“天知晓内不同期的弟子平时并不见面，就算偶尔相遇也都是黑纱覆面只露双目，韩令秋又破了相，十五怎么可能认出来？”

贺思慕眼眸闪烁，望着眼前这个侃侃而谈、身在敌营如在老家的家伙。她悠悠地将食指竖在唇前，笑道：“嘘，有人来了。”

段胥和她同时转头看过去，便见一个高瘦的男子撩起营帘。他有一副汉人面孔，头发用胡契人传统的方式编成镶着银饰的细辫，一双细长的丹凤眼，眼神冰冷如寒夜。他看不见贺思慕，只淡漠地看着被捆在架子上的段胥。

段胥与他对视片刻，诚恳地笑道：“天知晓的十五先生，果然善于易容假扮，虽至亲不可察觉。”

这就是假林钧的真正面目。男人走到段胥的面前，上下打量了他一会儿，冷冷道：“你究竟是什么人？”

贺思慕想这可真是个熟悉的问题。从她到韩令秋到十五，每个人仿佛都想掐着他的脖子，让他把自己的真实身份吐出来。

此前便是被幽冥之主掐着脖子也不曾松口的段胥悠悠一笑，游刃有余地打起了太极。

“我是什么人？你觉得看过瞑试的该是什么人？如今你挟持我还把我绑在这里，等我回到王庭，你可有什么好果子吃？”

“你来自王庭？我没见过你。”

“丹支王庭加上元老院，有上百个贵族子弟，你难道还能每个都见过？”

十五对段胥的回答不置可否，顿了顿，他又问道：“你怎么知道我是十五？”

“年龄对得上的只有十五、十六和十七。十六意外残疾，十七失踪多年，那你便是十五了。”

“你是故意被我掳回来的，你想做什么？你要回王庭吗？”

段胥靠在架子上，笑容灿烂道：“你猜呢？”

他仗着十五不能确定他的身份故而不敢随便用刑，这太极打得越发嚣张，甚至于蹬鼻子上脸：“你猜不出来我，那我便来猜猜你。天知晓很少搅和军队的事情，你潜入朔州府城多半是为了调查红鸟降灾之事吧，这种亵渎《苍言经》的事，大司祭最为敏感。你暂时查不出我的背景，又发现了韩令秋身世成谜，便留在府城里顺便帮阿沃尔齐报信。你说这事要让丰莱知道了，该对你们天知晓有意见了。”

十五的瞳孔微微紧缩，但表情看上去还算平静，他淡淡说道：“不必在我面前炫耀你对丹支有多了解，待你到了王庭，一切自有分晓。”

他似乎放弃了和段胥周旋，转身准备走出营门，段胥却在他身后悠悠地说道：“作为林老板而活，感觉如何？”

十五的步子停住了。

“你这辈子扮成形形色色的各类人，大约从没活成这样一个热烈坦荡的人吧。十五先生，你说着那些以身报国、舍生取义的壮语，你看着林怀德在城下心甘情愿地赴死，难道就不曾有过一丝动摇吗？”

他骗过那么多人，就没有一刻连自己也骗过去了吗？

空气中有片刻安静，阳光之下尘埃飞舞，而十五站在营帘的阴影处，攥着营帘的手微微收紧。他沉默了一会儿便转过头，神色平静地看着段胥，坚定地淡淡说道：“没有。苍神在上，天知晓为苍神而生，永不背叛苍神。”

仿佛他在作为林钧时，在城墙上的震惊和悲恸全是精心设计的演技。说罢他便撩起营帘走了出去，黑色的身影消失在营帘之后，只听见他在外面吩咐增加兵力将段胥看紧。

段胥嗤笑一声，淡淡道：“活着连自己的名字都不能有，还管什么神仙鬼怪。”

贺思慕啧啧感叹了两声，抱着胳膊走到段胥面前，红色的裙裾恍若无物一般穿过地上的干草。

她靠近段胥，伸出手抚过他的脸庞：“如今你身陷敌营，他们打算把你送回丹支上京，朔州府城风雨飘摇。小将军，我的提议还在，你要不要向我许愿？”

段胥眨眨眼睛，笑着前倾身体，在她耳边轻声说：“说好了要请殿下看戏，怎能委屈殿下亲自上场呢？”

一声轻微的咔嗒声，贺思慕抬眼看去，只见段胥不知何时已从他的手铐、脚铐中解脱出来。他转着被磨红的手腕，轻松说道：“不巧，我小时候学过缩骨，没什么镣铐能铐住我。”

贺思慕眯起眼睛，胡契人大约会很懊悔没把他的琵琶骨给穿起来。

段胥这千层纸又破了一层，破掉的这一层明明白白写着“缩骨功”三个字。这种武功需要从小时候练起，日复一日将自己的每一寸骨头弯折到极限，是一种痛苦的武功。譬如刚刚的十五先生，他本人比林钧要高一些，却能伪装成林钧，大约也是用了缩骨功。

段胥走到窗边，挑开窗帘左右看了看，道：“破妄剑在那个人手上呢。”

他刚刚被捆起来的时候被收缴了兵器，破妄剑便在外面一个看守的手上。段胥从发冠中抽出一段软铁丝，在手心缠了两道，转眼对贺思慕笑道：“马上入夜了，戏局该收尾了。”

这个人最擅长做出乎意料的事情，没有一步是和常人相同的。按理说城府深的人该是一副四平八稳、不动声色的样子，可这段胥偏偏很会动声色，却还是城府极深。

贺思慕瞧了段胥一会儿，便悠然道："那我这前排的看客，便拭目以待了。"

夕阳很快落下，夜色浓重。并不遥远的朔州府城里传来鞭炮声，喧闹而热烈的气氛透过厚重的城墙，透过营门传到营内。显然朔州府城的百姓们并不知道，他们的将军大人此刻正身陷敌营，身边唯有一个幽做伴。他们一心迎接一个风调雨顺、无病无灾的新年。

胡契人并不庆贺新春，只见一个士兵撩起营帘走进来给段胥送饭，他和十五一样编着胡契发辫，看了一眼被妥帖地绑好的段胥，敷衍地把饭放在地上。

段胥笑起来，以胡契语说道："兄弟，你放在这里我怎么吃啊。"

士兵显然没想到段胥会说胡契语，当他疑惑地抬起头时，架子上已经没了段胥的身影，一段软钢丝缠上他的脖子猝然收紧。他来不及发出一点儿声音就倒了下去。

段胥站在他身后，手上的钢丝毫无怜悯地收紧，直到手下之人窒息而死。

段胥托住那个滑倒的身体，飞快地和胡契士兵换了外衣。他拆散了自己束得整齐的头发，手指在发间灵活地穿梭一番后，也成了个编发的胡契人模样。

这编发的手艺，看来是很熟练。贺思慕抱着胳膊在旁边看着。

段胥将这个人在架子上绑好，还贴心地迅速给他束了个发，戴好发冠、发簪，麻利地收拾完之后拍拍他的肩膀，道："对不住了。"然后已经改头换面为胡契人的段胥戴好头盔走出帐门，却被门口两个看守伸手拦住了。

夜色深沉，无星无月，火把的光芒并不能把人的脸照清晰。看守问道："口令。"看来他们还是有几分上心的。

段胥轻叹一声，道："可惜。"

几乎在话音响起的一瞬，他刚刚从那送饭士兵身上搜到的刀已然出鞘。他仿佛一阵迅疾的黑风，贴着这个营帐疾驰了一圈。守营之人甚至还来不及呼救，便已血溅三尺，纷纷倒地，咽喉被破开。

段胥悄无声息地完成了这一切，然后从其中一个看守身上拿回了他的破妄剑。他丢了手里那笨重的长刀，将破妄剑系在腰间，以口型对贺思慕笑道："一会儿就会被发现，走啦。"

他表现得仿佛是个新年里不小心放鞭炮炸了鸡笼的熊孩子，干了坏事便撒丫子跑，完全没有一种在杀人的肃穆感。

贺思慕微微眯起眼睛，坐在灯杆上飘在段胥旁边。只见他像猫一样无声无息地穿梭在营帐间，所过之处无数人悄无声息地倒在地上。他习惯一剑毙命并在人倒地之前扶一把，让他们安静地落地。这是非常娴熟的暗杀手法，他做得干净利落。

已经有人发现犯人逃脱并且在到处杀人，喧闹的声音响了起来，士兵们喊着“人跑了！”“在哪里？”“这边……不，是那边！”。

段胥的行进路线十分奇怪，一会儿往东一会儿往西，来回折返，搞得胡契人晕头转向，不知他杀到了何处，更不知到底有多少人在杀人，甚至有人高喊有上百大梁人偷袭军营了。偏偏段胥还不嫌乱，以胡契语惊慌地大喊道：“汉人扮作我们的样子了！”这声音一传十十传百，举着刀拿着火把的胡契人都开始怀疑对方是不是奸细。

段胥就像一只混入羊群的披着羊皮的狼，一会儿随着他们呼喊，一会儿到了人少的地方又开始大开杀戒。他弯弯绕绕，硬生生地凭一己之力搅乱了胡契军营，趁着他们自乱阵脚之时摸到了武器库。只见他一手拎一个桐油桶，浇在攻城的战车上，然后在混乱中制服了一匹乱窜的马，将它绑在了战车上。

段胥一把火点燃了战车。战马感觉到烫便疯狂地嘶鸣起来，奔出营帐横冲直撞，所到之处营帐被点燃。偏偏今夜罕见地刮起了东风，火趁着风势迅速蔓延起来，原本就混乱的丹支军营越发混乱。

贺思慕看着这一幕，突然想起大概半个月之前段胥问过她，什么时候夜里会刮东风。到目前为止今天发生的一切，都是他早就谋划好的。

段胥烧了武器库便马不停蹄地奔到旁边的营帐，然后往里面闯，门口的守卫想拦他，他像泥鳅似的滑过，一掀门帘喊道：“禀告将军，武器库被烧了！汉人放火了！”

贺思慕看过去，营帐正中正慌忙穿铠甲的可不就是那呼兰军的主帅阿沃尔齐，旁边还有许多丹支军官和卫兵，满营的黑辫子。或许是形势过于混乱，还有段胥的胡契语太过地道，他只是被训斥了几句。阿沃尔齐抱着头盔匆匆迈步走来，嘴里骂着几句胡契粗话。

在他经过段胥身边时，段胥微微一笑，寒光闪烁间破妄双剑出鞘。阿沃尔齐身边的护卫也不是等闲之辈，立刻暴起要将段胥扑倒，但是他们怎么比得上段胥非人般的速度。段胥旋身躲避，同时双剑从左右两边一齐砍去，动作快得只能看见影子，阿沃尔齐双眼圆睁的脑袋就像被切的豆腐似的落在了地上。

阿沃尔齐也是丹支有名的战将，怎么也不会料到自己阴沟里翻了船，死在这么个不到二十岁的小子手里。

护卫的剑同时也砍伤了段胥的肩膀，连上上次的伤，他这一左一右也算伤得均匀。段胥右剑挡开那护卫，左剑挑起地上的人头麻利地裹了系在腰间。他这番大张旗鼓的刺杀一出，大批的丹支士兵已经拥来，将段胥团团围住，不过他们被唬住了，一时没人上前。

段胥双手拿着剑，在手里好整以暇地挽了剑花，淡淡一笑道："哇，好多尸体啊。"这句话他是用汉语说的，大概这满营的人，也就贺思慕能听懂。

段胥的左腿微微后撤一步，然后飞快地冲进了士兵中间。他的装扮太像胡契人以至于让包围他的士兵眼花，这还不够，段胥一边杀一边挑灯，倏忽间便把帐里的四盏灯都打灭了。整个营帐里乌漆墨黑，只有此起彼伏的痛叫、倒地声，随后赶来的弓箭兵都傻眼了，不知道要射谁。他们赶紧叫人来举火把，但是举火把的人也挤不进去，只能照见一片混乱的黑。

贺思慕在这一片混乱中，悠悠地在帅营里走了一遍。丹支在城外扎了许多营帐，每一顶都长得一模一样，根本看不出哪个是帅营，段胥怎么会知道阿沃尔齐住在这里？

她走着走着，突然看到了一个盘子。她俯身看去，发现这瓷盘子里放着几条红尾鱼，一条已经被吃了大半。贺思慕环顾四周，看见角落里有一只瑟瑟发抖的蓝眼白猫。这种猫金贵得很，像是西域来的品种，也只有阿沃尔齐这样地位的人才养得起，而且能带到前线来。

贺思慕想了想，心道原来是这样。

段胥应该知道阿沃尔齐是爱猫之人，上战场也不忘带自己的宠物，且只用小红尾鱼喂养。故而那日在城墙上，她对段胥说看见士兵拿着红尾鱼走进这个营帐时，他便知道这是呼兰军的帅营，是阿沃尔齐的所在之地。

贺思慕再抬头去看的时候，段胥已经不见身影了，重新被火光照亮的帅营里全是尸体，几乎每个人都被割喉而死，死得非常规整，只是血涌得到处都是。

刚刚段胥开杀之前，是不是说了句"好多尸体啊"？贺思慕轻轻一笑，喃喃道："嚣张的小子。"

她乘着九幽灯从营帐里飘了出去，没多久就找到了头骨最好看的小将军。

如今的呼兰军营乱作一团，士兵相疑，武器库被烧，带火的战车到处乱窜烧成一片，主帅又身死，现在就跟个洒了水的热油锅一样，油点子到处乱溅。段胥以惊人的速度飞奔着，到营帐边缘的马栏处抢了一匹战马，翻身上马飞奔而去。

虽有人试图去拦，可也成不了气候，被段胥不知从哪个倒霉蛋身上掳来的弓弩射死许多，眼看着他越跑越远了。

这大闹了一场便拍拍屁股走人的家伙。这世上还活着的人里，大约没有比他身手更好的了。

贺思慕飘到他身边，淡淡地问："武器库？"

"阿沃尔齐习惯把武器库安置在他的帅营边上。"段胥简短地解释道。

"你可真是天生的一身好筋骨。"

段胥笑出声来，兴致盎然地说："上次这么说的还是我师父，他一直觉得我脑子聪明，根骨清奇，必成大器，所以对我挺好的。虽然他让我从七岁就开始杀人，十四岁时杀光了自己的同期。但好歹我也骗过了他，借着他的偏爱活下来了。"

贺思慕怔了怔，目光微微沉下去。

在火光的映衬之下，她看到段胥身上多处受伤，英俊且轮廓分明的脸上也沾了许多血，不知是他的还是别人的。他的那双眼睛非常明亮，仿佛他们在谈论什么有趣的事情，欢快得过分了。

虽然从前他的眼里永远含着笑意，看起来散漫不上心，但目光深处总凝着一点儿锋利的光。可是此刻，那点光却有散开的趋势。他欢乐得不太正常。

"你怎么了？你还清醒吗？"贺思慕冷冷地说。

换作其他人，怎么也不会问一个游刃有余地搅乱敌营刺杀主将的人——你还清醒吗？

段胥似乎怔了怔。

突然，两支箭破空而来，段胥闪身避过了第一支，第二支射在了马腿之上。马嘶鸣一声翻倒在地，段胥从它身上跳下来，在地上滚了一圈便站起，看着不远处在马上拿着弓望着他的人。

丹支军营来不及反应，没有追上段胥，但好歹有人追上了。

天知晓的十五。

十五紧紧抿着唇，一贯冷淡的眼睛里终于燃起了滔天怒火，他的弓弩对准了段胥，咬牙切齿地说道：“段胥！你究竟是什么人？你都干了些什么？”

段胥沉默了一瞬，突然笑了起来，他抚着额头眉眼弯弯，说道：“天知晓出来的人，以一敌百，于万军之中取上将首级，这不是很正常吗。十五师兄？”

庆贺新春的烟火从朔州府城中升起，在空中璀璨地绽开，五彩缤纷地照亮了漆黑的夜幕，照亮了十五脸上的震惊。

“师兄，你找错人了，韩令秋并非十七，他本来是要死的，因为他在暝试里输给了我。”

段胥指向自己，悠然道：“我才是真正的十七。”

第七章 契约既成

对于“你究竟是谁”这个问题，被幽冥之主掐住脖子也死不改口的段胥，突如其来地说出了除了“段胥”的答案。

为什么他的身手这么厉害？为什么他对丹支和天知晓这么了解？为什么韩令秋会对他感到熟悉？

天知晓，丹支王廷豢养的忠于王庭和苍神、穷尽人之极限、拥有世上顶尖死士的组织。

不久之前还在说“天知晓为苍神而生，永不背叛苍神”的十五，此时面色苍白地看着面前这个明显将苍神背叛了个彻底的师弟，强自镇定道：“不可能，你自恃了解天知晓，便在这里……”

“我十四岁出师时随师父拜见各位师兄，那时我才赢了瞑试，浑身都是伤，向你行礼的时候没站稳差点儿跌倒，你扶了我一把，对我说‘天知晓的人，怎么受这一点儿伤就站不稳了’。这是我们唯一一次照面儿，我说得没错吧，师兄？”段胥毫不留情地击碎了十五的负隅顽抗。

贺思慕看着段胥，一面是远处丹支大营的灼灼火光，一面是朔州府城内升起的璀璨烟花，他眼里的笑意在两道截然不同的光芒之下，仿佛是被点燃的火焰。

他话音一落便出手，趁着十五分心之时，袖中弩机射出的一支小箭穿过了十五身下黑色战马的眼睛。

十五从马上一跃而下，那受伤的马疯了似的跳了几步，便倒在地上。冬风凛冽，段胥和十五遥遥相对，远处隐约有战鼓声传来，朔州府城似乎有什么异动，然而这两人全然顾不上了。

烟花一簇簇地在天空中绽开，爆裂的声音此起彼伏地响成一片，一派绚烂的盛世光景。

在灼灼火光下，段胥双手拔出破妄剑，轻松笑道：“我一直很想和师兄交一次手。”

十五的目光犹如寒锋利刃，他一按身侧的胡刀，闪电似的出鞘和段胥短兵相接，力道之大令火花迸溅。

“为什么！师父最喜欢的弟子就是你！你为何背叛师父，背叛苍神！”

“别逗了师兄，师父他老人家除了苍神和自己谁也不喜欢。我就猜到以他那个刚愎自用的脾气，肯定不会向你们承认他被我刺瞎了眼睛还让我逃脱了。这些年来他为了维护自己的颜面，只说我是失踪，是不是很可笑？”

终日打雁，叫雁啄了眼，原来段胥的倒霉师父是被他弄瞎的。

段胥在说这一段话的时间里已经和十五交手十余次，他们俩的速度和感知在人群中都是一等一的水平，拼起命来简直令人眼花缭乱，仿佛都长了三只眼一样，将对方的动作预判得准准的，十几个回合里招招见血，在荒野里杀成不分你我的两团黑影。

十五的瞳孔骤然紧缩，他眼里的恨意仿佛一支直奔段胥的毒箭。段胥却像个棉花包，躲也不躲，反而笑起来：“十五师兄，我倒想问问你为什么相信师父，相信苍神？你这么会骗人，就不怕你也是被骗了？如果苍神真如《苍言经》所说是创世之神，无所不知，无所不晓，胡契人是苍神高贵的子民，那你说他为什么要造出一个反叛的我呢？”

“你背叛苍神，必得重罚，下入地狱！”

“既然世界都是苍神造的，那有信他的、不信他的、讨厌他的人存在，不都是他早安排好的？为何他还要讨伐不信他的人，他为什么需要我们信仰他？为什么我们不可以信仰些别的什么？如果神真的这么迫切地、威逼利诱地要从我们身上获得力量，那神又算什么神？我们从小开始日复一日地滥杀无辜，无数血债在身，为什么不得惩罚，反而能摆脱‘低贱’的汉人身份，获得信仰苍神的资格？”

十五的目光闪烁着，他咬牙道：“那算什么？为苍神而死是他们的荣幸，也是我们的荣光！天道苍苍，休要谬言！”

"哈哈哈哈哈，神无所不能，居然需要我们这样的蝼蚁为他而死吗？难不成你会需要蚂蚁为你去死？天道自然苍苍，便是这世上真的有苍神，也肯定不是师父口中的苍神，更不会是什么狗屁《苍言经》中的苍神！十五师兄，你好好地想想，用你假扮过无数人的脑子想想！师父他教给我们这些，究竟是想要赐予我们天堂，还是为了利用和掌控我们？

"十五师兄，我从未背叛过任何人，因为我从来就没有相信过他们，哪怕一刻也没有相信过。"

段胥之前就受了伤，十五的武功显然不是那些士兵可以比的，他伤上加伤，身上的黑色衣服已经被血浸透了，血滴滴答答地落在草地里。但他仿佛浑然不觉，动作不仅不停，声音还越来越高，空阔的原野上仿佛回荡着他的嘲笑之声，一重一重地透过十五的耳朵穿进他的心里。

十五知道段胥在激怒他，可他还是被段胥狂风暴雨似的逼问击中。

他蓦然想起在"十七"尚未举办瞑试的时候，他就听说十七期里有一个师父特别中意的孩子，那孩子有极好的武学天赋，受伤时师父甚至会宽宥他休息几日，偶尔还会去指点那孩子的兵法。

师父原本是丹支有名的战神，后来受了伤才退居幕后创办了天知晓。师父在战场上的事迹他偶有耳闻却不曾受教。他本是有些嫉妒这个孩子的。

后来，这个孩子果然通过瞑试正式成为他的十七师弟，奉茶的时候摇摇晃晃没站稳，他有些嫌弃地想便是这种孩子得了师父偏爱？但到底还是伸手扶了他一把。

那孩子抬头看向他，然后眉眼弯弯地笑起来。多年以后他已经不记得那黑纱缚面的孩子的样子，但一直记得那是个明亮澄澈的笑容，盛满了真心实意的快乐，仿佛长夏的日光热烈得势不可当。他愣怔半晌，只觉得自己从来没有见过有人这样笑。

天知晓的人，向来是很少笑的。但是十七不一样，他生性非常爱笑，被师父夸也笑，被师父骂也笑，便是受罚被打得皮开肉绽时也没一点儿愁苦。仿佛一丁点儿大的事情都可以让他快乐。

他真的拥有一双很明亮、很幸福的眼睛。

十五那时候突然理解了师父对十七的偏爱，他也不可抑制地羡慕和向往这个孩子身上的某些东西。他曾经私下里问过师父，为什么十七看起来这么快乐，他为什么可以拥有这样一双充满幸福的明亮眼睛。

师父只是淡淡地说，因为十七对苍神的信仰最为虔诚，苍神庇佑他便赐予了他这样的性情。

因为十七对苍神的信仰最为虔诚。这简直是个笑话。

天知晓活得最幸福的人，是一个从来没有相信过苍神的人。

恍惚间，十五看着段胥在火光中明亮的眼睛，那眼睛和他记忆中的重合在一起，这么多年过去了竟然没有任何变化。十七已经变成叛徒了，身上居然还有这种让他心生向往的东西。

他向往的究竟是什么？他假扮过那么多人，那些曾经在他心中滚动过的热血和痛苦，究竟是别人的还是自己的？

十五的心里突然生出无限的愤恨，为什么背叛的明明是十七，十七却这么理直气壮而他兀自痛苦？最好十七在这个世界上消失，再也不要有这样一双快活明亮的眼睛，再也不要有这样一个质疑一切的声音。最好大家都一样痛苦，一样沉默，一样什么都不要想明白。

这样想着，他的胡刀穿过了段胥的肋下。段胥在离他很近的距离里一口鲜血喷在他的面上，十五愤怒地看着面前沾满鲜血的英俊脸庞，段胥的脸也被他伤了，鲜血浸没了眼睛，一双眼睛血红如修罗。

段胥伸出手握住自己肋下的刀，慢慢地笑起来。他低低地唤道："师兄啊……你到底还是动摇了……"

"闭嘴！我……"十五的话卡在一半，他睁圆了眼睛，看着面前寒光闪烁的剑。他的咽喉破开，鲜血溅了段胥一脸，段胥放下手中的破妄剑，缓缓地说："急躁而不识陷阱，误以为得手而放松警惕，若是你没有动摇，怎么会犯这种低级错误呢，师兄？"

十五捂着自己的咽喉，脱力地倒在地上，他已经发不出声音了，只能死死地望着段胥，仿佛想从他身上看到一个答案。

一个连自己都不知道问题为何，却寻了一生的答案。

段胥将那胡刀从自己的身体里拔出来，伸手点穴给自己止血。他的身后是烂漫成一片的烟花海，他摇摇晃晃地踉跄几步，就像是当年给十五奉茶一样，然后他笑出声来，慢慢地说："师兄，你是不是以为笃信苍神，就能摆脱你的汉人血统，从此和死在你手中的那些人分道扬镳？"

段胥给了他答案。

十五的眸光颤了颤，蓦然想起在他六岁时那些被绑到他面前、任他一排一排杀死的“四等民”，那些面孔和他相似的惊恐的人。师父告诉他，他和那些人是不一样的，他被苍神选中，只要在天知晓出师便是苍神的子民。

他不是那些只能引颈受戮的家伙。

他将洗刷他的血统，他比那些低贱的人要高贵。

他不是在滥杀，这只是为了苍神，这是天经地义的牺牲。

如果不这么想，如果不这样笃信，他要怎么活下去？他为了什么而活下去？

他没有父母，没有亲人，甚至没有自己的名字，只有一身低贱的血统，这世上除了苍神再没有人需要他。如果不为苍神而活，那他在这个世上活着的意义是什么？

如果苍神也是假的，那么他又算什么？

十五已经发不出声音，他缓缓地开合嘴唇，以唇语对段胥说着什么，然后慢慢合上了眼睛。

段胥沉默地看着十五，片刻之后突然笑了起来。他明明已经伤到连步子也踉跄了，却仍然直直地站着，那笑声仿佛从他的胸腔而出，带着浓烈的血气在荒原上诡异地回荡。他笑着笑着就咳嗽起来，咳嗽着却还要笑，仿佛就要这样疯狂地笑到死。

突然一双冰冷的手抚上了他的脸，他在一片疯狂的混乱中抬起头来，眼里的光芒全都散了。那双手不轻不重地拍了拍他的脸，他听见某个非常冷静而清晰的声音在耳边响起。

“醒醒，你太兴奋了。”

醒醒。段胥颤了颤，他眼里的光一点点聚回去，在漫天的烟火中终于看清了面前这个幽，她美丽的凤目边有颗小痣，微微皱起眉头，面色苍白神情淡然，正认真地看着他。

他缓慢地眨了眨眼睛，被血染红的眼睛突然多了另一种湿意，混着血的泪水顺着他的脸颊落在了她的手指上，一路向下隐没于黑暗中。

段胥哭了。贺思慕想，她还是第一次看到这只小狐狸哭。

她帮他把眼泪擦掉，说道：“你也算是为你师兄骛面送葬了。”

其实贺思慕只是试着喊了一声，但他真的被她唤醒了，僵立的身子如急速融化的冰川般垮下去。他仿佛终于意识到疼一样，脱力地坐倒在地上，急速地喘息着。

在火光时明时暗的映衬之下，这片荒原仿佛传说中的地狱。段胥低着头，让人看不清他的表情，只能听见他平稳而倦怠的声音：“还有好长的路要走啊，可是我已经……很累了。”

他终于说他累了，贺思慕想。她还以为他是一个热衷于把自己折腾得死去活来的家伙呢。原来他也是会累的。

在这番仿佛心灰意冷的发言之后，段胥突然抬起了眼睛，被血染透的眼睛里凝聚着一丝疲惫的光芒，竟然还是亮的。

他突然说道：“你想和我做交易，想要我的五感，又说会按时还给我。可那是因为你并没有体会过有五感的感受，待你知道五色、五味、六调、冷暖之后，你还能忍受得而复失吗？会不会终有一日，你拿走我所有感官，只最低限度地维持我的性命，让我变成个活死人？”

难为他在此刻还能想起来这个交易。

贺思慕沉默了片刻，淡淡说道：“或许吧，算了，这交易不做也罢。我看你再不赶回府城找大夫，就要死在这里了。”

段胥和她对视了片刻，突然浅浅地笑了一下，那笑容安静得没有一点儿疯狂的影子。他向贺思慕伸出手去，以一种玩笑的语气说道：“你拉我一把吧，你拉我起来，我就答应你。”

贺思慕挑挑眉毛，心想这小将军又在发什么疯，她说：“十七……”

“叫我段胥。”

她不明白他执着于这个假名字的意义何在，只道：“段胥，你还清醒吗？”

“清醒得很，这多有趣啊。”

段胥的手悬在半空，他笑着缓慢说道：“我赌那个‘终有一日’到来之际，你会舍不得。”

一朵烟花在两人之间的夜空中绽放，轰然作响。段胥沾满血的手被照亮，鲜红炽烈得如同燃灼的火焰，指尖有一丝不易察觉的颤抖。不知是因为兴奋，还是因为恐惧。

贺思慕看了他半晌，看着这个凡人那双向来清澈却不见底的眼睛。

这个从来不计后果的、胆大包天的赌徒。

她淡淡笑起来："好。"

她伸出手，她的手苍白，深紫色的筋络细细的，在灰白的皮肤下蜿蜒着。这样一双冰冷而死寂的手握上段胥温热的带血的手，沾了他的血，寸寸握紧。

结咒明珠飞出来，悬在两人交握的手上方，从两人身上各吸取了一滴血融在一处，汇进符咒纹路的凹槽里，即刻生效。从此之后，这便是和她命理相连之人。

贺思慕抬起手将段胥从地上拉起来。他还真的一点儿力气也不使，懒懒地全由她拽风筝似的拽着，然后借着前冲的力量踉跄地倚在了她身上。

他的个子比她高，却弯着腰把头埋在她的颈窝里，额头贴着她脖子上的冰冷皮肤，黏稠的鲜血沾满了她的衣襟。

他把全身的力量放在她身上，像是把自己的命系在她身上。

"你这是做什么？"贺思慕也不推开他，只是淡淡地问道。

"我是不是不正常？"段胥低声说道。

贺思慕知道他在说什么，便道："杀红了眼，也能算是不正常？"

杀人会让段胥兴奋。直到刚刚贺思慕才意识到，她曾在战场中看到过段胥仿佛压抑着什么的眼神，他压抑的正是这种兴奋。

他似乎有过长年累月里大量杀人的经历，以至于杀人变成了他兴奋的诱因，诱使他陷入从身体到精神的亢奋状态，难以自持。

或许心底里他是渴望杀戮的。这种杀戮曾经取悦过他。他在天知晓的漫长时间里所经历的一切已经融入了他的骨血。

段胥沉默了一会儿，对她说道："刚刚十五师兄临死前，对我说……你也是怪物，你逃不掉。"

贺思慕没有回答。寒风凛冽，段胥的身体微微颤抖着，他慢慢说道："有时候我不知道，我是伪装成疯子的常人，还是伪装成常人的疯子。"

贺思慕轻轻笑了一声，有些不屑的意味。她终于伸出手去放在他的后背上，不轻不重地拍了拍。

"你倚着全天下最不正常的家伙，说的是什么鬼话呢？"

段胥安静了片刻，突然轻轻地笑出声来，他不知死活地伸出手去搂贺思慕的后背，爽朗而安然地说："说得是啊。"

贺思慕拍拍他的后背，好整以暇道："少蹬鼻子上脸，放开我。"

“你不是想知道我是谁吗？”

段胥并没有听话地放开她，他整个人都松弛下来，仿佛打开了尘封的门扉一样，他在她的耳边平静地说道：“我叫段胥，外祖父是有名的文豪，我出生时他正在看春生班的戏，便就着戏文里的封狼居胥给我起了名。我的外祖母是先皇长姐，我家是三代翰林，南都段氏，我在南都长到七岁。”

又来了。贺思慕皱着眉头，正想打断他的胡言，却听段胥笑着说道：“然后在我七岁这年，我被绑架了。”

贺思慕拍他后背的动作停住了。

段胥继续说道：“胡契人绑架了我，以此威胁我父亲与他们交易情报。当时党争正是你死我活的时候，父亲不仅没有答应胡契人，甚至还不能让别人知道他有这样一个把柄落在了丹支手里。所以他对胡契人说，他们绑错人了，他们绑走的根本不是段家三公子段胥。段家三公子被送回了岱州老家陪伴祖母。

“那个被送回岱州的三公子，才是假的段胥。

“胡契人被骗了过去，他们以为绑错了人。我便趁机逃走，在丹支流落街头……然后被外出挑选弟子的天知晓首领——我的师父挑中。我进了天知晓，他们并不知道我的来历。十四岁出师之后，我刺瞎我的师父逃回了大梁，认祖归宗，得字舜息。父亲安排了那一场从岱州回南都途中的‘被劫’，好让假段胥消失，让我回来。

“这才是我，我就是段胥段舜息，我从来没有骗过你。你看这一次我又……逢凶化吉了。”

段胥说得很平静，说到这里甚至俏皮地笑起来，仿佛一个得意的孩子。

贺思慕沉默着，无数明灯从丹支的营帐中升起，如流星逆行般汇入天际，朔州府城上空的烟火此起彼伏地绚丽着。一边喜一边悲，好一个荒唐又盛大的人间场景。

血顺着段胥的指尖滴落，他终于松开了抱着贺思慕的手，但这次贺思慕却抱住了他。

他正在往地上滑落，不抱住便要倒在地上了。刚刚抱住贺思慕，已经用尽了段胥的最后一点儿力气。

贺思慕抱着这个全身无力倒在她身上的家伙，长叹一声，说道：“不仅是小狐狸，还是个小祖宗。”

最后，贺思慕坐在她的九幽灯杆上，段胥坐在她的身侧靠着她的肩膀，由九幽灯载着往朔州府城而去。段胥闭着眼睛，似乎睡着了又似乎还有一点儿神志，他含糊地问道："幽主殿下……你又叫什么名字呢？"

贺思慕啧啧了两声，有一下没一下地抚摸着灯杆下的九幽灯。通常她不会告诉凡人她的名字，便是幽里，也只有左、右丞敢叫她的名字。

不过这个毕竟是要给她五感的结咒人。

"贺思慕，贺思慕的贺，思慕的思慕。"

她这一番解读让段胥低低地笑了起来。

长夜将尽，天光破晓，温和如雾霭的晨光融化了无边无际的黑夜。

在金色的阳光中，段胥微启干裂的唇，慢慢地说道："贺思慕，新年快乐，岁岁平安。"

贺思慕怔了怔，然后淡笑着回应道："段胥，段小狐狸，望你逢凶化吉，长命百岁。"她的目光落在段胥腰间的破妄剑上，那剑鞘也染了血，也不知是十五的还是段胥的。

十五是被破妄剑所杀，终归能有个无怨气的来生。

她此前一直在想，破妄剑究竟为何会认段胥做主人，在这一刻她终于想到了答案。段胥既非修士亦无灵力，纵然他命格强悍，是天纵奇才，有常人难以企及的心性，这也并非破妄剑选他的原因。

破妄剑选择他，是因为想要救他。这柄主仁慈的剑，杀人也度人，它从柏清的手上来到这个少年的手中，因为想要度他，所以认他为主。度他满手鲜血，满身风霜。

韩令秋和孟晚将段胥的计策告诉了吴盛六，在这一年的除夕夜里，在丹支军营大火烧起来之时出兵攻击。丹支军队群龙无首一片混乱，节节败退，被踏白军赶出百里之外，溃败撤出朔州。踏白府城之围由此而解。

战斗一直持续到早上，当吴盛六一行人率军归来时，便看见城墙上站着一个人。

那个少年胡契人打扮，浑身是伤，被血浸透，他在晨光下冲他们笑着招招手，然后从腰间的布袋子里拿出一颗头颅，挂在城门之上。

那是阿沃尔齐的头颅。

他们的主将，深入军营放火烧营，刺杀主帅，让他的士兵不至于和敌人战到鱼死网破，让他的士兵大胜而归，让他身后满城的百姓浑然不觉地度过了一个热闹的春节。

吴盛六突然从马上跳了下来，跪在地上。他并没有下达什么命令，但是随着他的动作，所有的校尉、千户、百户、士兵都下了马，次第单膝跪地，在晨光中，无数铁甲泛着冷冽的银光，如同波涛涌过的海面。

段胥的眸光闪了闪。

“踏白军，恭迎主将。”吴盛六高声喊道。

身后那些士兵随着他齐声喊起来，声音排山倒海般而来，拥向城头的段胥。段胥扶住城墙，才勉强让自己能直挺挺地站着，他想刚刚再多吃点儿止痛的药便好了。然后他轻轻地笑起来。

贺思慕问过他为何要只身犯险，他说因为这支踏白军还不是他的踏白。到了这一刻，踏白军终于是他的踏白了。

阿沃尔齐一死，战局风云突变。他之前搅和进了丹支的继承者之争里，得他鼎力支持的十三皇子骤然失去了靠山，一时间铤而走险，居然要逼宫。

丹支王庭乱了套，六皇子急招自己的拥趸丰莱回丹支，名为救驾，实则是抢夺继承权。丰莱正在宇州战场焦头烂额毫无进展，物资和增援又被段胥切断了，便立刻集中兵力在凉州打开了一个口子，渡河撤兵回去了。

大梁增援的部队虽然已经在凉州驻扎，但无论是领着余下三万踏白军的夏庆生还是后来的军队，都没有死守不放。有道是围兵必缺，好歹别逼得人家走投无路同归于尽。

不过一路上的骚扰还是免不了的，胡契人撤军渡河的时候，夏庆生以一场伏击让无数敌军葬身于汹涌的关河。待敌人到了朔州，又被段胥的驻军截击一拨，损失不小但是无暇他顾，一时间把整个朔州都让了出来。

这下子增援部队倒是来得及时，秦帅一声令下，肃英等三军渡河开进朔州，把整个朔州吃了下来。

所谓牵一发而动全身，段胥在天元十年除夕夜所做之事，成了扭转战局的关键。本是最大功臣的段胥这段时间却过着宁静的日子，再不复此前天天千手观音打地鼠的状态，因为他伤情严重，再忙命就没了。

养伤的段胥把朔州府城的防务交给了吴盛六，平日里就给四面八方写信，一会儿交代凉州的夏庆生水战的注意事项，一会儿写战报给秦帅，一会儿写奏折给朝廷，一会儿写家书，摇身一变仿佛从武将变回了文臣。贺思慕得以见识了一番段胥的春秋笔法锦绣文章，他愣是把自己身上那些嫌疑择得干干净净，冷不丁还来几句比兴，不动声色地秀一把文采。

在幽界，要是有幽把这种折子递到贺思慕面前，怕是要被打回去要他捋直舌头好好说话，少来那些虚头巴脑的东西。

同样在养伤的还有真正的林老板——十五为了学习他的言行举止并未杀死他，而是把他囚禁了起来。段胥命吴盛六搜遍了全城才把林钧找到。他也就剩一口气吊着了，救了半天好歹性命无忧，醒过来一开口贺思慕就一哆嗦，他简直和之前十五假扮的林钧一模一样，完全是个热血爱国疾恶如仇的年轻人，十五未免装得太像了些。

这段休养的时间里，作为贺思慕一直以来帮他占风的回报，段胥痛快地收下了沉英做干弟弟，承诺之后将带沉英回段府抚养照顾。沉英为此依依不舍了好久，贺思慕委婉地表示她还没打算走呢，这段时间沉英还是能经常见着她的，他这依依不舍未免早了点儿。

这次段胥身上全是伤，怎样都没法儿自己换药包扎，原本这个活儿要么落在军医手上，要么落在孟晚手上，现在却落在了贺思慕手上，段胥昏过去之前攥着“贺小小”的衣角给她递了眼色。她想起来段胥那满身的旧伤还有腰上的伤疤，心说这小将军麻烦得很。但她还是适时地悲恸大哭表明心迹，配合段胥演戏把这包扎的活儿接下来了。

贺思慕想怎么着这也是她的结咒人了，而且她念在他没了半条命的惨状上，暂时没有从他身上拿走感官。这可得让他快点儿康复履约。

“嗞……”段胥发出轻微的吃痛声，皱眉看向贺思慕，只一刻又忍不住笑起来，“你手真重，果然没有触觉。”

贺思慕挑挑眉毛看着这个越痛越笑的家伙，松了手里的纱布道：“要不我让孟校尉进来替我，你来跟她好好解释下你这些旧伤是怎么回事？”

“殿下给我包扎伤口，是我的荣幸。”段胥回答得非常迅速流畅，笑盈盈的。

清晨模糊的晨光下，他上半身赤裸，露出白皙的皮肤和纵横交错的伤口，所幸除了肋下十五给他的那一刀，其他伤口都不算太深。他便任贺思慕扯着纱布在他的胳膊、腰、背之间包扎。

贺思慕给她的杰作打了个结，拍拍段胥的肩膀，说道："脱裤子。"

段胥转过头来看她，难得地露出了惊诧的表情，像是不确定自己听到了什么。

她十分自然地说道："我记得你大腿根也有一道伤。"

段胥按住贺思慕放在他腰间衣物上的手，认真道："伤口不深，我看这个就不必了。"

"为何不必？"贺思慕挑挑眉毛，说道，"我自小跟着父亲和傅大夫解剖尸体，什么样的裸体没见过。横竖我是幽，也不是没有借过男人的身体，你害羞什么？"

段胥笑着婉拒道："这不合适，我毕竟还是要点儿清白的。"

贺思慕微微眯眼，段胥的双手霎时被看不见的东西束缚在身后，仰面直挺挺地倒在床上砸出一声闷响。段胥眨眨眼睛道："疼啊，殿下，我还是个伤患。"

贺思慕弯下腰抚摸着他的脸颊，因为以"贺小小"的身份出现，她现在的手指是温暖的，从他脸上那道伤口抚过时好歹稍微收了点儿力气："要我来给你包扎，又挑挑拣拣的，小将军以为我是你能呼来喝去的吗？"

段胥笑起来，眼睛里含着光，从容道："我哪里是在挑挑拣拣，我是在求你。殿下给我两分面子吧，你可不能这么对我。"

在贺思慕危险地笑起来时，门突然被推开了，一个熟悉的男声响起。

"将军大人，秦帅……"韩令秋看着倒在床上头发散了一枕的段胥，以及趴在他身上摸着他脸的贺小小，一时间忘记了自己接下来要说什么。他只觉得自己是不是应该当作什么都没有看到一样，掉头就走，再把门关上。

他还没有付诸行动，便见段胥双眼发亮如获大赦，从床上起身道："韩校尉快讲。"

贺小小从容地从段胥身上让开，跷着腿坐在床头，拿起一边的茶喝起来。

于是韩令秋硬着头皮说了下去："将军，刚来的消息，两日后秦帅会到府城。"

段胥轻轻一笑，悠然道："秦帅亲临……看来一个朔州是不够了，这仗还有的打。我身体抱恙，你让吴郎将好生招待秦帅，礼数这边还是问问孟晚。"

韩令秋应下便要走，却被段胥叫住。段胥因为受伤失血而面色苍白，眼神却很专注："韩校尉，就再没什么想问我的吗？"

韩令秋沉默了一会儿，抱拳行礼道：“现在没有了。”

在段胥交代他除夕比武之事的那个夜晚，段胥说知道他对自己有诸多疑问，待朔州解围便会给他一个提问的机会。段胥承诺对于韩令秋提出的问题，必定知无不言。

韩令秋早就准备好了这个问题，可那日在比武台上，假林钧抛出那一句“你是我十七师弟”，让韩令秋隐约摸到了往事的轮廓。他突然感到畏惧，那些往事很可能颠覆他现在的生活。

他原本对于往事并不执着，是段胥的出现让他开始心生好奇，与其说是好奇自己的过往，不如说是好奇段胥这个人。

但在大年初一那天，城墙之下的韩令秋仰头看着浑身是伤、摇摇欲坠却还笑得开心的段胥，突然觉得段胥是谁似乎也没有那么重要了。

段胥身上固然有种种疑团，但能够确认的是，他是大梁的好将领，这便已足够了。而他韩令秋是大梁踏白军的校尉，他能明确这一点，也足够了。

看着韩令秋走出门外还贴心地把门关好，贺思慕轻轻笑了起来，她的目光悠然转向段胥。

还不等她发问，段胥便心领神会地回答道：“韩令秋，他曾经是我的同期。”

他这满身的伤哪里都不能靠，只能用手撑着床面，微微后仰做出一个舒服的讲述姿势。

“天知晓的弟子每期一百人，考核便是厮杀，七年死九十九而剩一人，便赐编号出师。”

——他让我从七岁就开始杀人，十四岁时杀光了自己的同期。

贺思慕想起了段胥在丹支大营乱杀时跟她说过的话，那时他眼中燃着兴奋又痛苦的火焰，带着点儿疯狂的劲头。而此刻段胥眼里的疯狂纷纷落幕，冷静得仿佛在讨论一段平常的回忆，他沉默了一会儿便笑起来。

“那时候韩令秋沉默寡言，其实我们那里的人大多是他这种性子，也就我是个异类。我没跟他说过几句话，接触最多的时候就是在瞑试上你死我活的那场对决。想来他应该很绝望，死了九十八个就剩我们俩，可师父偏爱我而我又很强，他最后还是要死在我手里，跟那其余九十八个不过早晚的差别罢了。”

段胥点点自己的额头，说道：“他脸上那条长疤是我划的。”

“在杀他的时候？”贺思慕问道。

“不，是在救他的时候。”这个回答有些出人意料。

段胥笑起来，偏过头说道：“瞑试里我本该杀了他，但我使了点儿手段，让他看起来像是死了，但有一息尚存。然后我给他灌了消除记忆的汤药，划破了他的脸，将他和一具脸上有同样伤口的尸体调换运了出去。”

贺思慕轻轻一笑：“你不是和他不熟吗，你能有这么好心？”

“我怎么就不能有这么好心，殿下，你了解我吗？”

段胥如平时一般开着玩笑，目光却突然有几分迷茫，像是被自己这句话问住了一般。

世上有人真的了解他吗？他这千层假面几分真心，无人能信。

“你想听我的故事吗？”段胥突然这样轻描淡写地说着，眼神却很认真，“既然韩令秋不问我，我就把这个机会给你吧。从现在开始你问的所有问题，我都会据实以答。”

贺思慕放下茶杯，道：“上次我掐着你的脖子要弄死你的时候，你都不肯说一个字，怎么现在倒愿意说了？”

“你掐着我的脖子要弄死我，我自然是不会说的。但是我向你伸出手的时候，你拉住了我，我便可以说了。”段胥的语气好像是在开玩笑，满眼的轻松。

贺思慕却想起来那时坐在地上，眼睛被血浸染的少年，他向她伸出手的时候仿佛像要被风吹碎的海棠花，若是她没有抓住他，便要落了似的。

他在最危险的境地中都没有向她求救，却因为她一个伸手就答应了交易。

她只是抓住他而已，手掌与手掌相握罢了。这个少年希求的到底是什么呢？

贺思慕说道：“你在凉州、在这里做了这么多事情，是想向天知晓报仇吗？”

段胥摇摇头笑出声来，终于寻了个舒服的姿势靠着床帏，道：“报仇？我报什么仇？我师父其实对我不错，就像爱护一件好兵器那样爱护我。虽然我并不想做兵器，但也没到要仇恨他的地步。

“师父是胡契高等贵族出身，忍不得一点点愚笨，在他眼里愚笨的胡契人也是垃圾废物，愚笨的其他族人简直不配活着。所以天知晓选人只挑资质好的，不拘族裔都可入选，但是进入天知晓之后我们都要成为苍神的子民，宣誓一辈子为苍神奉献。我流落街头时，他的步辇都过去了还特意回头，从街头的乞丐堆里把我挑出来带回宫里，大概他很看重我的天资吧。

“在天知晓里生活……比我流落街头那阵要过得舒服多了，至少吃穿不愁，还会有司祭来为我们宣读《苍言经》，关于苍神的一切我们需要铭记在心。我自小过目不忘，到丹支前四书五经虽然看不懂但大半都能背诵，《苍言经》自然能倒背如流。

“因此师父有些偏爱我，一期上百的弟子他没工夫亲自教导，只有考核时会现身，七年里他恐怕连人也认不全。不过他偶尔会来单独考我功课，竟然还把他写的兵书给我学习，指点我兵法。我听闻师父没有儿子，他大约是把我当成半个儿子对待了。”

清晨明朗的光芒落在段胥的脸上，他看起来有几分慵懒。他以一种轻松的语气描述天知晓，似乎那只是一段有趣的经历，甚至还有些感慨。

贺思慕悠悠地喝茶，道：“好一番父慈子孝，你居然忍心刺瞎他的眼睛出逃。”

“我和他有根本的分歧，当然我从没说过，他也并不知道。”段胥沉默了一会儿后摇摇头笑着说，“任何人都不要妄想可以改变另一个人。”

“那么你搅进这战局之中，到底想要什么呢？”贺思慕问道。

段胥抬眼望向贺思慕，无辜而迷惑地眨眨眼：“我说了啊，说了很多遍，我想要收复关河以北十七州。”

贺思慕的眉头危险地皱起来，昏暗的房间里顿时有种风雨欲来的气氛。

段胥眼力见儿一流，立刻将手指举在额际，认真道：“我刚刚说了会据实以告，我发誓我说的都是真心话。”

贺思慕嗤笑一声，并不买账：“你进天知晓的时候，恐怕也发过誓要一生效忠苍神吧？”

“我不是没见过苍神吗，不能确定是否存在的东西，向他发誓自然不作数。可我见过殿下，对殿下的誓言是千真万确的。”

段胥的语气相当理直气壮，不过他也知道这样的回答很难让贺思慕信服。他顿了顿，便继续讲述道：“进天知晓的头几个月很愉快，除了要装作笃信一个不相信的神之外，其他都没什么。几个月之后，我们就开始真正地受训。

“或者说，我们开始杀人。”

段胥眼里的笑意淡下去，手指在膝盖上有一下没一下地点着，目光飘远了。

“七八岁的小孩儿拿着刀剑，有一些犯了事的低等汉民被一排排地捆好跪在我们面前，我们就一排排地挨个杀过去。最初我们都害怕，又哭又闹地下不去手，后来哭闹得最厉害的孩子当着我们的面被杀了，剩余哭闹的受罚，杀人杀得慢的也受罚，后来大家就不闹了。

“再后来，大家就习惯了。”段胥的手指收回来，还带着青紫伤痕的手指点点自己的胸口，慢慢道，“我也是。

“最初我也会觉得害怕，但是慢慢便将这一切视作理所当然了。后来我杀人的时候心里再没有一点儿感觉，杀着杀着甚至觉得好累啊，胳膊酸了，怎么还没杀完？要是他们一下子都死了就好了。”

关于天知晓的叙述在这里终于蜕去了轻松的外壳，展露出真实而残酷的轮廓。

晨光倾斜着洒下来，被床帷遮了一部分，明暗自段胥的鼻梁上分界，他的眼睛在黑暗里，自下颌至上身裸露的皮肤在阳光下苍白刺目。

就像他给人的感觉，明暗参半，暧昧不明。

“很快我们这些同期的弟子开始抽签对决，平时各种大小考核的结果会决定我们对决时的兵器优劣。每次对决两个人中必有一死，那时候我们没觉得有什么不对，就好像竭尽全力置身边人于死地是这个世上最正常的事情一样。赢得对决便是离苍神更进一步，这种对决一轮轮地持续下去，直到七年后的暝试。

“大概这样过了两年吧，有一天受训时我又像平时那样去杀死犯事的低等民。一般他们的手脚都被捆着，被封着嘴发不出声音。那天却有个人的嘴没被封好，我走到他面前的时候堵住他嘴的布掉了下来。

“他惶惶不安地看着我，那天的阳光很好，从天上一路洒在处刑的庭院里，阳光里飘浮着许多尘埃。他像是认命了，颤抖地对我说‘大人……今天天气真好……您下手轻点儿吧’。”

晨光中段胥的唇角微微勾起，像是回忆起了那个人语无伦次的情景，慢悠悠地说道：“我那时候抬眼看了一眼天，阳光强烈，树叶被风吹得沙沙作响，确实是个好天气。我像是从一场旷日持久的噩梦中惊醒，恐惧到浑身发抖。我想我在干什么？我为什么要杀这个人？这个人为什么要被我杀死？我们杀了这么多人，他们真的犯了罪吗？为什么……为什么我从来都没有意识到这些问题？

“这是个人，和我一样活在这个世上的人，他也喜欢好天气，可我只嫌杀他时抬胳膊太累。”

段胥轻轻地吸了一口气，浅笑着说：“在那一瞬间我突然意识到，我正在变成一个怪物。就算我最后没有死于同期之手，但是变成了怪物活下去还有什么意义？”

他所在之地满怀恶意与污浊，他正在被驯化得失去他的大脑和心脏，失去他的思维和良知，变成怪物，变成兵器，只要再往前走一步就会万劫不复。

他在悬崖边突然醒悟。

贺思慕沉默了一会儿，问道：“所以那个同你对话的人，后来怎么样了？”

段胥的面上并无风雨，甚至没什么笑意地笑了一下。

“我还是杀了他，教头们就站在我身后，我不杀他死的便是我。从他之后，还有八十三个人这样死在我手里。后来我开始执行任务，帮丹支王庭做事，了解的事情越多，手里的血债也就越多。”

清醒之时，恐惧如同附骨之疽。他发觉自己活在地狱里，却被一群以为生活在天堂的人包围，无法逃脱。

荒唐的是，只有他认为那是地狱。

有段时间他觉得自己要疯了，如果天知晓所灌输给他的这些理念、这些道理都是假的，他怎么就能确认他小时候读过的那些四书五经就是真的呢？他到底活在一个怎样的世界里？什么是真什么是假，什么才是他应该遵循的道理？

只有十岁出头的他，不知道自己会变成什么，他知道自己正在异化。他开始变得享受杀戮，变得渴望暴力，蔑视生命。但是他不知道如何做才能变回人。

那些他曾经背过的诗篇文章，那些他背的时候完全不理解是什么意思的字句，这时候从他的记忆深处蹦了出来，与他被天知晓培养出来的暴戾撕扯。

他就在这种撕扯中艰难地拼凑出他认为这个世界该有的样子。

他把自己长歪的骨头打断，腐坏的肉割去，然后继续装作佝偻而畸形的样子。他装作比任何人都冷漠、都狂热、都笃信，这样才能骗过他的师父和同门。

他把心底的野兽捆住，一遍又一遍地告诉自己：清醒点儿，清醒点儿，你不能变成怪物。总有一天你要回到阳光下，拿回自己的名字，作为一个堂堂正正的人活着。

如此七年，两千五百五十六个日夜。

“我离开天知晓时发誓，终有一日我会收回十七州，结束北岸这荒唐的一切。”

贺思慕放下手里的茶盏，坐在段胥的床头，伸手抚过他身上那些深浅不一的旧伤，再抬眼看向他。

这个少年的眼里一派坦然，深不见底的寒潭突然有了光，能见到一点儿幽深的潭底。

贺思慕想，或许他想要解开那些汉人手上捆着的绳索，拿走他们嘴里塞着的布，让他们站起来在阳光下活着。想要以后再不会有人被这样当成牲畜一样杀死。

或许他也想，再也不要有像他这样的人，像十五这样的人，在谎言和杀戮中险些或真的失去自己。

他救那遗落的十七州，就像想要挽救多年前天知晓的十七一样。

白驹过隙，却是水中几番挣扎浮沉。

贺思慕的眼里没有多少怜悯，只有平静："那么你成功了吗？你现在不是兵器，你是人吗？"

段胥的眼睫颤了颤，一直笃定的叙述少见地出现一丝不确定，他笑道："应该是个人吧。不过，不大正常罢了。"

贺思慕盯着他的眼睛，突然笑起来，不轻不重地拍拍他的脸颊。段胥被碰到脸上的伤，嘶了一声，便听见贺思慕说道："你就这么将自己当个物件似的敲敲打打、缝缝补补地长大，这么多年，在那样不堪的泥泞里，居然没有长歪。"

段胥愣了愣，低低地笑道："是吗……"

"什么是正常，什么是不正常？小将军，小狐狸，我的结咒人，你好好活着，度过这世上的人生，完成你的心愿，然后了无牵挂地死去，这就是最正常的人生。"

段胥沉默了一会儿，他靠近贺思慕，从床帷的阴影中探出头来，让阳光落在他的眼睛里。

或许是阳光刺目，他的眼睛微微眯起来，被一层薄薄的水汽笼罩着。他轻轻地说："你是在安慰我吗？"

"不，我没想安慰你，甚至不怜悯你。小将军，幽册上悲惨的生平我见得多了，你这实在不算什么。所以你可以相信我说的是实话。"贺思慕的神情平静而坚定。

段胥看了贺思慕一会儿，有那么一瞬他仿佛看见了她身后的漫长岁月，如同长河般淹没了他的苦难。他突然笑起来，眉眼弯弯，灿若星海。

他伸出手牵住她的衣袖，像讨饶似的晃晃她的袖子，说道：“多谢你，思慕。”

贺思慕暂且忽略了他肉麻的举动，挑挑眉毛重复道：“思慕？”

“殿下，我可以叫你思慕吗？”

“我比你年长近四百岁，我劝你想清楚再说话。”

“我非常喜欢……”段胥的话停住了。

贺思慕问道：“喜欢什么？”

他笑得好看，是明眸皓齿的少年模样。

“喜欢你的名字。我向你许愿，换一次五感给你，请你允许我叫你思慕。”

段胥的脑子好像缺根弦。贺思慕想，第一次的交易条件是拉他一把，第二次的交易条件是叫她的本名，这小将军的思路真是好生离谱。

不过近来贺思慕已经渐渐习惯了段胥的特立独行，以至于他这句话一出，她只是惊讶片刻便重归平静。

“你本可以从我这里换到更多的东西，一些可以帮你实现愿望的东西，而不是这样浪费掉。”

段胥却摇摇头，笃定地说：“这就是我的愿望，不是浪费。”

贺思慕瞧了段胥一会儿，仿佛想从他这张英俊可人的脸上瞧出个子丑寅卯来，但他一派真诚地看着她，就差没把“天真纯良”这四个字贴在脑门儿上了。

他这个愿望实在是一个毫无用处且蹬鼻子上脸的愿望。但是这小将军并非她的臣子部下，更何况区区百年他便会行将就木，随他喊一两声倒也于她无碍。

贺思慕说道：“好吧，如此你可欠我两次了。”

“等我身体好些一定兑现，我记着呢。”段胥笑盈盈地说道。

贺思慕显然已经忘记了最初要扒段胥裤子的事情，而段胥亦乐见其成。

第八章 触及人世

秦帅在两日后抵达了朔州府城，占据朔州的四路军队的将军便也齐聚府城，共同商讨下一步的对敌策略。

段胥的伤还没好全，而且他比正常人还要怕疼，贺思慕一碰他他就直吸气，根本穿不得重甲。但是眼看着几位将军都威风凛凛地身披铠甲，从头武装到脚，骑着高马而来，段胥不出面显得张狂，出面不穿铠甲又显得娇气。

段胥从门楼上瞧见各位将军的架势时，便笑着叹息了两声。

此时沉英也十分忧虑地问段胥："将军哥哥，小小姐姐说她给你换药的时候你还喊疼呢，你又要去打仗了吗？"

沉英自从被他认下干弟弟之后便时常跟着他，活像个小尾巴。

段胥微笑，心想喊疼还不是因为你小小姐姐下手太重了。

"仗没这么快开始，不过眼前这事儿也算是一场仗。我初出茅庐便立下大功，除了踏白，军中其他人对我十分陌生，自然一半是好奇，一半想给我个下马威，或许还有点儿奉承我的私心。不过明摆着秦帅和我家分属两党，军中升迁多看秦帅和裴国公，他们奉承我也无用。"

段胥的一番话将沉英说得云里雾里，沉英睁着一双迷茫的眼睛看向段胥。段胥蹲下来摸摸他的头："听不懂没关系，记下来就好。你以后跟我回南都，人情世故可比这些还要复杂。"顿了顿，他笑道，"既然如此，我便好好地亮个相。"

诸位将军到朔州府城一向都是吴盛六和孟晚负责招待，吴盛六对军中情况十分熟悉，而孟晚心细知礼，挑不出什么错处。

待到秦帅和几位将军到齐的那天早上，秦帅要求所有将军列席会议讨论后续安排，段胥终于登场了。

他从自己的营帐出来时只穿了一件红色圆领袍，头发也只梳了个高马尾，没有束发。沉英跟在他身侧抱着个筐，筐里面装着一件银白铠甲。

他从筐里拿出自己的铠甲，一边闲庭信步一边穿，悠然地系好系带打好结，不慌不忙地把每部分穿妥帖。他走了一路，便在众目睽睽之下穿了一路，这架势仿佛是在南都街头试一件新衣似的。

他在那几位将军带来的士兵面前走过，看得那些士兵丈二和尚摸不着头脑，心说这新来的将军大人整的哪一出？

他们之间有些人在窃窃私语，一边奇怪，一边说段将军这副铠甲看起来既精巧又轻便，也不知道是怎么做的。

段胥走到秦帅大营前时正好戴上自己的腕扣，便正正衣服走进了营中。营内三位将军已经到齐，此前一直透过营门看着段胥走来。

段胥微笑着向他们行礼："踏白军段胥，见过秦帅，见过诸位将军。"

礼罢，他不慌不忙地再把发冠给束好，这才算是把自己这身捯饬完毕，走到自己的位子上坐下。

原本想给他一个下马威的将军们不禁惊讶，交换眼色，如同自己带来的士兵一样摸不着头脑。

沉英站在段胥身后，脑子里转着段胥教给他的话。

"对敌之策，有疑兵之计。先下手为强，声东击西，故弄玄虚。骗得对方犹豫不定，按兵不动。"

段胥仿佛什么也没有察觉到，笑盈盈地说道："段某初来乍到，还是第一次与各位将军相见，还望多多提点指教。"

秦帅高坐于营帐的主位之上，年近五十的老帅神情平静，目光淡淡地落在段胥身上，继而转开说道："段将军少年英才，在朔州府城力拒二十万丹支大军两月有余，更是潜入军营诛杀阿沃尔齐扭转战局。此等功勋我已上报朝廷，想来不日便有嘉奖。"

这话说得，仿佛把段胥丢到朔州来送死的不是他一样。

段胥笑着拱手行礼道："为国为民，理应如此。承蒙将军厚爱将大事相托，幸而不负。"他话音刚落，便听见身侧传来一声嗤笑。

段胥瞥过去，见贺思慕穿一身曲裾三重衣坐在他身边，托着下巴漫不经心地看着营中众人，见段胥转头看她，她微微一笑说道：“继续啊。”

她想说的应该是继续表演啊。贺思慕又化作常人不可见的虚体来看戏了。

段胥似乎想笑，嘴角弯到一半便收起，恢复原本慷慨大义的模样，与秦帅和营中将军们暗潮汹涌地寒暄起来。

和丹支的此次交战大梁也损失不小，在宇州战场抵挡丰莱的大军给大梁添了几万的死伤。段胥这边守着朔州府城，也有千余人丧生。如今的丹支内乱正是千载难逢的机会，但以大梁目前的情况，也实在吃不下去太多地方。

皇上谕旨，命秦帅率兵进攻占据朔州，之后视情况便宜行事。以大梁目前的兵力，最多也只能再多占两州之地，于是之后的进攻方向便是讨论的焦点。

但也不过两个方向，向西北攻打洛州、云州，或者向东北进攻幽州、应州。

贺思慕听着各位将军讨论了一会儿，便大概明白进攻方向已经内定了幽州和应州。理由也很充分，幽州和应州是关隘之地，地势险要，占据之后便扼住了丹支的咽喉，可图谋丹支上京。而且应州还是当今圣上的祖籍所在，多年陷落敌手令圣上颜面无光，若能讨回自然能使龙心大悦，是大功一件。

不过他们内定进攻方向的事，显然没有事先知会段胥。

段胥双手合十在唇边交错着，一双含笑的眼睛看着各位将军一路从进攻方向讨论到进攻对策，那眼神有些戏谑又有些漫不经心。待秦帅发现段胥久未说话，象征性地征求他的意见时，他低低地笑了几声，说道：“幽州和应州固然百般不错，但是我认为西北的云、洛两州才是进攻的重点。”

此番发言让在座的将军们皱起了眉头，段胥笑着说道：“幽州是咽喉没错，那是丹支的心脉，胡契人来自草原荒漠，对危机极度敏感。若我们真的进攻了幽州，便是如今王庭再混乱，他们都能暂时放下嫌隙重整军队来对付我们。兄弟阋于墙，外御欺辱，这个道理不仅仅是汉人才懂的。

“诸位都忘记丹支精锐部队的可怕了吗？关河以南多水泊，我们尚且能挡一挡，若在平原与丹支军队交战，各位将军应该都知道会是个什么结果。至于应州……”段胥笑了笑，就差没把“你们要这一州不就是为了圣上的颜面，除此之外有个屁用”说出来了。

秦帅漫不经心地喝了一口茶，他的心腹、肃英军的王将军便发话了：“段将军应该也知道这是个千载难逢的机会，我们与丹支军队确实有差距，若不趁着敌人军心大乱时占据幽州，以后恐怕再无机会。幽州进可攻退可守，占着地形之利，一旦我们占据幽州，胡契人也难再夺回去。如今丹支王庭乱作一团，我倒不觉得他们会这么快重整军队，倒是可能和谈。”

段胥笑了笑，他也不能说我在丹支王庭里待了许多年，比你们更了解王庭。他只是沉默了一下，突然说道：“我见各位将军似乎对我身上这身铠甲很感兴趣。”

那是对铠甲感兴趣吗？那是对他怪异的举止感兴趣。

段胥面不改色地继续说道：“我这身铠甲便是我义弟这样的八岁孩子也能捧得动，却坚韧无比，刀枪不入。它是用‘天洛’这种矿物打造的。这种矿物轻而坚韧，经过提炼锻造后便可做铠甲，相比于几十斤的重甲来说效果一点儿也不差。但是这种铠甲在大梁少之又少，一件需要百金以上，秦帅应该也知道为何。大梁不产这种矿物，而盛产天洛的，便是以它为名的洛州。因为当年丹支攻陷洛州时无知屠城，如今他们对提炼天洛的方法一无所知。这些年他们明偷暗抢想从大梁得到提炼之法，却屡屡失败。”

此时站在段胥身后的沉英想起了段胥教他的后半段话——也不能总是故弄玄虚，最好这些玄虚里还是有点儿实在的东西，能让人咂出味儿来的。

“不仅如此。云州有草场可养马，大梁境内并无好草场，因此战马稀缺，骑兵力量薄弱。若能占据云州作为战马驯养地，大梁骑兵的战力便能得到大大提升，我们和丹支大军之间的差距便能一缩再缩。更何况丹支还有北方的广大草原，对于云、洛两州并不在意，我们占据这两州要容易得多，且不会触动丹支的神经。”

段胥以他对丹支的了解把利弊一一陈明，营内安静了一会儿，秦帅便悠悠发话了：“段将军说的话不无道理，云州的草原和洛州的矿脉确实是重要的物资，但是——”

贺思慕几乎是同时和秦帅说出的“但是”两个字，她知道前面都是敷衍，后面必然有“但是”。

“但是战场时机瞬息万变，需要有所取舍，切不可贪小利而失大义。幽州是心脏腹地，一战或许能赢得多年和平。各位将军都认为幽州、应州才是上选，段将军……”

秦帅后面的话没有说下去，显然他们把段胥排除在外做这个决定，也不会因为段胥的反对而改变。

段胥的目光从营中众人脸上掠过，就在贺思慕以为他又会说出什么来辩解的时候，段胥却突然明朗地笑起来，说道："是我见识浅薄了，既然各位前辈已选定方向，那晚辈自当全力配合，不再多言。"

贺思慕有些诧异地看向段胥，说道："他们也知道打幽州艰险，多半是冲着逼丹支和谈去的，一旦签订和谈盟约便没理由再战。你这收复十七州的愿望，这辈子大概是没机会实现了。"

段胥似笑非笑，淡淡地点点头示意他知道了，然后轻声说"多说无益"。

诸位将军开始讨论起进攻幽州的策略来，段胥说完"全力配合，不再多言"后，便当真闭上嘴不再说话了。他倒也没有表现出不耐烦的样子，笑着认真地听着座上众位将军的话，仿佛是个在听书的和气客人。

贺思慕心想，这小将军心里肯定又憋着什么坏呢。

"听说踏白军中有一位奇人，能观天象预知天气，精准无比。我十分好奇，不知段将军可否为我引荐？"也不知讨论到了哪里，成捷军的尹将军突然把话题引到了踏白占候"贺小小"身上。

贺思慕托着下巴转眼望向段胥，浅笑着"哦"了一声。

段胥与她对视一眼，端起茶喝了一口，波澜不惊道："尹将军有所不知，这位奇人贺姑娘年纪小性子弱，在凉州经历屠城本就深受惊吓。前段时间朔州府城战事惨烈，她吓病了好久，至今还总是无故卧床昏睡。将军威风凛凛自有金戈铁马之气，我怕再让她受惊，倒是害了她。"

尹将军这挖墙脚的意图从一开始就碰了石头，他开玩笑道："大敌当前，段将军有这样的人才可不该私藏啊。幽州天气多变，我成捷军做前锋，正需要这样一位识风断雨的占候。不知道段将军肯不肯割爱，将这位高人借予我。"

秦帅似乎想要说什么，段胥抢在他之前大大方方、斩钉截铁地说："不肯。"

尹将军的笑挂在了脸上，落下去不是，挂着也不是。

段胥放下茶杯，仍然是一脸笑模样，说道："人生在世，需要十有八九都会落空。好比我困守朔州府城时也很需要驰援，怎么连个人影都不见？贺小小是我的占候，自然是我在哪里她便在哪里。"

他这一番话意有所指，让秦帅微微眯起眼睛，秦帅说道："段将军可是怨我不曾出兵相救？”

“秦帅被困宇州战场，分身乏术，段某明白。”段胥一派坦然，看不出半点儿怨怼神色。

秦帅的目光落在段胥身上许久，然后悠悠转回来没再继续，三言两语把话题岔到了别的方向。尹将军要挖墙脚的事算是碰了个硬钉子，没了下文。

贺思慕转着腰间的九幽灯玉坠，瞥了一眼尹将军，又望向段胥，笑道：“怎么，怕我害了这尹将军？”

段胥摇摇头，以细不可闻的声音说道：“他长得不好看，怕污了你的眼睛。”

贺思慕啧啧两声，笑着不说话。

这场关于战略的讨论在午时宣告结束，各位将军去用午膳。没有做出一点儿贡献的段胥谦让地等各位将军出了营帐，才礼数周全地向秦帅行礼，带着他的小义弟退出营中。

秦帅望着段胥悠然挺拔的背影，略显苍老的眼睛里含了一丝复杂的情绪。他的副将说道：“我们当时在宇州尚且自身难保，他却暗暗怪罪于您。您还不计前嫌地将他的功劳在战报中大书特书，未免对他太客气了吧。”

秦帅摇摇头，淡淡说道：“段家有上达天听的本事，要压他也压不住。”

他把段胥放在朔州，本是做个鱼饵，可鱼饵居然把鱼拆吃入腹。这笑盈盈令人捉摸不透的少年，或许真是个奇才。虽是奇才，可惜他们分属不同阵营，背后势力仇怨牵连众多，终是不可用。

秦帅叹息一声，从座位上起身。

沉英第一次跟着段胥见世面，兴奋得不行。他一溜小跑回去撞上了正打着哈欠走出来的贺思慕，仰头嚷道：“小小姐姐，你又才睡醒啊！”

贺思慕揉着他的脑袋问道：“怎么了？”

“我今天跟将军哥哥见了好多将军，还有元帅。”

“不错，开眼界了。”

沉英有点儿忧愁：“他们都不太喜欢将军哥哥的样子。”

“哟，也长眼色了嘛。”

“别的将军要把你带走，哥哥他不给。我觉得哥哥他也喜欢你，小小姐姐，你们是两情相悦啊！”沉英兴奋地说道。

"……"

这下换贺思慕忧愁地看着沉英，她总觉得以这个孩子的爱好，将来说不定要去做媒婆。她摇摇头说道："什么就你觉得，段舜息这个人假得很。"顿了顿，她又轻笑了一声。

不过也可能，这世上没有比他更真的人了。他说他是段胥，他的愿望是收复北岸十七州，居然都是真的。

只是他一路竭尽全力在天知晓活下来，逃回大梁，考中榜眼，入中书省，出做边将，击溃敌军，走到今日也不过收回了一个朔州。还有十六州等着他去一一收回。

"还有好长的路要走啊，可是我已经……很累了。"

贺思慕想起十五死后，段胥终于停止了那疯狂的笑声，低着头轻声说出的这句话。

她向来觉得凡人的一生只是弹指一挥间，不过不知为何，她此刻却感到这个少年的一生如此漫长，不见边际。

晚上贺思慕去给她的结咒人小将军换药，看看他的伤好得怎么样了。她有那么一瞬间觉得自己像个养猪的屠户，每日去看看猪肥了没，盘算着什么时候可以宰了吃。

今晚猪崽子却笑嘻嘻地跟她说：我觉得是时候可以宰我了。

事实上，段胥说的是："太疼了，你要不现在把我的触感借走吧，你开心我也能解脱。"

他今天披着铠甲坐了一上午，虽然那铠甲是轻甲，但他身上的伤口还是出血了，白色单衣上尽是血污。

这个人在敌营里乱杀，与十五对决的时候活像个没有感觉的幽似的，到了现在却娇气得嗷嗷叫疼起来。

贺思慕瞥他一眼，淡淡道："疼痛乃活人的自我保护机制，没了痛感才是加倍危险。"

段胥趴在床上任她给自己后背的伤口换药，笑声从下面传上来，他转过头说道："看你这岁数，死的时候应该很年轻，又比我年长近四百岁，那成为幽也该有三百多年了，怎么对活人的一切还这么熟悉。而且你这个上药的手法也很娴熟，就是手忒重。"

贺思慕的手顿了顿，然后猛地扎紧纱布，段胥立刻疼得“啊呀”叫了一声。

“既然都有余力来试探我了，看来恢复得不错。今晚就把你的触感借给我好了。”贺思慕淡淡道。

段胥转头看向她，明亮的眼神深深地望进她眼底，他笑起来：“我不是在试探你。”

“哦？”

“是了解，我想了解贺思慕。”

了解？夏虫不可语冰，凡人如何能了解她，又为何要了解她。

贺思慕望着他清澈的眼睛，说道：“不要以为我答应你叫我思慕，就意味着我们变亲近了。小将军，你不需要费心了解我，你好好活着，与我交易就好。”

段胥与她对视片刻，眉眼微弯地笑笑，并不反驳，那神情与他在军营中说“多说无益”时如出一辙。

借五感需要用自己的身体，贺思慕把“贺小小”的身体丢在房间里，再度走进段胥的卧房。段胥早已盘腿而坐，穿着件白色单衣在床上等着她。

他膝上还放着几封信笺，见贺思慕来了，他便把那信笺放在火上烧了，她只隐约看见“事成”二字。

贺思慕瞥了一眼那信笺，目光移到段胥身上。段胥深黑色的眼眸里映着烛火，他笑着向她伸出手，五指纤长，看起来像是读书人的手。

“来吧。”他说道。看起来他比她还要迫不及待。

贺思慕望着他，明珠从她的怀中飘出，缓缓落在段胥的手掌心。

那明珠是冷的，带着她身上的阴森之气。

段胥五指收紧握住明珠，贺思慕冰冷的手覆盖在那明珠之上。她闭上眼睛，腰间的九幽灯发出莹莹蓝光。

一时间于无名处涌来强劲的风将二人包裹其中，贺思慕的长发和银色步摇在风中飞舞着。明珠开始发出光芒，显露出其中层层叠叠的红色符文，那些符文如齿轮般飞速地旋转着，直到一个符文升到半空，一分为二各自融入段胥和贺思慕的眉心。

贺思慕的眉心多了一颗细小的红痣，如同苍白雪地上落了一滴血，段胥也是如此。

明珠的光暗下去，风消失不见，世界万籁俱寂一如往常。贺思慕慢慢睁开了眼睛，对上了段胥凝视着她的目光，他的眼眸深深，犹如星辰。

他们二人之间有片刻的寂静，贺思慕突然一伸手把段胥推倒在床上，明珠滚落于床褥之中，半遮半掩。

段胥睁着眼睛望着她，还没说话便见她的手抚上了他的脸庞，从他细腻的皮肤上摩挲而过，她苍白的手指仿佛染上了几分暖色。

她的长发落在他身上，目光太过炽热，从她的眼里燃进他的眼里，让他一瞬间忘记了要说的那些玩笑话。

“皮肤。”贺思慕微微张开嘴唇，喃喃道。

她的手沿着他的脸的轮廓一路抚过，然后移到他的嘴唇上。段胥的嘴唇薄且色泽浅淡，唇角天生微微上扬，含着三分笑意，柔软且温暖。

“嘴唇。”

她的指尖在唇上停留须臾，虚虚地一滑移到鼻侧。她的眼睛灼灼发亮，说道：“呼吸。”

然后她的手指慢慢向下，顺着他的脸侧向下扼住了他瘦瘦的脖子。段胥目不转睛地盯着贺思慕，整个人都松弛着不反抗，她的手也并没有要收紧的意思。

“脉搏。”

她像是一个初识世界的孩子，一一说出她所感受到的所有东西。话音刚落，贺思慕突然俯身趴在了段胥的胸膛上，她的侧脸贴着段胥单薄的单衣，一瞬间段胥整个人紧绷了起来。

她静默无声地伏在他的胸膛上，时间仿佛被冻结。片刻以后，她轻声笑起来抬眼看向他，那摄人心魄的美丽面容上写满了愉悦。

“心跳。”

段胥的眼眸微动，正在这时贺思慕凑近他，一字一句说出石破天惊之语。

“咬我。”

段胥愣了愣，他盯着贺思慕的表情，低低地重复道：“咬你？”

“嗯，咬我的脖子。”贺思慕侧过脸去，露出她苍白纤长的脖颈，漫不经心地发号施令。

风从窗户的缝隙透进屋里，惹得烛火轻跃，晦暗不明的光线落在她的脖子上。

段胥沉默了一瞬，然后抬起头，上半身悬空。他一手抚着她脑后的长发，一手托着她的脸颊，不客气地张嘴，慢慢地在她的脖子上咬了一口。

没见血，但留了红印。贺思慕没有躲避，只是平静地轻声说道：“疼。”

她这句疼里并没有多少柔弱的语气，可怜劲儿比起她假扮贺小小时少了不知多少，却仿佛一个细小的冰碴子，轻微地刺了一下段胥的耳朵和心。

段胥的眼睫颤了颤。

她浑然不觉地转过头来看向他，在呼吸相闻的距离里，她有些新奇地轻笑着说：“原来疼是这样的感觉。”

世界竟然有这样神奇的面目。

皮肤，嘴唇，呼吸。

光滑，柔软，温暖。

脉搏如同小钟，心跳仿佛小鼓。颤动而温热，娇弱而鲜活，滚烫的血液沸腾。

疼的感觉很微妙，是难受与不安的混合，是棱角分明的锋芒。

而他托住她的头时，他的脸颊蹭在她的脖子上时，那种细微的与疼完全不同的难耐又是什么呢？所有这些都是活着的感觉吗？

段胥深深地望着她，明朗地笑起来，眉眼弯弯道：“幽主殿下，思慕，欢迎来到活人的世间。”

贺思慕低声重复：“活着。”

段胥的手指在她的发间漫不经心地滑过，他抬起眼帘光明正大地试探道：“你是不是从来没有活过？”

贺思慕炽热的目光冷下来，她眯起眼睛看着这个一向胆大包天的家伙，他好像挑战她上了瘾。

段胥也不闪避，带着天真坦荡的笑容回望着她的眼睛，眼里映着荡漾的烛火光芒。

贺思慕的目光却从犀利慢慢地变成了迷茫，她想惩罚段胥的法术没有生效。她举起自己的手放在眼前，左右翻了两下，低声道：“我的力量……”

段胥是何等聪慧之人，立刻反应过来，说道：“你同我换了感觉之后，法力消失了？”

贺思慕和段胥同时低头看向她腰间的九幽灯，那灯形的玉坠平时总是泛着一层隐约的蓝光，此时却如同一个普通玉坠，蓝光完全消失不见了。

段胥抬眼再度与同时抬头的贺思慕对视，他的眼睛弯起来，嘴角的弧度越来越大，一字一顿道：“你的法力消失了。”

贺思慕还来不及反应，一阵天旋地转，他们二人的位置便已颠倒，她躺在床榻之上，而段胥在她上方，慢慢俯身下来笑盈盈地看着她。

床褥的触感比肌肤还要柔软，贺思慕恍惚了一刻，对上段胥高深莫测的目光便心说不好。

她姨母怎么没提前告诉她，换感觉之后她的力量也会消失，如同凡人啊！

一向秉持着打不过就绝不反抗、打得过就绝不留情的段小将军低头看着贺思慕，只是笑着，也不知道在打什么主意。

贺思慕冷冷地警告道：“换感觉只有十日之期，十日之后我便会恢复力量，你若敢对我做什么，十日后就等死吧。”

段胥偏过头，半点儿害怕的神情也没有，笑道：“十日啊……”

他低下头，在她耳边轻声说：“那我便只活十日，如何？”

贺思慕目光一凝：“你要做什……”

这句话还没说完，段胥的手就在她的腰侧轻轻一抓，贺思慕整个人一个激灵，蜷缩成一团，茫然地不知道刚刚发生了什么。

“这种感觉是痒。”

段胥爽朗道：“告诉你个秘密，我的感觉极敏锐，所以很怕痒。每次你压在我身上碰我的时候，我都忍得很辛苦。”

果然她拿走了他的触感，顺带也变得同他一样怕痒了。

段胥笑得天真无邪，颇有种“一朝得道，有冤报冤有仇报仇”的气势。他撸起袖子在贺思慕的腰间、胳肢窝、脚底四处作乱。贺思慕这四百年来第一次体会到“痒”，此时完全受不住，翻来覆去挣扎得不行。没有了法力，仅凭力气她拼不过段胥，只能一边威胁一边笑。

“哈哈哈哈……你这个家伙……等我十天之后……哈哈哈哈……一定杀了你！”

“横竖都要死，那我这十日就更要活够本了。”

段胥一手撑在贺思慕的发间，一手暂时停了动作，看着贺思慕色厉内荏的神色，深深地望着她的眼睛，那一贯高傲的眼神里罕见地多了几分颤抖。

他眨了眨眼睛，轻笑着低声道：“贺思慕，你也会害怕啊。”

贺思慕咬牙切齿一字一顿道：“段、舜、息！”

“嗯！怎么啦？”

段胥拉长了声音回应道，他微微一笑，然后直起身子迤迤然放开她，屈腿坐在她身侧。

贺思慕从床上坐起来，几乎立刻远离了他，瞪着眼睛望着这个她倒了四百年的霉招来的结咒人。

段胥身上的伤口在贺思慕的一番挣扎后，又在往外渗血。他瞥了一眼，淡淡说道：“真的不疼了。触碰你的时候也是，没有一点儿感觉，我的身体好像死了一样。”顿了顿，段胥望着贺思慕警惕的目光，笑道，“原来一直以来，你感受到的世界是这样的。”

疼痛，冷暖，软硬，这些感觉倏忽之间消失得无影无踪，唯剩一个遥远到仿佛无法感知的世界。

他们结咒了，他可以慢慢了解她。

贺思慕仿佛知道了他心中所想，皱着眉问道：“你了解我，想做什么？”

段胥静默地眨了眨眼睛，继而轻描淡写地说：“谁知道呢，可能就如同你最初想了解我一样吧。你是这样特别，让人好奇。”

贺思慕看了段胥半晌，淡淡地活动了一下手腕。

“活人应当学会与死亡保持距离。”

段胥望着贺思慕，笑而不语。

虽然贺思慕意料之外地失去了法力，但她的真身也意料之外地变成了活人的状态——有呼吸，有脉搏，温暖柔软，不复原本冷寂的模样。

而且最重要的一点是她没法儿回到“贺小小”的身体里，也没法儿隐身了。

于是“贺小小”躺在床上睡得不省人事，而段胥营中又多了一位不知从哪儿来的陌生美人。段胥声称这是从岱州来的朋友，让孟晚带她去城里转转。

孟晚刚刚满脸疑惑地把贺思慕领走，秦帅的副将就来找段胥了，他脸色不大好地行礼道：“段将军，巡抚使郑大人带圣旨到此，请各位将军去前营。”

郑案是吏部三品侍郎，特派延边巡抚使，段胥父亲的同窗好友，杜相一党的中流砥柱。这个人来，自然是不会给秦帅带什么好消息的。

段胥微微一笑，换好衣服出门了。待到前营中，只见秦帅和诸位将军站在营中，而一位穿鹤纹紫衣的中年男人负手而立。

郑案看了一眼这位有名的后生，微笑着点点头，然后接过旁边侍者手中的圣旨。

“皇上有旨。”他的语气慢而威严，带着久居上位的傲慢，营中的将军们纷纷下跪，听候旨意。

段胥跪在人群之中，低头听着郑案宣读那长长的圣旨。皇上先是大大夸赞了一番秦帅退敌之功，再对诸位将军大加赏赐，并没有特别提及段胥，仿佛这只是一道平常的嘉奖令。

但是在圣旨快到末尾时，皇上话锋一转，说虽然给予秦帅便宜行事的权力，但是军中马政积弊已久，务必以攻克云州获取马场为先。

话音刚落，段胥就感觉数道目光集中在他身上。他岿然不动，听到秦帅意外之余应下的“臣秦焕达接旨”，便板板正正地随秦帅叩拜接旨。

只见他伏在地上，唇角微微勾起。

郑案宣完旨就准备离开，经过段胥身边时轻轻拍了拍他的肩膀，没说什么。营中之人从地上站起来，此时大家的目光都集中在了段胥身上。昨日他们才议定进攻方向，今日圣旨就到了，并且完全按照段胥的意见做的判断，说段胥没使手段大概没人会相信。

所以他昨天才轻易地退让了，与其说是退让不如说是怜悯，是胜者对自以为是胜者的输家的怜悯。

段胥好整以暇地从地上站起来，笑得一派光芒灿烂：“既然圣上已经决断，我们只好重新讨论，再行排兵布阵了。”

秦焕达望着段胥，将圣旨放在桌上，淡淡说道：“你们都下去吧，段将军，你留下。”

段胥立于营中，他的笑意悠然，身姿挺拔，其他人纷纷从他身边经过，门帘被掀起，阳光落在他的银甲上，折射出刺目的光芒。

“你终于如愿以偿了。”秦帅眼神锐利地看着段胥。

段胥笑着，避重就轻地说道：“是圣上英明，与我何干？”

“你可知道，将能而君不御者胜？战场决断本应由主帅决定，你使手段令皇上下旨干预，是军中大忌！”秦帅一拍桌子怒道，桌上的尘埃在阳光中震颤着。

“抛开党派之争不谈，我欣赏你的才能，但你还是太过年轻，一心只想建功立业！你要云、洛两州的根本目的，不就是为了有朝一日与丹支全面开战吗？可你需知道打仗打的是银子，日耗千金劳民伤财，丹支这次入侵不知烧掉了大梁多少积蓄，这么打下去还能撑多久？若进攻幽州能逼得丹支和谈，扼住他们的咽喉便有数十年的和平，大梁休养生息再图大业，这才是正途！”

段胥望着秦帅桌上的圣旨，沉默片刻后将目光移到秦帅脸上，他眼里的笑意淡下去，缓慢地说道：“那北岸的百姓怎么办？”

秦帅愣了愣。

段胥伸出手指向营外，说道：“大帅这次率军进入朔州，沿路百姓难道不是箪食壶浆，以迎王师？我困守府城时，林怀德一家二十三口为了城中粮草，惨死于城门之下，他死前说他们祖辈发誓，若大梁挥师收复河山，他们必将全力以赴万死不辞。

“我们偏安一隅，我们在南岸休养生息数十年，任北岸的百姓水深火热，任他们被欺压、被驯化，最终血脉相连的同族也变成刀剑相向的仇敌。秦帅，这就是你所谓的成熟吗？”

段胥的眼里闪烁着锋利的光芒，如同所向披靡的利刃，偏偏他还笑着，说道：“我是个年轻人，无牵无挂，唯有这一条命而已。我不能让北岸那些仍在坚守的百姓，活成个笑话。”

秦帅愕然无语，想起在南都第一眼看见这个少年时，只觉得他确实姿容不凡，如同松柏，大约也只是个比较出众的贵族子弟。此刻他却发觉，段胥不是松柏。

他是荆棘。

圣旨已下，事成定局。段胥并未再与秦帅多说什么，待他告辞离开营中之时，秦焕达看着这个年轻人的背影消失在营门之后，突然有瞬间的恍惚。

他想他年轻的时候是否也像这样，锐利轻狂，一往无前。

漫长的时间与边关的安逸，消磨了他收复河山的壮志，令他沉湎于朝中波涛汹涌的权力之争。待到今日他才发现，自己身陷千头万绪的党争中，连欣赏提拔一个才华横溢却分属不同阵营的年轻人的魄力都不再有了。

若这年轻人长到他这个年纪，还会记得自己的愿望吗？段胥会不会身陷尘网之中无法自拔，举步维艰呢？

秦帅长长地叹息一声，合上了眼前的圣旨。

段胥刚从秦帅的大营中走出来，便看见一个眼熟的侍者等在门边。他略略一想，这是郑案身边的人。

那侍者向他行礼道："段将军，郑大人有请。"

段胥微笑点头，道："有劳。"他跟着侍者从营帐间穿过，来到了郑案的马车边，侍者撩起门帘对段胥道："将军请。"

段胥便一撩衣摆踏上马车，弯腰进入。一进马车他便对上了郑案的目光，郑案伸手指指旁边的位置，对他说道："坐啊。"

段胥坐下来，笑着行礼道："郑叔叔。"

郑案一向严肃的脸色微微松动，露出一点儿笑容，他本想再拍拍段胥的肩膀，却看见他轻甲下的衣服透出血色。

郑案的手在半空顿了顿放了下来，长叹一声说道："真是苦了你了，成章若是看到你现在这样，不知道要多心疼。你大哥、二哥早亡，现在他膝下就只有你这么一个儿子，若你再出什么意外，成章该如何是好。"

"我小时候清悬大师便说了，我这一生自会逢凶化吉，叔叔和父亲不必担心。"

"朝中前阵子查出了马政贪腐案，皇上龙颜大怒。你关于北岸战事的奏折一呈上去便合了皇上的心意，皇上立刻交代我快马加鞭到前线宣旨。圣旨里虽然没提你的名字，但皇上很欣赏你，加上你的战功显赫，回朝必得重用。"郑案说道。

段胥点点头，笑意清朗道："有赖杜相和各位叔叔帮衬。"

"我与你父亲是同窗，这点儿小事不在话下。"顿了顿，郑案的脸色有些严肃，"舜息，我问你，你和方先野可有什么过节儿？"

"您这是何意？"

"这次他弹劾你的奏折不经秦帅直接上报，有违章程。若不是皇上对你的奏折很满意，你怕是又要惹上麻烦。虽说方先野是裴国公的人，可他几次三番针对你，倒像是和你有私仇。我询问成章却没得到答案。你可是有哪里得罪了他，如今他在朝中势头正好，你说出来我们也好帮忙应对。"

段胥流露出疑惑的神色，说道："这我也不知，同年登科前我并不认识他。父亲倒是嘱咐过我要避其锋芒，却也没说过理由。"

郑案沉默着思索了一会儿，长叹一声。

段胥又同郑案讲了几句话便告辞，待他下来，看着马车离开大营远去，笑意就变得虚虚浮浮。

段胥心想，这里也不比天知晓好多少，不过是才出地狱又入火坑罢了。便是同党，也变着法儿想从你嘴里套出点儿把柄来。想来这世间只有连绵不断的火坑，哪里有桃源。

他独自一人回府，脱了轻甲，把出血的几处伤口再次包扎好后，便换上柔软的圆领袍走上街头。他在往来的人群中走过，抚摸着手里的剑，微微拔出来，再合上。

他刚刚在大营中跪拜行礼，如今迈步走在街上，全是凭借着身体的习惯。只有看到自己的四肢做出了相应的动作时，他才能相信自己的确成功控制着身体。

如果他此刻拔剑出鞘与人相斗，仅凭着这种身体的惯性，胜算几何呢？

失去感觉就像他五岁时掉进地洞里一样，漆黑一片无处下手，他严厉的父亲站在洞口对他说："我不会救你，你要自己爬上来。"

他从白天哭到晚上，最终真的自己爬上来了。从那以后他便再也没有祈求过别人的拯救，他想没人会救他的，父亲不会，神明也不会，唯有自己爬出来。

那种幼稚的倔强，最终在天知晓救了他，因为他的父亲真的没有来救他。他不知这是幸运还是不幸。

段胥举起手放在头顶，阳光渗过他的手指在他的眼睛上落下阴影，他透过指缝看着热烈的阳光。这是他的手，可他什么都感觉不到。

他引以为傲的，这个让他生存下来的最机敏强大的身体，如果有一天也不复强大，他能相信的还有什么呢？

"将军！"

一个熟悉的声音将他唤醒，段胥放下手，便看见孟晚一脸菜色地向他跑过来，她说道："舜息，你的这位朋友是怎么回事？从街上一路走过来什么都要摸，不知道弄坏了多少东西了。"

她隐晦地表达了"这未免太没见过世面"的意思。

段胥抬眸望去，看见贺思慕换上了时兴的浅粉色褙子罗裙，拿着一个风车站在街边的小摊边。她伸出手径直去捏摊子上面人的脸，那刚刚做好尚且柔软的面人瞬间给她捏出一个凹陷。

她继续捏来捏去，直到把那面人捏得面目全非，满眼的新奇。

老板“哎哟”叫着，贺思慕面不改色地转头冲孟晚喊道：“孟校尉，付钱！”孟晚气得跺脚。

贺思慕悠然地用手滑过一个个摊铺的桌子，一边笑着一边向他们走来。

她左手的风车开始飞快转动，阳光中和煦的春风自南方而来，掠过汹涌的关河，穿过亭台楼阁，经过这条宽阔的街，拂过她发梢的间隙，推动她手里彩色的小风车，发出呼啦呼啦的微弱声响。

贺思慕张开了手臂，抬起头闭上眼睛，阳光洒在她的身上熠熠生辉，风吹得她的衣袂飞扬。

段胥怔了怔。他突然想起来，在他杀死十五的那个时刻，十五那句“你永远是怪物”的诅咒回荡在他精疲力竭、疯狂而荒芜的脑海里。那种邪恶的兴奋和绝望攀附而上扼住他的喉咙。

然后这个姑娘走向他，她拍拍他的脸，对他说：“醒醒。”

这是这么多年里除了自己，第一个，也是唯一一个，对他说“醒醒”的姑娘。如今她被这光明的春天推着走向他，仿佛在这个世间获得了无上的幸福。

段胥定定地看着贺思慕，他突然笑起来，笑得胸膛颤抖、眉眼弯弯：“这个世间真有这么可爱吗？孟晚你看她，她怎么笑得那么傻呀。”

孟晚有些愣怔地看着段胥。风把他的发带吹起，他笑颜明媚，如同春日里南都开成海的海棠花。

段胥一向是很喜欢笑的，遇到好事也笑，遇到坏事也笑，很多时候孟晚不知道他在想什么，是否真的开心。可是她遍寻自己的记忆，也找不出一个同段胥此刻一般真心实意的快乐笑容。

孟晚怔怔道：“舜息……你……”

她还没问出那个问题，贺思慕就已经走到了他们面前，她对孟晚悠然道：“孟校尉，你怎么还愣在这里呀，店家可是要钱呢。”

孟晚尚未反应过来，段胥便把自己的钱袋拿出来递给孟晚，嘱咐她今天要赔的钱都从他这里出。

孟晚问道：“舜息，这位姑娘是谁啊？”

还不等段胥回答，贺思慕便替他回答了：“不是说了吗？我叫十七，叫我十七就行。”

段胥沉默一瞬，笑道：“十七？”

“唉。”

孟晚看了看这两人，叹息一声，转过身去付账了。

贺思慕微微一笑，丝毫没有欠钱的负罪感，她拿着风车在原地转了两圈，道：“这就是风！”她显然还没能适应这具有感觉的身体，才转了两圈而已就踉跄了一下。

段胥立刻扶住她的手，而贺思慕泛红的手指于他的指缝间收紧，与他十指相扣。她似乎有了一个鲜活的身体，或许她的手现在是温暖的，但是段胥感觉不到。

她望着他们十指相扣的手，轻笑道：“我听说十指连心。”

“嗯？”

“那我是不是握住了你的心脏？”

我是不是握住了你的心脏。

她说得轻巧，段胥望着贺思慕充满笑意的眼睛，便知道她只是好奇而已。他们的手指严丝合缝地交缠着，他分明完全感觉不到，心却震颤。

那自她说出“疼”时就刺在他心里的冰碴子终于融化，融入他的血液，成为他生命中的一部分。段胥低眸一瞬，然后抬眼笑起来，明亮的眼睛里含着一层光芒，他说道：“是啊。”

也不知从何时开始，你便握住了我的心脏。

贺思慕太过开心，以至于没有察觉少年望着她的专注眼神。她松开了段胥的手，环顾着四周这个人声鼎沸的世间。

四百年间的种种如潮水般从她的眼前流过，她低声说：“原来你们真的没骗我，这个世间这么美，不枉我……这几百年……”

这几百年里，费心费力地保护这个世界。

父亲，母亲，姨母，姨父。贺思慕在心里把他们的名字喊了一遍，她想说这是她第一次感觉到风和阳光，就像他们描述的那样温柔，令人幸福。

她没有辜负他们，他们也不曾欺骗她。但他们如今又在何处。

贺思慕的眼神颤了颤，喜悦至极的心情突然像被蒙了一层雾一般，恍惚起来。

湛蓝无云的天空显得很高，仿佛永远也无法探到尽头，一行大雁以整齐的人字形从遥远处飞来，又慢慢消失于碧空之中。贺思慕望着那一碧如洗的晴空，目光又落在熙熙攘攘的街上，突然轻轻地笑了一声。

天地辽阔，众生苍苍，唯我独行。平生喜悲，无人可言。

这天晚上，四百年来，贺思慕第一次做了梦。因为她是个没见识的、没做过人的幽，自然也不可能做过梦，于是一开始她还以为那是真的。

梦里她年轻的母亲拉着她的手，她的父亲在夕阳的余晖里、一片明亮的白色里吹笛子给她们听。她问她的母亲，这笛子有什么好听的，她完全听不出来曲调。

母亲说，其实她父亲现在也听不出来，只是通晓技法罢了。

她便问，那父亲吹笛子有什么意义呢?

母亲就笑了，拍拍她的头，说道："可是我听得出来啊，你父亲吹笛子给我听是因为他爱我，他知道我能听出来他的爱意。这就是活人钟爱乐曲的原因，因为其中有情。"

她的母亲又说："思慕啊，世上活着的人脆弱而敏感，热烈又鲜活。你的力量太强了，你要学会理解他们，然后对他们温柔些。

"终有一天，你会像你的父亲一样，维系着幽和人之间的平衡，来保护这世间。"

第九章 一场闹剧

贺思慕从梦中清醒过来的时候，皎洁的月光透过窗户上的纸，在地面上照出一块块洁白的小格子。

她剧烈地喘息着，从床上坐起来，刚刚那些明亮的画面消失得无影无踪，将她遥远记忆中的父母一并带走。

“你怎么了？”

一个熟悉的声音闯进她的耳朵，贺思慕转过头去，便看见段胥身着便衣抱着胳膊靠在她的床边。年轻人眼里映着隐隐约约的月光，嘴角一贯带笑，也不知道已经在这里站了多久。

贺思慕平复着喘息，轻声说道：“这是什么，我的身体里有风，活人的身体里都有风吗？”

“这是呼吸。”

“对……呼吸。”贺思慕长舒一口气。

风在身体里，就是呼吸。顿了顿，她有些恍惚地环顾四周，低声说道：“刚刚父亲、母亲在这里。”

段胥闻言有些意外，他坐在贺思慕的床边，借着月色观察她的神情：“你是不是做梦了？”

“梦？”贺思慕重复了一下，仿佛在揣摩这个词的意思，方才的画面消退得厉害，周围唯有黑夜与月色，原来这就是凡人所说的梦。

凡人活得这样幸福，再也见不到的人，都可以在梦里看见。

贺思慕沉默片刻，抬起头望向段胥，心说这家伙怎么三更半夜出现在她的房间里。

段胥仿佛知道她在想什么，便轻描淡写地笑道："我半夜醒过来感觉不到自己的身体，还以为自己死了，惊得睡不着，索性来看看你。没想到你睡得这么好，还做美梦了。"顿了顿，段胥问道，"你梦见了你的父亲和母亲，你梦见他们什么了？"

贺思慕瞥了这个不成体统半夜进姑娘房间的家伙一眼，漫不经心地说："梦见他们教我做幽的规矩。"

段胥饶有兴致地说道："我之前就很好奇，你为什么对沉英这么好？听说你是他父亲的朋友，我想或许……"

"是，他父亲把一道魂火给了我。照顾他是交换条件。"

"这是幽的规矩，取人魂火前要先和他们做交易？"

"不。"贺思慕的手指绕着九幽灯玉坠的丝绳，淡淡说道，"这只是我的规矩。"

段胥沉默了一瞬，问道："为什么呢？你是幽冥之主，想要谁的命不行，为什么要这样纡尊降贵，来为凡人实现愿望？"

"为什么？世间哪有那么多为什么？我乐意不行吗？"

段胥专注地看着贺思慕，少年难得露出这样认真不玩笑的神情。

贺思慕也望着段胥的眼睛，在这悠长的寂静里，她知道他又在猜她了。他胆大包天不敬鬼神，以至于对她怀有强烈的好奇心，总想着把她的过往种种看得清楚分明。

浑身是谜的人，总是喜欢猜谜。

贺思慕靠在床边，懒懒地说："好吧，你说说看，你又在猜什么？"

"我怕冒犯你。"

"算了吧，你的眼神就够冒犯的了。"

段胥想了片刻，没来由地说了一句："令尊、令堂该是非常温柔的人。就像你一样。"

"温柔？"贺思慕挑挑眉毛。

"你吃不出味道，却会做饭、绘糖人；看不见颜色，却会画妙笔丹青；听不出曲调，却会演奏乐器。你明明连呼吸、做梦这样最寻常的事情都无法感知，为什么要学习这些对于人来说尚且艰难的技能？为什么要做交易才肯取人性命？当是令尊、令堂希望你能通过这些来理解这个世界吧。”

强悍至此，已识乾坤大，犹怜草木青。

贺思慕怔了怔。月光淡淡，她沉默了一会儿，低下眼眸，不置可否地说道：“或许吧。”

“他们过世了？”

“嗯。”

“是怎么过世的？”

“母亲很平常地到了岁数，父亲……听说是殉情。”

贺思慕的语气称得上平静。

段胥望着她，贺思慕则看着地上白色的月光，那月光从窗户透进来，照亮了空气里无数尘埃，它们好像细小的飞雪。

寂寂寒光，孤夜长明。

据说这是她父亲年少时得到过的一句判词，现在看来，这判词不是给她父亲的，应当是给所有幽冥之主的。

突然有什么东西不轻不重地拍了拍她的脸，名为疼痛的感觉蔓延开来。贺思慕抬起眼看向段胥，他的手仍停留在她脸侧。

“醒醒。”段胥说道，顿了顿，他又说，“梦已经结束了。”

皎洁的月光下，段胥的轮廓柔和，目光坚定而专注，仿佛有天地大的心胸，却只装着眼前一人。

贺思慕沉默片刻，将他的手拍开，微微一笑说：“但凡我恢复一点儿法力，刚刚你的手就没了。”

段胥明朗真诚地笑起来，感叹道：“我果然是逢凶化吉，又捡回一只手。”

贺思慕心想，这真是个惯爱蹬鼻子上脸的小将军。不过，他的手其实既柔软又温暖。凡人都是这么温暖的吗？

之后的夜晚，一觉无梦。

然而第二天上午还没过完，贺思慕就迎来了获得触感的附加麻烦，这麻烦的源头来自她和段胥共同的干弟弟——薛沉英。

贺思慕以真身与段胥换了触感，真身如今变成了凡人的状态，于是原来那具“贺小小”的身体就陷入了没日没夜的沉睡之中，这可愁坏了不明真相的沉英。

他哪里也不去，饭也吃不下，就守在“贺小小”的床前，泪眼婆娑地等他的小小姐姐醒过来。对于这个新出现的漂亮姐姐不闻不问，半点儿目光也没给。

贺思慕靠着门看着这个实在孩子，长长地叹了一口气。

她借的这具身体租期还剩下些日子，如今没了法力没法儿提前唤醒这个小姑娘，只好让这小姑娘再睡上几日。

段胥几次宽慰沉英失败之后，便从“贺小小”沉睡的房间里走出来，对门外的贺思慕说：“要不索性告诉沉英你的身份吧，小孩子伤心太过会伤身。”

这个像沉英这么大时，就已经城府极深演技高超，几番伤心却并未伤身的段胥振振有词道。

贺思慕手里摩挲着一块段胥从地窖里搞来的冰，漫不经心地说道：“告诉他我的身份？什么身份？幽吗？”

“嗯。”

“没必要。如今我已经履约把他托付给你这个好人家，若不是我与你之间还有交易，我大概都不会再见他了。如今出了这个变故，大概我和他的缘分也就到这里了。”

段胥含笑的眼神闪烁了一下，重复道：“缘分就到这里了？”

“嗯，不然呢？”贺思慕把玩着手里的冰块，看着那冰块越来越小，染着淋漓的水光，心想原来这就是冰，是坚硬又让人疼痛的水。

她心不在焉地说道：“难不成我天天闲着没事干围着你们这几个凡人转吗？不过是这段时间我休沐，自己找点儿事情做罢了。过不了多久我便要回玉周城，处理幽域的事。”

“那你想如何对沉英说？”

“你可以先把贺小小的身体藏起来，然后对沉英说贺小小生病去世了。待我恢复法力，便去把这身体还了。”

“他会觉得，自己又被抛弃了。”

“长痛不如短痛，好端端一个人躺在这里你能怎么解释，他再这么耗上十天真要哭坏了，索性给他个痛快。待他好些，过个十几二十年，他长大成人在段府里混得风生水起的时候，哪里还会记得凉州这个仅相处数月的干姐姐。”

贺思慕的注意力大半放在冰块上，有些后知后觉地发现段胥沉默得有点儿久。她有些奇怪地望向段胥，段胥明亮的眼睛里含着些沉沉的情绪，但与她对视的一瞬，他便笑起来，看起来既轻狂又开朗。

“我就不。”他一字一顿地说道。

贺思慕挑挑眉毛。又来了，这小将军莫名其妙找死的劲头儿又来了。

他的手撑在墙上，靠近贺思慕，笑盈盈地说道：“我要告诉沉英你的身份，告诉他你还在他身边，贺小小没有死，并且永远也不会死。”

贺思慕看着段胥，此刻她没有法力，他尽可以为所欲为。

段胥说道：“来都来了，你休想就此从他的人生中抽身而去。”也休想从我的人生中抽身而去。

眼前的小将军穿着浅色圆领袍，束着马尾，眼底的光芒锐利。

贺思慕不禁皱起眉头，自从她和段胥结咒之后，这小将军似乎越来越肆无忌惮，似乎笃定了她不舍得杀他，便敢处处与她作对。不过这作对，对她来说也就好比被蚂蚁咬了一口。

于是她偏过头，微笑道：“行啊，你想说就说吧，既然你觉得这样对沉英好，那我无所谓，反正时间到了我自然是要走的。若你以为我们结咒你就能牵制我，那你就大错特错。我不会受制于任何人，你只是一桩我想停便随时可以停的交易罢了。”

段胥的眼睛轻轻地眨了眨。

贺思慕推开他的手臂，淡笑着从他的身边走过。她将手里的冰块随便丢在地上，晶莹的冰块碎成了几瓣儿。

段胥转过头去看她的背影，看她深红色的身影融进灿烂日光中。他轻轻地笑了一声，神色模糊。他摇摇头，低声道：“要不说‘一军不容二帅’多有道理，一个小家伙就该只由一个长辈带。”

贺思慕终究在这天夕阳西下的时候，被此前连看都没有多看她一眼的薛沉英堵在了院子前。

沉英有些畏惧而犹豫地抬头看着贺思慕，小声问：“将军哥哥说，你是……你是小小姐姐，是真的吗？”

沉英看着这个凤目黛眉、高挑冷艳的陌生女子，怎么也没办法把她和小小姐姐联系在一起。油然而生的距离感让他分外畏惧。

他想这个人真的是他温柔可爱的小小姐姐吗？将军哥哥是不是在骗他？

“是。”贺思慕似乎知道他心中所想，平静地笃定道，“没错，我就是贺小小。”

沉英犹豫了一下，大声道：“那我问你，你问宋大娘借唢呐，是用几个鸡蛋去换的？”

贺思慕揉揉太阳穴，道：“八个。”

沉英的眼睛亮了亮，终于觉得眼前这个面生的漂亮姐姐有了熟悉感，却听贺思慕接着说道：“你的父亲死在我的手里。”

沉英愣在原地，不知所措。

“段胥没告诉你，我是幽吗？”

“说……说了，但是幽……”

“但是他没告诉你，我和你父亲做的交易？”

“交易？”

“这小将军，要把话说全啊。”

贺思慕淡淡一笑，拿手指指着自己说道：“我是幽，与那天要杀你的妇人是同族。幽杀人吸取魂火以存。你父亲被胡契人重伤濒死之时，我取了他的魂火，下辈子他将多灾多难。作为交换条件我将你救下，并把你托付给段舜息。”

沉英怔怔地看着贺思慕，小脑瓜运转了很久才慢慢理解了这段话的意思。

她说她是他爹的朋友，可他从没见过她，她还会隐身。

他不是没觉得奇怪过，但是他信任他的小小姐姐，会在父亲坟前变蝴蝶宽慰他的姐姐，怎么会是坏人。

但是她居然杀了他爹吗？就像那天那个可怕的妇人一样吗？

“你……你为什么要骗我……”

“因为省事。”

沉英眼里一点点集聚起泪光，咬着唇向后退了一步，再退了一步，然后转过身去捂着眼睛大哭着跑走了。

贺思慕轻笑一声，淡淡说道：“我就知道会是这样。”

沉英哭着从院门口跑掉之后，段胥的身影便出现在院门边，他看向沉英的背影，再转过头来看着贺思慕。

夕阳中高挑美丽的女子偏过头，淡淡一笑，仿佛无声地宣告段胥的失败以及自己的远见。

段胥似乎并不觉得自己失败了，走到她面前笑道：“沉英只是一时半会儿接受不了，给他一些时间。”

“接受？接受什么，他用不着接受。”贺思慕摆摆手，舒展着身体伸了个懒腰，从他身边走过。

“人惧怕幽便如羊惧怕狼，是天经地义的事情，沉英的反应再正常不过，最好他一辈子见了幽都绕道走。倒是你这般无所畏惧的是异类。人憎幽恶才是幽冥之主应当所处的位置。”

贺思慕轻飘飘地丢下这么一句话，身影便在门口消失了。

她似乎并不为沉英的恐惧或排斥而难过，像是见多不怪习以为常。或许就像她说的，人世里大部分事情对她而言不过“无所谓”三个字。只不过是闲来无事，逢场作戏。

圣旨下了之后，秦帅很快召集将军们重新制订了作战计划，有郑案在此督查，段胥和他的踏白军终于没被排除在外。

这段时间大梁军队调度粮草、武器，段胥带上夏庆生、韩令秋和一队人马，跟随肃英军将军去往朔州北边勘察地形。朔州府城因为位置地形之利将作为北岸的大后方。

暂时没了法力的贺思慕自然留在了朔州府城里，拿着段胥的钱袋到处逍遥，以至于府城的大小摊铺都知道了有这么个到处弄坏东西再一掷千金的奇怪客人。

沉英倒是不哭了，但还是经常去看他沉睡的“小小姐姐”，每次见到贺思慕的时候总是有些怯怯的。

贺思慕付之一笑，不冷落也不亲近他。

段胥离开府城几日之后，一群不速之客来到了朔州府城。

那日贺思慕又捏碎了一堆桃酥，拎着桃酥的残骸迤迤然回到借住的林家，便看见林家人来人往乱哄哄的，隐约有人的号哭声。

贺思慕疑惑地把纸袋子递给林府管家，嘱咐他可以拿这些桃酥残骸去喂狗，继而问道：“府里怎么回事，怎么这么吵？”

管家叹息一声，道：“踏白军的占候贺小姐不是得了怪病，长睡不起吗？”

贺思慕怪道：“难不成她醒过来了？”

“那倒不是，她家人找过来了。”

“哦，我就说……”贺思慕顿了顿，才意识到管家说了什么，转过头问道，“贺小小的家人找过来了？”

依附他人时若是遇见本尊的熟人便是天大的麻烦，麻烦程度连生病都要靠边站。所以贺思慕一般都会去很遥远的地方活动，几乎从来没有遇到过他乡遇故人的情况。

这次休沐可真是什么稀奇事儿都遇上了。

贺思慕揉揉太阳穴，循着号哭的声音走过去，穿过长廊和石门后，便看见一个妇人被人搀扶着抹泪，成捷军的宋校尉站在一边宽慰着她。

院子边三三两两站着些仆人，贺思慕和那些围观的仆人站在一处，小声问道："这都是谁？"

家仆认得她这个段将军的好友，便对贺思慕说道："中间那个穿深褐色衣服长了些白发的是贺姑娘的母亲，旁边扶着她的是贺姑娘的大哥。听说贺姑娘失踪之后，他们一路从越州寻过来，在凉州分发寻人画像的时候，有人说画像上的人和贺小小很相似，他们便寻了过来。刚刚他们认定了贺姑娘就是自己失踪的亲人，贺姑娘身上的胎记说得也都对。只是现在贺姑娘长睡不醒，她母亲伤心得很。"

贺思慕的目光在庭中众人的身上掠过去，靠在墙上事不关己高高挂起地看戏。

这场面真是感人至深，好像几个月前那个因为要被母亲和哥哥卖去做老头子填房，因而要寻死的姑娘是假的一样。看这情形，是她的亲人们收了钱发现人丢了，急吼吼地跑过来找人了？

只见那妇人哭道："她根本就不叫贺小小！她叫乔燕，是我的小女儿，三个多月前莫名失踪了。她是最乖巧懂事的姑娘，怎么会一个人跋涉数百里到朔州来啊。"

这人确实该好好想想怎么会把自己乖巧懂事的女儿逼得要与幽做交易，借出身体半年来换一个自由。

妇人身旁搀着她的哥哥说道："燕儿也从来不会变戏法，更没有什么占候的本领。看来大师说得对，妹妹是被邪灵夺取了身体！"

贺思慕挑挑眉，目光移到了宋校尉身边那个白发苍苍修士打扮的老者身上。宋校尉向那老者行礼，说道："道长，您之前所说的府城内有邪灵作祟，可是指的贺小姐……哦不，乔小姐。"

那老道捋了一遍自己的胡须，淡淡说道："我刚刚自远处观察，看见林府上空煞气凝聚，进入府中这阴煞之气越发浓重。方才乔姑娘的症状我看了，并无病痛却长睡不醒，分明是被邪祟施法所致。”

贺思慕上下打量了这仙风道骨的灰袍老者一会儿，轻轻一笑。

有意思。这又是唱的哪一出？

听这老道这么说，宋校尉立刻请老道想办法驱除邪灵，还朔州府城平安。

老道从怀里掏出一张符纸，念念有词地说了一段口诀，那符纸便冒出红光立了起来。

老道一挥手道：“寻邪灵去！”

那符纸便悚然一抖，如同离弦之箭穿过人群而去，然后于半空中被两根手指夹住。

贺思慕神情冷淡地放下手，抖了抖指间那张符纸，问道：“道长这是要做什么？”

那老道双目圆睁，指着她道：“是她！她便是之前依附在乔姑娘身上的幽！她便是在朔州府城作乱的邪祟！”

满庭院的男女老少鸦雀无声地看向贺思慕。

贺思慕丢掉手里的符纸，在这众目睽睽之下沉默了一瞬，然后抬起眼来盈盈笑道：“怎么，成捷军是找不到段将军的错处，要变着法儿地给他和他身边的人泼脏水了吗？”

庭院中的人又恍然大悟地看向宋校尉，被平白无故反泼了一瓢脏水的宋校尉涨红了脸，怒道：“你休要胡说八道！我和道长只是恰巧得知此事！与段将军有何关系！”

贺思慕气定神闲，笑而不语。

成捷军的尹将军是个有点儿迷信风水的人，带兵打仗总是要带着一两位道长断凶吉，这位老者便是尹将军最喜欢和倚重的明风道长。

据说明风道长早就发觉朔州府城内有邪祟，今日与宋校尉在街上行走时正好撞见乔家人要去寻亲，便帮他们引路到林家。

谁知到了林家，明风道长便感觉到浓重煞气，于是跟着他们一起进了林府，看到了昏睡不醒的贺小小——不，实际上是乔燕。

营帐内吴盛六和尹将军分坐两边，贺思慕坐在吴盛六身侧，明风道长坐在尹将军身侧，营中跪着乔家母子二人，秦帅和郑案位于上座。

尹将军起身问道：“乔吴氏，你说说看，你女儿是什么时候失踪的？”

妇人伏在地上，答道：“禀大人，去年十月二十四失踪的。”

尹将军啧了一声，望向吴盛六道：“我听说贺小小姑娘是去年十月二十六出现在凉州的，两日之内越过数百里的距离，若不是借助了邪祟之力，在座的哪一位能办到？”

吴盛六瞪着眼睛，怒道：“怎么了？她说啥时候失踪就啥时候失踪啊，她说自己是贺姑娘的娘就是她娘啊。我还说我是你爹呢！”

尹将军一拍桌子怒道：“吴盛六，你给我嘴巴放干净点儿！”

吴盛六跳起来：“我呸，你也配要我嘴巴干净！你要说啥？你不就是想说贺小小是妖怪吗？十七姑娘也是妖怪，整个踏白就是妖怪窝子是不是？你怎么不说段胥也是妖怪啊？他可是皇亲国戚，你说一个试试！”

秦帅大声道：“吵什么！都给我坐下！”

尹将军和吴郎将对视一眼，两人都愤愤不平地坐下来了。尹将军轻哼一声，说道：“吴盛六，你也别不服气，段将军自然是少年英才，可是段家全是文臣，他第一次来前线就屡立奇功，甚至潜入敌营刺杀主将，你觉得这可能吗？他多半是借了什么邪祟的力量，邪门歪道……”

郑案在堂上冷声道：“尹将军，说话要讲证据，巫蛊是大罪，岂敢轻易断论？”

吴盛六咬着牙，五大三粗的汉子竟然红了眼睛：“我们守着朔州府城是为了谁？是为了谁！你但凡有一点点良心，这话你就说不出口！段将军为了守这座城费了多少心、受了多少伤，被你一句邪门歪道就抹杀了？我告诉你，我踏白的人只要还活着一个，就决不允许你们动段将军的人！”

“好你个吴盛六，你是听段舜息的还是听秦帅的，踏白……”

“都别吵了！”秦帅怒道。

贺思慕靠着椅子，心想尹将军能以正确答案推出一番完全狗屁不通、充满嫉妒的恶意揣测，也委实是个人才。

以这个场面形势，看来不必她说什么做什么，战火一旦引到段胥身上，那便是两党之争，她是不是邪祟倒是无关紧要。

只要咬定了尹将军想要诬陷段胥，那明风道长抛出来的所有证据都可以被指控为别有用心。她如今除了不会死，哪里看起来都像个凡人，横竖乔燕醒不过来，便是“死无对证”。

她刚端起茶杯悠悠地喝了一口茶，便听见营帐外有人大喊道："报！禀元帅，踏白占候贺小小姑娘醒了！"

贺思慕一口茶呛了喉咙。

贺小小，也就是乔燕，没到日子便醒过来，这实在是匪夷所思。报信的士兵说乔燕一醒过来就大呼"救命"，不顾身体虚弱也要到主营中来，这便更匪夷所思了。

果然没过多久，面色苍白的乔燕就被人搀扶着走进来。那脸庞分明丝毫未变，可是看起来和原本的有着微妙的不同。

乔燕是真的弱柳扶风、稚嫩娇小，眨眼的时候就像风里颤抖的蝴蝶。

贺小小也像只娇弱的蝴蝶，但是莫名让人觉得，那翅膀或许能扑扇出风暴。

乔燕一走进营帐就哭着扑进母亲的怀里，喊道："母亲救我！"

那妇人原本就在哭，此刻立即抱着乔燕大哭起来，"小燕儿小燕儿"地叫着，问她这是怎么回事。她大哥也在旁边拍着乔燕的后背。

贺思慕挑挑眉毛，看着这营中相亲相爱的一家人。

只见乔燕伸出手来指着贺思慕，哭着说："母亲，就是她，之前是她抢了我的身体，她是妖怪！她要害我！母亲救救我！"

全营人的目光都落在了贺思慕身上，就连刚刚护鸡崽似的吴盛六也惊疑不定地看向她，分明应该兴奋的尹将军都有些紧张了。

贺思慕微微扬起下巴，目光从乔燕身上移到明风道长身上，再移到她的家人身上，轻轻一笑，漫不经心地说："我没什么好说的，不过一双假意亲人，一个假乔燕，一个假道人。"和一个真幽。

乔燕并没有真的醒来。她不过是被另外一个幽乘虚而入操纵了身体。

明风道长确实有几分法力，不可能没看出来这个乔燕身上的端倪，不过他此刻却保持沉默。

那就是了，原来竟是一出幽、道、人勾结的大戏，明风道长和背后的尹将军冲着段胥而来，而这个依附于乔燕的幽多半是冲她来的。

这四百年来她还是头一次看见幽、道、人如此团结，可真是其乐融融。

贺思慕从椅子上站起来，走到乔燕面前，低眸对她轻声说道："你还有一天的时间，抓紧。"

乔燕颤了颤，不知是演的还是真的害怕，她立刻缩进了母亲怀里。而明风道长横在了她们二人之间，指着贺思慕道："邪祟休得猖狂！我在此便不可能让你再伤及无辜。"

贺思慕淡淡一笑，后退两步，在众人瞩目下冷静道："我本一江湖闲散人士，并不是什么邪祟妖怪，也不知道乔姑娘为何如此诬蔑于我。想来明风道长已经准备了几百种方法要将这罪名扣在我头上了，我这样一个无依无靠的姑娘家又能说什么呢？诸位若是想关我查我，请便。"

营中正坐的秦焕达冷着脸，郑案的脸色更是阴晴不定。秦焕达的目光在营内众人的脸上逡巡而过，大约是顾忌着踏白军和段胥，最终说道："十七姑娘若真非邪物，便在牢房里住一阵子，等段将军回来再对质，以证清白吧。"

贺思慕转过头来看向秦帅，淡然道："是，谨遵大帅指令。"

秦帅莫名觉得，这姑娘的眼神里有几分嘲笑，那种令人不适的氛围让她看着既不像是邪物，也不像人。

贺思慕有幸在数十次休沐中，第一次体会了坐牢的感觉。

她靠着牢房冰冷的墙壁盘腿而坐，闭目养神。牢房周围贴满了各种驱邪除祟的符纸。她方才粗略地看了看这些并不高明的符纸，她有九幽灯在身，这些符纸还没有铁栏杆对她管用。

在牢狱里的感觉也并不算差，抵不过后续将要继续唱起的大戏令人不快。

大约是哪位殿主不知从何处知道她没了法力的事情，惊觉这是个千载难逢的机会，不干点儿什么不行，便叫手下操控乔燕的身体和凡人联合起来害她。

"十七。"突然有人唤她，贺思慕微微睁眼看去，便看见栏杆外孟晚焦急的脸庞。她一身隐蔽的黑衣打扮，握着栏杆道："你还没吃晚饭吧？"

贺思慕靠着灰墙，指指身旁的空碗："已经吃过了。"

孟晚的脸色大变，立刻蹲下来隔着栏杆拽她："你快吐出来！有毒的！快吐出来！"

贺思慕被她拽得摇摇晃晃，磨得墙往下掉尘土，漫不经心道："哦？谁要害我？尹将军？郑大人？"

孟晚的神色一暗。

贺思慕了然道："郑大人。"

牵涉巫蛊之术乃大罪，郑案估计对她邪祟的身份半信半疑，但不知道秦帅、尹将军这边还备着什么陷阱，恐怕段胥回来之后与她对质，再落下什么把柄口实，便先下手为强，让她“死无对证”。

她若死了，不仅证明了自己的清白，还能顺便把黑锅扣在尹将军头上。

“你们大梁这仗打得一般般，钩心斗角倒是绝活儿。”贺思慕把孟晚拉她的手拽下来，淡淡说道，“放心吧，这点儿毒还不够我下饭。若不是被灵剑刺中命门或者九幽灯灼烧，幽是不会灰飞烟灭的。”

孟晚怔了怔，松开了贺思慕的手，像是看陌生人般看着贺思慕。贺思慕偏过头道：“不要告诉我，你没怀疑过我。”

“所以你真的是……”

“幽。”

“你是……”

“贺小小。”

孟晚深深地吸了一口气，站起身来看着贺思慕，眼神里含着复杂的情绪。她这样望了贺思慕半晌后，突然从腰间掏出钥匙把牢房门打开，低声说：“一会儿我把看守支开，你赶紧走吧。”

贺思慕的目光从她开门的手上移到她的眼睛上，抱着胳膊道：“你不是很不喜欢我吗？”

“让你走你就走！”孟晚的声音里压着怒火，她骤然抬起头看向贺思慕，咬着牙说，“你帮了舜息，帮我们打赢了胡契人。我不管你是什么，我不是那种恩将仇报的人。”

贺思慕沉默了一会儿，从地上站起来，月光从气窗而下，投在她脚下的地面上。她的皮肤很白，凤目下有一颗小痣，眉眼冷淡。

她靠近孟晚，这种直接的逼视让孟晚有些喘不过气来，却见她从自己身边走过，拍拍她的肩膀：“谢啦。”贺思慕漫不经心地说道。

贺思慕离开之后，孟晚暗暗松了一口气，转过头看向贺思慕的背影，心想贺思慕真的是邪祟吗？她看起来并不像传说中的幽那样可怖。

贺小小不是人的事情，段胥知不知情？

他一定知情吧。即便如此他还是……动心了吗？

从牢狱中出来之后，贺思慕也不着急走，她寻了那顶能隐匿身形的帷帽戴着，背着手悠然走出了朔州府城，走到了城外的荒野之中，地上还遗留着此前火烧军营留下的焦土。

她走着走着就不走了，淡淡地说："等了这么久，还不动手吗？"

一群人便窸窸窣窣地从黑暗中显露出身影，如同在黑夜中潜行的野兽，将贺思慕包围起来。

贺思慕望过去，便看见了被操纵的乔燕和明风道长，他们站在人群前警惕地看着她，并没有立即上前。看来他们虽然知道了她失去法力的消息，但仍然对她素日里的强悍心有余悸。

贺思慕轻笑一声，笑容却在看见乔燕身后那个人时沉了下去。

乔燕抚摸着身后那个孩子的头，笑道："沉英，去帮我把这个幽腰上的玉坠拿过来，那是我的东西。"

沉英有些迷惑地看向乔燕，再看向贺思慕，他拽着乔燕的衣服问道："你……你真的是小小姐姐吗？"

乔燕露出个笑容，在黑夜中看着和从前的贺小小没什么分别，她蹲下来抚摸着沉英的肩膀，说道："怎么了，你不认识我了吗？我就是贺小小啊。我睡着的时候你很伤心来着，我这不是醒过来了吗？"

沉英瞥了贺思慕一眼，小声说："可是，将军哥哥和她都说……"

"他们在骗你啊！她是幽，段胥和她勾结在一起，他们把我们都骗了。你看她还把姐姐一直随身带着的玉坠偷走了，你帮姐姐拿回来好不好？"

沉英看着乔燕的眼睛，咬了咬唇，问道："你……你问宋大娘借唢呐，是用几个鸡蛋去换的？"

乔燕笑起来，不假思索道："八个。你总该相信我了吧。"

沉英有些迷惑地看向贺思慕，贺思慕只是淡淡地看着他们，并不争辩什么。

乔燕拉着沉英的手，把他带到贺思慕的面前，诱骗道："你抬抬手就能拿到了，姐姐在你身边呢，别害怕。"

她另一只手摸着沉英的头，一面安抚沉英一面威胁地望着贺思慕。这个孩子的命，现在在她的手上。

沉英抬头与贺思慕的眼神对视，贺思慕的眼睛里映着冷寂月光，里面没有什么情绪，没有愤怒、惊慌、失望或其他任何反应，像是经年不化的冰川。

她只是淡淡地看着这个她庇护了三个月的孩子犹豫地伸出手，握住了她腰间的九幽灯玉坠。

那令所有幽惧怕的灵器在凡人的手中十分乖巧，沉英稍一用力便扯断了丝绳，将九幽灯拿在了手中。

线断的瞬间他不安地抬头瞄了一眼贺思慕的神情，贺思慕没有生气，也没有反抗，任他将九幽灯从她腰间拿走。

“来啊，把九幽灯玉坠给我。”乔燕的眼里几乎放出狂热的光芒。

沉英犹犹豫豫地慢慢地将九幽灯放进乔燕的手中，那九幽灯仍然安静地躺着，没有发出应有的光芒。

乔燕的神情有一瞬的失望，不过她很快就恢复了兴奋，对贺思慕说道：“只要杀了你就好了。”

她转过头对身后的道长说：“明风道长，该你了。”

明风道长背着手站在后面，看了一眼沉默冷静的贺思慕，说道：“你确定她一点儿法力都没有了吗？”

贺思慕嗤笑一声，低声道：“胆小鬼。”

明风道长皱皱眉，迈步走过来打量了贺思慕一会儿，将一柄短小的灵剑递给了沉英。

“孩子，给你个机会，手刃此邪物！”

沉英怔了怔，明风道长的手一松，他便下意识地接住了剑，然后惶惶不安地看向乔燕。乔燕巧笑倩兮地揉揉他的额头，道：“你也是个小大人了，该试试驱邪除祟了。”

沉英的眸光颤了颤，茫然地看向贺思慕。

贺思慕只是挑了挑眉毛，抱着胳膊站在原地，带着点儿嘲笑意味地看着乔燕和明风道长。

“你们既然这么怕我，为什么还来杀我呢？不如拿出一点儿魄力来，我还高看你们几分。”

乔燕不回应贺思慕，只是哄着沉英让他赶紧动手。沉英双手握着那把剑，手有些颤巍巍的，望着贺思慕的目光仿佛在期望着她能说些什么。

他也不知道自己希望她说什么，只是好歹说点儿为自己辩解的话啊。

贺思慕面对他一言不发，她所有的情绪和话语都是对着他身后那两个人的，偶尔与他对视时，眼里一派平静。好像没什么期待，也没什么失望。

沉英犹豫地举起剑，转过头对上乔燕鼓励的眼神，他浑身颤抖得不像话，像是怕极了，几乎是咬着牙挥剑而去。

“啊！”一声尖叫划过夜空，乔燕的手腕鲜血淋漓，她震惊地捂着自己被灵剑刺伤的手，法力从那伤口处源源不断地流逝。

沉英趁机一把抢走她手中的九幽灯玉坠，飞奔而去站在了贺思慕身边，鼓足勇气朝乔燕喊起来：“不！你不是我的小小姐姐！我的小小姐姐是好人。她绝对不会让我去杀人的！”

他把九幽灯玉坠塞到贺思慕手里，有点儿畏惧地说：“还给你，你才是真正的小小姐姐，对不对？”

贺思慕还来不及回应，乔燕和明风道长就已经愤而发难，数柄灵剑和白骨长刺飞来，仿佛暗夜流星。

沉英下意识地张开手臂挡在他的小小姐姐身前，害怕地闭上了眼睛，在闭眼前只看见一片飞扬的衣角。

疼痛没有如期来临，沉英只觉得一双手抓住了他的肩膀。他哆嗦了一下，微微睁开眼睛，便看见贺思慕蹲在他的身前微微低着头，双手撑着他的肩膀把他护住了。

她的胸口被数柄灵剑、骨刺刺穿，鲜血浸满了翠蓝色的衣服，如同蓝色水面上开出了深红色花朵，最长的一根骨刺尖端离沉英的胸口只有一寸的距离。

春日里的暖风将她的长发吹拂到他的面上，沉英愣在原地，只见贺思慕吐出一口血，微微抬起头来看向他，原本没有情绪的眼睛里终于流露出一点儿笑意。

她淡淡地说：“你护着我干什么，你可是会死的。我不会死，只是会痛而已。”

这果然是他的小小姐姐。沉英撇起嘴，哇哇大哭起来，他伸出手又不敢碰贯穿小小姐姐身体的利刃。

“姐姐，你别死，你不要离开我，我以后会变强的。将军哥哥说，总是保护别人的人是很孤独的，以后我们保护你，就像你保护我那样。你不要死……”

总是保护别人的人，是很孤独的。

“终有一天，你会像你的父亲一样，维系幽和人之间的平衡，来保护这世间。”

贺思慕怔了怔，微微垂下眼眸，继而无奈地笑起来，胸膛震颤不已，嘴角溢出血来，一滴滴落在焦土之中。她把九幽灯玉坠放在沉英手中，轻声说道：“你拿着它。”

她慢慢站起来，转身淡淡地看向乔燕和明风道长，握住贯穿身体的利刃，手一顿，然后流畅地拔了出来。

她明明能感觉到疼痛，此刻却像是一无所觉般。算是因祸得福，这些折损法力的灵器对她并没有什么实质影响，因为她此时也没什么法力好折损。

“想杀我，要么找到我的命门，要么掌控九幽灯烧死我。你们的力量都不足以驾驭九幽灯，甚至需要借凡人的手从我身上取走它，那么就只剩第一种方法了。”

贺思慕轻轻地拍着沉英的肩膀，说道：“你拿着九幽灯，谁都不能伤你，你去找段胥。”

“小小姐姐……”

“绝对不要把九幽灯给其他任何人，快去！”

沉英满面泪痕，他捧着那玉坠，环视四周，似乎知道自己只会拖累贺思慕，咬咬牙攥着玉坠后退两步，飞奔而去。

立刻有几个黑影跟上沉英，剩余的仍然虎视眈眈地看着贺思慕。

贺思慕已经把刚刚插在身体里的那些利刃一根根拔出丢在地上，月上中天，大地光芒皎洁。

她站在圆月之下，指着头顶的天空微微一笑：“今天太阳升起之前，你们尽可以将我千刀万剐，刺穿我身上的每一寸皮肤来寻找我的命门。不过若太阳升起我恢复法力的时候，你们不幸仍然没有找到，那么便等着被我灰飞烟灭吧。”

乔燕和明风道长的脸色苍白，又暗暗露出凶狠神色。

段胥是在天光破晓时赶回朔州府城的。

那时沉英浑身是血地坐在门口台阶上，只握着一个散发蓝光的染血玉坠，咬紧牙关无论谁问都不回答，只当段胥走进来时他才回了魂似的，跑到段胥面前喊道：“救救姐姐，救救小小姐姐！”

原本段胥已经听说了府城内发生的事情，见到那染血的玉坠更是脸色一变，带着沉英策马向城外奔去。

他们在一片被鲜血浸透、落满乌鸦的焦土间找到了贺思慕。

她盘着腿安静地坐在地上，再次陷入沉睡的乔燕枕着她的腿躺在地上，她们的身上安静地站着几只乌鸦。周围堆积了大量焚烧后留下来的灰烬，也不知来源于多少具曾经鲜活的身躯。

贺思慕的衣服已经没有一处是完好的了，完全被染成了红色，她的身体从指尖到脸颊布满了砍伤与贯穿伤。

与之相对的，乔燕的身体毫发无损，她睡得很安详。

朝阳温柔缓慢地从贺思慕的背后升起，天地间一片明亮，映照着她身边的血泊。她慢慢抬起头看向段胥，浅浅地、轻慢地一笑。

段胥看见这一幕的时候，觉得自己仿佛心跳冻结、呼吸停滞。

她偏偏还轻轻叹了一声，说道："好疼，疼死我了。"

她说，好疼。他咬她那一下都收着力气，不想真的弄疼她。他借给她触感，不是让她疼的。

段胥僵硬一瞬，便立刻跳下马，一阵风似的飞奔而去，蹲下抱住贺思慕的肩膀，惊飞了她身上的乌鸦。

贺思慕轻轻哼了一声，道："幸好现在不疼了。"

段胥紧紧地抱着她的肩膀，身体不可自抑地颤抖着。可是他疼，最好他能替她疼。

随着贺思慕法力的回归，她的触觉又消失了。她拍拍段胥的后背，也不知道为何不管是他受伤还是自己受伤，看起来难受的都是他。

"伤口明天就愈合了，幽的复苏能力很强，你别让我感觉自己就像半身不遂了似的。"

段胥却一言不发，放开她的一瞬就把她拦腰抱了起来，贺思慕皱皱眉道："我能走。"

"别说话。"段胥的眼里带着一些虚浮的笑意，眼里的光芒又散开了，那种疯狂的因子在隐隐作祟。

贺思慕看了他片刻，叹息一声，伸手搂住了他的脖子，卸了力气伏在他怀里。她潮湿黏腻的沾着血的皮肤与他的脖颈相贴。

"冷静点儿，段小将军。"

段胥沉默一瞬，闭上眼睛又睁开，轻笑着说："我冷静得很。"他将贺思慕抱上马，命属下将乔燕也带上，策马将她们带回了城。

贺思慕梳洗收拾，用了整整三桶水才把血冲干净，诚然她身上的伤都已经慢慢愈合不再流血，但是架不住伤口数量太多。

要是她是个凡人，就该血尽人亡了。

贺思慕换上一件干净的单衣躺在床上，虽然她再三声明自己并不需要休息，但还是被段胥和眼泪汪汪的沉英按在了床上。

于是她便靠着床在心里默默地算账，将有嫌疑的幽一个个推演一遍，看看是哪个愚蠢的家伙排了这出拙劣的戏。

沉英一直坐在她的床头，这孩子倒是不哭了，可也不知道是不是被吓到了，一直拉着她的手一言不发。

贺思慕从算账中抽出一点儿精力，弹弹他的脑门儿："你怎么了？"

沉英抬起头来，仿佛一夜长大似的，一直以来带有孩子气的目光坚定下来。他认真地望着贺思慕，一字一顿地说："小小姐姐，我决定了，以后我一定要变强，要保护你们。虽然你是幽，但你是好幽。你和段胥哥哥都很了不起，我保护你们，你们就不会再受伤，可以去做了不起的事情。"

贺思慕忍不住笑起来，她偏过头道："我记得你的愿望是一顿能吃八个饼，还是肉馅儿的。"

沉英摇摇头，郑重其事地说："我不要饼了，一辈子不吃也没关系。我要保护你们，这是我以后的所有愿望。"

贺思慕的眸光闪了闪，看着这个孩子流露出的从未有过的决绝神情。

其实那时候假乔燕说的话，原本应该是沉英心中所希望的真相——贺小小是人不是幽，也没有吸他父亲的魂火。

在那么短暂而混乱的时刻，沉英最终摒弃了这美好的谎言，奔到她身边问她："你才是真正的小小姐姐，对不对？"

贺思慕想起那日在庭院中，段胥笑盈盈地说出的那句"你休想从他的人生中抽身而去"。

凡人这样短暂的一生，要系在她一个过客身上吗？

她轻叹一声，揽住沉英的肩膀拍了拍："先变强吧，小家伙。"

段胥一上午都在外面处理事情，想来明风道长的死和这一堆烂摊子就够他收拾好久的了，贺思慕本以为他至少要到晚上才会回来，没想到他在中午就推开了她的房门。

沉英已经疲倦地趴在贺思慕的床边睡着了，而她拿着一本厚重卷边的黑色古书，漫不经心地看着。

段胥把沉英抱起来放到一边的软榻上躺着，然后坐到了贺思慕身边，轻声问她：“你在做什么？感觉怎么样了？”

贺思慕合上书，打了个响指，那书册就消失不见。

她淡淡说道：“感觉？我没有感觉，早跟你说这伤会自己好的。很快我就能把这桩仇好好还回去了。”

顿了顿，她的目光转向段胥，似笑非笑地说：“不过我很想知道，那些幽是怎么知道我没了法力的，不是你说的吧？”

段胥似乎怔了怔，低下眼眸又抬起，笑起来慢慢靠近贺思慕，在她面前轻声说：“你怀疑我？”贺思慕只是望着他，并不说话。

少年的眼睛里仿佛燃烧着火焰，他一字一顿说道：“我以我的过去、我的未来、我的心脏、我的家族、我的理想，我以段胥这个名字在世上拥有的一切向你发誓。我这一辈子从生到死，绝对、绝对不会做任何伤害你的事情。”

第十章 生死互换

春日的午后一派宁静，沉英还趴在一边沉睡，因此段胥将说话的声音压得很低，如同在耳边呢喃，但每个字都异常清晰。

以段胥这个名字在世上拥有的一切发誓，这誓发得够重的。

贺思慕凝视着他的眼睛，只须臾又笑起来，伸手将他推开："不是就不是，你这么大反应做什么？居然还生气了。这还是我第一次看见你真的生气，有趣。"

他被秦帅丢到北岸来，被吴盛六质疑，被秦帅的部下们排挤都不曾生气过，却为了这么寻常的怀疑而生气。

段胥抿了抿嘴，目光别开又转回来，他刚想说什么，见面前人身影一闪，他立刻就被掐住脖子压在了墙上。贺思慕穿着白色单衣，仅仅用了一只手就把他提了起来，她偏过头笑着问道："可我们的账还没算呢，你说过什么来着，就只活十天好了？"

看来幽冥之主还记着刚换触觉那天的仇呢。段胥握住她的手腕，有些艰难地说："你……的伤……"

"你还是先担心自己吧。"贺思慕靠近他，逼视着他的眼睛，段胥只是沉默地回望着她。

阳光温暖，室内安静。

贺思慕有些意外，说道："你不是一向舌灿莲花，怎么现在倒不说话了？"

段胥微微一笑，握住贺思慕手腕的手收紧了，顺从地说道："求……幽主殿下……饶过我……"

"下次可还敢？"

“……”

段胥却眨眨眼睛，不回答了。积极认错，下次照旧。

贺思慕眯起眼睛，他摆明了是吃准她舍不得杀他，在这里敷衍她，被这么个小狐狸拿捏的感觉可不太好。

他此时却一派天真、诚恳地望着她，眼睛里满满都是她。

“总是保护别人的人，是很孤独的。”

贺思慕突然想起沉英转述的这句话，掐着段胥脖子的手顿了顿，便松开了。

段胥落在地上的时候还有余裕地使了技巧，悄无声息，并没有惊醒沉英，连终于松了一口气的咳嗽声都压得很低。他一边弯腰咳嗽着，一边笑盈盈地抬眼看向贺思慕。贺思慕居高临下地看着他，挥挥手走到床边坐下来，一打响指，那本厚重的古书又落进了手中。

“这到底是怎么回事？”段胥仿佛当刚刚的事情没发生一样，坐到了贺思慕的床边。贺思慕的目光仍然放在幽册上，不咸不淡地将事情经过大概跟段胥讲了一遍。

如今明风道长和假乔燕都被她烧死了，段胥这边想怎么编故事都可以，贺思慕不欲和凡人一般见识。对她来说，那幽域里想趁机取而代之的家伙才是她要惩罚的对象。

段胥笑了笑，说道：“你这些部下是怎么回事，居然如此不敬。”

“倒也不意外，他们一个个的翘首以盼我从高处坠落，也不是一天两天了。”贺思慕翻着幽册，眼皮也不抬地说道，“人间也好，幽域也罢，王座之上一贯如此。”

段胥默了默，目光落在她胳膊上纵横交错的伤疤上，据她所说她身上这些伤很快会愈合消失，不会留一点儿疤痕。

身上的伤如此，心上的又如何呢？

贺思慕抬眼看向段胥，顺着他的目光看向了自己身上的伤疤，她叹息一声，一抖袖子将胳膊掩了起来。她从前看了段胥满身的新伤旧伤没觉得有什么，自己真真切切疼了一遭才发现这滋味儿确实不好受，这些活在世上的凡人可真脆弱。

于是她说道：“你要是刚进天知晓的时候便被我发现就好了。那样便能少受许多伤，少挨许多疼。”

段胥似乎认真思考了一阵，然后眼里带了一点儿笑意，以近乎玩笑的语气说："不会，要是你遇见那时候的我，一定不会对我感兴趣的。现在遇见你，我觉得恰恰是最好的时候。"

在天知晓的时候他迷茫、痛苦、惶惶不可终日，内心已是熔炉，全无半点儿爱人的余地。那时候的他并非良人，庆幸她遇见的是现在的他，因为他此时已经豁然开朗、信念坚定、无须拯救。

"你不希望我早些去救你？"

"不希望。"

我愿堕地狱，历艰险，换筋骨，改性情，悟世情，得以为我。再遇你。

沉英醒过来的时候发现自己正在段胥的房间里，迷糊了一会儿便见段胥从外面推门进来。他的将军哥哥身着轻甲，像是刚刚从校场回来，看见他便笑起来："你昨天是不是担心得一夜没睡，这一觉都睡到傍晚了。"

沉英看着段胥身上的轻甲，一下子从床上跳下来，跑到段胥面前，问道："将军哥哥，我什么时候能跟你一起上战场啊？"

段胥蹲下来看着他，道："你太小了，等你十三四岁的时候，我定然带你上战场，如何？"

沉英有些郁郁地低下头去，然后又抬起头："小小姐姐是幽，她会一直待在我们身边吗？她会不会离开我们？"

对于这个问题，段胥沉默了。

沉英便有些着急，在他心中，贺小小和段胥是无所不能的两个人，此刻段胥沉默，就仿佛在说此事没有转圜的余地了。他情急之下牵着段胥的手说道："小小姐姐特别喜欢你，她……她都为你害了相思病了，你不喜欢小小姐姐吗？你们两情相悦的话，小小姐姐就会留下来吧。"

段胥愣了一下，表情变得有些微妙："相思病？她说的？"

"嗯嗯！"

"哈哈哈哈哈哈……"段胥表情几变，终于忍不住大笑起来，小声道，"她还真是什么话都能说得出口。"

沉英有点儿蒙地看着他，段胥抚摸着他的肩膀望着他的眼睛，说道："我要告诉你一件事，你会不会为哥哥保守秘密？"

沉英跟小鸡啄米似的点头，道：“我对谁也不会说的。”

“那好。”段胥慢慢地认真地说道，“贺小小或许经常说喜欢我或恋慕我，然而那都是假的，其实她并不喜欢我，只是说着好玩儿。对她来说我只是一个有点儿特别的凡人，特别到能让她纵容一些冒犯，但并没有特别到能让她爱我。”

沉英流露出迷茫的神色。

段胥沉默了一瞬，接着说道：“我从来没有说过我喜欢她。但是，我很喜欢她，真心的。”

沉英惊讶地望着段胥，还没来得及对此发表意见，就看见段胥将食指摆在唇前，微笑道：“你答应过会为我保密的，绝对不能告诉贺小小。”

沉英仍然在迷茫中，但是认真地点了点头。以他八岁的脑子并不能想明白，为什么喜欢一个人却不想让对方知道。他更不明白，怎么段胥告诉他的情况和他了解到的完全相反啊！

段胥满意地点点头，拍拍沉英的肩膀道：“以后不要叫我将军哥哥了，你既然是我义弟，便同我妹妹一样喊我三哥吧。”

沉英的眼睛发亮，期期艾艾地喊了一声“三哥”。他小声说：“三哥，以后你就真的是我哥哥了吗？”

段胥点点头，笃定道：“只要我还在这个世上一天，你叫我‘三哥’，我便是你的亲人。”

其实沉英想要的，无非就是个永远不会被抛弃的承诺。当他守在昏睡不醒的贺小小床前时就在想，为什么他不停地在失去对他好的人呢。

幸好他并没有失去小小姐姐，还多了一个哥哥。

沉英一下子抱住了段胥，开心得要飞到天上，不过他这次忍得很好，没有再掉下眼泪。他想他一定要快点儿长大，来保护所有这些对他好的人。

这桩与邪祟勾结的闹剧，尹将军指控段胥害死明风道长杀人灭口，段胥则反驳尹将军想利用明风道长伤害十七姑娘，结果偷鸡不成蚀把米。两边相持不下的时候，乔燕醒过来了。

这次乔燕是真的醒过来了。

她看见她的母亲、兄长来了，差点儿吓得又晕了过去，而后在众人面前痛哭言明她的母兄要把她卖给老头子做妾，她不堪其辱才逃出来的，求各位老爷不要让她重入火坑。

她还说她母兄为了能带走她，和明风道长勾结让她被幽依附，以便栽赃陷害段胥，又想对十七不利，结果没控制住幽，反被幽所害。

当然，这段是段胥编好授意乔燕说的。

尹将军这边自然不认，明风道长死无对证，关键人乔燕又一反前言。最后秦帅和郑案拍板，大战在即，为了稳定军心就先不追究了，这件事便不了了之。

这大概是各方都乐见其成的结果。

但是贺思慕看见段胥轻描淡写地说“这事儿还没完”时，便能想见尹将军以后的下场不会太好。

这边大梁与丹支再次正式开战，段胥的踏白军原本被派去佯攻幽州，真正的主力部队则出其不意地进攻洛州。段胥再次被分配做这吃力不讨好的活儿倒也不抱怨，带着踏白军就去了。

他在幽州尽职尽责地吸引丹支的火力，让成捷、肃英和奉西三军在洛州撕开了口子，不过很快洛州的战事就陷入了僵持阶段，尹将军甚至在混乱中战死。

贺思慕听到这个消息时，很难相信这与段胥没有关系。

成捷军的郎将不成气候，三军在洛州眼看就要败退，段胥便被急调去成捷军接管军务，踏白军留了吴盛六和夏庆生统领。

待段胥到了成捷军，便雷厉风行地下了许多军令，和秦帅及几位将军讨论军情时也一反从前顺从的姿态，针针见血，态度强硬。军情不妙且上头有圣旨压着，要两月之内打下云、洛二州，秦帅只能任段胥放手一搏。谁知效果居然很好。

段胥对云州、洛州的地形非常了解，借地势诱敌深入打伏击，又分队迂回骚扰，打得洛州军队不堪其扰。他又利用《苍言经》的内容装神弄鬼，跟丹支军队打起了攻心战，总之秉承了他一贯不同寻常、阴招频出的作风。

云、洛两州的土地被鲸吞蚕食，加上丹支王庭的继承者斗争还在继续，王庭也不觉得云、洛两州是多么重要的地方，疑心大梁还是想要幽州，精锐部队便都在上京和幽州周围驻扎，不肯往云、洛增援。物资和后援跟不上，云、洛守将终究是顶不住，节节败退。

在这天时地利人和的情况下，两个月之后，大梁军队占据了云、洛两州。段胥成为成捷军和踏白军的两军统领。

大梁的士兵在这两州做好布防，暂时鸣金收兵。这持续了近半年由守转攻的战争终于暂时停歇。段胥也要同秦帅一道回南都述职，从云州回到南都，这一路大概要走一个月的时间。

“一个月的时间耗费在路途上，多么不值当。”能够日行千里，倏忽之间出现在任何地方的贺思慕说道，她提醒段胥，“你还欠我一次换五感的交易呢。”

段胥将奏折写好，放下笔回答道：“你想什么时候来取呢？”

“现在。”贺思慕靠近段胥，笑道，“段小将军，这一个月的时间里，你想不想看看幽域？”

这次边关大捷，大梁一举占据北岸三州之地。有郑案在，秦帅也不能动什么手脚，关于段胥的战功一本本往上面递，大家都说段胥回京之后不知会有何等殊荣加身。原本排挤段胥的将军们，隐隐约约也有了几分亲近的意思。

但是段胥却不太给面子，向秦帅一拱手表示自己有些江湖上的朋友要见，便不同行了，到时自然会在南都相会，然后就干脆利落地消失了。这般轻狂的举动让郑案都吃惊不已，直道果然还是个不满二十的年轻人，得了军功便有些飘飘然了。

而干脆利落消失的段胥，此时正在云州的一家客栈里与他的结咒者——幽冥之主贺思慕面对面坐着。

贺思慕穿着那身红白间色曲裾三重衣，发间飞云形的银色步摇摇曳，穗子一直垂到肩部。她一手托着下巴，一手将一个鸽子蛋大的糖丸递给段胥：“吃了它。”

段胥脱了战甲官服，穿一身黑色圆领袍，束着高马尾，额间缚着一道黑色银纹抹额，看起来就是个英俊的少年，谁也看不出来他便是赫赫有名的段舜息段将军。

他看了一眼贺思慕手中的糖丸，便伸出手去拿过来，放入嘴里。

贺思慕挑挑眉毛，问道：“你不问问我这是什么？”

段胥将那不明物体吞了下去，明朗笑道：“你不会害我。”顿了顿，他又补充道，“你要是想害我，我也没办法。”

段胥对于“识时务者为俊杰”这句话，显然有着深刻的理解。

贺思慕笑起来，打了个响指，指着他的腹部道：“你吃下去的，是裹着糖衣的九幽灯。”

饶是已经有了心理准备，段胥听到这个答案时还是睁大了眼睛，问道：“九幽灯？”

“幽界的无上灵宝，能将法力增强十倍有余，幽冥之主的象征，每个幽垂涎三尺争得你死我活的东西，现在就在你的肚子里。”

贺思慕流畅地为他介绍完，右手食指与中指并拢，在他的腹部一点。一圈红色的符文顺着她的手指扩散开来，段胥腹中的九幽灯相应，发出光芒。

段胥露出一点儿痛苦的神色，还好那疼痛很快就消失了，他再抬眼看去的时候，便愣住了。

这个世界突然变得和原来的大不相同，贺思慕被一些飘浮在空中的白色丝线包围着，阳光呈现出一种黏稠如蜂蜜的质感，在她的身后有许多幻影飘来飘去，枯枝白骨一般。

“这些丝线……”

“是风。”

“这些人影……”

“是幽。”

贺思慕微微一笑，张开手臂，红色的衣袖带起一段段白色丝线：“段小狐狸，欢迎来到幽的世界。”

被种入了九幽灯之后，九幽灯的强大的力量覆盖了段胥身上的人气，他看起来就像一个地地道道的幽，能够看见幽域。贺思慕甚至在九幽灯里留了法咒，将段胥、破妄剑与九幽灯相连，以破妄剑的灵力激发九幽灯，使之能被段胥所用。

段胥说道：“你这是没了法力变得如凡人一般，就索性让我装作幽来保护你？”

“算是吧。”贺思慕递上明珠。

段胥微微一笑，将手放在明珠之上：“舜息定当不负所托。”

这次贺思慕要换的，是嗅觉。当贺思慕的眉心出现那一抹红点之后，她睁开眼睛看向段胥。

段胥眨着眼睛望着她，她便如第一次获得触感时一样突然靠近他。她在他的脖颈间吸吸鼻子，发间步摇的银穗扫过他的侧脸，她问道：“这是什么味道？”

段胥了然道：“沉香、琥珀、苏合香、薄荷叶、白及、安息香。家妹喜欢调香，我的常服都是她日日拿香料熏过的。”

“沉香、琥珀、苏合香、薄荷叶、白及、安息香。”贺思慕低声重复了一遍，近乎贪婪地在段胥颈侧深深吸了一口气，轻声道：“真好闻。”

段胥极轻地躲避了一下，贺思慕抬眼看向他，笑盈盈地说道：“我突然想起来一件事。”

他低眸与贺思慕对视，便见那朱唇轻启，一字一顿道：“你怕痒，是不是？”

段胥听见这话比敌人偷袭还让他感觉大祸临头，贺思慕伸手想去碰他的脖颈，段胥敏捷地一个侧身，一撑桌子，黑衣旋转间便站在了墙边。他笑道：“都多久之前的事情了，殿下是幽冥之主，不至于……”

贺思慕揉揉耳朵，抬手：“过来，现在让我挠，还是等我恢复法力之后吊着你折磨三天三夜？”

“……”

幽冥之主真是睚眦必报。段胥站在原地犹豫了一瞬，叹息着走到贺思慕面前坐下，索性张开手臂。

“殿下，手下留情啊。”

贺思慕并未答话，轻轻地在掌心哈了一口气，便开始仿照他当初的样子在他腰际、脖颈所有怕痒的地方四处作乱。起初段胥还咬着唇尽量忍着，随着贺思慕的动作越来越过分，他终于忍不住大笑起来。他一边笑一边举起胳膊躲避，倒也不离开椅子，晃得椅子嘎吱作响，浓郁清冽的沉香弥漫开来。

“哈哈哈哈，我错了，我真的错了。我下次不会了，殿下！思慕！饶了我！哈哈哈哈哈哈。”

贺思慕才不理会他，铆足了劲儿要把仇报回来。只是偶然一抬头，看见了段胥的笑颜，他眉眼弯弯，笑得眼里都有泪了，向来倔强甚至有些疯狂的少年，此刻看起来没心没肺又快乐。

他仿佛是一个一直以来被保护得很好，就这样不谙世事长大的少年。

贺思慕搔他痒的手顿了顿。她什么时候变得这么幼稚了，和这个不到二十岁的凡人计较这些，这种小事也要还回来，就像她十几岁时那样。

贺思慕的眸光闪了闪，落在别处。她慢慢放下手来，却被段胥一把抓住手腕。

贺思慕抬眼看他，见少年目光灼灼，他笑道：“你别露出这种表情，我不躲了，让你玩个够，如何？”

贺思慕挑挑眉，抽回手道：“表情？我什么表情。”

段胥摇摇头，想了片刻，认真地说道："不幸福的表情。"

贺思慕沉默地看着他，而后不置可否地一笑，叹道："算了，放过你了，小狐狸。"

他这些话也不知是无意还是故意，总之他总有办法让她放过他。

第二日，丹支幽州抚见城。

幽州依山傍水，乃交通枢纽，兵家必争之地，人口稠密繁华。幽州抚见城街头，熙熙攘攘的人群之中，一个六岁孩子模样的穿着花衣服的幽正惊慌地穿过重重人群，往城外逃窜。

另一个看起来岁数稍大一点儿的孩子幽正追着那花衣幽，嘴里喊着："小崽子，你别跑！"

这两个幽在闹市的追逐，凡人看不见，人们自顾自地游玩叫卖着。

那在后面追赶的幽终于追上了花衣幽，他将那花衣幽一脚踹翻在地，踩住他道："小崽子躲了这么多天，终于让我抓住了吧，犯了死罪还敢跑！"

一个看起来十岁的孩子叫另一个看起来六岁的孩子"小崽子"，这画面真有说不出的奇怪。抓住逃犯的幽得意了不过片刻，抬起头发现不远处站着一个幽，正在打量他们。

那个幽看样子是个身材挺拔的男子，戴着一顶黑纱及肩的帷帽，黑纱上绣了银色松柏。他束着简单的高马尾，抱着一柄乌木镶银的剑，风吹起黑纱时能从缝隙间看见他含笑的、明朗的双眼。

以这幽的气息来看，法力应该挺强的。

十岁孩童模样的，乳名叫作麦子的幽瞪起眼睛，道："执行公务呢，看什么看！"

戴着帷帽的男人微微偏过头，道："公务？"

麦子还没来得及回答，他脚下被踩着的花衣幽突然奋起，一下子挣脱了束缚，眼看着就要往路上一个孩子的身体里扑去。麦子知道他想要依附于人，心道"不好"，大叫一嗓子："哎哎！你……"

他话还没说完，便见不远处的那个穿黑衣抱剑的男人身形一闪出现在花衣幽面前，两道明晃晃的银光交叉抵在他的脖子上，动作快得让人眼花缭乱。

"别乱动。"男人气定神闲地威胁道。

麦子吸了一口气，这男人使的竟然是双剑，而且是十分厉害的灵器！

幽使灵器，这场面不亚于老虎收了武松作伥，或者一只鸡站在炉灶边挥舞着锅铲做小鸡炖蘑菇。

花衣幽想要依附于人的意图没能实现，愤恨地望着男人。麦子拍着手带着几分畏惧几分兴奋地走过来，看着男人手中的双剑："厉害呀！这位老兄您是怎么做到的，竟然能以幽身驾驭灵剑？"

男人笑起来，岔开话题道："这位老弟，赶紧把你的犯人抓牢吧。"

麦子从这男人的嘴里听出几分调侃的意思，哼了一声，拿出镣铐将花衣幽锁了，说道："才做幽没多久吧？我跟你说，在幽域是不以长相论辈分的，我已经死了六百多年了，你叫我一声老兄也不为过。"

男人收了剑，顺从道："原来如此，麻烦老兄提点了。你抓这孩子，他是犯了什么法条？"

"三十二金壁法，无故虐杀之罪。"

"三十二金壁法？"

麦子瞪着眼睛，心说这幽是有多新，竟连法条是什么都不知道，化为幽之后的第一要务不就是熟读法条吗？也不知这家伙是哪个倒霉幽殿之下的。

麦子指着地上挣扎的花衣幽，说道："这家伙也刚成幽没多久，前些日子害死了幽州府城一家十六口，但根本不为吸取魂火。"

"那是为何？"

"为了好玩，岁数小嘛，不懂事。"

麦子踩着花衣幽，叹道："无故虐杀凡人是重罪，我奉命追捕他好几天了，终于抓到了。哦，对了，你很面生啊。"

"在下从南方来，刚刚落脚。"男子笑道。

麦子老神在在地押着那花衣幽，同段胥说道："打南边儿来？南边儿管得不行啊，你这个新生幽，竟连三十二金壁法都不知道。"

麦子和段胥一边在街上走，一边同他解释。他说这三十二道金壁法是前幽冥之主和各位幽殿殿主约定的，成文刻在都城玉周城王宫的一道金壁上，由此而得名。可也不知出了什么变故，当时这金壁法没能推行下去，暂时搁置了。

待到这一任幽冥之主登基，做的第一件事就是雷厉风行地推行金壁法。本来这新任幽冥之主平叛时就遇神杀神、遇佛杀佛，将幽域掀了个底朝天，推行金壁法时把所有阳奉阴违不服法条的幽殿殿主都灰飞烟灭了，这法条才推了下去。

这法条束手束脚，不过也有几分好处。近百年来正经的修士都不怎么抓幽了，他们也晓得幽的内部法条森严，做了什么过分的事情早就被处刑了。其他幽就正常吸魂火维生，也不好逼得太紧。像那仙门正统星卿官，抓到幽就直接送到玉周城让幽冥之主处理。这样倒也挺好，各管各的事儿。

“算算看死在王上手中的幽殿殿主没有十个也有八个，王上的脾气着实差，看她推行金壁法时那架势，杀尽所有幽这种事也是能做得出来的。”麦子长长地叹息一声，叮嘱道，“你这情况要是被王上知道了，你归属的殿主大人可真是要遭殃了，说不定你都要被灰飞烟灭呢。”

黑纱之下的段胥眼神含笑，抱着剑饶有兴致地听着。

“这样吧，既然相逢就是有缘，我定然不会把你的情况说出去，而且还可以把这些法条细细地教给你，你将你这灵剑借我玩几天呗？”麦子踮着脚拍拍段胥的胳膊，终于拐入正题。

虽然麦子说的是“借”，可是这灵剑给出去怕是就回不来了，不过段胥还是将剑递给麦子，从容道：“你试一下。”

麦子眼神发亮地去握那剑柄，触碰的一瞬间便见剑柄发光，他惊叫一声收回手。

“这是灵剑且并不认你为主。你这样的幽碰不得它。”

麦子心说那你怎么就碰得。他悻悻地打量着段胥，看见了段胥手里的香囊，觉得这个新生的幽越发奇怪，闻不到味道的幽，随身还带着香囊？

段胥跟随他的目光看见自己腕上的香囊，了然道：“有个姑娘喜欢这香气，让我去香料铺给她配个一模一样的香囊来。”

麦子一听便了然，笑嘻嘻地揶揄道：“你喜欢上凡人姑娘了？”

段胥还未回答，麦子就摆出一副过来人的沧桑神情，摆摆手道：“新生的幽总是忘了自己是幽，对凡人动情也很正常，时间久了就好啦。我劝你可别用情太深，伤人伤己哦。”

从一个十岁孩子口中说出这样仿佛遍历红尘的长者之语，实在是奇怪。麦子显然是个关不住的话匣子，找到一个话题就开始扯起来。

“人才能活多久？你现在看她青春年少秀色可餐，眨眨眼的工夫她就发福了，背也驼了，腰也弯了，满头白发，牙齿掉光，你还能捏着鼻子喜欢她吗？就算你忠贞不渝，再眨眨眼她就化成灰啦。凡人这一生啊，对我们幽来说就是弹指一挥间，抓不住的。”麦子摇头晃脑，语重心长地说道。

身边这个步伐轻快的新幽，听了这话好像稍微顿了顿，麦子以为自己大大提点了他，便更加起劲儿。

“再说被你喜欢的姑娘，人家遭罪了啊。你要怎么见她，依附在各种人身上吗？你法力足够强到显露真身吗？你没办法光明正大地跟她在一起的，人家要被指指点点一辈子。小伙子，你可要想清楚。”

段胥笑出声来，不假思索道：“想得太清楚，活着多没意思。”

“嘁，你已经死了，活着有没有意思都和你没关系啦。”

麦子深深觉得这个新生的幽思想很有问题，将来肯定会在幽界混得很坎坷。出于一点儿怜悯之心，他便拣了几个重要的法条给段胥讲了讲。

两人一边说一边走，走着走着便拐进一条僻静无人的巷子里，只听见一个女声响起：“哟，这么快就和幽混熟啦？”

麦子向那声音的方向看去，便看见一个穿着古老华丽的曲裾长裙、发间插满了小苍兰的美丽女子站在巷子尽头。她的目光在段胥和麦子身上打了个转，伸出手道：“我的香囊呢？”

段胥便走上前去将那个香囊放在她的手心，说道：“你闻闻看对不对。”

女子放在鼻子前细细一嗅，笑道：“果然是你身上的香味。”

麦子吃惊地看着这一幕，心想这青天白日，也不是阴煞时辰，这个女人是怎么看见他们的？这个女人是人是幽？难道她是个修士？

这个新生幽喜欢的不仅是个凡人，还是个修士？合着这老虎不是招了武松作伥，是直接喜欢上了武松啊！口味真够刁钻的。他还以为只有前幽冥之主才会有如此不同凡响的口味呢。

麦子眼见着段胥和他挥手告别，僵硬地举起手摆了摆，百般思绪涌上心头，最终化为一句：“呔，毕竟是个这么漂亮的姑娘，也不是不能理解。”

若有朝一日他知道自己今日见的女人不是修士，而是他敬畏的幽主殿下，怕是要把这天记在本子上，同生日和忌日同等地位来庆祝。

段胥透过黑纱看向身边的贺思慕，她发间的小苍兰一簇挨着一簇，随着她的步子轻轻摇晃，走过时路人频频侧目，想来她就像是个行走的熏香炉子。

她也不怕齁住。

“你刚刚见到的是芥幽，便是小儿幽，他们都是些十岁以下的孩子死后所化。如今死了几百年，心智早已不是孩子了，但看起来还是儿童的模样。”

贺思慕也不知道要往哪里去，慢悠悠地走着，段胥便跟在她身侧。

“孩子也会有执念，化成幽吗？”

“有啊，他们多半是被虐杀的。刚刚他有没有问你要东西？”

“他想要我的破妄剑。”

“那便是了。芥幽生前多涉世未深，所以欲望便是这世上的一切，什么都想要，得到了又瞬间失去兴趣，永远在追寻下一个欲望。”顿了顿，贺思慕轻声一笑，“所以他们最容易被煽动，不考虑后果，鼠目寸光，不长记性地给人当枪使。”

段胥听出了她的话意有所指，便问道：“所以之前在朔州府城，想置你于死地的便是芥幽？”

“遐幽殿中有个叫方昌的家伙，他的相好想杀沉英，被我抓住判了个灰飞烟灭。他记恨在心，便一直暗中跟踪我，我原本感觉到了，但也懒得管他。谁知他和芥幽殿主交好，发现我法力尽失就跑去劝芥幽殿主灭了我。那没脑子的家伙竟被他劝动了，匆匆忙忙地布了个拙劣的局，还遮遮掩掩唯恐我发现是他。”

贺思慕叹息一声，十指交叠，伸了个懒腰：“这一个个的都争着化灰给我王宫的花园添肥。芥幽殿主动了要灭我的心思，大概是背着我干了什么见不得人的勾当。”

他们说着说着便走到了一个大户人家的家门前，只见那宅邸的匾额上写着一长串胡契文字，宽阔的门口耸立着两个胡契神兽火明兽的塑像，瞧着气派极了。

不远处有一驾披着金色丝帛的马车驶来，有个身着狐皮大氅、四十中旬的男人从马车上下来。他膀大腰圆身材宽阔，打扮得一看就是富得流油的人。虽然他的身材不怎么好，但毕竟还有几分贵族人家的气质和威严，目不斜视地往家门走。

贺思慕同段胥从这家的门前走过，交错之时就听见这胡契贵族老爷身上传来叮叮当当的声音。段胥回头看去，便见那老爷的腰间挂着一串古铜色铃铛，正奇怪地颤动着。

他再一抬眼，便和这胡契贵族的目光对上，胡契贵族的目光灼灼，若有所思又暗含欣喜，仿佛想穿过帷帽看到他的真容。

段胥道："他能看见我。"

贺思慕也不回头，淡淡地说："看来是这样。"

段胥沉默一瞬，突然撩起帷帽下的黑纱，冲那胡契老爷点头致意，然后不顾那老爷惊诧的神情，放下黑纱悠悠转过头与贺思慕的目光对上。

"……你在干什么？"

"你不是想引起他的注意吗？"段胥眨眨眼睛，笑道，"我看牌匾上写着伊里尔府邸，刚刚那人便是抚见城里最有名的那位伊里尔老爷？"

伊里尔一脉和丹支王庭沾了点儿血亲，不过不太近，他们便没有获得居住在上京的资格，被封到了抚见城来。原本他们这样的边缘家族没什么家底，可到了抚见城后，不知怎么就交了好运，买下一座山头便发现有金矿，财源顿时滚滚而来。同时伊里尔老爷的大儿子、小儿子也被提拔去了上京做高官，可谓官运亨通。

总之，如今的伊里尔家在抚见城中，唯有"显赫"二字。他甚至沾着儿子们的光，将丹支圣物借回抚见城供奉。圣物被供奉在伊里尔府里的一座琉璃塔中，神神秘秘的，外人只能在塔外拜一拜，但是这些拜过圣物的人回去之后便都会交上好运。一时间来拜访伊里尔府的名流踏破了门槛，如今这可是整个幽州最炙手可热的家门。

段胥笑道："你不会是来拜胡契圣物的吧？"

贺思慕有些不屑地轻轻一笑，说道："拜圣物？我怎么不拜自己。你既然喜欢猜谜，便不妨好好猜一猜他为什么能有如此好运。"

段胥思考了一会儿，道："我从前听说有些人为了交好运得名利，会供养邪物做交换。这伊里尔……难不成供养了芥幽殿主？"

贺思慕抬眸看了他片刻，摸摸他的后脑勺儿笑道："我将来一定要收藏你这聪明的小头骨。"

段胥想，她表达欣赏的方式可真够别致的。

入夜，贺思慕与段胥在抚见城里最好的客栈住下。由于要保护贺思慕免受幽的打扰，段胥和她住在了同一个房间里，自然是他睡在地上，而贺思慕睡在床上。

段胥摘下帷帽，终于在人世显露出真身，他把被子铺在地上，感叹道：“你没有触觉，睡在床上是不是有点儿可惜了？”

贺思慕躺在床上，闻言悠悠地说：“你胆子这么大，做人是不是可惜了？”

段胥立刻笑嘻嘻地闭了嘴，收拾一番后回来再看，贺思慕已经抱着枕头沉沉睡去了。

原本幽不会睡着更不会做梦，然而与段胥换感觉期间，贺思慕每晚都会按时入睡。

之前他趁她睡着偷偷来看了她好几次，都能看见她抱着个什么东西，好像怀里非得有个玩意儿才能睡得安稳，就像个孩子一般。

段胥将房间里的灯吹熄了，月光的清辉充满了房间。他坐在自己的“床铺”上，托着下颌看着熟睡的贺思慕，她的脸半埋在被褥里，摆出一个略显逃避又安逸的姿态。

她着实很白，像是白瓷一般，显得头发越发黑，像白纸上的水墨、朱砂似的惑人。

她这么美又活了这么多年，大概有过不少爱人吧。这幽冥之主会不会跟人间的皇上似的，有三宫六院呢？

段胥想到这里，便微微眯起眼睛。他坏心眼地伸出手去扯她怀里的枕头，左挪挪右挪挪，终于成功将枕头抽走，悠然放在了自己的床铺上。

睡梦中的贺思慕皱起了眉头，手在床铺上摸索着，仿佛想重新摸到她的枕头。段胥低眸看着她的手指在洁白的被褥上前进，慢慢靠近他的手臂。

他没有躲避。果然那手指碰到了他被单衣包裹的小臂，便以为终于寻觅到了枕头，抓住他的手臂扯了过去。

段胥顺着她的力量俯身过去，见她松了眉头，安详地将他的手臂抱在怀里。段胥心想，若是贺思慕此刻醒来看见这一幕，待她恢复法力时他的这条胳膊大概真的保不住了。

但段胥显然不是见好就收的人。他是得寸进尺的人。

他趴在贺思慕床前看着她，她刚刚的一番动作让她的脸从床褥中露了出来，完完整整地呈现在他面前。

“贺思慕……”他低声地叫她的名字。

她自然并不回应。

“贺思慕………

“贺思慕………”

他换着语调叫了三声，她都没有从睡梦中醒过来，他便笑起来说道：“要是我想亲你，你不会真杀了我吧？

“哦，你现在没法力，待秋后算账的话，那我就真的只有八天好活了？”

段胥慢慢靠近贺思慕，凝视着她的睡颜。

“思慕。”他慢慢地一字一顿地唤道。不知道是在叫她的名字，还是在说自己的心事。

这一声“思慕”却让贺思慕皱了皱眉，慢慢地睁开眼睛。她似乎刚刚从一个梦里醒过来，眼神不甚清明地看着近在咫尺的段胥，好像不太能分清现实和梦境。

月光在眼前人的眼底勾勒出一点儿弧光，他的眼睛圆润，眼角微微上挑，像是一块清澈明亮的水玉，仿佛是个再天真赤诚不过的少年。

贺思慕含糊地说：“这眼睛真好看。”

“又想收藏了？”

“眼睛要活的才好看。”

“这样啊，那你可得让我好好活着啊。”

段胥莞尔一笑，那双明亮的眼睛便合了起来，他微微向前亲吻了她。很轻很浅的一个吻，带来他身上清冽的香气，仿佛春雨后的花开，从他的唇上染到她的唇上。

贺思慕睁着眼睛，愣了一瞬，才真正从梦中醒过来，意识到发生了什么。

段胥正在亲吻她。段小狐狸在亲她！这次不是蹬鼻子上脸，这是直接上天灵盖啊！

她眯起眼睛正欲发作，却见面前不怕死的登徒子突然睁开眼睛，眼里凝着一点儿警觉的光。段胥离开她，将自己的黑色外衣披在她身上，做了个噤声的手势。

贺思慕被他衣服上的香气所笼罩，她冷冷地看着他，不消片刻便看见了门外出现了一些可疑的人影，一阵极为轻微的响动之后，门被悄无声息地推开了。

是一群黑衣人，看起来像是凡人刺客。段胥和贺思慕交换了一下眼色。

这群刺客大约有二十人，一看见段胥和贺思慕都醒着，立刻从偷袭转为了明攻，亮出兵刃一言不发地一拥而上。

段胥叹息一声道：“我其实不喜欢不明不白地杀人。”

他在刺客间腾挪，轻盈地以剑鞘挡下数剑，双剑出鞘银光闪闪，风一般地游走几圈，近身之人全被他抹了脖子。唯有一个欲偷袭贺思慕的，被他从后心一剑贯穿。

一时间鲜血四溅，这场突如其来的刺杀，也不过持续了一眨眼的工夫。段胥擦了擦剑，然后归剑入鞘。杀人这件事历来是他最擅长的。

明灯从满屋的尸体中升起，仿佛腐草为萤，闪烁着光芒，消失于窗外的夜空之中。

段胥转身看向贺思慕，笑道：“明灯升空，流星逆行，原来这就是幽眼里的死亡。”

贺思慕却没有笑，她从床上下地，披着他的黑色外衣，盯着他的眼睛一步步走向他，气氛危险而僵冷。

段胥不避不闪地站在原地，待她站在他面前时，他轻松地说道：“这屋子现在脏成这样，真是没法儿住了。”

贺思慕面无表情地盯了他片刻，突然移开目光往廊上走去。段胥愣了愣，转过头去问她：“你去哪儿？”

贺思慕的步子顿了顿，却没有回头，只是平淡地说了一句：“你不是说了，这房间没法儿住了，得让掌柜的换一间。”

段胥沉默一瞬，便笑着跟上去，说道：“哪里有让殿下亲自跑腿的道理。”

在他的设想中她应该生气、威胁或者惩罚他，可是她没有。她举止如常，仿佛刚刚他那个亲吻只是幻觉。

这样轻描淡写粉饰太平的态度倒让人捉摸不透。看起来也不像是默许，难道是真的决定要同他秋后算账？

不会八天之后真是他的死期吧？

贺思慕对掌柜的说她遭遇了劫匪，于是当晚就换了房间，第二天早上客栈的主人竟也登门查看情况。

客栈的主人，便是那伊里尔老爷。

掌柜的来贺思慕的房间报伊里尔老爷来了的时候，贺思慕正点了一桌子香气四溢的美食佳肴，见掌柜的来了便笑道：“这味儿我闻够了，吃却吃不下，你拿走两盘吃吧。”

在一边戴着帷帽不能被人所见的段胥笑起来，心说她用他的钱倒是很大方。

掌柜的哪顾得上吃饭，着急忙慌地说昨晚客栈里遭劫匪的事情被老爷知道了。话音未落，那日贺思慕和段胥见过的富贵老爷便带着几个家仆，踱着步子走了进来。

掌柜的立刻伏在地上跪拜，道：“老爷。”

他暗暗给贺思慕递眼色，小声说：“这可是伊里尔老爷，还不跪拜行礼！”

贺思慕漫不经心地看了伊里尔一眼，屁股压根儿就没打算离开板凳，她用胡契语说：“这位老爷，你要不坐下来一起吃？”

掌柜的眼色递得都要眼皮抽筋了。

伊里尔腰间的铃铛轻轻响着，他看看贺思慕，再看看旁边戴着帷帽不见样貌的幽。那幽便十分礼貌地从座位上站起来走到一边，做了个请的手势。

他有些诧异，他此前见过的幽无不高高在上，这还是他第一次看见这样彬彬有礼的幽。

伊里尔摆摆手让掌柜的和他的家仆先退下，打量了这姑娘和幽一阵，迈步走到贺思慕旁边的位子上坐下，说道：“是我的客栈没照顾好姑娘。这一桌菜不算什么，要是姑娘喜欢，我可令全城最好的厨子再给你做一桌。”

贺思慕托着下巴，轻声笑起来：“没照顾好？我看照顾得很好啊，半夜特地送那么多人来陪我，着实让我惊喜。”

伊里尔抚摸着自己镶嵌宝石的黄金带钩，也没有表现出被戳穿的窘迫，倒是大大方方地笑起来：“姑娘和幽同行，那些人怎么可能伤得了姑娘。”

“是吗？老爷应该是想着他们伤我也不过是杀了一个异族平民，你也不愁摆不平这事儿。他们若是杀不了我，你正好探探我的底。”

“哈哈哈哈，姑娘何必把话说得这么难听呢？我只是很好奇，历来人们供养的都是芥幽，这还是我头一次见到有人供养成人模样的幽。”

伊里尔一边说着，一边将目光移向旁边的男子，男子似乎轻轻笑了几声。

段胥心想这真是个有趣的场面，活人被当成幽，而幽被当作活人。

贺思慕摇摇头，道：“谁说我供养他？我是主他是仆，是我驱使他。”

伊里尔面露诧异之色，从来养芥幽时双方的关系都是幽为主人为仆，居然还有让身份逆转的方法。他的眼神微微沉下来，笑道："姑娘是用何种方式驱使幽的呢？您可愿意将您驱使的这个幽转让给我？"

"您想要我的幽？我听说您供养的可是芥幽殿主，一人不事二幽，我可不能让我的幽抢芥幽殿主的人啊。"贺思慕拿起筷子，悠然地夹了一筷子红烧肉放到嘴里。

闻起来是真香，吃起来却没有味道。

她说道："怎么了？伊里尔老爷难不成也听说芥幽殿主犯了事，要弃他而去了？"

伊里尔面露惊诧之色，贺思慕瞧了瞧他的神情，好像自觉失言般笑道："看来你还不知道，那就当我没说。既然芥幽殿主和你的结约犹在，我的幽你也养不了。"

伊里尔的面色不佳，但仍然笑道："我并不是要自己养，这位幽兄弟在我身边，我自然会给他更好的去处。"

段胥想怪不得那些拜过伊里尔家圣物的贵人，回去都交上好运了，原来是他将幽引荐给了他们。

贺思慕一边吃着菜，一边问道："你想要我的幽，可有什么来换？"

"金银珠宝……"

"无趣。"

"那姑娘想要什么？"

"我听说伊里尔老爷有个花园，里面收集了各种奇花异草，最近正是春日，香气四溢。"

"那是我宅邸的后花园。"

"那就用你的宅邸和我做交换吧。"

伊里尔沉默了片刻，道："自我们到抚见城以来就住在此处，已经住了三十余年。"

"噢，那就把你住了三十余年的这座宅邸给我吧。"

贺思慕不以为意地说道。

伊里尔的面色僵硬了片刻，便笑起来说道："此事容我再想想，姑娘不妨先住到我的府上，不管事情成不成，就当多交个朋友。"

贺思慕放下筷子望向伊里尔，她偏过头笑起来，银色的发饰穗子扫过额际。

“我不交朋友。不过府邸倒是可以去。”

伊里尔的脸色几变，他在抚见城向来是要别人奉承的主儿，何曾被这样一个汉人平民如此轻慢过。他捏着拳头看向贺思慕，最终却还是笑道：“好。我还有一件事想请教姑娘，姑娘刚刚说芥幽殿主出事儿了，到底有什么事情，能向我透露一二吗？”

贺思慕的手指在桌上敲了敲，沉默片刻后漫不经心地说道：“他得罪了他们的王上，如今已经畏罪潜逃，大概不日便会被抓住处死。”

顿了顿，她笑起来说：“你最近呼唤他应该都没有得到过回应吧？其实这个事儿对你来说也是无妄之灾，我听说幽界争斗动辄就是数十年。若是他这一逃数十年，你唤他，他也不应，又不能换幽结约，这一生也就过去了。我若是你，应该会希望他尽快灰飞烟灭，好另觅新幽。”

原本伊里尔的面色就不佳，听了贺思慕这话之后便更加不能看了。偏偏贺思慕像是一点儿没发觉似的，站起身来笑道：“不是说要请我去你府邸上做客吗？走啊。”

然后她便打了个响指让段胥跟上，悠然地出了门。伊里尔大概是没见过这么不客气的，愣了半晌才叫来下人带路。

段胥撩起帷帽黑纱，回头看了伊里尔一眼，转过头来低声对贺思慕笑道：“我看我不像是属鼠的，反倒是像属鱼饵的。秦帅拿我做饵，你也拿我做饵。”

贺思慕望了他一眼，意味不明地笑了一下，没有说话。

第十一章 以身为饵

抚见城有花城美誉，伊里尔家作为整个抚见城最阔绰的人家，花园修得自然也是最好的，名花奇草遍布园中，据说光打理维持这个花园便年费万金。

贺思慕一到伊里尔家里，便毫不客气地一头扎进了他的花园，这边看看那边闻闻，似乎是要把所有的味道都一一辨明。而段胥则在她的身边，抱着胳膊望着花园正中那座有名的琉璃塔。

那琉璃塔通身翠绿，每个角皆悬挂铃铛，在阳光下晶莹剔透，被细密的风缠着，叮咚作响。虽然它只是个放圣物的塔，但若不说明的话，倒会让人以为这琉璃塔就是圣物本身。

"伊里尔供奉幽，也供奉苍神圣物，若叫大司祭知道了，天知晓就该……"段胥边说边转过头，却见幽冥之主蹲在地上，正捧着一簇名叫"岭邪路雪"的名贵白芍药，脸都要埋进那花里了。

段胥忍俊不禁，说道："别埋了，你这个闻法，再好的鼻子也给你闻废了。一会儿去柴房闻闻柴火味儿，嗅觉能恢复一点儿。"

贺思慕皱着眉，起身道："凡人真是麻烦。"

段胥哈哈一笑，又将话题引了回来："芥幽殿主生前也是个汉人吧。"

贺思慕漫不经心地说道："汉人的数量是胡契人的三百多倍，幽界亦然，二十四殿主生前都是汉人。幽界的法度和族裔无关，但是汉人幽们眼见着自己的后代如今活着遭受欺凌，自然不会对胡契幽多好。在幽界，胡契幽的日子才难过。"

"生死境况逆转，世道真是有趣。"

"仇生仇，恨生恨，这本是常理。"

"若能斩断生者的仇恨，那死者的仇恨会不会停止？"

贺思慕轻轻一笑，朝着花园的后门走去，说道："生者的仇恨能断是因为生者会死，死了几代人，痛苦的记忆烟消云散，仇恨自然断绝。可死者千百年不灭，在这边仇恨永不止息。不然你以为，为何堕为幽对人来说会是惩罚。"

段胥望着她的背影，唤道："你去哪儿？"

贺思慕头也不回："去柴房闻闻柴火味儿。"

段胥忍不住笑起来，她倒真像是专门来伊里尔府上收集气味，而非来寻找芥幽殿主踪迹的。他低声道："真可爱。"

以段胥这双托九幽灯的福、能辨阴阳的眼睛来看，伊里尔府里的邪气被收敛得很好，不走近花园的琉璃塔几乎察觉不出来。

听说琉璃塔内供奉的是苍神圣物，可是他看不出琉璃塔内有任何灵气，倒是有若有若无的阴森之气萦绕在塔间。想来这座塔不是用来供奉圣物，而是供奉芥幽殿主的。难道圣物一说是假的，还是伊里尔把圣物供奉在其他地方了？

段胥边想边跟到柴房，看见门口有两个老妈子正倚着柴房门低声聊天，说老爷请了个奇怪的客人，长得挺漂亮的一个姑娘，竟然跑到柴房闻柴火。

段胥笑笑，正想走进去，却听其中一个妇人说："我见这姑娘应该和路达少爷年岁相当，若是路达少爷在家，我还以为她是老爷找的儿媳妇。"

段胥的步子停住了。

另一个妇人说道："小少爷自打十岁去上京之后就再没回来过，我看老爷好像不太希望他回来。"

"说什么呢，老爷就剩俩孩子了，怎么会不希望……"

段胥迈步从她们身边走过进入柴房，向蹲在地上挑柴火的贺思慕问道："思慕，伊里尔那个在上京做高官的小儿子是路达？"

贺思慕拎着一根柴火，抬起眼睛看着他，说道："怎么，又是你的旧识？"

段胥眸光微微闪烁，笑道："旧识实在是高攀不上。我们丹支大司祭的得意弟子——路达少司祭，丹支王庭会有谁不认识他吗？但他大约是不认识我的。"

在天知晓的死士生涯中，他偶尔会跟着师父去拜访大司祭，每次都能看到路达。路达比他年长三四岁，长得清俊，有些不食人间烟火的味道，总是在大司祭旁边安静地坐着，低头看羊皮卷，仿佛在认真阅读，又仿佛在神游天外。

路达看起来很“空”，而据说这种“空”便是最重要的通神品质。

伊里尔的小儿子竟然是路达？养芥幽的人家的儿子居然是一国的少司祭，将来还很可能是大司祭。这世道可真是离谱得很。

“若是路达的话，只要他开口，大司祭什么不舍得给他？或许伊里尔真有圣物。”联想到伊里尔那胖成球的身躯，再和记忆中路达的清秀样貌一对比，段胥不禁感叹道，“岁月真是把杀猪刀。”

贺思慕闻了一下柴火清新的味道，淡淡地说道：“岁月也会这般杀你的。”

段胥俯身道：“岁月应该会待我客气些吧，毕竟我是会逢凶化吉的人，变丑可是大凶。”

他的眼睛在黑纱的间隙间时隐时现，即便是隔着纱看不清表情，也能听出来他话里的笑意。

贺思慕抬眼看他。她这个结咒人有时候十分乖巧，她让他戴着帷帽在人世隐去踪迹，他便从不在外面摘下。但是有的时候……

贺思慕皱皱眉头，把他推开站起身，淡淡地说道：“走了。”

她从柴房门走出去的时候，那两个妇人慌张地行礼，在她转身后窃窃私语地讨论这姑娘刚刚是不是推了空气，刚刚她是不是在自言自语，这姑娘怎么有点儿神神道道的。

段胥哈哈大笑起来，跟着她出了门。

伊里尔有庞大的产业要管理，各种人情关系往来要处理，平日里忙得很，但还忙里抽空地关照住在府上的这两位客人，尤其是段胥。

他对段胥这个听话的“幽”很感兴趣，总是旁敲侧击地问段胥是如何和贺思慕结咒的，并且向段胥暗示到自己这边来会有的种种好处，他认识的贵人如何财大势大。

段胥便适时地表示出惊叹，但对于自己的姓名来处一律模糊不答。

这一人一幽仿佛就是来这府上蹭吃、蹭喝、蹭花园的。

他们在伊里尔府上待了三天后，伊里尔突然急匆匆地来找贺思慕和段胥，说道：“十七姑娘，有件事情想请您帮忙。”

贺思慕掂着一把不知道从哪里搞来的沉香扇，问道：“什么事？”

“犬子路达，不日便要回抚见城来看望我。您能不能让这位幽兄去拦一拦他，让他回上京？”

伊里尔原本有四个夫人十多个孩子，活到成人的却只有两个儿子，如今都在上京为官。路达自十岁送去上京同他哥哥一起住后，便再未回过抚见城。这十余年不见，他爹听说这个小儿子要归家，第一反应却是要他别来。大约是在过去十几年里次次都被劝返，这一次路达终于不再听话，说什么都要回来。

贺思慕笑起来，道："怎么，老爷是怕被他发现这宅子里的邪气吗？你是他爹，他的荣华富贵连同性命不都是你给他的，你还怕他会大义灭亲吗？"

伊里尔面上有些尴尬的神色。

这抚见城里谁人不知伊里尔的小儿子是人中龙凤，是他的骄傲。便是更高等血统的胡契贵族，看在路达的面子上也会对伊里尔礼遇有加。可他甚至不敢见自己的这个小儿子。

段胥抱着剑，目光转向贺思慕，贺思慕与他对视一眼，打了一个响指："既然已经在伊里尔老爷府上借住了这么些日子，你就帮帮他吧。幽的脚程很快，你去把他截住，想办法把他给弄回上京。"

段胥沉默一瞬，道："可是你……"

"不必担心我。"

段胥的目光在伊里尔和贺思慕身上转了转，笑道："懂了。"

他抱着剑对贺思慕和伊里尔说道："保重。"戴着帷帽的黑衣少年利落地转身走出了宅门，融进姹紫嫣红的春光之中。

今晚的梦有些过于真实，贺思慕看到了她很小的时候住过的小城，繁华吵闹，卖货郎吆喝着物件玩具，馄饨摊上冒着热气，阳光明媚。

她小时候长得很慢，花了百年才长成成年的模样，之后就停止生长。同她的身体一样，她的心智成熟得也十分缓慢。

那似乎是她二十岁左右的时候，看起来还和凡人五六岁的孩子似的。她和一群孩子去河里捞鱼。春和景明，已经记不清长相的小姑娘对她说：你的身体为什么这么凉啊？"

她还没有回答，便听见旁边的男孩子说道："你不知道吗，她是个小仙童哦！她是星卿宫的星君大人们带来的孩子。"

她有些迷惑地问："仙童是什么？"

"仙童就是小孩子模样的仙人，能呼风唤雨长生不老呢！等我们都老了、死了的时候，你还很年轻呢。"

“仙童还会帮我们除魔抓邪祟，星卿宫的那些大人不就是这样吗！”

从那些看不清长相的孩子口中传来各种解释，描述着她和她的母亲、姨母、姨父。

其实那时候她并不知道自己是什么，只隐约地知道她和别的孩子不太一样，而且这些人总是看不见她的爹爹，她爹爹也不让她跟别人说他的存在，这好奇怪。

于是她就跑去找她爹爹，问他什么是死。

高大的爹爹站在灿烂的阳光中，听到这个问题似乎有些惊讶。他蹲下来，一双桃花眼认真地望着她，说道：“死呢，就是化为一盏明灯升入空中，暂时离开这个人世，然后作为另一个生命从头来过。”

“从头来过的话，这个人还是原来的那个吗？”

“是，也不是了。原来的那个人终究是回不来的。”

“那我也会变成一盏明灯吗？”

“不会，活着的人死去才会变成明灯。思慕你……不曾活过。”她爹爹说出这句话的时候，神色有点儿犹豫。

她不曾活过，这是什么意思呢？她怔了怔，迷惑地追问：“为什么我没有活过呢？那我能不能像别人一样，从头来一次？”

她父亲认真地思考了很久，仿佛这是一个过于复杂的问题，他不知道该如何向她解释，或者如何解释才能让她不难过。于是最后他只是抱住她的肩膀，在她的后背拍了拍说道：“对不起。”

在她的印象里，爹经常和娘说对不起，但那是爹第一次跟她说对不起。其实她不明白爹为什么要这么说，更不知道自己需要原谅些什么。

她想明明自己很开心，和父母、姨父、姨母一起，还有这些伙伴。如果日子永远这样过下去，那么生和死又有什么关系呢？

不理解这道歉的含义，实在是一件幸福的事。

后来她和爹、娘、姨父、姨母离开那座小城的时候，满城的人都来送他们。她原本拉着母亲的手，但很快母亲的手里被塞满了人们送的礼物，没法儿再拉着她。就连她的口袋里都多了几把糖，手里被塞了一篮子糕点。

她迷惑不解地问姨父：“他们为什么要这样？”

姨父笑起来，眼上的星图熠熠生辉，说道：“因为他们爱我们。

“这些凡人爱着自己的亲人、恋人、友人，连同这个广阔的世界，如果你让他们得以安然地爱与被爱，那么这些爱意的每一分都与你有关。

“或许他们不认识你，不知道你的名字，甚至不知道受到了你的帮助。但是他们爱你。”

当时的她并没有听明白这些话，只是懵懂地转过头，在人群中看到了那些曾经陪她玩耍的朋友。那些孩子欢快地笑着拼命地跟她招手，于是她也举着糕点篮子跟他们摆手。

她说：“再见。”

她以为这一辈子很长，总会有再见的时候。她那时不知道，她已经见完了这些人此生的最后一面，所谓再见便是失约。

她也没来得及和她的姨母、姨父说再见。

姨母、姨父去世的时候场面盛大。她被强烈的灵力动荡所震慑，奔出门去的时候看见九月就下起了大雪，纷纷扬扬的雪花飘舞着，覆盖在银杏、枫树、桂花枝头。

别人告诉她，那场雪是红色的，就像新春里满天飘舞的爆竹碎屑一般，但是她不知道红色是什么样子。她就站在原地，看着那两盏明灯在风雪中相互依偎着慢慢升入天际，突然不知道自己要奔向哪里。

姨母不会再送她小玩意儿，姨父也不会再送给她书，他们也不会在母亲惩罚她时跑出来护着她。他们或许会在这个世上重新来过，不过重新来过便意味着她与他们再无关联。

父亲告诉她，姨母的家族有注定的命运，姨母在他们家族中已经最为长寿。

“终有一天你的母亲也会离开我们，最后就只剩我们父女相依为命，可真是有点儿凄凉。”她父亲叹息一声，笑着抚摸她的头发。

父亲说会同她相依为命，他承诺过的。可父亲也食言了。

那一年她穿着孝衣戴着白花，坐在母亲的棺材旁边。母亲安静地躺在棺材中，仿佛睡着了。因为修道，直到九十多岁去世的时候，母亲看起来也还是个年轻人的样子，看不到一点儿衰老的痕迹。

她抱着一个翡翠盒子，盒子里盛满了灰烬。或者说，这盒子里的是她的父亲。

她轻轻抚摸着棺木，那是很结实细腻的金丝楠，是母亲生前亲自挑的木材。

母亲一直说生老病死是人间常态，不必太过介意，母亲也的确是到了岁数自然地去世的。

她也不知道自己该不该介意，她想自己应该有权利悲愤或拒绝接受。但她毕竟已经不是父母双全、可以耍赖撒娇的孩子了。

于是她翻身跳进棺木中，躺在母亲身侧，像从前那样伸出胳膊紧紧抱住母亲，怀里还有那个放着父亲灰烬的翡翠盒子。

她轻声说道："你看，我现在能一只手把你们两个都抱住了。

"以后你们再也不会想起我，只有我想念你们。你们还说爱我，可是你们一个个的都走了，把我留下来，你们这些骗子。"

她已经成熟到能够明白她的命运。

出生便死，自此为幽，长存不衰。所爱皆短暂如烟，唯有深渊同她寿与天齐。

寂静无声的午后，她蜷缩在母亲的棺材里，无人应答她的自言自语，只有腰间的九幽灯玉坠泛着莹莹亮光，她将它取下来举在半空，反反复复地端详着。

"留下我，还有这个东西。"她轻声说道。

阳光炽烈地穿过九幽灯，那个刹那她恍惚中察觉到一种奇怪微妙的、从未有过的感觉，仿佛有一个人在她的身边。

是气味。

这个词突然出现在她的脑海里，仿佛凭空蹦出来的。她怔了怔，这个词语对她来说陌生又遥远，仿佛是只存在于别人口中的东西。

什么是气味?

她为何一瞬间就断定这是气味，这样绵长、清冽，像是风的丝线一般飘浮而来的东西，缠绕着鼻翼和心扉。

这是沉香、琥珀、苏合香、薄荷叶、白及、安息香……

这是……

这是……

段胥的香气。他的香囊。

贺思慕拿着九幽灯的手顿了顿，在漫长如同沧海桑田般的沉默之中，她将茫然和悲伤收拾干净，然后轻声笑起来："想翻看我的记忆寻找我的命门所在，芥幽殿主，可真是辛苦你了。"

阳光、棺材、翡翠盒子、九幽灯一齐消失不见。贺思慕再次睁眼的时候便看见一轮满月挂在空中，她坐在伊里尔的花园里，被一座法阵笼罩其中。面前的琉璃塔涌动着强烈的黑气，如同被黑雾所笼罩，而伊里尔站在琉璃塔边，紧张地看着她。

贺思慕轻轻一笑，对着那琉璃塔中的黑气说道："芥幽殿主，想见你一次真不容易。"

远在上京附近，路达走进驿站中的房间关上房门。他感觉到房间里不同寻常的气氛，皱皱眉头转过身去，便看见窗户大开，月光之下窗边靠着一个头戴黑纱帷帽的黑衣少年。

一个幽，一个抱着灵剑的幽。

那个幽走近两步，似乎想要跟他说什么，路达皱皱眉，从袖子里掏出一枚骨笛，那是鹰骨做的笛子，刻满了奇异的胡契文字。骨笛吹响时，声音尖锐得如同利刃袭来，幽头上的帷帽显现出几道阴符，然后猝然断裂落下。

随着帷帽落下，少年的眉目清晰地呈现出来。他眉眼深邃，五官分明，英俊明媚，那双眼睛圆润上挑，含着一层光芒。

路达有些惊讶地放下了骨笛，说道："十七？"

少年似乎更惊讶，他沉默了片刻然后笑起来："少祭司大人居然认得我？"

路达向前走两步，将手搭在段胥的胳膊上，触感冰冷，并无生气。

"你失踪多年，原来是已经死了吗？"

"……"

段胥点头，一本正经道："正是。"

"那你为何会出现在这里？"

"实不相瞒，你爹让我来把你赶回上京。"顿了顿，段胥明朗一笑道，"当然，这只不过是你爹支开我的一个由头罢了。"

面前这位编发戴着银饰、穿白衣金丝纹的少司祭大人露出一点儿意外的神色。路达问道："你认识我阿爷？"

段胥笑起来："才认识没多久，但是或许我比你更了解他。他面上说让我来阻止你回家，但自我离开幽州之后便有人、被幽操纵的人、幽轮番来截杀我，我真是好不容易才见到你。"

若非暗杀曾是他的主业，他靠着各种痕迹推测躲掉了大部分截杀，能不能来到路达面前还难说。

“哥哥刚刚来信说他生了急病，我正要回上京。”路达皱皱眉头，说道，“我不明白你说的话是什么意思。”

“若我没猜错的话，你哥哥根本什么事儿也没有，他只是配合着你阿爷不想让你回家罢了。除此之外，你阿爷还想弄死我和我的朋友。”

路达的目光更加迷惑，段胥微微一笑道：“听不明白很正常。和我去一趟幽州抚见城你就全明白了。你放心，我不会害你。”

路达看了他一会儿，将骨笛收到袖子里，点了点头。

事情出乎意料地顺利，少司祭大人的反应让段胥有点儿意外，他还以为要威逼利诱一番路达才会跟他走，毕竟他现在的身份可不大招人喜欢。

“你相信我？”

路达再次点头，说：“苍神在上，你的眼睛里没有恶意。”

听到“苍神”二字，段胥轻轻笑起来，却听路达接着问道：“你的那位朋友不会有事吧？”

段胥沉默了片刻，从地上捡起那可怜的被一分为二的帷帽，掸了掸。

“不会的。”

她很聪明，同样的亏不会吃两次。而她将九幽灯交给他，并不是要他来保护她，而是要他来隐蔽和保护九幽灯。

骄傲又强悍的幽冥之主，向来不会倚仗别人的保护，更不会让一个凡人，还是她的结咒人来为她做饵。即便这个凡人愿意，她也不屑如此。

所以诱饵不是他，而是她。

贺思慕坐在花园凹凸不平的石子路上，在那金光涌动的阵法中淡然地望向伊里尔。

“真是忠仆啊，宋兴雨能躲避我的召名令，是因为你把丹支圣物交给了他吧。他承诺你，杀了我，他就能当上幽冥之主，将这世上的荣华富贵都给你？”

伊里尔谨慎地站在琉璃塔边，看着贺思慕并不说话。

琉璃塔中涌动的黑气里传来孩子的声音，那似乎是个十岁的男孩儿，声音稚嫩但没了天真，他说道：“贺思慕，你都到今天这步田地了，还嘴硬呢？”

黑暗的角落里，一只半指长的虫子从花园中的“岭邪路雪”中爬出来，身上隐约闪烁着符文。那虫子安静地顺着地面的缝隙一路爬到琉璃塔边，沿着外壁徐徐而上，停在了那团黑气中，悄无声息地融进了黑气里。

在这紧张的场景下，谁都没有注意到，除了那虫子的主人。

贺思慕不动声色地看着，见那虫子消失之后便冷冷一笑道："欺软怕硬、贪心不足、目光短浅、鲁莽、愚蠢，百年来毫无长进。"

"你在说什么？"黑气里传来怒喝。

"说你。"

贺思慕的眼里映着银色月光，乌鸦鸣叫着落在屋顶上，它们三三两两地飞来，在地面走廊上收敛起羽翼，此起彼伏地奏响不祥的乐曲，眨眼的工夫就占满了花园。

伊里尔有些慌张地望着满院子的乌鸦。这些小东西聪明得很，它们喜欢死亡，知道谁才是真正的死亡之主。

贺思慕在阵法中好整以暇地理理裙摆，似乎也不着急从阵法中解脱出来。

以记忆幻境寻找她的命门，这主意勉强可以在她遇到的历次刺杀中排到前五十吧。可惜她还没回忆到芥幽殿主想看的部分就醒了。

看到一个能凌驾于她头上的机会，这芥幽殿主就急不可耐兴致勃勃地冲过来，真是为他人做得一手好嫁衣。

"芥幽殿主，九幽灯不在你手上，就算我身灭又如何？它的下一个主人也不会是你。你这脑子长得既不好看也不中用，还要它做什么？"

那团黑气里传来气急败坏的声音，怒喊道："你给我闭嘴！你现在一点儿法力也没有，我可以把你投进南海冰棺睡一辈子！我劝你最好把九幽灯交出来，让它认我为主人！"

贺思慕几乎要因为芥幽殿主的愚蠢笑出声来。

九幽灯与幽册相生相伴，而幽册中记录了除幽冥之主之外所有幽的命门，有了九幽灯便相当于把所有幽的性命握在手中。

可知道了命门，也得有本事去取。

"你的法力得九幽灯十倍增益，就能所向披靡？且不说我，二十四幽臣里比你强的不在少数，还有左、右丞在，他们杀掉你再把九幽灯抢回来就是了。你不过是一个被推出来的棋子，若你能得手，自然有黄雀在后埋伏你。若你未能得手，其他殿主也没什么损失。我叫你多和关淮走动，是要你学学他的老奸巨猾明哲保身，你怎么半点儿都没学到？”

不待对面的芥幽殿主发怒，贺思慕突然收起了戏谑，慢慢说道：“不过我有个问题，若你答得让我满意了，把九幽灯连同幽冥之主的位子给你也未尝不可。”

那团黑气沉默了一瞬，半信半疑道：“什么问题？”

贺思慕靠着一簇蔷薇花丛，她被那花朵围绕着，沉默了片刻，心平气和甚至有些冷淡地问道：“你为什么想做幽冥之主？”

那团黑气好像听到什么好笑的问题，嘲笑道：“你在说什么？有哪个幽不想做王？做幽冥之主后，便可主宰生杀大权，想做什么做什么，想要什么要什么，所有的幽臣甚至凡人帝王都对我俯首帖耳！”

熟悉的理由，不出意外以至于乏味。幽的欲望形形色色，却总能在这里达成一致，倒也是稀奇得很。

“他们对你俯首帖耳，之后呢？所谓的声色犬马荣华富贵，幽都无法感知享受。你所掌控的这个世界，对你来说究竟意义何在？”

那团黑气并未回答，对于永远在追逐不同欲望的芥幽而言，欲望实现之后的事情，并不在他们的考虑范围之内。

顿了顿，贺思慕淡淡地说道：“你们都想做幽冥之主，好像这是个多么金贵的位置。”

那团黑气里传来不以为意的笑声，宋兴雨说：“既然这不是个金贵的位置，那你又何必死抱着不放？”

贺思慕摇摇头，阵法将她结结实实地困在这方圆之地，她拍拍衣服，从地上站起来，锈红色的裙摆铺在地上，那一刻满院的乌鸦突然安静了。

乌云蔽月，四下黑暗。

她在一片黑暗里说道：“你的答案我不满意，我不会把这个世界让给我讨厌的家伙。”

黑气涌动起来，显然芥幽殿主正在暴怒的边缘，他喊道：“伊里尔，我要把她带走投进冰棺里！你把她……”

他的话还没说完，便见一柄带着蓝色火光的剑破空而来直插入琉璃塔内，将那团黑气破为两半。

蓝色的火光像是引线般燃烧着划破黑夜，手心燃着蓝色火焰的黑衣少年走进花园中，火焰随着他的步子蔓延，将花园燃成烂漫火海，一路烧到琉璃塔上。

整个花园亮如白昼，映着伊里尔惨白的脸色，他颤声道：“路达？”

段胥身后的白衣少司祭沉默了一瞬，一字一顿道：“阿爷，你在做什么？”

他没有等待他父亲的回答，便从袖子里拿出骨笛，于唇边吹响，尖锐的声音如同细密的箭直奔黑气而去。那黑气也悚然暴涨涌向路达，伊里尔大叫着“不可以，不可以”，路达却无动于衷。

那团黑气与骨笛声相撞，终究在路达面前暴怒地消散。

笛声依然不停，伊里尔奔到路达面前抓住他的手腕，路达的手腕被抓住的那一刻，琉璃塔轰然倒塌，一地晶莹碎片。贺思慕周身的阵法随之解除。

路达终于放下笛子，转头看向段胥，说道：“十七，别再烧下去了吧。”

段胥打了个响指，满园的火焰便立刻消失不见，留下一地灰白的灰烬，如同下了一场大雪似的，空气里飞扬着尘埃，月光重新把这片土地照亮。

贺思慕站在纷飞的白色灰烬中，举手掩住口鼻，微微一笑。

段胥突然想到一句话：性若白玉烧犹冷。

她笑得并不温暖，亦不快乐，比不上那个获得触感的春日午后的万分之一。

他的脚步顿了顿，走到贺思慕身边，帮她掸掸身上的灰，上上下下仔细地打量着她。

“你没事吧？”

“能有什么事。”贺思慕偏过头，道，“九幽灯，你如今掌控得很好啊。你这次怎么这么听话？”

“这个世界是我不了解而你熟悉的，我想，我还是不给你添乱的好。”

起了风，从段胥身上传来清冽浓郁的香气，混合着树木被焚烧后的焦味，仿佛是从那个幻境中吹过来似的。

一瞬间，贺思慕想到幻境中的种种过往，光怪陆离。

这是她在人世间闻到的第一种味道，让她在幻境里清醒了过来。或许以后她每次想起人间，都会想起这种味道。

“你妹妹调的香真好闻。”贺思慕轻描淡写地夸了一句，然后向伊里尔那边走去。

段胥突然抓住了她的手腕，从她身后揽住她的肩膀抱住了她，将她的身躯包裹在怀中。他抱得很紧但很短暂，她呼吸之间他便松开了手。贺思慕的步子顿了顿，皱着眉转身看向段胥。

段胥天真无邪地笑着："既然如此，不妨多闻一下。而且你这些日子不动声色，我总疑心你恢复法力后要秋后算账，索性再放肆一点儿。"顿了顿，段胥补充道，"而且不在你身边的时候，我不自量力地十分担心你。"

贺思慕的眸光闪了闪，走近段胥看着他的双眸，一字一顿地说道："你也知道，这是不自量力。"

人确实脆弱易碎，不过她只是在短暂地体验人生。他最好明白，他才是脆弱的凡人。他冒犯她的事情，她可还记着呢。

路达在远处说道："二位，打扰一下，可否过来说话？"

贺思慕转身走去，段胥便跟着她走到了路达和伊里尔身边。

路达的目光转向他的父亲，他那一身华服、珠光宝气却面无人色的父亲，正站在满是灰烬的花园之中，仿佛有什么已经随着琉璃塔轰然倒塌。

他拉着父亲的手腕，平静地问道："阿爷，除了大哥和我之外，我那些兄弟姐妹，为什么都没能长到成年？"

太聪明有时候不是一件好事。伊里尔清了清嗓子，有些慌张地说："不过是生了病……"

到了这个时候，他还试图在这个引以为傲的儿子面前隐藏他的那些龃龉。

路达似乎不再希望从伊里尔的身上得到答案，他将目光转向贺思慕，问道："您能告诉我吗？"

贺思慕看向那可怜的愈显老迈的老爷，淡淡地说道："人要供奉芥幽，需要定期以血脉为饲，维系自己和芥幽之间的联系。"

路达沉默了一瞬，脸上少见地出现了愤怒痛苦的神色，对伊里尔说："你把他们都献给了芥幽，换取你、大哥和我的声名利益？"

伊里尔睁着一双眼睛说不出话来，他的胡须颤抖着，仿佛想要开口却又不能开口。

"您问我要的圣物呢？"

见伊里尔仍然不回答，路达又看向了贺思慕。

贺思慕道："送给那芥幽殿主了，帮他来躲避我的召名令。"

路达低下眼眸又抬起，逼视着伊里尔的眼睛："阿爷，是这样吗？"

伊里尔咬了咬牙，突然一下子甩开路达的手，他原本苍白的脸因为情绪激动涨红，愤怒地举起手指着路达道：“我是你阿爷！我这都是为了谁？我们在王庭处处被人看不起，被赶到这么个小城来，半分家底也没有。若不是我与芥幽做交易，我们家族如何能东山再起？你和你哥如何能到上京做官？你以为你就清清白白吗？如今倒来质问我了！”

路达认真地看着他的父亲，一字一句慢慢说道：“阿爷，东山再起是你的愿望，不是我的，更不是他们的。既然阿爷已经背叛了苍神，我理当引咎辞官，离开王庭。”

伊里尔闻言便急了，迈步上来就给了路达一个巴掌，路达也不躲避，脸上被伊里尔手上的宝石扳指划出一道血淋淋的伤口。

“你在胡说些什么？辞官？你……你想让你的兄弟姐妹们白死吗？你要气死我吗？你对芥幽殿主……你还帮着他们，若芥幽殿主翻脸，你大哥怎么办？我怎么办？”

“我会保护你们。”

场面一时僵持住了，这父子俩明显在鸡同鸭讲，各说各的，在伊里尔气得无言以对时，段胥插话进来。

他发挥了他打太极的绝学，说道：“我主人应该很快就能找到芥幽殿主，他离化成灰也不远了，伊里尔老爷倒不必担心他翻脸。你说路达能有今天全是仰仗你与幽的交易，我觉得倒也未必，当初芥幽殿主为什么选中你呢？怕不是因为他发现你有个天生体质特殊，将来或许能成为丹支司祭的儿子。”

这一手太极两边都找补了一下，段胥为了将其坐实，转头看向贺思慕，道：“殿下，你说我说得对不对？”

贺思慕轻笑一声，看也不看段胥，只是问路达：“没别的问题了？那我休息了，大半夜搞这一出，我着实困倦得很。”

说罢她转过头目不斜视地从段胥身边走过，仿佛没看见段胥这个人似的，段胥也不言语，只是欢快地跟着她。

路达目送他们离去，然后看向他既惊惶又悲愤的父亲，说道：“阿爷，我们要好好谈谈。”

段胥回头看了他们一眼。想来路达不会得到他想要的悔恨抱歉，伊里尔也不会得到他想要的感恩。

父子之间，血脉相连，恩重如山却心有罅隙，所求各异，有什么好谈的。

抚见城这一年到头来最大的一桩事，便是伊里尔老爷家走水，整座花园连同那赫赫有名的琉璃塔一夜之间都被烧毁了，供奉的圣物也消失不见。对于一向运气好得惊人的伊里尔老爷来说，这大概是他一辈子里最倒霉的事情了。

城里的人议论纷纷，有惋惜的也有幸灾乐祸的。幸灾乐祸的人说着他家夫人们脾气差，家里被打死的仆人也不知有多少，这可真是报应。

伊里尔和路达彻夜长谈，直到第二天中午才结束谈话。没人知道他们谈了什么，只是路达没再提起辞官的事儿，伊里尔则提出要把金矿交给王庭，自己去上京苍神祠中侍奉。

段胥和路达站在庭院中，看着仆人们忙碌地打扫收拾院子，段胥笑着说道："少司祭大人，后院起火啊，这种局面正是当年大司祭和我师父最担忧的吧。"

伊里尔身为胡契贵族，却摒弃了自己的神明而拜芥幽，这大概并非个例。数十年来汉人与胡契人在关河以北杂居，汉人的数量是胡契人的三百多倍，文化习俗对于胡契的冲击极大。这些年来胡契人的行为举止越来越像汉人，就连信仰也有所动摇。

他曾听见师父和大司祭谈论此事，对于王庭中的汉风多有微词，恐怕之后国将不国，胡契也不再是胡契。所以他们将苍神和《苍言经》看得极重，认为这便是胡契人的魂灵，应该竭尽全力保持纯洁，不能被外族所玷污。

"我所想的，和我们的两位师父所想的不一样。"路达回答道，"苍神为何只有胡契人才可信仰？《苍言经》为何只有胡契人才能阅读？汉人也好，其他族的百姓也罢，都应该可以得到苍神的庇护。百年以前的胡契人和千年以前的也大不相同，和汉人杂居的胡契人理应和草原上的胡契人不同。流水不腐，总要做出改变。"

段胥有些意外，路达看见他惊讶的表情，仿佛意料之中。他轻轻笑道："你是不是很好奇，我是如何认出你的？其实我看到过你在天知晓山庄的后海堆沙堡。"

他有段时间跟随大司祭客居于天知晓，夜晚时坐在在山崖上静思，总能看见一个少年偷偷溜出来在海边堆沙堡。那沙堡每天都会在海水涨潮时被冲散，尽管如此少年还是每夜前来，在相同的位置再重堆沙堡。

他出于好奇曾偷偷在不远处观察过这个少年，这个少年常常满身是伤，有时候步履踉跄，但即便如此也不曾停歇，总是非常专注。

由此他记住了这个孩子，当天知晓的首领向他们介绍新弟子十七时，他一眼就认出来，这就是当年在后海堆沙堡的孩子。

这个少年终究不是笼中鸟，他飞出来成了鹰。

段胥愣了愣，那段久远褪色的回忆清晰起来。他明朗一笑，道：“不小心让你看到了。”

不小心让你在十七的间隙里，看见了段胥。

不过他并非十七，按照道理说一期的弟子全数死去，最后活下来的那个才被赐予编号。他救了韩令秋，那一期弟子还有两个人活在世上，这世上便没有真正的十七。

这也是当时的他冒着极大风险，让韩令秋得以生还的原因之一。

路达说道：“虽然首领大人说你很虔诚，但我却一直觉得你并不信苍神，对吧？在你眼里我们是什么呢？”

段胥沉默了一会儿，反问道：“那在你眼里，苍神又是什么呢？你真的相信所谓苍神的力量吗？”

“苍神其实是一种信念。十七，你也是有信念的，应当知道这力量强大至极，可匹敌这世上所有的神兵利器，苍神的力量便是百万人如一的信念。神明是否真的存在并不重要，重要的是我们和神的约定，这种约定并不需要神的回应。只要信仰苍神的人还活在这个世上，苍神便不会灭亡。”

这是段胥第一次从一个胡契人口中听见“神明是否真的存在并不重要”这样的论调，居然还是从少司祭口中说出来的。如果师父和大司祭听到，怕是要暴跳如雷。

段胥轻声笑起来：“百万人如一的信念……哈哈，《苍言经》中，苍神最大的赐福就是让胡契人的子孙绵延到世间的每个角落。因此你们挥师南下侵占汉人国土，屠戮百万余人。这就是你们为你们的信念所做的？”

“自古以来，战争从未停止，岂能辨清善恶。汉人内战，开疆拓土之时，死伤又有几何？”

路达沉默了一会儿，转过头来看向段胥：“我知道我们两族之间有着深刻的仇恨，能够化解仇恨的唯有时间和公平，这就是我想要改革的原因。”

段胥并未应答。

庭院里往来收拾的人群嘈杂，段胥和路达之间却只有沉默，路达叹息一声，问道：“十七，你是怎么死的？可有冤屈？”

段胥闻言忍俊不禁，他原本沉默着，此刻却大笑起来道：“怎么，我有冤屈你还要为我洗雪不成？那你要不要为我死去的那九十几个同期平反呢？为在天知晓死去的成百上千的弟子和奴隶平反呢？苍神不庇佑他们吗？”

丹支立国一日便要分三六九等，苍神并不会均匀地庇佑所有人。路达有着高高在上的美好愿望，或许他本身也是个善良的人，但是他没有实现愿望的能力。

他的愿望，只会变成最新鲜的奴役手段罢了。

“以后我们会是敌人，你死我活的那种。”段胥这样说道。

路达有些疑惑，似乎觉得对面这人已经死了，还在跟他谈什么你死我活。但他还是笑了笑，说：“在那之前，我们可以做朋友，萍水相逢的那种。”

段胥沉默片刻，笑着拍拍路达的肩膀道：“少司祭大人，我倒希望之后我们不要再见面了。多谢当年你没有拆穿我，山水一别，各自珍重吧。”

与此同时，贺思慕在房间里品着茶香，她放在桌上的明珠泛起光芒，熟悉的年轻男声从明珠里传来，听起来有些急切。

“老祖宗！”

贺思慕淡淡地问道：“怎么，你的符虫有反应了？”

“是的，不过……”

“芥幽殿主躲到哪里去了？”

明珠那边的男人叹息一声，说道：“如果我的符虫没有探错的话，那家伙现在正在南都。”

“南都？”

“而且在皇宫里。”

贺思慕喝茶的手顿了顿，放下茶杯笑起来：“真有趣啊。你这个国师也太失职了，竟然让幽溜进了王宫。”

第十二章 幽都玉周

得到了想要的信息，贺思慕在伊里尔家小住几日便离开了，段胥自然与路达告别，与贺思慕同行。

他们一路走出城外，城外的小路上开满了姹紫嫣红的小花，春风温柔。段胥走着走着，便慢慢闻到了伴着青草气息的花香，还有贺思慕身上的气息。

原本她身上的味道很冷，像是雪和梅花香混合在一起，如今换成了他的熏香味。他们有了一样的气味，只是她的更冷些。

时间已到，交换结束。

贺思慕走在段胥前面停下步子，回过头来看了他片刻。段胥周身渐渐弥漫起阴森之气，眼睛如墨染般全变成了黑色，他只觉得腹中一阵翻搅，弯下腰将九幽灯吐了出来，周身的煞气随之消散。

段胥又变回了凡人的样子。

那九幽灯浮在半空被一阵风裹着，落在旁边的溪流里打了个滚，又从水中而出回到了贺思慕的腰间。贺思慕低眸，漫不经心地擦擦九幽灯，唤道："姜艾。"

话音刚落，青烟弥漫，一个穿紫衣蝶纹、身材婀娜、约三十岁样貌的美丽女人便出现在这条乡间小路上。她一身璎珞佩环，富丽堂皇，看起来竟比皇宫里的嫔妃还华丽，与这纯朴的乡景格格不入，只见她低头行礼道："王上。"

"安排车辇，我要回玉周城。"

"我算好王上休沐结束的时日，早为王上备好了。"那名为姜艾的女人直起身来，明媚地笑着拍拍手。

一时间道路之上风尘四起，段胥抻着袖子挡了挡眼睛，放下手臂后便看见路上出现了许多幽，浩浩荡荡如乌云般占满了视野。幽中有三十二个幽仆抬着一顶雕刻着卷云火焰纹的红木步辇，步辇四周围着纱幔，四角悬挂铃铛，铃声清灵激越。

段胥怔了怔，好像是因为九幽灯遗留的影响，他现在仍然能看见幽。

“思慕，我还是能看见幽哎。”他说道。

听见从他嘴里说出“思慕”二字，金幽殿主、幽界左丞姜艾诧异地挑了挑眉毛，目光在他和贺思慕之间打了几转，就差把“好奇”两个字写在眼睛里了。

贺思慕像完全没听见段胥说话似的，自顾自地踩着铺开的红色毯子径直朝着步辇走去。她从绯红的衣袖中伸出苍白的手，便有幽仆递上胳膊，让她扶着踏上步辇。

其实这几天里，她一直都不怎么搭理他，他在她身边几乎是自言自语。段胥的神色沉了几分。

“你要走了吗？”他稍微提高些音量，不确定地问她。

她潇洒地走进步辇中，并未答话，仿佛就要头也不回地离开这个人间，纱帘放下便隔绝了他们二人之间的视线。之前她提起过，按惯例她几十年才会休假一次，这样看走一次可能一生也就过去了。

段胥低眸片刻，又抬头笑起来，他在步辇外玩笑般轻快地说道：“不是说了要一个月吗？这才几天啊，君无戏言，你可不能骗我。

“我之前胆大妄为，冒犯了你那么多次，你怎么能就这样放过我呢？你不同我好好算账吗？不让我付出代价吗？”

四下安静，贺思慕并未回答，段胥也看不到她的表情。他脸上的笑意没变，背在身后的拳头却捏得越来越紧。

只见那纱幔被拉开，苍白的女子微微皱着眉头，说道：“说那么多废话做什么，还不上来！”

段胥怔了怔。他背在身后的手一瞬间松开，整个人松弛下来，唇边的笑意越来越明显。他眉眼弯弯地大声道：“好。”

贺思慕抬抬下巴，旁边的幽仆立刻伸出手，像侍奉她一样扶着段胥登步辇。

姜艾在一边看着，意味深长地掩唇而笑。

玉周城位于大梁境内东南一带，几百年前被幽占据，起初是生人勿近，后来幽冥之主索性施法使这座城完全消失于世人眼前。所以在如今这个世间，玉周城就像个传说，没人知道幽都玉周城是否存在，又在哪里。

不过显然玉周城不仅存在，还热闹得很。

幽冥之主结束休沐，声势浩大又慢悠悠地乘步辇而归，便是要让诸位殿主知道，幽冥之主要回来了。一时间除了在逃的芥幽殿主，其他殿主纷纷齐聚玉周城，恭迎幽冥之主。

段胥跟着贺思慕从步辇上下来，便见到这传说中的幽都，城墙高耸，房屋都在四层以上，墙壁屋顶是雪一般的白色，明亮得刺眼。整座城里肉眼可见的颜色几乎只有黑、白、灰三种，于是地上那红色的地毯就格外醒目，沿着城中主路从王宫一直铺到贺思慕的脚下。

幽们分列于路两旁，贺思慕从步辇上走下的一刻，他们立刻跪下匍匐于道路两边，高呼道："恭迎王上！"

段胥的脚步顿了顿，捏着帷帽的边缘往下压。这顶曾被一分为二的帷帽被贺思慕复原，如今戴回了段胥的头上。

凡人进幽域，这可真是羊入虎口。

段胥便在幽冥之主身后狐假虎威地接受了万幽跪拜，在那红毯上一路走到王宫门外。幽殿殿主们在宫阶下行礼，口中道："王上。"

站在殿主之首的是一个二十七八岁模样的男子，他高大冷峻，剑眉星目，有种生人勿近的威严气场。

男人向贺思慕俯身行礼之后，目光便落在她身后那个戴着帷帽不见眉目的少年身上。听说王上从人世带了个活人回来，还让他坐在自己的步辇上。

这可谓极尽恩宠了。

"王上，这是……"

他还没问完，便见贺思慕指着那少年对他说道："晏柯，把他绑了，在宫门上吊两天两夜。"

那少年似乎怔了怔，然后居然笑出声来："殿下终于跟我算账了。"他的语气听起来好像是心中的一块石头落地似的，既轻松又愉悦。

贺思慕扬起下巴看了少年一眼，便挥挥衣袖走进了宫殿中。晏柯看着那少年向自己行礼，递上自己的双手，笑盈盈地说道："麻烦您了，晏柯大人。"

他不由得皱起眉头，这个凡人和思慕到底是什么关系？

刚刚跟着王上一同归来，仿佛极受宠爱的凡人，现在突然被绳子捆住吊在了宫门外，引起了玉周城内众幽的围观。

这边幽主召集幽臣们开朝会，讨论她休沐时遗留的问题和发现的情况。待说到遇刺一事时，贺思慕刚开头关淮便出列，悔恨万分地拜伏在地，扯着他破锣般的嗓子大声声讨着自己管教不力、治下不严，没承想方昌和芥幽殿主勾结，然后再三赌咒发誓自己绝无二心，绝无加害王上的心思。

关淮实在是个靠自己就能演出一场好戏的角儿，慷慨激昂、情真意切，一点儿都没有幽界最年长的幽该有的气度。大概识时务、能见风使舵就是他到现在也没化灰的原因。

贺思慕淡淡地看着关淮表演，倒也不拦着，待他一出戏唱完，她才翻着最近的折子，问道："晏柯，你怎么看？"

晏柯出列行礼，道："方昌已被抓获，押在九宫迷狱，当判以灰飞烟灭之刑。关淮管教不力出此大祸，应当投入九宫迷狱中受罚。我替王上监理幽域时有所疏漏，亦应该受罚。如何罚我，请王上决断。"

贺思慕把折子丢在台上，道："把方昌带上来吧。"

不一会儿，方昌便被押到了殿上，几个月不见，他十分狼狈，发髻也歪了，零零碎碎地露出碎发，踉跄地跪在地上时，脸上还有心有余悸的惊惶神色。

他刚从九宫迷狱里出来，怕是还分不清现实和幻境。

贺思慕从王座上一步步走下来，背着手站在方昌面前，俯下身道："方昌。"

她这一声召名令立刻将方昌唤醒，他愣了愣，眼里流露出本能的恐惧，又夹杂着不顾一切的疯狂。

"王上，你回来了。"他哂笑一声，说道，"那我就要灰飞烟灭了，对吧？好啊！你来啊！你不就只会做这个，看谁不顺眼就将他灰飞烟灭。你以为这样就能江山永固？你以为他们真的服你？谁不是想等着你稍一颓弱就将你取而代之？你不过是仗着自己力量强罢了，你这样的暴君人人得而诛之！"

这幽临了了，似乎还以为自己是个大义凛然的谏臣。

贺思慕低头轻声笑起来，说道："是啊，但是怎么办，我就站在这里，你们若能杀得了我来杀便是。"

她直起上身，淡淡地说道："我还以为，你会有更精彩的遗言。"

说罢她身上的九幽灯燃起火光，顿时方昌身上被熊熊烈火笼罩，他在火光中痛苦地翻滚号叫，声音响彻天际，任是再铁骨铮铮的幽臣都忍不住一哆嗦。

他足足号叫了半个时辰才没了声息，火光熄灭的时候空气里弥散着细细的灰烬，在阳光下无声地飘飞着。

他五百多年作为幽的存在终于走到尽头，没有生生不息的明灯，只剩下死寂的灰烬。

各位幽殿殿主神色各异，窃窃私语，依稀听到有谁在说，一个副殿主说没就没，王上杀的殿主和副殿主有二十几个了吧。

贺思慕抬起头，便在灰烬飘飞间，透过大开的殿门看见了远处被吊着的段胥。宫墙和瓦片都是雪白色的，描绘着黑色的火焰纹，而他的一身黑衣仿佛是白墙上的一笔花纹。

殿外风的丝线很密，他帷帽上的黑纱被风吹起纠缠着，从缝隙里她看见了他的眼睛。

明亮上挑的、如同水玉一般澄澈的眼睛，正专注地看着她。

贺思慕与他对视片刻，便收回视线走到王座上，淡然地坐下："逻幽殿主关淮判入九宫迷狱十年，逻幽殿由姜艾代理。至于晏柯，替我监理幽域一时疏忽也是可以理解的，此事我不追究，若有下次，便同关淮一般处置。"

几位殿主纷纷行礼领命，关淮暗自捏一把汗，九宫迷狱那鬼地方他一刻也不愿意多待，还要待上十年，他真是被方昌连累得不轻，不过总比灰飞烟灭来得好。

幽主回归后的朝会，将半年来遗留的功过奖赏落实得七七八八。幽殿殿主们一直提心吊胆，直到朝会结束才放下。眼见着贺思慕摆摆手说完"退下吧"，整个宫中所有殿主的眼睛都亮了起来，恭敬地依次退下。

姜艾和晏柯留在宫中，晏柯远远地看了一眼乖乖被吊在宫门口的段胥，问贺思慕："王上，你带回来的这位是什么人？"

"如你所见，凡人。"贺思慕边看折子，边漫不经心地回道。

这明显就是不愿再多说的样子，她还特地给了那凡人一顶帷帽，帷帽上的法咒可以让见过他的幽忘记他的长相，暗含着些保护的意思。

姜艾看看贺思慕，再看看晏柯，哈哈大笑起来："我看这孩子好像对我们王上有几分意思，王上对他也包容得很。王上这还是第一次把喜欢的郎君带回玉周城吧？"

晏柯的神色便阴沉下去，衣袖下的拳头也捏紧了。姜艾笑得更欢快了，看热闹不嫌事大地指着晏柯道："哎哟，晏柯，你看看你那表情，吃味儿了？谁都知道我们王上不喜欢幽喜欢凡人，这都几百年了，你就死了那条心吧。"

晏柯的神色一凝，待要发作，便见贺思慕合上折子，抬眸笑道："他不是我的情郎。姜艾，你也别总开我和阿晏的玩笑了。"

她这次开口，神情和气氛都轻松了许多，不再像方才一般满是威严压迫。

姜艾不以为然地摇摇头，头上的金穗玉石发出清脆声响，她叹息道："开玩笑？若只是玩笑，那阿晏怎么这副表情，千岁的幽不该就这么点儿涵养吧？"

眼见着晏柯的目光又冷了三分，姜艾收起了看戏的表情，说道："不逗你们啦，我去看看那新来的小朋友。"

姜艾乃二十四殿主中的首富，倘若爱看热闹也能排个名次，那姜艾定然是幽界当仁不让的第一。她行了个礼，迈着悠然的步子朝宫门走去，一路上佩环叮咚，发出昂贵的声响，最终停在高大的白色宫门下面。姜艾仰起头和被吊着的少年攀谈起来。

晏柯远远地看了一眼这一幕，再回过头来看向贺思慕，他神色凝重道："思慕，你怎么会突然失去法力？"

贺思慕悠然说道："我现在有法力不就行了。"

晏柯沉默片刻，叹息道："算了，你没事就好。芥幽殿主的事情怎么办，你要如何搜捕他？"

"这个我自有安排。"

这些年思慕越来越独立，也越来越让人难懂，早不像之前那般依赖他了。

"好吧。"

晏柯叹息一声，行礼退出了大殿，他站在殿外望着宫门停顿了片刻，终究是朝着那边走了过去。见他走来，姜艾掩唇轻笑，道："说曹操曹操到，这就是我们的后幽殿主晏柯晏大人，情敌见面怕是要分外眼红呢。"

看样子她已经把刚刚在殿中说的话又在这凡人面前说了一遍。

那少年的双手分别被绳子吊在两边，高高地挂在宫门上，黑纱之下看不清表情，只听他满不在乎地笑道："幸会幸会，晏大人。"

和终日里爱开玩笑的姜艾不同，晏柯向来很少笑，若是哪个幽看见晏柯笑，怕是要惊奇地将这件事说个几百年。这位右丞大人总是威严肃穆的，仿佛身体里结着冰霜，除了贺思慕，其他幽和人都只能听见他带着冰碴子的声音，承受着他久居高位的傲慢。

晏柯皱起眉头，见这个少年一丝畏惧的情绪也没有，便道："王上为何要把你吊在此处？"

"我冒犯了思慕，自然要受到她的惩罚，被她吊在这里是我的荣幸。"

晏柯的瞳孔紧缩，慢慢说道："区区凡人，也敢直呼王上的名讳？"

这凡人还没回答，姜艾就先说道："我眼见着他当面叫王上的名字，王上都没说什么，右丞就不必在此替王上生气了吧。"

姜艾身为爱财的金幽殿主，开赌坊、青楼敛财无数，在红尘里打滚了上千年，嘴皮子厉害，眼睛也毒辣，整个幽界没有几个能说得过她的，看这情形她是在维护这个凡人。

晏柯斜了一眼姜艾，知道在姜艾面前讨不到好处，多半还要被她取笑，他便没再说什么，拂袖而去。

姜艾看着晏柯的背影，啧啧感慨，抬头看着这个看不见样貌也不知道名字的少年，相比于他，她对他腰间那柄乌黑银边的剑倒是更熟悉。也是因为这把剑，她才替这少年多说了几句话。

"好久不见这把剑了，你是破妄剑的新主人？"

段胥笑道："正是，多谢左丞大人。您认识破妄剑以前的主人？"

"以前的主人？不就是这柄剑的铸造者，思慕的姨父，前天机星君睢安吗？"

见段胥似乎有些惊讶，姜艾轻笑道："怎么，思慕没告诉你这把剑是她姨父所造吗？看来思慕和你也没有很亲密啊。"

段胥若有所思，说道："金幽殿主，您了解思慕的父母和姨父、姨母吗？"

"我和他们交情可是很不错的。前幽冥之主在世的时候，还尊称我一声'姜艾姨'，思慕便跟着她爹一样称呼我。"

"那您能不能跟我讲讲她小时候的事情呢？"段胥尽力俯下身，瞄着远处宫殿里正心无旁骛处理公务的思慕，小声说道。

姜艾偏过头，轻轻一笑："我为什么要告诉你？你能给我什么呢？"顿了顿，她又说道，"孩子，探听幽冥之主的过往，这可不是什么好玩的事情。"

段胥摇摇头，笑道："我不是为了好玩。"

姜艾望着这个被高高吊在宫门上，仍然兀自悠闲自在的凡人，心想这可真是个胆大又明朗的孩子。羊入狼群，居然还能这样怡然自得。他若不是思慕的人，她倒真想收下他的魂火。

待姜艾走后没多久，贺思慕便将公务处理得差不多了，命幽仆打扫方昌灰飞烟灭后留下的灰烬，之后从殿中走出来，抬头便看见了挂在宫门上的段胥。

他怡然自得地在空中晃晃悠悠，不像是来受罚的，倒像是来晒太阳的。

她微微眯起眼睛，停下脚步，漫不经心地转着手中的九幽灯。

这可真是件怪事，凡人不是会感到疼的吗？他从前不是疼一点儿就嚷嚷起来，说她下手不知轻重吗？怎么这个时候反倒一声不吭了？这家伙才活了不到二十年，怎么能这么胆大包天、无所畏惧？

段胥闻到了熟悉的香气，抬眼便看见了贺思慕坐在九幽灯之上，飘浮在半空中。

他粲然一笑，说道："思慕。"

"你这半天都反省出什么了？"贺思慕淡淡地问道，仿佛书院里检查课业的先生。

段胥似乎认真地思考了一会儿，他透过黑纱望着贺思慕，眨着一双真诚的眼睛："我刚刚一直在想，我吻你然后杀了刺客之后，你一言不发地看了我很久。那时候你在想些什么？"

贺思慕心想他这思考还真是后知后觉。

"就这个问题？那我可以告诉你，我当时想等我恢复了法力，一定叫你悔不当初。"

段胥点点头又摇摇头，他的声音里含着笑意，慢慢地说："除此之外，我猜那时候你还在想，我到底为什么要亲你？你或许以为我是见色起意、情迷意乱、心猿意马、一时入迷，或者是为了挑衅，所以与你亲吻。但是你很快发现，不是这样。"

段胥望着贺思慕的眼睛，笃定而清晰地说道："你发现我似乎是认真的，所以你什么也没说。即便到了现在也只是把我吊在宫门上，而不是杀了我，对吧？"

如果她真的觉得他有意侮辱她，即便他是她几百年不遇的结咒人，她也不会留他活在世上。

贺思慕微微抬起下巴，淡淡地说："你这样猜来猜去故弄玄虚，有意思吗？"

“那我便坦诚一点儿，告诉你那时候我的想法。我确实是一时情迷意乱，觉得你分外可爱，自己再也不会遇到这样一个姑娘，再也不会对别人有这样的心动。”

贺思慕眸光闪了闪，但只是听着。

“待这几天过去，我冷静下来仔细想了想。”段胥停顿了一下，悠然笑道，“发现事实的确如此。”

贺思慕皱起眉头，并没有表现出很惊讶的样子。她的手指在腰间的九幽灯玉坠上绕着，苍白的眼皮低垂再抬起，说道：“少年人一时心动是常事，喜欢我也没什么好奇怪的。像你这样的人我见过很多，不过你应该是他们之中最聪明的一个。聪明如你，应该想清楚再开口。”

“我想清楚了。”

“不，你没有。你真的了解我吗？”

“我想要了解你。”

“段舜息，你做不到。”顿了顿，她又说，“我也不需要你了解我。”

贺思慕的语气淡漠，丝毫不为段胥的话所动，不容置疑地将他的心意推回去。她说完这句话便乘着九幽灯转身而去，留给段胥一个毫不留情的背影。段胥偏过头去凝视着她的背影许久，才轻声叹了一口气。

夜幕降临的时候王城变得安静了些，倒也没有很安静，毕竟幽是不睡觉的。段胥晓得自己这么被吊在幽王城的宫门之上，无异于一块肥肉悬在一群饿虎头顶，哪个幽不跃跃欲试，要不是贺思慕的威严在这儿压着，他早连骨头都不知道在哪里了。

再加上被吊了一天，胳膊已经从疼痛变得逐渐麻痹，段胥索性也不打算睡了，就在这个视野极佳的位置欣赏着幽域。

一眼望去屋顶全是雪白色的，仿佛在积雪终年不化的极寒之地，虽然现在天气已经逐渐热起来，但是看着还是觉得冷，从眼睛冷到心里。宫墙上和民居的墙壁上有各式各样的黑色花纹，段胥看不太懂，想来大概是和一些咒术有关。这里居住的大多是幽殿殿主和他们的家臣，因而这里总是肃穆安静。

没有烟火气，也没有人气。一座城看起来像个大棺材似的。

贺思慕平时都住在这样的地方吗？怪不得她总要去外面透透气。

段胥正想着，一些轻微的窸窸窣窣的声音被他捕捉到。他的思绪回笼，右脚一抬腰间的破妄剑，破妄剑便荡起来被他的右手接住。他咬着剑穗拔出剑来，斩断绑住左手的绳索，一个翻身堪堪躲过一个飞扑而来的幽。

一套动作只在须臾之间，他迅速把右手的绳子也砍断，掉落在地上翻了几个跟头，看向同样落在他面前的强壮高大的幽。这幽看起来是个四十多岁凶神恶煞般的壮汉，也不多话，再次朝段胥奔来。

还真有胆子大的家伙，居然真的趁着月黑风高打他的主意，就不怕被贺思慕杀掉吗？

段胥想，他不至于这么抢手，以至于有幽冒着性命危险来取他的魂火吧。段胥挽了个剑花，笑盈盈地对冲来的大块头说："要杀我，胃口这么大，也不怕硌了牙。"

第二天贺思慕来到宫门口的时候，发现段胥还吊在门上，不过高度好像不太对劲，绳索仿佛变短了，他被吊得更高了。

"你怎么回事？"

"昨天晚上有幽要杀我，我就砍断绳索下来与他拼命，成功将他赶跑后，想着也不能驳了你的脸面，便又把自己重新捆好吊起来了。"

段胥笑得明朗，贺思慕想，还真没见过这么自觉的家伙。

贺思慕皱着眉沉默了一会儿，说道："算了。"

她这句话说罢，段胥手上的绳子便化作烟消失不见了，他从宫门跌落在地，翻滚了几圈后揉着自己的肩膀和手臂，慢慢站起来。

"就这么放过我了？"他笑盈盈地问道。

贺思慕心说，他也没有半点儿在受惩罚的样子。昨天那番对话她已经说得明明白白，他也没有半点儿受到打击的样子。他总是过于执着和自信。

"再吊多久你也是一样的，别在我面前碍眼了。"

贺思慕叫来幽仆，让他们把段胥带去歇息。段胥在踏入幽都玉周之后，经历了万幽跪拜、宫门上被吊一天一夜之后，终于脚踏实地地被带往宫殿中的一处偏殿住下。

但此时还存在着很多问题，比如偌大的幽都里并没有人吃的食物，而段胥已经饿了一天一夜了。幸而带路的幽仆说王上已经吩咐过，一会儿左丞姜艾大人的厨子会来给他做饭。

段胥有些惊讶："左丞大人家还有厨子？"

"我们不以凡人的食物为生，但想吃还是可以吃的。左丞大人富可敌国，坐享荣华富贵，有几个厨子也不稀奇。"幽仆毕恭毕敬地说道。

段胥若有所思，他双手十指交叠于唇边，问道："左丞大人是做什么的？如何能富可敌国？"

"左丞大人的赌坊开遍天下，自然有钱。"

"赌坊？她喜欢赌？"

"是的，大人最爱赌，几乎逢赌必赢。"

段胥思索了一会儿，轻笑道"原来如此"。

他们走过一个转角，便撞上了迎面而来的另一队幽。段胥身前的幽仆立刻伏身行礼，道："右丞大人。"

段胥看过去，便见高大冷峻的晏柯穿一身深蓝色衣服，正在不动声色地打量他，继而收回目光要从他们旁边走过去。

段胥却突然后退几步扶住晏柯的肩膀。

"晏大人，看到我还活着是不是有点儿惊讶？"

晏柯微微移过目光，段胥轻声在他耳边说道："你身上有和昨天袭击我的幽一样的气味，可惜你闻不到。"

在凡人面前，幽身上的盲点实在太多了。

"昨晚要杀我的那个幽，他是不是刚刚和你见过面啊，右丞大人？"段胥笑着轻声问道。

姜艾走到宫殿中时，贺思慕正靠在王座上翻幽册，见到她走进来，贺思慕放下幽册，指了指旁边的椅子："姜艾姨，坐。"

贺思慕并不常喊她"姜艾姨"，大部分时间叫她金幽殿主或者左丞，又或直呼名字。一般这样亲切地喊她，便是有事要托她去做了。

姜艾心想，贺思慕的爹叫她"姜艾姨"，贺思慕也这么喊，不知是在占她的便宜还是在占自己爹的便宜。她坐下来，问道："思慕啊，你叫我来做什么？"

贺思慕的手指在幽册上敲了敲，轻描淡写地说："我带来的那个凡人，这段时间你带着他在玉周城转转吧。"

姜艾愣了愣，继而笑出声来："怎么，大家都知道他是你的人，谁敢动他，难不成还要我保护他？”

说着说着，她便若有所思地停了话头，继而说道：“倒是真有个家伙敢动他，搞不好还真敢把他弄死。思慕啊，晏柯那家伙的嫉妒心有多强你也不是不知道，之前你那些情郎从不来幽域也就罢了，现在你居然把这个凡人放到他眼皮子底下，你就不怕出什么事？”

贺思慕摇摇头，笑道：“段小狐狸有破妄剑在身，没那么弱。再说，晏柯他嫉不嫉妒和我有什么关系？我难道要顺着他的心意？”

姜艾叹息一声，她还记得三百多年前她把贺思慕带来幽域的那一天。晏柯先前还对这位年轻陌生的少主多有微词，可一见贺思慕便什么话都没有了，足足愣了半炷香的时间。

贺思慕确实是个不可多得的美人，毕竟她的父母一辈就没有不好看的。更何况她身上有股难以言明的劲儿，倔强又孤傲。

那时候姜艾就想，完了，这后幽殿主算是栽了。

后面又过了几十年，贺思慕明确表示自己不喜欢幽只喜欢凡人的时候，姜艾再一次想，完了，后幽殿主栽得出不来了。

没有幽能够放弃自己的欲念，若能放弃，也就不会变成幽了。不过这话对贺思慕来说也是一样的。

“不管你认不认，晏柯都要针对这孩子，你索性认了他做情郎呗。这孩子胆子大又开朗，对你非常上心，我瞧着是一千个一万个喜欢你。你这几百年来二十几个情郎都有了，也不差这一个。”姜艾热心地怂恿道。

贺思慕叹息一声，似乎听到这个话题就开始头疼，她摇了摇头又开始翻书：“算了。”

“怎么，你不喜欢他？”姜艾思索了一阵，恍然大悟道，“我知道了，他一定长得很丑吧？”

段胥打了个喷嚏，心道也不知道是谁在背后说他的坏话。他摸摸鼻子，给他带路的幽仆和晏柯的仆人都回避到一边，这个角落就剩下他和后幽殿主晏柯。

段胥靠着墙，笑道：“我们不如开诚布公地聊一聊，晏柯大人，无论你有多不喜欢我都不该来杀我吧，我若死在了玉周城里，思慕的颜面和威信何存？”

在他看来，蠢蠢欲动的幽不在少数，不过居然有幽敢堂而皇之地在玉周城内杀死幽冥之主带来的凡人，他倒是没有想到。若真的成功了，这简直是视幽冥之主的权威于无物。思及这一点，他赶走了那个幽后还按原样把自己绑了回去，装作无事发生。

晏柯原本就冷着脸，此刻面色越发冷峻，他说道："我不认为你有资格与我开诚布公。一个微不足道的凡人，当真以为思慕会把你放在心上吗？"

段胥摇摇头，说道："思慕把不把我放在心上是我和她之间的事情，就用不着右丞大人来操心了。只是即便我是个局外人，都已经觉得她做幽冥之主非常不易，您就别再给她添麻烦了吧。"

说完他便转身准备去唤给自己领路的幽仆，话还没出口，就听见晏柯淡淡地说道："段舜息，你认识她多久？半年？我已经认识她三百年了。"

段胥转过身来，看到面前高大冷峻的男人露出戏谑的神情，还是那一贯高傲的样子。

"我在群幽叛乱时遇见她，助她平叛，帮她推行法令治理幽域，若没有我替她监管幽域，她甚至没有办法去休沐，更不可能遇到你。她需要我，我可以永远陪伴在她身边。像你这样的凡人，思慕之前也遇到过很多，不过是一时消遣罢了。你这青春年少不过眨眼光阴，短暂如烟，她很快就会完完全全地忘记你。你又能给她什么呢？"

段胥定定地看着晏柯的眼睛，风的丝线在这个转角弯弯绕绕地纠缠着，仿佛描摹着何为暗流涌动。

段胥突然明媚地笑起来，说道："右丞大人，你怎么会知道我的名字？"

晏柯的瞳孔紧缩了一下。

"原来如此，你偷听我和思慕的谈话。你听到我曾亲吻她，所以恼羞成怒了？"

段胥摆摆手，感叹地转过身去唤给他带路的幽仆过来，然后轻声说："思慕不是你的所有物，三百年了她仍然不喜欢你，是你太把自己当回事了吧，右丞。"

晏柯瞬间捏紧了拳头，而段胥转过身去的时候，脸上的笑意也消失不见了。

段胥在偏殿住下后好好地睡了一觉，休息好后，姜艾的厨子也被带进来做饭，总算不至于让段胥饿死。这位凡人厨子一看就对玉周城和姜艾有着清晰的认识，大概知道自己不好好做饭就出不去了，基本上不说话只干活儿，掂勺掂得上下翻飞，每顿至少八个菜。

段胥宽慰他许久说吃不了这么多，这位厨子依然战战兢兢地我行我素，段胥只好放弃劝说。

和姜艾的厨子一起来的还有姜艾本人。这位风情万种、富贵华丽的殿主自然也要享用自己厨子的厨艺，并且边吃边说受幽冥之主所托，来照看段胥一阵子。

“王上休沐结束刚回来，实在是忙得很。你对玉周城不太熟，我便代她略尽地主之谊。”姜艾说得冠冕堂皇。

段胥倒也不追问，只是笑了起来，淡淡地说道：“她这是希望我自己想清楚放弃啊。”

“什么？”

“没什么，那就麻烦您了。”

段胥接下来毫不客气地践行了自己要麻烦姜艾的发言，每天早出晚归，让姜艾带着自己几乎把玉周城的每个角落都跑了一遍。他对拜访各位位高权重的殿主毫无兴趣，倒是对街道排布、一草一木更感兴趣，不过几天的工夫，他就手绘了一张玉周城地形图出来，且坊市间的比例居然相差不大。

姜艾奇怪地看着这张地图，一面对他这种过目不忘的能力啧啧称奇，一面搞不清楚他要做什么。

“你要干什么？”

“送思慕一份礼物。”段胥暂时放下笔，对姜艾笑道，“我还想去一个地方，烦请左丞大人带路。”

“什么地方？”

“刻有三十二道金壁法的山壁。”

姜艾挑挑眉毛，笑道：“你可真是慧眼独具，一下就挑中幽们第二讨厌的地方。”

金壁在玉周城东部，王宫背后的虚生山上。那里原本是一处天然石壁，前幽冥之主令工匠在石壁上以足金覆盖抹平，上面用朱砂刻就三十二道幽界之法，每个字都比军中令鼓还要大。

当时段胥被吊在宫门上时，一眼就能看到山中有个地方发出刺眼明媚的金光。这次姜艾带着他来到石壁边，刚刚到山腰便已经能远远地把所有字看清，在一片苍翠的绿树掩映中，金红相映，恢宏肃穆。

待他们站在金壁之下，仰望着这足有四层楼高的金壁时，不禁双双发出感叹。

姜艾说的是“造这面墙壁当初费了多少金子啊”。

段胥说的是“发政施令为天下福者，谓之道”。

姜艾惊讶地转过头来看向段胥，看书大概是她最厌恶的事情之一，因此她对这句话十分陌生，但也能听出来段胥话里的敬佩。她掩唇而笑：“幽里十个有七个都不喜欢这些束手束脚的法条，小朋友，你可真正直。”

段胥伸手抚摸那些苍劲有力、深深刻入金壁之中的字体。金壁法对幽的行为有诸多限制，但幽若能遵守这些法条，便也称不上是恶了。

他淡淡地说道：“古有商鞅者变法图强，终被车裂于市，而后秦王天下。”顿了顿，他轻轻一笑，说道，“原来是这样。她走的是商鞅的路，一条人憎幽恶的路。”

“人憎幽恶才是幽冥之主应当所处的位置。”

贺思慕曾经这样漫不经心、轻描淡写地对他说道。

或许她早就很明白，但仍然决定以她漫长无边的一生和卓然的天赋与深渊纠缠，牵制这由欲望和贪念组成的庞然大物。以维持幽界的秩序，去除污名，让幽也能有好坏之分，保护由这些渺小而脆弱的凡人组成的世界。

他相信，只要她当幽冥之主一日，便幽域稳定、人间无恙。即便无人可知，无人感念。

说完这句话，段胥突然转过头来，笑盈盈地对姜艾说：“刚刚没听清，您说我什么？正直？”

姜艾点点头。因为这少年刚刚说的话，她正在重新审视他，说道：“难道不是吗？”

面前的少年摇摇头，帷帽上的黑纱跟着摇晃，他的声音里带着笑意，还隐隐含着一丝戏谑，仿佛是听见了什么好笑的言论。

“我不是什么好人。我身上血债无数，我杀过很多素不相识、手无寸铁、哀求我放过他们，甚至无法发出声音的人。我做这些事也没有什么光明的理由，我只是为了保命。若这些法条用在我身上，或许我也不能全身而退。

“但是我也发过誓，以后会救更多的人，会保护更多的人，让他们获得自由。我会拼上这条命，全力以赴。”

姜艾怔了怔。她知道这个年纪的孩子多少都有些宏图大志，慷慨激昂地谈梦想，恨不能上青天揽明月。在赌坊中便有许多这样豪掷千金的富贵公子，他们总是迷茫又躁动。

但是这个孩子不同，他的慷慨激昂似乎过分清醒了。

她还没来得及对他的描述做出评价，便见这孩子向后退了几步，笑着岔开话题：“之前您说这是幽们第二讨厌的地方，那第一讨厌的地方是哪儿，是传说中的九宫迷狱？”

姜艾只觉得眼皮跳了跳，她皮笑肉不笑地说道：“你不会想去九宫迷狱吧？”

没有幽会喜欢九宫迷狱，或者应该说，所有幽对九宫迷狱都避之不及，别说进去了，连大门都不想经过。

“劳烦左丞大人，带个路？”段胥一派天真地做出一个请的手势。

近来姜艾觉得，这孩子的天真里总是充满了陷阱和麻烦事。

第十三章 九宫迷狱

九宫迷狱在虚生山的地底，入口在山腰之上，有一扇漆黑的槐木大门，仿佛是某个寻常仓库的大门。它没有任何装饰，平淡无奇地立在那里，看不出一丝恐怖的端倪，也没有幽把守，一点儿也不与它的盛名相称。

姜艾和段胥站在这座大名鼎鼎的迷狱面前，她再次确认道："你确定你要进去？"

段胥反问："难道思慕不让我进去？"

"这她倒是没说过，不过要是守卫不放你进去，我也没有办法。"

姜艾叩响大门，声音三长一短，那乌黑朴素的大门亮起一道符咒，继而有白色条状凸起的纹路在门上显现，像极了人额头上因用力而偾张的血脉。

顺着白色经脉汇聚的方向，两扇门上赫然睁开一双半径约三尺的巨大的纯白的眼睛，上下左右灵活地转动着眼珠，不知道在看什么方向，也不知道在打量着什么。

"来者报名。"眼睛也不知道是从哪里发出的声音，居然中气十足、声若洪钟。

"金幽殿主，姜艾。"

那眼珠子贴近姜艾瞧了瞧，笑道："姜艾，稀客啊稀客，你犯了什么事儿啦？我怎么没收到王上的旨意啊？"

姜艾摆摆手，笑得花枝乱颤："虚生，你这是说什么呢？我这般知书达礼又守法的好幽，怎会下狱？"

虚生乃虚生山的山灵，整个虚生山都是由他的身体所化，他的眼睛正在九宫迷狱的大门之上，而九宫迷狱则在他的头颅之内。

“我就是想进去看看，带上我这位朋友。”姜艾伸手一指她身后的段胥。

那巨大的眼睛突然竖立起来奔向段胥，段胥下意识地想要躲避，但又立刻停住站在原地，任那惨白的竖目在他面前左看右看。

虚生说道：“他身上有王上的气息，很重的气息。”

“他那帷帽上有王上的符咒。”姜艾答道。

“不止于此。”虚生倏然收回眼睛，在门上漫不经心地转着，“他是个凡人，凡人我是不会放进去的。”

这话正中姜艾下怀，她正想跟段胥说不是我不帮你，是虚生不肯放你进去，却听虚生接着说：“不过，王上是不是要娶你？你是王上的未婚夫？”

姜艾稍有惊诧和犹豫，这少年便以常人不及的反应速度说道：“没错，我们俩已经约定终身了。”终身做结咒人也是终身啊。

虚生啐了一声，若不是眼睛全是眼白，他定然要翻个白眼。

“看样子也是，上个深染幽主气息的凡人就是前幽后殿下了。行，那你进来吧。”

少年转过头来，姜艾看不见他的表情，但是可以想见他正在得意地笑。她摁着太阳穴，心想这王宫金库里的百箱金砖真不好赚，下次思慕再给她这种活儿，她可得多要点儿。不过去九宫迷狱里转一圈儿，除了不大舒坦也没什么大事儿。她叩叩大门，说道：“虚生，给我两盏心烛。”

“好的。”

那纯白的眼睛中涌动起红色的水雾，仿佛天边的红霞一般，汇聚成两滴红泪顺着眼眶流下，落在姜艾手里就变成了两根红烛。

姜艾在空中一挥，手里便多了个金灿灿的烛台，她将其中一根蜡烛插在烛台上递给段胥。段胥接过烛台的一瞬间，那烛火自动燃烧了起来。

“好生照看着，这是你的心烛。”

姜艾如法炮制了另一盏心烛，那蜡烛也燃烧着火焰。不过段胥手里蜡烛的火光是红色的，而姜艾手里的是蓝色的。

段胥问道：“这是您的心烛？”

“没错。只有拿着心烛，才不会迷失在九宫迷狱之中。”

大门缓缓打开，门后是看不见边际的黑暗。姜艾举着自己的心烛，说道：“进去之后跟紧点儿，里面没什么好看的，绕一圈出来也不过半个时辰。”

段胥应下跟上。

九宫迷狱顾名思义，按九宫八卦图排列，有一坎、二坤、三震、四巽、五合太极、六乾、七兑、八艮、九离，编织世上种种欲望的迷局。

姜艾举着蜡烛在前面走着，段胥踏入迷狱时便见地上发出浅淡的光亮，露出个“坎”字后归于黑暗。遥远的地方传来痛呼惊叫声，回荡成无数重叠声响，被囚禁的幽在一片黑暗中偶尔撞进微弱烛火的范围内。

他们仿佛在黑夜中的大海上行舟，周围波涛汹涌，但是触目可及的只有一派黑色。

段胥问道：“这九宫迷狱中怎么这样黑？”

姜艾悠悠答道：“这里可是人心黑暗啊。”

她之前说九宫迷狱没什么好看的，并非托词，实际上持着心烛踏入九宫迷狱确实只能看见漫无边际的黑暗，听见流放于此的幽惨叫，多半也不会正面撞到什么幽，因此无聊得很。

唯有心烛熄灭的时候，才能看见真正的九宫迷狱。

没了心烛，幽便会立刻陷入九宫迷狱编织的幻境中，忘记现实和虚幻之间的界限，身处无数重生老病死、怨憎会、爱别离、求不得的痛苦之中。

“幽不会感觉到疼痛，可你也看到方昌被烧死时号叫了许久。那是因为九幽灯的灯火可以让幽想起为人时身上所受的所有疼痛的记忆，并以十倍相还。幽被这种身临其境的记忆所折磨，故而痛苦难耐。

“而在九宫迷狱，惩罚则是饥饿。”

所有幽都是因为心有执念，求而不得，死后无法转生，非欲念极深重者不可能为之。但是生前求不得的，死后就能求得了吗？

事实上幽的愿望永远不可能得以圆满，所有幽都处于永恒的饥饿之中。吸人魂火能缓解饥饿，但是不能治愈饥饿，这是幽因执妄而受的惩罚。

九宫迷狱会将幽心中的种种欲望和渴求放大，造出最痛苦难挨循环往复的幻境。

“失去心烛流放在九宫迷狱中的幽，便像是头顶吊着胡萝卜的驴，在幻境中无止境地追寻，但是什么都不可得。若只是被判在迷狱中关几年，那幽的心烛会由虚生保存着，点亮在生门之外，待时机到了便可将他唤醒带出。若身在九宫迷狱心烛却彻底灭了，那便会永远迷失在九宫迷狱里，消磨至灰飞烟灭。”

姜艾介绍着这座专为幽的欲望打造的迷狱，段胥一直安静地倾听着她的讲述，并未打断或者提问。

介绍告一段落，姜艾看着这少年若有所思的样子，看热闹的心又起来了。

她笑道：“小朋友，你看我们幽界的事情和人世就是大不相同。之前你想问我王上的过往，你可知她已经活了四百年，虽然她在幽界还非常年轻，但她的生命对于凡人来说已经是难以想象的时间。

“四百年啊，那是十四万六千多个日日夜夜，便是一本十四万六千页的书，也足够让你读一辈子了，更何况是这样一个幽，你能读懂她吗？”

身后少年的步子停了停，他的表情在黑暗和黑纱之下，看不分明，只能隐约看到他没有像平时那样笑着，声音也是平静的。

他说道：“这确实不是件容易的事情，她说不需要我懂，大概也觉得我做不到。”

姜艾想，这少年这么说，是不是想要放弃了。

顿了顿，这少年却说：“左丞大人，好像有声音？”

姜艾愣了愣，她刚想问是什么声音，她怎么没听见，心念一动便察觉到迅速逼近的声音，在心烛照亮的范围内赫然闯入一个身影，直直地向姜艾袭来。姜艾立刻画咒与之相抗，方才交手的瞬间她借着一点儿微弱的光芒，看清这幽的样子。

他头发、眼睫均为雪白色，皮肤也苍白得过分，看起来像是人间三十多岁的男子，身上有多处伤痕，在苍白的皮肤上触目惊心。

他浑身上下唯一颜色浓重的，只有一双漆黑的眼睛。

姜艾愣住了，说道：“白散行……你还没灰飞烟灭？”

这幽应该是沉浸在幻境里，他神色迷茫，在姜艾愣神的片刻打破她的符咒，握住她的手腕，去夺她手上的心烛。

“我要出去……我要……出去……”他喃喃道。

眼看着姜艾的心烛就要被他夺走。少年立刻闪身上前，以嘴咬住自己的烛台，拔出破妄双剑绕着幽的手腕砍去。幽立刻缩手躲避，然后被吸引了注意力，转而和少年缠斗起来。

姜艾这才从震惊中回过神来，她心知少年再怎么厉害也不会是白散行的对手，便立刻起手做符，口中喊道："小朋友，你别……"

她话音未落，便听见一声金属落地之声，两人交手之间，白散行的袖子飞扬，随着他袖子飞扬上天的，还有一点儿荧荧的烛火。

那是被拦腰削断的段胥的心烛。

姜艾瞪大眼睛，做符的手停在半空，要是她有心跳现在应当也停滞了，在这个十万火急的当口，少年突然开口："我听说左丞大人喜欢赌，赌坊开满天下。"

他转过头来，在黑纱飘飞间姜艾看见了一双明朗的眼睛："左丞大人要不要和我赌一把，若我能从九宫迷狱中活着出来，就把思慕小时候的过往告诉我。"

姜艾睁圆了眼睛问道："什么？"都这时候了，他在扯些什么鬼话？灭了心烛怎么可能从九宫迷狱的幻境里挣脱出来？

那心烛在半空中闪烁一下，光芒被黑暗吞噬殆尽。

一瞬间黑暗如洪流涌来裹挟着少年，连同那双明朗的眼睛湮灭不见。姜艾举着自己的心烛大声喊道："小朋友，小朋友！"

没有任何回音，也看不见人影，只有无边无际的黑暗，如同吞噬万籁的凶兽之腹。连同刚刚的白散行也消失不见了，宫位转换，段胥的幻境把他带走了。

姜艾咬咬牙，大声喊道："我答应了！你给我想办法活着出来！"不然被关进九宫迷狱的估计就要换成她了。

姜艾从九宫迷狱的生门奔出，瞬间便出现在王宫的大殿前，她也顾不得平时最看重的仪态了，一边上台阶一边呼喊着："王上！王上！思慕！"

那一声"思慕"刚落，贺思慕的红色身影便瞬间出现在姜艾面前，姜艾险些撞到贺思慕的身上。

贺思慕的手上还拿着折子，刚刚应该还在处理事情，她打了个响指，折子便化为青烟，皱着眉问道："怎么了？"

姜艾拉住贺思慕的手腕，说道："白散行还没灰飞烟灭，他还在九宫迷狱里！"

贺思慕愣了愣，惊讶道："你去九宫迷狱了？你遇到他了？"

白散行乃晏柯之前的后幽殿主，在前幽冥之主死后起兵反叛，成为群幽叛乱中势力最大的一支，鼎盛时有五个幽殿依附于他，他也是唯一一个能与贺思慕打成平手的幽。后来贺思慕、姜艾和彼时的后幽殿副殿主晏柯联手做局，把白散行骗进九宫迷狱，熄灭他的心烛，使其迷失不得出。

若不是白散行被关进了九宫迷狱，贺思慕也不会这么快就平息叛乱。

“嗯……然后……”姜艾叹息一声，说道，“你的那个小朋友，心烛被白散行砍断，迷失在九宫迷狱里了。这小朋友怕是回不来了。”

贺思慕的目光一凝，猝然抓紧了她的胳膊。

虚生看到眼前的贺思慕、姜艾和晏柯齐聚的架势，就如同他的名字一样，心里发虚。

他睁着那双纯白没有瞳孔的眼睛左右滴溜转，心想如今这守门人是越来越难做了。前幽冥之主的夫人来此，他没放行，结果被教训一通。这次，当今幽冥之主的未婚夫来此，他吸取教训放行了，怎么那未婚夫还被丢在里面了？

“是那小子自己要进去的，姜艾可以为我做证啊！心烛我好好地给了他，谁知道他……”虚生大声地为自己辩解道，两只眼睛在槐木大门上转得飞快。

贺思慕抬起手制止了他的话，她穿着一身红色金海棠纹的曲裾深衣，目光就和额上的银色流苏一般冷。她说道：“给我一盏心烛，我进去找他。”

晏柯上前拦住她，紧紧皱着眉头说道：“思慕，他已失心烛，莫说你进去了根本找不到他，即便你找到他也不可能把他带出来。更何况白散行还在里面，若他对你做什么，你会有危险的。”

贺思慕说道：“我曾进入九宫迷狱数十次，此前从来没有遇见过白散行。更何况他被关了几百年，法力被消磨得厉害，早已不是我的对手了。”

“可是那孩子已经迷失在幻境里，没有心烛他是出不了九宫迷狱的。”姜艾也跟着劝，诚然她也没有什么好方法了，连白散行这样法力高强的幽，失了心烛也会永陷九宫迷狱之中，那凡人又能有什么办法？

更何况那迷狱里全是饿了几十年、上百年的幽，那孩子一旦迷失，不被饿虎扑食才怪，她只能在此宣布他的讣告。

贺思慕却摇摇头，说道：“我和他命理相连，若我找到他，引导他的心烛在我的心烛上重燃，他或许能醒过来。”

贺思慕此言一出，姜艾和晏柯都大为惊诧。晏柯甚至激动地按住贺思慕的肩膀，大声问道：“你在说什么？让他用你的心烛？若是他清醒不过来灭了你的心烛怎么办？你们就一起迷失在九宫迷狱中万劫不复了！你想变成下一个白散行吗？你不能去！”

贺思慕平静地看着晏柯，说：“放手，晏柯，他是凡人，他会死的。在迷狱里多待一刻他就多一分凶险。”

“我不放，你怎么……你怎么能为了区区一个凡人做到这个地步？”晏柯愤怒又不可置信。

贺思慕的目光闪了闪，她周围的风一时间骤起，细密的风的丝线卷曲着掀开晏柯的手将他推远。她一字一顿地说：“没有区区一个凡人，段小狐狸是我的结咒人。他是我的所有物，我要他活在这个世上，他就不能死。”

贺思慕径直走到大门边，从虚生眼里接过自己的心烛，心烛的火光一亮，随着大门打开她便消失在一片混沌的黑暗中。

待她消失的瞬间，拦住晏柯的强风也随之消失。姜艾根本没有去拦贺思慕，她无奈地对晏柯说道：“你还不知道她吗，你拦不住她的。”

晏柯的目光暗了暗。

进了九宫迷狱后，贺思慕举着自己的心烛，拿出了结咒明珠，唤道：“去找段胥！”

明珠在无边的黑暗中发出一道柔和的光线，指向前方。贺思慕循着光线的方向往前走，时而唤段胥，时而唤段舜息，夹杂着一两句段小狐狸。

她的耳边时不时传来惨叫痛呼声，但都不是段胥的声音。

他安静得仿佛像落入汪洋中的一滴水，再也找不到踪迹。

贺思慕跟着明珠指引的方向一直走着，明珠显示出段胥在九宫迷狱中的行进路线，他已经通过了惊门、杜门、伤门，甚至穿过了死门，这一路要经历无数不同的幻境。他似乎并不像那些迷失的幽在九宫中绕圈子，路线居然十分清晰。

贺思慕走过景门时，心中甚至想段胥会不会并没有陷入幻境，自己从生门里走出来。正在她这样思索时，明珠的光线突然到了头，在心烛的光线范围之下，照亮了一截直指她的剑尖，寒光四射。

是破妄剑。

贺思慕停住了步子，那剑一寸寸进入光线范围内，一寸寸逼近她的咽喉。她看见一双黑色的靴子踏入光明中，随之而来的是穿黑衣圆领袍、束高马尾、戴黑银抹额的少年。

他衣服的黑色深一块浅一块，一直斑驳到脸上，应该是一路杀过来的幽的鲜血。他头上戴着的帷帽不知去了哪里，露出他英俊锐利的面容和一双深色的眼睛。那双眼睛便如他杀到兴起时一般，光芒散得毫无焦点，如同疯狂翻涌的无尽汪洋。

贺思慕想，她低看九宫迷狱并且高看段胥了，他还是陷入了幻境里。

但也不完全是，他似乎能感知到她，毕竟他还能拿着剑准确地指着她。

贺思慕不知道他的所见所闻，更不知道此刻他眼中的自己是什么。她只是将明珠放在自己怀里妥帖收好，然后抬眸看着那没有焦点的眼睛，唤道："段胥。"

话音落下的瞬间，段胥的破妄剑抵住了她的喉咙。

段胥并非幽，她不能以名字召唤他，但是她却觉得他的名字对他来说就像一个咒语。他曾无数次重申，无数次要求她叫他的名字。

"段胥，我是贺思慕。"

贺思慕并没有躲避，任破妄剑在她的脖子上破开伤口，引出鲜血，折损她的法力。她一字一顿道："段小狐狸，醒醒。"

她伸出手握住他的剑身，苍白的手流出暗红的血液，顺着剑身一路流过剑上刻着的"破妄"二字，那字隐隐发出光亮。

她在心里说，破妄剑，既然你选择了他，就再度他一次吧。

段胥血红的眼眸似乎颤了颤，他闭上眼睛，仿佛在极力摆脱着什么，又睁开眼睛。抵在贺思慕喉咙上的剑慢慢放下来，他似乎还在幻境里，迷惑又脆弱地踉跄着，像是听懂了思慕的话，又像是没听懂。

"贺思慕。"他喃喃说道。

"嗯。"

"贺思慕。"

"是我。"

他一步一步走近贺思慕，低声地叫着她的名字，目光穿过了她的身体，不知道落在幻觉里的哪个地方。

段胥踉跄地走到她面前，停顿了一下，如同盲人一般伸出手，摸索试探着碰到了贺思慕的胳膊。然后他的手顺着她袖子的光滑丝料一路向下，握住她低垂的手腕，再包裹住她的手，然后手指交错，十指相扣地与她的手相握。

贺思慕的手刚刚被破妄剑划破，指间全是鲜血，染红了他的手。

"这是在干什么？"贺思慕看着他们相握的手。

她并没有期望段胥会回答，却听见他低声回复她："在……握住你的心脏。"

他抬起眼睛，血红的双目里好像凝起了一丝微弱的光。他轻轻地笑起来俯身抱住了贺思慕，如同那天偷袭敌营般卸了满身力气，将这个沉重的身体托付于她。

“你是真的贺思慕，没有脉搏，血是冷的，而且你的身上，有我的沉香味儿。”他喃喃道。

贺思慕拍着段胥的后背，他的额头抵在她颈侧。她看着近在眼前的生门，心想若再晚来片刻，他或许就能摸到生门，说不定真能凭着一己之力重燃心烛。

“是的，我来接你。”她轻声说道。

“你来接我？”段胥重复了一遍，把头埋在贺思慕的脖颈处，轻轻地笑了一声。

“真好，贺思慕来接我了。这辈子还是第一次有人来接我呢。”

他这句话说完，贺思慕便听见破妄剑落地的声音，他的胳膊从她身后落下来。贺思慕顺着他身体滑落的趋势半跪在地上，撑着他的肩膀，明珠在他们之间发出明亮的光芒，符咒快速运转着。

她手里的心烛跳了跳，蓝色的火焰从中分开，变成一半蓝色一半红色，奇异地一同燃烧。

方才晏柯说，她将心烛分给段胥时，若段胥还是醒不过来便会将她的心烛一同湮灭。但她从来没有担心过这件事，仿佛相信四时更替、晨昏变换般认为他会醒来。

这小将军出现在她身边的时间只有很短的一段，相比她漫长的生命来说便如同洪流里的一滴水。但是她却能看清楚这滴水里他的倒影，写着“心念如石，神佛不惧”这八个字。

继厨子之后，姜艾又在外面重金聘请了一位医术高明的大夫，一半威逼一半利诱地给弄进了玉周城，来给王上带来的那孩子看病。

那日她和晏柯在九宫迷狱的生门外等着，商量着若是贺思慕出不来，该怎么编一套说辞应付其他殿主时，便看见贺思慕带着那少年从生门内走了出来，贺思慕的心烛上居然还真的燃着两团火。

姜艾着实大吃一惊，心说这少年真是命硬。

但是进了九宫迷狱，怎么可能毫发无损？这少年出来之后便一直昏迷着，不停地梦呓，一直出冷汗。她从外面火速请来的大夫说他高烧不退，但身上没有什么伤口，病因当在心。

也不知这少年迷失在九宫迷狱时都看见了什么。

这可真麻烦，病在身上还好治，病在心里可难办，这满城的幽哪只心里没点儿毛病？自己都治不好，更别说治别人，连医术高明的大夫也束手无策，姜艾心道这钱真是白花了。

这孩子怎么说也算是为了救她才落难的，姜艾就时常去探望他。这段时间贺思慕没办朝会，把处理公务的地方从大殿挪到了这孩子的房间，姜艾每次去的时候便看到贺思慕在一边淡然地看折子，而少年则躺在病床上，脸色苍白，紧紧地皱着眉头。

他似乎陷在噩梦里，偶尔会揪紧被子想要发出呼喊，但是那声音就像被扼在喉咙里，总是不成音调。姜艾仔细辨别了一下，觉得他仿佛是在求救。

这个好看的孩子是怎么回事，连求救都发不出声音，让人怪心疼的。

她有几次听到这孩子终于发出了清晰可辨的声音，都是在喊“贺思慕”，每当这个时候，贺思慕就会放下折子走到他身边，握住他的手与他十指相扣。这孩子便安心地松了眉头，平静许久。贺思慕偶尔会帮他擦擦汗，或者帮他把凌乱的衣服理整齐。

有一次贺思慕看着他们相握的手出神，然后有一丝了然地说道：“他竟然是为了这个动心的吗？”

姜艾立刻好奇地问道：“动心？为了什么？”

“十指连心。”

贺思慕给了姜艾一个她听不懂的答案。姜艾明白这实在不是一个追问的好时机，便只是劝道：“我看这孩子长得挺好看的，对你也是真心，心烛熄灭前还在跟我说，若他能活着出来便要我告诉他你的过往。你要不就收了他做情郎？我瞧着你之前遇到的那些，许多还比不上他。”

贺思慕沉默了片刻，长长地叹息了一声。

段胥在休养了十日之后，终于从反复的噩梦中醒了过来。那时贺思慕还并不知晓，只是听见他唤“思慕”便又走过去握住他的手。

没想到段胥愣了愣，因为大病而越发漆黑的眼睛眨了眨，把她的手握紧的同时笑道：“我生病了，就有这么好的待遇吗？”

贺思慕这才意识到段胥的神志清醒了，她舒了一口气，让幽仆去喊姜艾请的大夫来。因为他将她的手握得太紧，她犹豫了一下，终究是没松开。从前她见段胥总是笑嘻嘻的，甚至有些厌烦，如今却觉得还能看见他笑便很好。

大夫说段胥清醒了就好，忙不迭地开了几服调养身子的药。这年过半百的大夫笑得嘴角就没下来过，看起来比谁都高兴。与其说是医者父母心，倒不如说是终于不用担心自己救不回人会被这群幽杀掉了。

段胥坐在床上靠着床背，面色苍白地捧着药碗，他看了那黑色浓稠的药汁半晌，转过头对贺思慕说道："我实在是没有力气，能不能请王上屈尊来喂我一下？"

坐在房间里看折子的贺思慕抬起头，示意幽仆去喂他，段胥却不把药碗给幽仆，望着她说道："你以后若是跟我换了味觉就会知道，我特别怕苦，这个药的味道一闻就苦极了。"

他天真无邪地眨着眼睛，贺思慕瞪了他一会儿，揉着太阳穴把幽仆屏退，走到他身边接过他的药碗。她面无表情地舀了一勺，对他说："张嘴。"

段胥乖巧地张开嘴，被她塞了满满一勺，然后眉头紧紧地皱在了一起。他似乎是真的怕苦。苦是个什么味道，有这么可怕吗？

贺思慕想下次让姜艾的厨子弄点儿蜜饯来吧，心里这么想着，她却说："既怕痒又怕苦，你是不是在幻境里看见被追着挠痒喂药了？"

段胥笑出声来，眉眼弯弯一片澄澈。他摇摇头，笑意含在眼睛里，慢慢说道："你想知道我看见什么了吗？你想知道，我就说。"

贺思慕放下药碗看着他的眼睛，她想这个时候应该说我对你的过往不感兴趣，你不想讲就别讲了，所以你也别探听我的过往。

但是，她确实想知道。他在噩梦中挣扎这么久，他所经历的应该不只是他告诉她的那些。

所以贺思慕保持了沉默，段胥便当她默认，他靠着床背想了一会儿，低声说："我之前告诉过你，我在天知晓的时候，出师之前就帮大司祭和王庭做过一些事情，因为那些事情了解了王庭的情况，手上沾了更多鲜血。"

"嗯。"

"那个时候大司祭得到一个预言，说在上京附近六州之地，有个八月初七出生的人，与恶神相通，与苍神对立，使王室衰微，危及丹支统治。于是天知晓受命，替大司祭在预言范围内搜寻八月初七出生的身有异兆的人，并且审问和行刑。我们抓了有……几百个人。”

段胥低眸，他苍白的手指交握，又分开，再交叠。这是他思考时的习惯，但是他现在并非在思考，而是说服自己去回忆。

“有男人、女人，有大人也有孩子。大司祭相信残忍而漫长的死亡会让他们断开和恶神的联系。这些刑罚都在天知晓当着我们所有人的面执行，被行刑的人中有许多还是我抓回来的。那些人死的时候，我的同期们会欢呼以庆祝恶神的溃败。”

顿了顿，段胥轻笑了一声：“因为我是我们那一期优秀的弟子之一，有时候他们会让我亲手去行刑。”

他的话在这里停下来，然后是漫长的沉默。

“韩令秋也亲手去行刑过，我给他灌了消除记忆的汤药，他应该这辈子都记不起来了。挺好的，忘了好，永远也别想起来了。”段胥淡淡地说。

贺思慕舀着碗里的药汁，问道：“那你怎么不忘了？”

“如果连我也忘了，还有谁能记得他们。”段胥抬起眼睛看向贺思慕，他问道，“那些人死得很痛苦，他们会变成幽吗？”

“孩子被虐杀易成幽，是因为涉世未深生愿太强。成人被虐杀的话，若是对世间留恋不深，并不会变成幽。”

段胥松了口气，说道：“那就好，仇有一个人来报就好了。”

“无论你在与不在，大司祭和天知晓有这样的决断，他们都是要死的。你没必要把他们的死都扛在身上。”

段胥沉默了一会儿，他的眼睫有些颤抖，他几不可见地笑了一下。

“思慕，我的生辰就是八月初七。”

天知晓的孩子大多数是孤儿，没几个知道自己的生辰，进天知晓的时候也不会特别询问这件事，因而整个天知晓内，只有他知道自己也是符合猎杀条件的人选。当他把那些与他生辰相同的人抓回去，看着他们被行刑的时候，他总是惶惶不安地想大司祭和天知晓在找的人是不是他。

可是他没有通神的能力，他甚至不信有神。

他在这种疑惑中积攒力量，终于能够脱离天知晓，一路躲避各种搜查追逐回归大梁，却在时隔五年之后，贺思慕邀请他结咒时恍然大悟。大司祭所说的那个“恶神”，原来指的是幽冥之主。

多年的疑惑终究得解，那个预言中所说的人真的是他。所有那些在他面前惨死的人，他们所有人都是替他而死。既然如此，他想无论这世上是否有神，神的旨意究竟为何，他也必定要让这个预言成为现实。

贺思慕知道段胥想说的是什么，她看着他陷入回忆中的神情，想到这个画面似乎有点儿熟悉。于是她伸手拍拍他的脸，说道：“醒醒，噩梦已经结束了。”就像很久以前，他对她做的那样。

段胥的眸光闪了闪，问道：“结束了吗？”

“结束了。现在你是我的结咒人，这个世上再也没有任何人能够让你经历这样的噩梦，我不允许。”

贺思慕轻轻笑了一声，她举起勺子，和颜悦色地说道：“张嘴，吃药。”

段胥皱起眉头，他的脸上又浮起笑容，委婉地表示：“这也是噩梦的一部分。”

“我说的是没有任何人能让你经历噩梦，我是幽，不在此范围内。”贺思慕笑眯眯的。

于是段胥苦着脸，捏着鼻子把这碗药一点点喝下去了。

隔天姜艾询问贺思慕能不能把她的过去告诉段胥时，贺思慕终于松口同意了。一贯爱看热闹的姜艾开心不已，立刻跑过去跟段胥聊起来。姜艾从她去吃贺思慕的满月酒一直说到前幽冥之主去世，他们合力平叛，四百年的过往从太阳初升一直聊到夜幕降临。

姜艾谈起这些往事时，贺思慕并不在场，但是她看着这个时间，就大概知道姜艾把所有的事情都抖搂干净了，不禁感到做人时那种“疼痛”的感觉又回到了她的脑子里。

又过了几天，段胥能够下床自如地活动时，贺思慕去找了他。

第十四章 情断南归

春末夏初，这一天天气有些阴沉，仿佛大雨将至。贺思慕带着他从王宫的后门而出，来到虚生山的后山腰。这里背对玉周城正对人世，终于能看见一些黑色的瓦片、来来往往的凡人和袅袅炊烟。

在这虚生山的后山腰上，青翠的草地间一字排开二十二个坟冢，所有坟冢都没有墓碑只有坟包，每个坟冢边都种了一棵树，二十二棵树种类各异。

贺思慕在这些坟冢间站定，对段胥说道："这四百年里我曾有过二十二个爱人，这是他们的坟。有的有尸骨，有的只是衣冠冢。他们大多不知道我的真实身份，我与他们相处的时间，最长的不过断断续续的二十年。"

她把他们之间的过往，葬在这面对人世的幽域之中。

贺思慕指向第一个青草离离的坟，说道："这是我父亲还没灰飞烟灭时，我喜欢过的第一个凡人，当时我们游历到哪里他就跟我到哪里，即便知道了我的真实身份他也从没退缩过。他叫……"

贺思慕的声音在此停住了。风吹着她的长发和衣袖飘飞，她便维持这个状态皱着眉头认真思考了很久，才无奈地说道："不记得了。曾经我也很喜欢他的，但是我现在连他的名字都喊不出了。"

段胥的眸光闪了闪，定定地望着贺思慕。他唯一为之动心的这个生命漫长的姑娘，穿着一身她自己都看不出颜色的锈红曲裾，神色淡然又决绝，他好像已经知道她要说什么了。

"薄情也好，无情也罢。段胥，我就是这样的幽，我的生命以千百年计，时间会消磨一切。总有一天我会连你的名字都记不起来，更别说你身后那些波澜壮阔的过去和我们之间的回忆。我的父母亲人与我朝夕相处近百年，近来他们的样子都有些模糊了，你又能陪我多久呢？若你不幸变成幽，我甚至完全不会喜欢你。到了最后，你也只是我千百年生命里微小的涟漪罢了。”

段胥想说些什么反驳，但是在他出声之前，贺思慕便说：“你甘心吗？”

她很聪明，知道他说不出“甘心”二字。

段胥只是深深地望着她的眼睛，贺思慕便笑了笑，在风雨欲来的天气里像是某种不祥的预兆。

“你好像非常认真地在喜欢我，所以我也要认真地拒绝你。段小狐狸，你有你的梦想，你这二十年不到的光阴活得太苦了，以后该活得幸福才是。你会遇见更喜欢的姑娘，娶妻生子，有美满的家庭和可以依靠的亲人。天知晓是你二十岁之前的噩梦，就不要让我成为你二十岁之后的噩梦了。”

段胥垂下眼眸，低声说：“噩梦？”

“或许你现在会有点儿难过，但是不消几个月就会释然。段小将军这般少年才俊，天下哪个佳人娶不得？你回人世之后，若有灾有难或者任何需要帮助的地方，只要呼喊我的名字我就会来找你。不过我也不会白帮你，你还是要跟我交换五感的。”贺思慕笑意淡淡，语气温和。

她曾经故作娇弱、试探、威胁、傲慢、冷静地同他说话，她的语气还是第一次这样温柔。不是以幽冥之主、结咒人的身份，而是一个获得真心者与交付真心者的交流。

段胥抬眼看向她，看着她平静温和的眼眸，问道：“你让我看到幽的世界，也是交易吗？”

“不，是答谢。因为你让我感觉到的人世比我意料中的还要好很多，所以这是给你的答谢。”

“我听说你亲自去九宫迷狱救我，我陷入昏迷的这段时间你一直待在我的房间里，若我唤你，你便会握住我的手。”

“不必道谢，我把你带入幽域，这是我应当做的。”

“我亲吻你，拥抱你，你都不曾真的惩罚我。你明知很多事情我并不是不能自己做，但是只要我请求你，你总是会心软。”

“你确实很会撒娇耍无赖。”

“你不要避重就轻。”

"我避什么重就什么轻了？"

段胥上前几步，在呼吸相闻的距离里逼视着她的眼睛，一字一顿道："你对我，真的没有一点儿喜欢？"

贺思慕望着这双她很喜欢的明亮的眸子。他的眼眸含着一层水光，细细地颤抖着，里面有令人惊心的情绪和渴求，告诉她这是一个对他来说至关重要的问题。

他在所有可怖的幻境里、噩梦里，或者敌人面前总是坚定自信又狂妄，有一种自毁式的强悍。可是唯有在她面前，在唤她的名字时，他仿佛献上脖颈、袒露腹部的野兽。

贺思慕还记得他在幻境里终于清醒过来的时候，他一遍遍地喊着她的名字。他说，真好，贺思慕来接我了。

那声音虚弱又笃定，仿佛贺思慕对他来说，成了可以替代"段胥"、在重重幻境中唤醒他的咒语。

他偷袭敌营那天，浑身浴血瘫坐在地向她伸出手时，她看出他仿佛在渴求什么，但是她不明白那渴求的含义，或许当时的他也不明白。如今她渐渐意识到他不仅是向她伸出手，他还把自己的心脏捧给了她。

那颗支离破碎、千疮百孔，被他自己捡起碎片黏合整齐，带着无数陈年旧疤热烈地跳动的心脏。他把这颗心脏交到了她的手里。

从此之后他望着她的目光总是在说，你可以很轻易地伤害我，我把这样的权利交付给你。

姜艾问过她，你对他这么好，为什么不答应他，你在怕什么呢？

她堪堪反应过来，她居然在害怕。她怕自己捧不住这颗心，让它从她手中掉落在地粉身碎骨，而这几乎是不可避免的。

对她来说，这个少年是这世上最特别的、独一无二的凡人，她想在这充满苦难的人世中保护他，让这颗心不要再添新疤。对于凡人来说最好的一生，莫过于金榜题名、洞房花烛、儿孙满堂、壮志已酬，而不是和幽纠缠不清。

她要把这颗心好好地还给他。贺思慕轻轻笑起来，伸出手去戳段胥的肩膀将他推远。

"你不在我考虑的范畴内，我也不想考虑。毕竟过不了多久，我就会连你的名字都忘记了。"

段胥的眸子颤了颤，像是有什么东西落在地上，裂开了一道道缝隙。

贺思慕伸出手去捂住他的眼睛，他没有躲，任她冰冷的手覆盖在他的眼眸上。

段胥在一片黑暗中听见贺思慕说道："想哭就哭吧，不过别在我面前哭了。你是我唯一有过的结咒人，我希望你所有的愿望都可得偿，但是我是你不可能实现的心愿，你把我从你的愿望里去掉吧。"

她慢慢地把手从他眼睛上放下来，他眼睛的颜色变得很深，隐隐浮现着水光。不过他没有哭，只是睁着眼睛，眨也不眨地望着她。

她不想看他哭，他就真的没有流泪。

贺思慕的手滑过他的脸庞，落在他的肩膀上。她笑得灿烂，说道："希君生羽翼，一化北溟鱼。"说完一道惊雷响起，她的手在他的肩头瑟缩了一下，然后收回袖子里。她往后退了两步，然后转过身去离开了，步子不快不慢，红色的衣裙从青翠草地上拂过，并没有回头看他。

段胥一直盯着她的背影消失在山边，然后他抬头看了一眼阴沉的天，轻笑着说："原来她怕雷声。"

他又多了解了她一分。可偏偏在这个时候。

段胥咬紧了嘴唇，满眼通红却没有流泪。他就这样在原地沉默了很久，开始飘雨的时候他走到第一座种了枫树的坟冢边上。他蹲下来看着那个坟冢，露出个甚至可以称得上明朗的笑容，说道："她可真是个浑蛋，是吧？"

姜艾和晏柯远远地看着这一幕，姜艾抱着胳膊叹息道："右丞大人这算是如愿了。"

"区区一个凡人，我早知会这样。"晏柯面上淡然，不易察觉地松了一口气。贺思慕对段胥的特别之处，这段时间谁都能看出来，他其实暗地里是担心的。

姜艾摇摇头，说道："不是区区一个凡人，这孩子不太一样。"

她问过他，在九宫迷狱里白散行袭击她时，他为何不顾安危地去帮她。这孩子笑得灿烂，只是说没想到白散行这么厉害。她再追问下去，他才说他觉得思慕与她比较亲近。

"思慕太孤独了，你是她信任的幽，我希望你能一直留在她身边。

"我也知道自己的生命短暂，我不知道在这样短暂的生命里我能给她什么，但是我想让她感受到人世间的幸福。

“思慕是个很倔的姑娘，她从父母那里继承了一身踩不碎的傲骨脊梁。心有热血，以温世道，我非常喜欢这样的她。”

那孩子还笑眯眯地问她，他是不是第一个熄灭了心烛还能从九宫迷狱里出来的人。姜艾便告诉他不是，在他之前还有一个曾经被灭了心烛却依然走出来的幽——贺思慕。

贺思慕当年在九宫迷狱埋伏白散行的时候毁了白散行的心烛，自己的心烛也被白散行扑灭。两个最强的幽双双迷失于九宫迷狱，但是三日之后，贺思慕从迷狱中走出来重燃了心烛，这可谓奇迹。

无欲则刚，幽因执念太深而成幽，故而无法挣脱九宫迷狱的幻境。但是贺思慕不同，她不是由凡人执念而成幽，她因父母之间的爱而生。

她带来的这个孩子同样没有被幻境所困，他们其实很相似。

姜艾忍不住叹息，感慨道：“这孩子其实很懂思慕。”

晏柯皱起眉头，不以为然道：“他能懂什么。”

姜艾深感不能跟争风吃醋的男人交流感情，她话题一转，指向九宫迷狱的方向。

“不过，白散行怎么可能还在？他的心烛已经熄灭，只要在九宫迷狱里待一百年就该消磨得灰飞烟灭了，怎么三百年了他都没事？”

晏柯沉默了一会儿，说道：“这种事情说来也简单，答案并不多。”

姜艾知道他指的是什么，白散行三百年不灭，说明他的心烛并没有熄灭。他应该是像那些流放于九宫迷狱的幽一般，心烛在九宫迷狱之外被点亮了。

“这可稀奇了，当年我们是亲眼看着思慕把他的心烛熄灭的，怎么可能还有另外一支在外面燃着？”

“我看也并非没有可能。那个凡人的心烛不就重新被点燃了吗？他能重燃心烛大概是因为他痴恋思慕，而白散行……”晏柯的目光转向姜艾，把姜艾看得发毛。

姜艾说道：“小子，你什么意思？”

“白散行喜欢你喜欢得要命，尽人皆知。”

“呸，那都是千年前的老皇历了。他进九宫迷狱之前恨不得将我千刀万剐，你也是知道的，我还上赶着给他燃心烛？我又没毛病。”姜艾啐道。

晏柯不置可否，说道："这件事十分蹊跷，恐有后患。"

贺思慕与段胥在坟冢间谈话后的第三天，段胥便离开了玉周城。他请姜艾把他送到南都，走得悄无声息，甚至没有和贺思慕打招呼。姜艾回来后告诉贺思慕这件事时，看到贺思慕惊讶的表情才恍然大悟道："他没跟你说他要走啊？"

贺思慕摇摇头，摁着脑壳说："他这是赌的哪门子气。"

她正准备继续处理公务，却见姜艾从身后拿出一幅卷轴带给她，说道："这是那孩子给你准备的礼物，他让我转交给你。"

贺思慕看了一眼那卷轴便接了过来，在手里掂了掂，还怪沉的。

"他说请你珍重。"姜艾说完这句话便行礼告退，这半个多月来的热闹她真是看足了，也该见好就收了。

贺思慕将卷轴搁在了案头，继续去看她的折子。可目光在那折子上停了许久，愣是一个字也没看进去，她拿折子的手捏紧了，目光时不时瞥到那卷轴上。如此僵持了半个时辰后，她叹息一声放下折子，转而去拿案头的卷轴。

她想，她不过是好奇而已，他能给她准备什么礼物。

捆卷轴的绳子被她解开，一幅玉周城地舆图在她面前缓缓展开，铺满了桌案。图上的市坊比例画得很精确，大大小小的亭台楼阁跃然纸上，大街小巷山野之间都有段胥的批注。

他的字是如此意气飞扬，写得这样小仿佛是受了委屈，紧紧地挤在一起。

虚生山脚下画了一盏小灯，旁边写着："此处有流萤幼虫，适逢盛夏当为萤光点点，色泽黄绿，如碧玉透光。古人有云'雨打灯难灭，风吹色更明。若非天上去，定作月边星'。"

出了王宫右转的水徘坊街头画了一朵蔷薇，旁边写着："墙边有一簇蔷薇，三月花季，芳香浓烈扑鼻，花枝生刺伤人，花色绯红深浅不一，若朝霞晚云，可以芭蕉相衬。有道是'深院下帘人昼寝，红蔷薇架碧芭蕉'。"

他便这样在这张地图上细致地标注了三四十处，将他眼里的玉周城向她娓娓道来，描绘颜色、气味、质地不一而足，将一个完全不同的世界赠予她。这仿佛是为了某日她与他换了五感之后，能够重新认识玉周城而准备的。

贺思慕的手指摩挲着这张地图，轻笑一声："不愧是榜眼，拿才华来做这个，不嫌浪费吗？"

姜艾跟她说过，段胥觉得玉周城像是个大棺材。他却非要在这个大棺材中挣出几分生机来送给她。

贺思慕的眼眸低下去，思绪随着这张地图飘远了，她漫无边际地想起她最初感受过的这个世界，想起段胥皮肤的触感、脉搏的跳动、呼吸吹拂，还有他身上的香气，每一种感觉的最初体验都来自他。

还有他总是貌似天真无忧的笑容，他生病时苍白汗湿的面容，他忍耐痛苦时布满血丝的眼睛。

这样鲜明的记忆，能在她的脑海中保留多久呢？也不知道那天她走了之后，他有没有流泪。

“你对我，真的没有一点儿喜欢？”

贺思慕托着下巴，慢慢地把卷轴合上，叹道：“段小狐狸。”

何必对我如此用心。

四月初三，大军归南都。

段胥是在大军到达南都的前三天与他们会合的，当时下了一场大雨，官道边的茂盛青草也染了泥泞。他撑着伞在雨里等着，待看见秦焕达骑马带着浩浩荡荡的队伍而来时，便扬起伞。

秦焕达看见年轻人明亮又含着一丝萧瑟的眼睛，觉得他身上有些说不出来的阴郁气息。不过转瞬的工夫段胥就笑得眉眼弯弯，将阴郁之气一扫而光。

他行礼道：“秦帅，我回来了。”

秦帅冷然看着他，若不是段胥身世显赫又屡立大功，哪能如此不顾军纪，消失许久到现在才回来。他不欲多说，只点点头示意他知道了。大雨渐止，段胥收了伞悠然地走到军队中，秦焕达便听见踏白和成捷两军的士兵们发出欢呼，道“将军回来了”。

踏白军便不说了，成捷军在段胥手上才不过两三个月的时间，俨然已经变成了段胥的亲军，对他服服帖帖。

秦焕达回头看了一眼，他的副将说道：“段将军此人……”

他没说下去，但是秦焕达知道。此人是奇才，终有一天会成为大患。

孟晚看见段胥归来不禁喜出望外，但是紧接着她就注意到段胥的气色不太好，仿佛是大病初愈的模样。她不禁想起传说中那些幽害人的故事，暗暗忧心起来。段胥说自己去找江湖中的朋友，一下子消失了一个月，直觉告诉她，他是去找十七姑娘了。

那十七姑娘虽然看起来也不像多坏的样子，但毕竟是害人的阴邪，若是害了段胥该怎么办？

正在孟晚欲言又止的时候，薛沉英一路奔过来攥住了段胥的衣角，眼睛亮晶晶的，仰头问道："三哥，小……十七姐姐呢？她没跟你一起回来吗？"

于是孟晚装作不在意地观察起段胥的神情来，只见段胥低眸一瞬，继而抬眸又笑起来，他的神色有些疲惫，但是看起来仍然是明朗的。

"她回家了。"段胥简短地回答道，他蹲下来揪揪沉英的脸庞，说道，"我也要回家了，沉英，我们一起回家吧。"

孟晚松了一口气，但看着段胥苍白的脸色，心里又有些不是滋味儿。

南都欢迎王师凯旋的庆祝仪式非常盛大，段胥骑着马在百姓们的欢呼声、鼓乐声中走过，满街都是喜悦的氛围。大梁富足安定，南都更是整个大梁最繁华富庶之地，举目望去皆是精致的雕梁画栋、亭台楼阁，一看就是个金银财宝堆出来的太平盛世。

半壁江山的太平盛世。

段胥微微眯起眼睛，但仍然适时地露出愉快的笑容。

当他在段府前下马将马匹交给仆人时，看着这高大的府门和两边的石麒麟，听着仆人高呼"三少爷回来了"，竟觉得大半年不见有些恍如隔世。沉英死死地拽住他的衣角，段胥低头看向他，问道："觉得陌生，害怕了？"

沉英紧张得忙不迭地点头。

他揉揉沉英的脑袋，笑道："我也是一样的，觉得陌生。"

段胥话音刚落，便听见一声清脆的呼喊，高声叫着"小叔父！"。

只见一个穿着墨绿色衣服、约十岁的男孩儿从门内跑来。这孩子长得挺拔英气，眉目间和段胥有几分神似，他飞似的跑到段胥面前，抱住他的腰喊道："小叔父，你终于回来了！"

声音响亮得惊飞了屋檐上的麻雀。

段胥笑起来，单手将这男孩儿抱起转了个圈，道："重了不少啊！"

"小叔父，你放我下来！我……我都十岁了！我是大人了！"男孩儿羞红了脸，在段胥怀里扑腾着。于是段胥把他放下来，对跟在后面走来的妇人说道：

“嫂子，许久不见，可还安好？”

那妇人温柔秀气，举手投足间有种大家风范，乃段府长子的未亡人。她揽过男孩儿，柔声道：“诸事安好，就是以期总念叨你。他近来长高不少，总说自己已经长大了，百般地不服管教，我正头疼呢。你回来得正是时候，替我好好治治他。”

她上下打量了段胥片刻，叹息道：“小叔子，你瘦削了许多，此番苦了你了。”

“丹支进犯我大梁，边军无人不苦，我这不算什么。”段胥笑笑，他对段以期说道，“以期既然说自己已经长大了，要不要同我上战场去？”

“你自己在外朝不保夕也就罢了，还要把你的侄子也拐去吗？”这一句话威严肃穆，声音显出几分老态，并非他那温婉的嫂子说出的。

段胥抬眼看去，一个瘦削的中年男人穿着藏青色绣仙鹤纹的袍子站在门口，他身材高大，因为常年受病痛折磨身姿有些佝偻，但是双眼炯炯有神。他的左边站着一个穿粉衣蝶纹的豆蔻少女，少女扶着他的胳膊，明眸善睐顾盼生辉，喜出望外地看着段胥。

段胥笑起来，深深地行礼道：“父亲，儿子不孝远行数月，您可还安康？”

段成章端详了段胥许久，他大儿媳能看出段胥的风尘仆仆与伤痕累累，他自然也能看出来。他原本有三个儿子，如今只剩这一个，还险些在战场上送了命。

他叹息一声，道：“在门口站着像什么样子，进来说话。”

于是段胥应下，在这群人的簇拥下走进家门。他嫂嫂去搀扶他的父亲，他那穿粉衣如娇花的小妹便空下来走到他身边，与他并排走着，说道：“三哥，你瘦了。”

“静元，你倒是胖了不少。”

“……”

正在段静元双颊鼓起要生气时，段胥适时地说：“新衣服不错，料子光泽温润，花纹也是从没见过的。”

段静元立刻就不生气了，她张开胳膊得意地展示自己的衣裙，道：“是吧是吧，我跟你说我这衣服，全南都也找不到第二件相像的……不过，你怎么知道这件是新衣服？”

“我凯旋这么大的事，你来迎接我，怎么可能不穿新衣服？”

段胥这小妹爱美得很，书虽读得不好，调香、调色、设计衣裳却别出心裁样样在行。他能想象若有一天他马革裹尸还，他这妹妹也一定会做一套最好看的丧服，成为他葬礼上最靓丽的女子。

若是真有那么一天，她会来吗？段胥怔了怔，便摇摇头笑起来，把关于贺思慕的思绪从脑子里赶走。

家人一番关心寒暄，给他热热闹闹地接风洗尘，午饭过后父亲便把他单独叫去了书房。

书房中的安神香冒出袅袅白烟，父亲轻轻咳嗽了两声，段胥问道："爹，您的咳疾又犯了？"

"这副身子骨也就这样了，反反复复。"段成章不以为意地摆摆手，他坐在书桌后的梨花木太师椅上，指了指旁边的椅子，"坐吧。"

从前段成章找段胥说话的时候，一向要他站着，这书房里的其他椅子仿佛就是个摆设，这还是父亲第一次让他坐下。

段胥微微一笑，道："我的伤都好得差不多了，站一会儿也无碍。"

段成章也不坚持，他沉默了一会儿，说道："以后你打算怎么办？"他的神情并没有太多喜悦，不像是个凯旋的将军的父亲。

段胥不假思索地回答道："我已经是踏白、成捷两军的统领，此番回京若不出意外将会加封，地位或只在秦帅之下……"

"胡闹！"段成章一拍桌子，又咳嗽起来。

他的反应在段胥的意料之中，于是段胥停了话头，手背在身后不轻不重地交握着，等待父亲接下来的话。

"你还想回军中？这条命还不够你造的？你得留在南都朝中，杜相需要你。原本给你铺好了路，只是横生枝节到岔路上，你也该回归了。"

段成章的语气不容置疑，他大约也觉得自己过于严厉，顿了顿便稍微缓和颜色说道："你确实在军政上有天赋，将来在朝中做枢密使也是一样的。"

段胥摩挲着腕扣，笑盈盈地说道："好，我听父亲的。"

段成章想段胥一向孝顺听话，几乎从不违逆他的意思，交代的事情也都做得很好。他心下稍宽，语气也越发和缓："你此番回京，有件重要的事情也该提上日程了。舜息，你今年就要满二十岁，也该结婚生子为段家开枝散叶了。"

"段家的孙辈不是有以期吗？"

"以期是以期，你是你，不要混为一谈！"

段胥低下眼眸，漫不经心地笑起来，说道："南都的贵女们我并不熟悉，父亲以为我娶谁比较合适呢？"

这话很合段成章的心意，他让段胥去把书架上的三个画卷取来，对他说道："这是户部尚书王大人嫡三女素艺、陆学士嫡五女长苓、谢郡王嫡四女秋颜的小像和生辰八字，你看看可有合眼缘的。"

段胥拿着那三个画卷，笑道："王大人，陆学士，谢郡王。"或有实权，或是帝师，或为权贵。若杜相家有适龄的女眷，恐怕他连挑的权利也没有了。

段家虽然是皇亲国戚、三代名臣世家，但是自他大哥、二哥相继去世，父亲因病辞官后就渐渐显出颓势。如今段家的荣光在他身上有所复苏，自然要趁这个机会稳住地位，父亲果然已经全部准备好了。

那些卷轴在段胥手中一转，他并不急着打开看看他父亲为他选定的妻子，而是悠悠看向父亲，突然以诚恳的语气对父亲说："父亲，我听说您身边曾经有个从小一起长大、青梅竹马的姑娘，后来您和母亲成婚，她便离开了。"

段成章愣住了，他显然没想到儿子会提起这段前尘过往。

顿了顿，段胥又说道："我也听说，母亲在您之前也另有婚约对象，只是当时那个人卷入谋逆事件中被处死，多年之后您重新调查，他沉冤得雪。"

段成章皱皱眉，问道，"你想说什么？"

"父亲，我对感情之事并无经验，您要我成婚，我便想请教于您。您还记得您那位青梅竹马的样子吗？您娶我母亲，可曾后悔过？"

南都的人都道段大人除了妻子之外再无侧室姬妾，和妻子是相敬如宾、举案齐眉的伉俪。但是段胥很清楚，从小时候就隐约看得分明，他的父母从没有相爱过。

段成章的神色有几分沉郁，还夹杂着轻微的尴尬，但是段胥看他的眼神太过坦然和真诚。他想这孩子终究还是年轻，未经世事有这种好奇也正常，于是长叹一声，说道："那些事情过去太多年，我早已经记不清楚了。"

脑海中只依稀有一个姣好的轮廓，他将一枝桃花插在那个女孩儿的发间，她说了什么，又是如何笑的，他也记不分明。

"她走了之后您难过吗，会时常想念她吗？"

"年少时心性单纯，偶尔会难过，但是时间长了也就放下了。人这一生有许多比儿女情长更重要的事情，没有谁离了谁过不下去，也没有谁非谁不可。

这些事情你以后就会明白了。”段成章沉默了片刻，问道，“你有喜欢的姑娘了？”

“嗯。”段胥垂下眼眸。

“是个平民？”

“是的。”

“以后纳做侧室也是可以的。”

段胥忽然笑起来，他摇着头说道：“那父亲你喜欢的那个姑娘，怎么没有成为我的姨娘呢？”总有人不肯屈就，而且若真心喜欢，又怎会让她屈就。

段胥没有继续说，而是将话题重新引回了政事上。段成章交代一番后，仿佛想起来什么，皱起眉头说道：“你此番回京有无数双眼睛盯着，切记谨言慎行，尤其在面对方先野时……那家伙如今是南都文坛的领袖，御史台那帮谁也不服的言官十分追捧他的文章诗句。你要注意避其锋芒。”

段胥点点头，他观察着段成章的表情，问道：“父亲，方先野是不是与我们家有过节儿？”

段成章沉下目光，道：“听我的话就是，不要多问。”

段胥便也听话地不再追问，两人简单聊了几句后段成章就让他先去休息。段胥离开书房，一开门就看见了贴在门边的段静元，他把门关好，抱着胳膊笑道：“又偷听我和爹谈话？”

段静元朝房间里张望了一下，便扯着段胥的衣袖把他拉到一边，问道：“方先野是不是就是那个参了你一本，把你参到边营去的家伙？他好像总和你对着干，他和我们家真的有仇吗？”

段胥沉默了一瞬，轻描淡写地说道：“有仇不是很正常？如今谁和谁之间没点儿仇？我和你之间还有仇呢。”

段静元睁圆了眼睛，惊道：“我们之间有什么仇？”

“小时候你偷吃桂花糕，赖在我身上。还有你总念叨，说我不如在岱州时好。”

段静元一瞬间无言以对，气道：“你也太记仇了吧？那都是小时候的事情了！”

“你也知道，你也就八岁的时候回岱州待了三个月，居然能念叨到今天？”段胥迅速反击。

段静元哼了一声，说道：“谁知道那时候那么文质彬彬的三哥，会长成现在这一副伶牙俐齿的样子。我就要说，还要说一百遍，三哥你真是长歪啦！”

段胥笑而不语。也不知是不是因为这一代兄弟姊妹只剩下他和段静元，静元和他非常亲近。段胥离开南都时她还小，她对他没什么印象。后来她去岱州探望祖母，回来就不停地念叨她三哥，说她三哥是全天下最好的男孩子，将来她要嫁就嫁三哥这样的人。

段胥回到南都后，花了好大的功夫才打破了她这种美好的幻想，让她念叨的话从“我要嫁给三哥这样的人”变成了“三哥是个大骗子”。虽然她天天与他斗嘴，在外却非常维护他，容不得别人说他一句不好。

段静元看看段胥手中拿着的卷轴，说道：“三哥，你真要娶妻了吗？”

段胥的目光也落在卷轴上，道：“或许吧。”

“也是，你最听爹的话了。爹让你考科举就考科举，安排你去做给事中你就去，如今要你卸了军职回来你也答应了。成亲这事儿……你不会也是父亲挑谁就是谁吧？这可是一生的大事！”段静元唠唠叨叨地说着，她的目光飘向远处的一个木屋顶，道，“这事儿该是娘帮你看的，不过……”

从段胥回府到现在已经好几个时辰了，娘都还没有现身。段静元自觉失言，又赶忙解释道：“娘吃斋惯了，闻不得荤腥才没来和我们一起吃饭的，原本说你下午才到，她今天上午都在闭门诵经，不让打扰……”

段胥的神色不变，语气轻松地说道：“静元，你在怕什么？”

段静元心说我怕什么，还不是你和娘一直都不亲近，怕你们之间再生嫌隙吗。

段胥仿佛看出了她的忧虑，大大方方地说道：“我正准备去佛堂探望娘呢，不要担心。”

他将画卷递给段静元，说让她先帮他看看，接着唤来沉英，让他陪自己去后院佛堂见母亲。

方才他已经向家里人介绍了他这位义弟，并说明沉英之后要在府里生活。因为他此前不喜欢有人跟从，身边一个贴身侍从也没有，听他说要把沉英带在身边，家人们都有些意外。

大嫂表现得最开心，她说家中人丁不旺，以期一个人读书孤单，沉英来了正好可以做个伴。以期嚷嚷着既然小叔父收了沉英做弟弟，他岂不是也要叫沉英叔父？但沉英岁数比段以期还小几岁，段以期自然是不干的，闹了好一会儿终究是说定他可以直接叫沉英名字。

段静元端详沉英许久，便直言不讳地对自己的三哥说道：“三哥，你这义弟有点儿土气。”顿了顿，她便自信道，“你交给我调教，不出一年我便叫他变成南都的贵公子。”

段胥摆摆手说道：“他以后还要跟我上战场呢，你别把他搞得跟南都那帮纨绔似的。”

这话成功收获了段静元一个白眼。

或许就是他这句“上战场”引起了父亲的注意，父亲才急切地与他谈话，要他断绝了上战场的心思。

沉英的声音唤回了段胥的回忆，他抬眼看去，沉英一溜小跑跑到他面前，仰着头兴奋地问：“三哥，你叫我？”

如今他这“三哥”叫得是越发熟练了，就跟他当初成天叫“小小姐姐”似的。

段胥淡淡一笑，摸摸沉英的头，说道：“一会儿同我去拜访母亲，她喜欢安静，你不要多说话就好。”

沉英点头如捣蒜。

于是他牵着沉英穿过院中的长廊，来到一个种了一池白莲的清幽佛堂外，佛堂里隐约有诵经声传出。段胥提了一口气，走到佛堂前径直推开门，里面的妇人不悦地回头问道：“是谁？”

见到是他来了，妇人怔了怔，从蒲团上站起身来说道：“胥儿。”

妇人四十多岁的年纪，鬓角眼尾已经染了风霜，一身朴素青衣，戴乌木簪子，便是这样简朴的打扮也遮掩不住她美丽的容貌和骨子里优雅高贵的气质。

这是大长公主的女儿，当今圣上的表妹，金枝玉叶，大梁西河郡主。也是他父亲的妻子，他的母亲。

段胥明朗地笑起来，像所有远游归家的孩子一般，亲切地唤道：“娘，我回来了。听说您非得诵完这本经才肯出来，旁人都不敢打扰，我思您心切便来看您了。”

妇人似乎有些不自在，她低声说道：“听说你最早也是今日下午才到，所以我……你快坐吧。”

段胥应下，走到旁边的椅子坐下，母亲也离了那蒲团、香炉和佛像，隔了一张桌子坐下。

她的目光落在沉英身上，段胥便对母亲说：“这是我在战场上收的义弟薛沉英，他父母早亡，姐姐在战场上立有大功，我受他姐姐所托照顾他。沉英，来拜见母亲。”

沉英规规矩矩地走过来，跪在地上叩拜道：“拜见段夫人。”

段夫人立刻俯身扶住他，和颜悦色地说道：“不必行此大礼，你来到段家亦是缘分。佛祖慈悲，以后这里就是你的家了。”

沉英的眼睛有点儿湿，他闷闷地答应了然后站起来，心里觉得段夫人真是既温柔又慈祥，是不可多得的好人。段夫人拿帕子擦了擦沉英的眼睛，转头看向段胥，发现段胥的目光也才从她给沉英擦泪的手上移回来，一与她对视就又带了笑意。

段夫人认真地端详着段胥，问道：“你这些日子在战场上……可有受伤？”

“有些小伤，大约是因为母亲日日诵经祈福，终究是有惊无险，逢凶化吉。”

段夫人点点头，她的手还握着沉英的手，无意识地摩挲着，仿佛需要这个陌生的孩子帮忙缓解心中的紧张。阳光无声地透过窗户落在他们之间的桌子上，供奉的香飘出袅袅白烟，一时间十分安静。

段胥沉默片刻笑出声来，他天真无邪地说道：“母亲怎么每次见我都这么拘谨，静元都要疑心我们之间有嫌隙了。”

段夫人怔了怔，她有些慌乱地垂下眼眸又抬起来，犹豫着说道：“我只是觉得，这些年一直没能为你做些什么，心中有愧。毕竟……你最需要我的时候，我没能在你身边。”

她意有所指，仿佛是在说那消失的七年。

“母亲多想了，在这件事上我对您从无怨愤。”

“就是因为你对我没有怨愤，我心里才更加不好受，觉得无颜面对你。”段夫人长叹一声。她想了一会儿，又说道，“过几日我要去城外金安寺祈福，你要不要与我同去？”

段胥轻描淡写地说道：“母亲知道我不喜欢那些地方，既然心不诚还是不要踏入佛门净地了。还是像往常一样让静元陪您去吧，您也喜欢她陪在身边，不是吗？”

虽然自己的提议被段胥拒绝了，段夫人却像松了一口气的样子，她没话找话道：“静元这么活泼的性子，居然也能静下心来礼佛，大约是与佛祖有缘。”

段胥忍不住轻笑几声，段夫人露出不解的神情。他便解释道：“小妹哪里是与佛祖有缘，她只是因为太喜欢您了，想吸引您的目光，得到您的陪伴。您一直在佛堂里待着，她为了和您待在一起也就一直往佛堂跑，这些年好不容易才渐渐与您亲近起来。”

段夫人有些赧然，段胥仿佛玩笑般接着说：“我小时候就是太别扭了，从来不去佛堂，一直想着或许有一天您会从佛堂里走出来，来到我的身边。谁知还没等到您出来，我就先走了。”

“胥儿……我……我只是……”

“母亲拜佛自然是为了全家安康，小时候不懂事，现在我已经明白了。”

段胥并没有等段夫人解释，便已经善解人意地帮她想好了托词。段夫人怔了怔，捏紧了手里的佛珠，神色更加黯然。

段胥牵着沉英从佛堂出来，到了一个转角后便停下步子。沉英捏着他的手有些担心地看着他，他的段胥哥哥脸上还有些大病初愈的疲态，神色淡淡。他穿着一身玄青色的衣衫，看起来沉静又不可捉摸。

段胥突然转过头，捏了捏他的脸，笑道：“我小时候真希望她能像刚刚给你擦泪一样给我擦擦眼泪。不过仔细一想，我都没有在她面前哭过。我再仔细想想，翻遍前生，自记事起竟不知有何时是最需要他们的。”

沉英有些迷惑，他摇了摇段胥的手问道：“他们对你不好吗？你讨厌他们吗？”

段胥摇摇头，他低头望着沉英，笑着说道：“我不恨他们，其实我很理解他们，或许仍然爱他们。”

只是再也不需要，也不会指望他们了。

从段胥记事起母亲便是佛堂里那个清瘦的身影，终日与经书、木鱼、香灰为伴。听说之前母亲虽然信佛，但远没有这么痴迷和虔诚，也不知怎么从他三岁开始，她几乎全身心地投入了佛法中。后来他知道母亲曾有未婚夫的事情，便发现那几年正好是父亲重查旧案、替母亲曾经的未婚夫平反的时期。

她活在这个世上，有夫有儿女，却是别人的未亡人。她那般虔诚真的是为全家安康祈福，还是为了她那含冤而死的爱人呢？

他在知道这件事的时候恍然大悟，从前他觉得母亲性子冷淡，大约根本不会爱人。原来她是会的，她有一腔热烈深沉的爱意，只是没有给他而已。那一段年少的爱恋似乎燃尽了她所有的力气，她再也分不出一丝一毫的精力给别人，她在这世上所做的事情合乎礼法规规矩矩，只是为了不让别人打扰她继续怀念那个人。

她说她对他愧疚，他相信她是愧疚的，却也不相信她是真的愧疚。她的愧疚大约就是逃避他、远离他，面对佛祖为他祈福，把他抛在身后。

这种愧疚是一种并不打算改变，将要一直辜负下去的愧疚。

他的父亲和母亲，一个对他太不客气，一个对他太客气；一个对爱情不以为意，一个把爱情当成人生的全部。他觉得这不正常，却不知道正常的爱情应该是什么样的，以至于他现在爱上了一个人，也无法从他们这里获取任何慰藉与帮助。

沉英在他身边愁眉苦脸地思索了许久，才低声说："要是小小姐姐在就好了。"

"为什么？"段胥笑道。

沉英认真地说："她一定会好好地安慰你，你就不会这么难过。"

段胥垂下眼眸，他依然笑着，轻声说道："还好，我也没有多难过。"

不过他也希望她能来到这里。

就像他小时候倔强地希望，他的母亲能自己从佛堂里走出来一样。

